U0686328

不一样的城市 一样的世界

当代中国文学书库

许 锋 ◎ 著

中国文联出版社

图书在版编目（CIP）数据

不一样的城市 一样的世界 / 许锋著 . -- 北京：中国文联出版社，2023.1

ISBN 978 - 7 - 5190 - 5001 - 6

Ⅰ. ①不… Ⅱ. ①许… Ⅲ. ①散文集—中国—当代 Ⅳ. ①I267

中国版本图书馆 CIP 数据核字（2022）第 250598 号

著　　者　许　锋
责任编辑　李　民　周　欣
责任校对　李海慧
装帧设计　中联华文

出版发行　中国文联出版社有限公司
地　　址　北京市朝阳区农展馆南里 10 号　　　　邮编　100125
电　　话　010 - 85923025（发行部）　　　85923091（总编室）
经　　销　全国新华书店等
印　　刷　三河市华东印刷有限公司

开　　本　710 毫米×1000 毫米　　1/16
印　　张　27
字　　数　409 千字
版　　次　2023 年 8 月第 1 版第 1 次印刷
定　　价　99.00 元

版权所有　　侵权必究

如有印装质量问题，请与本社发行部联系调换

书内作者简介

许锋　甘肃兰州人。武汉大学EMBA。国家一级作家、新闻传播学副研究员。系中国作家协会会员、广东文学院签约作家。现供职于广东财贸职业学院。曾任广州城建职业学院办公室副主任（兼党委宣传部部长）、凤凰学者、教授。

已出版《李章达评传》《陈启沅评传》《南海陈氏机器家族》《诗经趣语》《诗经趣语精编》《新闻记者》《预言家》《心灵北疆》《小城与大城》等19部作品。散文、报告文学、小说散见于《人民日报》《光明日报》《中国教育报》《南方日报》《羊城晚报》《广州日报》《中华散文》《飞天》《北方文学》等，被《读者》《视野》《青年文摘》《小说选刊》《散文选刊》《散文海外版》《小小说选刊》《微型小说选刊》《微型小说月报》《杂文选刊》等转载。

散文《火车上的见闻》入选2019年福建省中考语文试卷。多篇作品入选《中国散文大系》《"太阳鸟"文学年选》《人民日报70年散文选》《名报副刊最美散文》《五十年花地精品选》《飞天60年典藏》《辉煌40年——广东省改革开放报告文学集》等。报告文学《千里驰援》（合）在全国引起较大反响。

荣获孙犁散文奖、梁斌小说奖、广州文艺奖、人民日报社和中国作家协会"美丽中国"奖、全国报纸副刊银奖、第六届"我心中的澳门"全球华文散文大赛一等奖、"长江颂"全国游记散文奖、甘肃新闻奖、山东新闻奖、全国第五届"保护明天"好新闻奖、广东省报纸副刊报告文学一等奖、首届"粤港澳大湾区文学征文大赛"一等奖等。

许锋的散文，写的多是当下，有鲜活的人与事，场与景，更有当下的感思体悟及判断。他长于描叙，时常见出小说家的功底，又有对世象背后的勘查，有学者深入究探的一面。许锋散文是美文一路，有时也见随笔的潇散，诗与思并美，文与事共舞。

——著名散文家、教授　耿立

感悟城市

杨闻宇

许锋小我 28 岁。步入老境，我依然喜爱他质朴、清新又耐人寻味的散文短章。前些天，他忽然邀我为他的这本新书写序，不好推辞，我则不得不转换平素阅读时的目光，尽量自其文字中寻觅出一些不足——因为我知道许锋深思、好学，若是一路称许，未必就切合他的心意。

3500 字的《医院》一文，似乎值得仔细推究。此文集中地比较了小医院与大医院的优劣差异，旨在说明"大有大的难处，小有小的优势"这一习见而朴素的生活哲理。

进了大医院，你不知道谁和谁有千丝万缕的关系，哪个是省长的太太、市长的女儿、县长的老妈子，但医生和护士知道，他们中的一些人越来越知道谁得罪不起，谁该小心伺候，谁可以狠狠地宰一刀。

面对这等招牌炬赫、堂而皇之的大医院，人们在崇高媚上心理的支使下，摩肩接踵，趋之若鹜；实际上，小医院倒是藏龙卧虎，致力于救死扶伤的所在。最后，在现实中导致有的人"在小医院能活，到大医院等死"的尴尬局面。

这篇文章事出有因，是许锋从其父大医院住过一周，花费一万多元而不抵事，后转至小医院一周，花销 1700 多元反能捡得一条性命的实践对比中形成的。我觉得，这是一篇深入浅出且又颇寓分量的文字。许父与我是同辈人，在部队他为军医，我是个文职人员。我的身体现在也进入多事之秋了，下一步如果必须进医院，在医院大小的抉择上，可是万万马虎不得的。本书的另一篇文章里，有这样一节文字：

父亲卧病在床时，神志有时是昏迷的；偶尔醒来，意识也很混乱。如同迷失方向的野驼在浩瀚的荒漠里跌跌撞撞。病魔就是他生命中的一道坎儿，这道坎儿已经挡住了他活下去的路。

上述情况，显然是发生在大医院里。

此文下笔伊始，能不能先从父亲曾为军医，转业地方未能进大医院却进了县城的小医院，且在小医院造福桑梓，救过近百条人命写起呢？而后，父亲因病，终于是住进了大医院，谁能想到，这位当年的军医竟被这"有的人学艺不精，有的人医德败坏"的大医院险些送进了太平间。如果这样下笔写开去，以父亲沧桑、坎坷的经历为底色，大幅度渲染作者的父子情愫，在理性认识上点到为止，写人记事，注重以动人的细节取胜，形成的阅读效果会不会更上一层楼呢？对于眼前的这篇文字，挑剔地看，既不无庞杂凌乱之嫌，似也含贬损大医院之虞，无形中影响了抨击时弊的力度与深度。文章千古事，甘苦寸心知。这仅是我的一孔之见，许锋那里也未必认可。（注：根据杨闻宇先生的意见，在作者对本书书稿进行最后修订时，已将《医院》一文重新修改，并分为《大医院》《小医院》两文。）

百篇文章里的《小城与大城》——倘若将这五个字设为命题作文，我写成之后，恐怕要及格都难。而许锋一杆笔经纬天地，又逶迤似水，既宏观又细腻，以不动声色的方式将世道变迁刻画得简洁、周详而到位。因为我在兰州待过多年，对许锋当年刊于《人民日报》的《兰州的桥》，一时爱不释手——只因黄河奔涌，历史久远，黄河铁桥风化剥蚀得厉害，但重现于许锋笔底，活色生香，在文学丛林中形成的是另一道诱人的风景。现在的新作《小城与大城》，分明比当年的意蕴更胜一筹："在大城暂居的时间里，身处闹市街头，目睹车水马龙，感受摩肩接踵，嗅着仿佛熟了的风里飘过的各国香水的气息，耳膜被各种音乐敲打，但目光所及之处，却都是陌生的面孔和恍如隔世一般的场景，心里的孤独就像浑浊的河水一样溢得到处都是。"繁华与质朴从古以来就是对立的。如今的形势是小城争先恐后地向大城迈进、靠拢、看齐，可如此扰攘的大城，说什么也不能与"空气自然，人情淳朴"的小城相提并论了。城市化固然时髦，可这算是前进呢还是在倒退？

在第四本书出版时，许锋留下这样的话："不管怎样，我希望写得越来越好，更多的读者会喜欢。哪怕其中三五百字的一段——我是用心在写的。"现在已经不是读书的时代了，可许锋在文学原野上痴心不改，坚持不懈，依然是个执着而勤奋的耕耘者。对这样的与我有缘的年轻朋友，我乐意借此写序的机会，交流心得，互为砥砺。

2013 年秋末写于青岛

目 录
CONTENTS

南方掠影

佛山的清晨

我一直起得比较早，或许是每天睡得早、醒得也早的缘故；而在日修夜短的夏天，似乎醒得更早，有时怀疑是一种病态，直到前不久回了一趟老家，一觉竟睡到早上 5 点，且一连几日均是如此，才明白睡眠与海拔大抵有些关系。行医的父亲在世时也曾说过，南方海拔低，氧气充足，在我们这里睡 8 个小时，到南方睡 6 个小时就足够了。那时窗外还是黝黯且岑寂的一片，但拉开窗帘向远处或下方望去，被橘黄色的街灯覆盖的楼群和街道正约略迟滞地从夜色中隐现出本来的样子。

街灯的那些光亮是覆盖不了楼群的，比树高不了多少，如何"力"所能及？或是街灯，或是霓虹灯，或是远处的千灯湖的灯，甚至是湖水映射的波光，总之，佛山的清晨在一种光影和另一种光影的抵触与消融中缓缓而来，温和得像一位书生的眼睛。

是一个有风的清晨。我在阳台上像苏醒的鱼似的四下张望，风在我们侍弄的秾艳的花花草草间肆意且欢快地游弋，树枝撑着叶子窸窸窣窣毫无节制地乱响——此时出门，在街上走一走，到千灯湖边走一走，瞬间成了我一件紧迫的事情。

门前是南海大道，这是城市的一条主干道，但此刻没多少车，不会有持续的嘈杂。偶尔有一辆车驶来，不知它去往何处，在如此静谧的清晨，由远及近时，发动机和车轮的声音如繁密的风带着某种紧张、刻薄的气焰，但很快会消失于街道的尽头。送菜的"三马子"一点都不收敛，发动机牛蛙一般连声叫着招摇过市，企图在夜幕和橘黄色灯光遁去的一点时光里尽快穿越城市的大街小巷，把从自家田地里采摘的蔬菜送往目的地。这是严谨的城市街道经过梳理之后留给它们的一些自由。人行道上，偶尔有人经过，甩着懒散的胳膊、踢着松懈的腿，一副晨练的架势。天空差不多快明朗起来，但白色的如从飞机上看到的那样凝重的云遮住了一点点天空，云好像又被风推推搡搡一点点地游移，无论情愿或者不情愿。它们下方的那些鸟却快乐得不得了，其实离云朵还差得老远，只是我因为仰望而产生的错觉，鸟儿们在我的左上方——我头一次看到鸟儿们快乐成那个样子，可以肯定，它们比现在的我快乐，甚至比以往幸福时的我快乐。我像个孩子似的站在路上，周围一片空廓且寂寥，时有啁啾的鸟鸣打破平衡，一阵阵纯粹的风拂过我的脸庞。佛山新的一天还没有完全开启，年复一年、日复一日的车水马龙和流光溢彩的繁荣与喧嚣正在酝酿之中。

　　"它们到底有几只？"我伸出指头，但未及数完，小家伙们已飞得无影无踪；很快又出现了，第二遍仍未数完……最终，我想我是没有数错的，有 13 只。对，你一定想得到，它们不会傻傻地站齐了让我数；你也一定想不到，那些顽皮的小东西竟会排着某种固定的队形在高楼的腰间一圈一圈地萦回……轨迹几乎是一致的，像在山谷中穿行的疾风。它们萦回的那个高度，楼的四周都是天空，没有能伤害它们的建筑、荆棘，它们可以再自由一些，再随意一些，可是偏不，它们始终以楼为中心，从我这个角度看几乎是保持着两米多顶多三米的距离，要知道，那楼不是圆筒子，是有棱有角的长方体。那可不容易做到——鸟儿们一定是刻意的，俏皮的它们想给这座城市的清晨增添一点风趣。要知道它们不是大雁，也不是燕子，只是一群普通的鸟，或就是麻雀，并不擅长这个。

　　我喜欢鸟，特别喜欢有鸟的城市，也喜欢有鸟、有猫、有狗的乡村，也喜欢山，喜欢水，喜欢花花草草。我自北方启程，一路上寻觅更为理想的栖息之所。我一直想为女儿找一个到处都是青山绿水的城市，空气湿漉漉的城市，繁荣且便利的城市。我并非弃故乡而去，我的故乡也不止一个。我虽然对周作人先生所言"凡我住过的地方都是故乡"不完全赞同，但长期生活过或生活了许多年的地方，可以当作故乡，也不算是对某个故乡的背弃。人有出生的故乡，成长的故乡，工作的故乡，赋闲的故乡。有的人一生没有离开过出生的故乡，比如我的外婆。而我，自幼远离西北而至呼伦贝尔，少年时至齐鲁求学……它们都是我的故乡，如根一样盘桓在我的记忆里。而到佛山之后，快10年的时候，我感觉自己的血液与思想和这座城市越来越黏，这应该是我的最后一个故乡，也是我生命中最重要的一个故乡。

我喜欢佛山格外多的树，格外多的草，格外多的水，格外多的各种各样的鸟，各式各样的蝶。你根本不用仔细聆听、寻觅，到处都是它们啁啾婉转的叫声和翩跹欢快的影子。在某些天，只要不开空调，窗开着，阳台的门开着，你便会在它们清脆的叫声中入眠，也在它们清脆的叫声中醒来。我特别想知道那一棵棵树间到底藏了多少只鸟，可就像鸟没法知道一栋栋楼里到底住着多少人一样，我们和它们在亲密无间的同时又要保留一点隐私；它们有时会落到我们的阳台上，有时会在我们阳台上方的雨水管道的缝隙中栖息，不久，你可能就听到两三只雏鸟低微、娇柔、藏着一丝畏葸的叫声，千万不要理会它们，保持那一点点的距离，是对它们的呵护，也是我们对朋友应有的风度。

佛山的这一个清晨，由于风的缘故，人们所感受到的气温与南方夏季的燠热一点也不沾边。我步履轻松地行走，蚂蚱似的左顾右盼，一路欣赏风景。路人仍不多，多是老者，穿得朴素、简单，拎着羽毛球拍，提着收音机去晨练。我则赤手空拳，出门时原想顺一本书，一会儿到了千灯湖畔，自由自在、旁若无人地读上几篇古文，又怕错失风景，或扰了别人的雅兴，索性作罢。

南海大道上的那座过街天桥是一点都不逼仄的，宽阔得能并行七八个人，且台阶极为平缓，像是人生某个阶段的一种刻意的铺垫。在随着缓缓的台阶拾级而上时，我遽然闻到从四面溢出的质朴且低调的花香——是的，远远的，你能看到这是一座被鲜花簇拥的桥，一道横亘于街市的风景。及至桥上，你的视野是开阔的，目光所及是一座城市的局部，或是她的微缩，有格子、窗子，有方块、线条，有圆、弧，有动、静，有慵懒，亦有紧迫，多砥砺，亦不乏自信与得意。

此时花香更趋芬芳馥郁，我使劲地闻，真是没有沾染丝毫的市侩与物质的香，是晨的香，风的香，被鸟的脆鸣吵醒的香。

前面是一条巷子。

　　我想起柯灵说，"巷，是城市建筑艺术中一篇飘逸恬静的散文，是一幅古雅冲淡的图画。"我走过佛山的许多巷，有的是散文，却不是飘逸恬静的，是充满沧桑的历史随笔；有的是简陋的，屋檐上长满青苔；有的则时尚且华丽，充满着现代艺术的气息。而眼前的巷，不古老，可能历经一些沧桑，又透着从容与淡定，在这样的清晨，它似乎还沉湎于梦中没有醒来。

　　我正站在海四路和南五路的交叉口，我有两种选择，或者进南五路，一条一目了然的小巷，尽头左拐有一个叫西约的市场，会是人声鼎沸的喧嚣与忙碌。或沿着海四路继续行走。海四路不是主干道，也不是小巷子，一年四季悠闲又惬意——我这样的外地人都知道进了海四路十之有九是要去千灯湖的。人们或者像我一样，从北方逶迤而来，或者裹一身风尘在这座城市打拼，但闲暇之时一定会来千灯湖。我很羡慕住在这附近的人。一眼探进它的深处，便知道那一树树繁密的叶子如何遮住了夏日汹涌的阳光。那些房子里的人每天清晨打开窗子，先看到的是一树树叶子，甚至能触摸到顽皮的不甘寂寞的枝丫。如果那是一棵荔枝树呢，一株芒果树呢？他们那一户户阳台也蔓延出许多植物，那蓬松的交错的枝丫结着细碎的黄色的小花，有的竟伸到半空，再探头探脑地拐到楼下阳台的空间，相安无事。没有人会残忍地拒绝风景，哪怕是别人的风景。再说，风景还分你我么。

　　我在浓荫蔽日的树下徜徉，跳起时伸开手刚好够到树叶，如果夜里下过雨，便是雨珠纷纷扬扬洒落的情景，就算淋上一头一身，人们也喜欢。我微笑着从赤着脚打羽毛球的人身边经过，他们玩得很投入，没有注意我。园林工人正在清扫枯枝败叶，那是季节留下的痕迹，是对岁月的一种纪念。我踩着鹅卵石铺的路，路边有一个碧绿的池子，里面盛开着嫩嫩的荷。周围是城市独有的森林，长了十年二十年的树执拗且孤傲地盘踞在此，脚下是云朵一样松软的绿茵茵的草——我如果能像鸟一样飞上高空，可能会感到迷茫，是如此多的绿簇拥着千灯湖，还是千灯湖点缀着生机勃勃的绿，或者它们相辅相成，浑然天成？

　　我也算是走南闯北过吧，看过一些湖，有天然的、人工的、成分复杂的。看湖与看海的心境完全不同，你宁静，湖则宁静；你思绪飞扬，湖则灵动与精致；当"风乍起，吹皱一池春水"时，你的思想或许也会像水汽一样弥漫。

千灯湖的确是一片宁静的水域，我来过很多次，今天一个人来，隐隐觉得不安——美好的风景要与爱的人一同欣赏才好。千灯湖是人工湖，在城市的熏陶之下，尤其在晚上会呈现美轮美奂的风景。好的是，无论你什么时候来，都不会有摩肩接踵的拥挤与人声鼎沸的喧嚣，断然不会有"下饺子"一般恶俗的比喻。它的水域悠长且宽广，依地势而建，曲径通幽，顺势而为，凝聚、分流、化解、融合，似历史中浓墨重彩的烟云。

此时，它一定是温煦的，水面，漾着深深浅浅的绿，没有丝毫的生涩与萧索。水阻遏不住地流动，一圈圈的涟漪精巧且灵动，却听不到丝毫的水声，仿佛嘈嘈切切的私语尽释于苍穹。黑白相间的灵巧的燕子在水面上任意飞翔，似要打破这宁静与安逸。

水中的鱼，在影影绰绰地游弋。

我确信，千灯湖是永远不会浮躁的，鱼儿也不会浮躁，我也不会浮躁，来到这里的人都不会浮躁。

浮躁如夜一样遁去了。

阳光从云层中钻出来，照亮了云，打到湖面上，水中顿时茕茕孑立一把闪光的剑。它劈开萦纡的历史烟云，让千灯湖水更温煦地融合，在波澜不惊中起伏。

这景，湖畔吹笛子的人看见了，踩滑轮的年轻人看见了，周围矗立的楼群看见了，整个城市都看见了。

我相信很久以后，我还会有这样的记忆——一个清晨，一些景致，一些事物……仿佛被什么紧巴巴地拧在一起，拧出一种独特的滋味。

一　天

　　我坐在窗前的时候，天色离破晓还有一段距离。我能看见一条城市街道的片段，从早到晚，它老是川流不息，但是这会儿，它也睡着，但没睡实，像我一夜的睡眠，偶尔伴着惊悸，掺杂着噩梦，以及对于逝去的父亲和岁月美好的回忆，也有鼾声。我已经察觉到鼾声的来源，当我大大咧咧地仰着头正要潜入梦里的时候，我的通气孔、来自鼻腔上空的一个类似阀门的肉体，"吧嗒"一声自然垂落，应该有几秒的时间，我是完全窒息的，与世隔绝，直到因阻滞而产生的爆发力从腹腔升起，在体内乱窜，寻找突破，终于在几秒之后顶开嘴巴这个器官时，我才会长长地要命地喘息，像猪一样声唤，直至完全醒来。如果饮了酒，劳累过度，不醒，气体会在鼻腔里四处碰撞，如春运时你在列车硬座车厢的过道行走，摩擦，碰撞，腾挪，匍匐，逶迤，蜷缩，甚至连滚带爬，气流断断续续，循环往复的鼾声就此形成。我已经在非常清醒的时候告诉我的孩子以及女人，我自始至终保持微笑，完全是轻描淡写的样子。我用深邃的目光盯着她们，表示对于我来说这是一件大事，但又不能让她们感觉我像在交代后事，她们的生活像城市灰白色的天空，刚刚蓝起来。我就是想让她们彻底明白，现在到若干年后的时间里，我还完全有力气顶开那个阀门，不用她们管，但是，当有一天我昏睡，昏迷，失去意识和理智的时候，如果那个阀门在 10 秒，20秒，30 秒，最多 65 秒的时间里（这是我游泳时能憋气的最长时间）没有打开，而我的牙关又如古代粗重的城门死死地横亘在生死之间……她们也是微笑的，如同听一个有趣的故事。我严肃地说："不要笑，那一天一定会来，那时，你们一定要在几秒钟里撬开我的嘴，或者搬动我的身体，让我侧卧。"其实身体侧卧和不侧卧与生命无关，主要是头的姿态，我发现在侧卧的时候，那个阀门从来不关，或者不会关死；它往往像泄洪道上的铁闸，自上而下，借重力垂落，它还没有过于臃肿，拖沓，像章鱼张牙舞爪，侧卧时顺畅的呼吸表明它还不会死皮赖脸地一耷拉脑袋就要我的命。我一次次强调若干年后她们要为我做的两个动作，要么撬开我的嘴，嘴里可以插直管子，也可以插弯管子，要么让我保持侧卧的形态，但是身体与头绝不能呈90度直角，拧着。我发现凡病人都喜欢仰面朝天，或者医生喜欢让病人仰面朝天，而每一个人与他格外留恋的生活仓促地辞别时，也总是仰面朝天。此外，没病的人睡觉的时候也喜欢仰面朝天，男人不用说，女人，尽管侧卧很优雅，往往像一只蜷缩的狐狸或者猫，把自己摺展，摊开，你要是有机会，会发现女人仰面朝天的表情像秋天的稻田一样宁静而致远。襁褓中的孩子，一直是仰面朝天的，便于啼哭，那是他们与世界交流的唯一方式。我没有说得很透彻，假如那个时候，她们没有像农人一样执着地守望麦田，去干自己认为更重要的事，解手，打饭，吃零食，接了个莫名其妙的电话，溜号；守护自己的父亲或者男人，也是一种职责，但是我在那种时候，对于她们的擅离职守已经无法提出任何抗议。我相信她们不会。她们是善良的。

我刚完成一个不好不赖的睡眠，那个阀门已经在很长一段时间里制约着我，我猴急，但拧不到它，摁不住它，也不想让医生用冰冷的器具割了它。我在闲暇的时候想过它的形态，软塌塌的样子，红红的，像剁饺子馅时四处乱蹦的肉渣子。我知道那不是病变，是我身体的横纵走向，男人松弛的肚皮，女人垂下的胸，耷拉下来的眼皮，眼角的鱼尾纹，正如蔫了吧唧的黄瓜，萎缩的土豆，都是一种自然的复苏。

整条马路正力图苏醒，路灯的光亮逐渐衰退。一些怒目圆睁的车，可能一夜无眠，踩着飓风一般的轮子从我的左眼驶向右眼，离开我的眼角，随着余光和寒气飘逝。寒气很重，都在窗外悬着。它们一次次从窗户的缝隙中潜入，让我的手脚冰冷，尤其是小拇指，我不能没有它，但我打字的时候很少用它，它因缺少跳跃而脆弱。我面部所感受到的寒气是清冽的，也是清澈的，没有一丝一毫的浑浊。它让我在缺失一次深入而透彻的睡眠时，头脑仍然保持格外的清醒。你知道，在一个寒冬的黑黢黢的清晨顶着一房子的凉气起身，是多么不容易，颓废、消沉、慵懒，任何一个理由都可以让我像死猪一样赖在床上，但我很自觉。自进入城市以来，自西而南，每一天，我都很自觉。我不是霾，没有让一城的人关注的本事，我是介于城乡之间的悬浮物，我若自觉，我在城里，我若放任，得滚回乡下——退一万步，人们在无可奈何的时候总喜欢这样说，我便可以和母亲长相厮守，父亲已经在肉体极为痛苦之中与我们辞别，我知道他的精神也是极为痛苦的，肉体和精神很难截然分离。我在每一天清晨起来，不是为了独霸发白的东方，欣赏楼群右边泛出的朝霞的红晕。我需要一段完整的时间，能够坐在窗口思考一天的未来。我思考，我的女人便不用思考，我的女儿，虽然已经逼近18岁的门槛，还像个傻乎乎的小女孩。一个在家里睡着，一个在校园里睡着，肯定都很香甜。

羞涩的朝霞已经藏在云朵里了，我睁大眼睛，顺着岩石一般的云层里那红色的、黄色的霞光，注视着新的一天。

城里的门铃越来越没有用处，我并不厌烦"不请自来"，因为很多年以来，没有不请自来者跨越城市复杂的街衢，跨越千山万水，带着一身的寒气或者暑气，终于舒缓地喘一口气，在恰当或不恰当的时间欣喜地摁住我们的门铃不放。城市没有惊喜，只有惊叫。刻意而来的是有的，仅有一位，而我们早早就穿衣戴帽守候在客厅，竖起耳朵期待门铃突然作响。我几次抓起听筒，怀疑它是不是出了故障，停工或者罢工了。我们并非居无定所，但当行走成为常态时，你很难像老街坊似的在一间洞藏老窖一样的家里摆下一桌宴席，等待老朋友熟门熟路鱼贯而入。不速之客绝不会摁你的门铃，他会在你熟睡时，在你外出时，在你为生活奔波时，悄悄潜入，搜刮他眼里一切的"剩余价值"。他们曾经在我们寄居的房子里蜻蜓点水一般取走一部笔记本电脑，里面装载着我的每一个清晨，它们离成熟的庄稼还有一段路，像一个调皮捣蛋的农家孩子，从春天去夏天，想去秋天看看风景。我的记忆无法使那些原本散落的文字复原。在更多的时间，门铃就是一个摆设，你却不能无视它的存在，给它断电，拆了它。门铃为一些特定职业的人提供了便利，如快递员，物业管理员，煤气收费员。它也可以做善事，楼里的人有时忘了带门禁，被防盗门无情地阻隔，她一通乱摁，你的门铃响了，她胆怯，又急于辩白，她住你楼上或楼下，请你开个门。我也请邻居开过门，一天，逼近小区时，我已经十万火急，我几乎像企鹅一样将自己的身体挪到楼下，一摸兜，没有带门禁。我急切地环顾四周，没有丝毫生命的迹象，乘势而入，没有可能。我急促地摁邻居的门铃，天无绝人之路，一个女孩子"嗯"了一声，听我说完，给我打开了通道。电梯变成一条悠长悠长的小巷，我眼巴巴地盯着那些红色的数字不断地跳跃，我已经不能保持人形，弓腰，伛偻。我是唯一的乘客。是一张陌生的面孔，她居然大开着门，兴奋、喜悦地站在那里等我。我艰难地维持着人体的尊严，在开门的过程中，她说，你很少回来？怎么都没有见过你。我说是啊是啊，我不常住。我的门开了，但她的门还开着，她一直站在门口看我，过道有风，她一袭长裙，风姿绰约。门口站着的是一个新租客，想和邻居套套近乎。如果我不是濒临绝境，我很愿意再和她进行语言上的交流，毕竟，若干年以前，我们也曾像她这样寄居。但是，我已绝处逢生，还有 5 米，我便有救。我强拧着微笑，冲她连连点头，像冲曾经主宰我命运的人点头哈腰，一连串的你好你好你好。她一定觉得这样的邻居可爱得不得了，心想城里哪有什么铜墙铁壁、钢筋水泥、牢笼，他是多么慈祥与和蔼。她终于返回了自己的房间。我没有"咣当"一声关上门，那会把邻里之间刚刚建立起来的一点好感撞得稀巴烂，我极力控制着关门的力度，门锁甚至都没有发出轻微的"嗒"的一声。

那一次，我觉得不能拍屁股就走。我转过身，恭敬地站好，冲马桶鞠躬。满房子就我一个人，我是发自肺腑的，真诚的。

8 点时，我在有马桶的卫生间冲凉。南方人不说洗澡。洗澡容易让人想到粗犷的池子，水面上漂浮的毛发、泡沫、污垢。雾气氤氲中，一具具颜色各异的肉体打坐，撩拨成分复杂的液体，抽烟，在脑壳上涂肥皂来劲地搓。有的人喜欢像企鹅那样让半截身子在水面招摇而过，电影里的，是艺术，是被虚构和"美图秀秀"处理了的生活。隔着水，我听见门铃响了。我没有在梦中，没有被吓一跳，我没有那么脆弱。门铃不是警笛。我第一个想到的是有人忘了带门禁，让我开门。但我不能披着一身水汽光溜溜地冲到客厅，我舍不得舒适的温度，沐浴露的香气，我还没有把一早上的疲惫洗得稀巴烂。门铃执拗地响了一段时间。我的女人没有去开门，她是教师，正处于假期之中，贪睡，就算她听到，也不会光溜溜地跑到客厅去给一个陌生人服务。凭借长期的城市生活经验，我们都知道这时响起的门铃与我们的生活无关。

但门铃还是影响了我的正常思维。我加快了冲凉的速度、擦身子的速度、穿衣的速度。果然，当我焕然一新地站在客厅时，手机理直气壮地叫了起来。

"物业"问，"你的车牌号是不是＊＊＊＊＊＊＊?"

"当然是。"

"你的车被刮了，你快下来看看。"

这当然不是好消息。我刚热起来的身体瞬间如昨天青葱一般的大盘。刚才的门铃，是他摁的。一个美好的清晨显然被撕了一个小角。

我一直在想今天的行程。行程与车是有关系的，车的状态就是行程的状态。我得承认，我不是多么优雅的一个人，没有受过很高等的教育，一个留过洋的女人给我讲起莫扎特还是什么人的音乐时，我皱了眉头，接不上话，很土。在下楼的过程中，我的腹腔有怒火的苗头，但我得控制火势的蔓延。我没有提着一把扳手下楼，斧头，家里没有；有一把锯子，我用它给女儿做了一个小板凳，但是不耐坐，仅能撑住 1 岁幼童的小屁股。我是去看受伤的车，是去探望病号，不是去打架，逞一时之勇的。城里的生活正在向理性衍化，理性到了极致便是冷漠，这个小区，浅理智、理智、泛理智已经成为主流，大家的来龙去脉都有据可查。造次，蛮横，歇斯底里，鲁莽，仓促，风骚，霸道，不是不能，是不敢，翻过半夜，你的单位就知道了，你会被人戳戳点点，被领导叫去谈话，领导已经不习惯或不愿意就纯生活的问题和任何一个人进行交流。烟火气，早已沦为纯粹的私生活，是隐私，是权益。谈生活，家长里短，太俗，一谈，你就要毫无悬念地说到居住的逼仄，收入的微薄，孩子要上学，老人要看病，这那，入不敷出，春节，买不上火车票，坐飞机——太贵。你焦灼的目光会烤熟离你最近的人。

我在第一时间记起车停放的位置，这再次证明我十分理智。我安静地走进凄风冷雨之中，雨丝唾沫星子似的喷到我的光脑门上。我拐过楼角，远远地看见我们的车正孤独地在原处等我。我诧异的是，车周围没有人。"物业"不在，肇事者也不在。我原想的盛景没有出现——大家搓着手左右张望，焦急地等待车主的出现；当车主抵达现场时，肇事者胆怯又羞涩地小步上前，自作主张地握住我的手，对不起对不起对不起，碎步一般的示好可以缓解我内心的愤懑。尽管我不愤懑，但情绪往往蘸了汽油，可以瞬间点燃，也可以兜头盖脸地捂住。车尾的左侧，有摩擦痕迹，如一朵放大的胎记，局部擦破了皮，豁了嘴。我的车头朝里，肇事者驶出时，没有充分地掌握好斜度，不该打方向盘时提前打了方向，属于顾头不顾身子，或者不顾尾。造成他没有盘算的空间的不是我的车，是对面路边违停的另一辆车，它占据了一个显赫的位置，好狗不挡道，它不是好狗，逼得肇事者在"二条"一样的通道缩着脖子出去。但车不是人，它向来耿直，不会缩脖子。

我冲我的车点点头，像给一个受伤的亲人以某种安慰和期许。我甚至还慈祥地摸了摸它，一手的灰。很久没有洗它了，它一身尘埃。我不厚道。我冷淡了一个忠诚者，忽视了它的感受，漠视了它为我的披星戴月所受的苦。

我进入物业办公室时，"物业"说："肇事者去上班了，你可以打这个电话。"

我理智地分析了可能出现的两种情形：

肇事者是个腰杆子很粗的主儿。这样的人一般都横。剐了就剐了，就是钱的事儿。该多少就多少，你说多少就多少。加我微信，发你几个红包，足额的。10个够不够？

肇事者是个上班族。这是礼拜一的早上，是工作者一周最重要的一天。不敢对不起上司，只能对不起你。对不起不是耍赖。他已经向物业"报案"，表明了他的态度，厘清了他的责任，该赔多少就赔多少，反正都买了保险。

我确定是后者。尽管小区里住着很多有钱的主儿。宝马、奔驰，我叫不出名儿的车，像鸟一样聒噪。小区的车位很紧张，每天收费6元。占位子这件事目前看来最是公平，除非他买了专用停车位，否则先来后到。有的有钱的主儿回来得晚，小区里没有空余的位，索性将车停在外面的免费停车场；免费停车场也没位，索性停在小区出口处垃圾桶旁边。也有的，从来不进小区，每天省6块钱。我要是有那么好的车，会像宝贝似的看着，不但要给它个名分，也要给它个固定的安身之所。南方，经常"床头屋漏无干处，雨脚如麻未断绝"，车，也喜欢干净。

这个时间，上班族刚到岗。只要你是一个悲悯之人，你会不由得这样思考，他开着受伤的车，载着忐忑不安的心，在凄风苦雨中行走，这一天，会好到哪里去。我看了看表，没有第一时间打通电话，我给他预留了3分钟打开电脑的时间，5分钟向上司汇报的时间，3分钟查收电子邮件的时间，5分钟泡茶的时间，5分钟去卫生间的时间，这是上班族每天清晨必需的功课。然后，他最该接的是我的电话。

是一个年轻人。南方叫帅哥，不知道他帅不帅。北方叫小伙子。我曾经也是小伙子。我没有叫他小伙子，那样不符合地域文化，也显得我老气横秋。杨先生显然是个外行，对于这样的事件，他没有成熟的经验。在他说了一连串的不好意思之后，我说，你走了，我怎么办？我如果用车呢？我不是故意刁难，我的意思是当两车发生剐擦后，他走他的独木桥，我走我的阳关道，那么，现场呢？没有现场，保险公司凭什么赔钱。我不认为他会赖账，从他主动向物业"报案"的态度看，他没有赖账的主观故意。但是，保险公司会不会赖账？他没有想过这个细节。他要问保险公司。

我盘桓在客厅，轻轻地朗诵——"知我者，谓我心忧，不知我者，谓我何求。"我的女人已经起床了，她在梦幻中隐隐约约听到我们的车出了事故。她没有那么强的定力，她是静女，但不是圣女。她是目前唯一能为我解忧之人。

门铃又响了。"物业"又让我下去。我出门时，我的女人赶过来，瞅瞅我的两手，说："你不会去打架吧？"我极有涵养地微笑，拉开门，一股清风穿堂而过。如果我是一个女人，若是夏天，我肯定裙裾飞扬，非常迷人。我的女人裹着厚重的棉袄，蜷缩一团，像只小熊。

是杨先生的父亲。这让我意外。叫家长是小学生才干的事情。瘦瘦的一个人，衣着朴素，脸部和手部的皮肤粗糙，脸部黧黑，挂着浅浅的风霜，城里的庄稼人。一口浓郁的家乡话，不知道他的家乡在哪里，我也没问。他很歉疚，以一个父亲的名义为儿子的错向一个陌生者表达歉意。我有一点被感动。父亲不容易。我的父亲也不容易。虽然我还从来没有由于做错事而让我的父亲向熟悉或陌生者道歉，但是，很早以前，为了我能够换一份体面且我格外喜欢的工作，他亲自打电话问可能成为我上司的人穿鞋的尺码，亲自去鞋厂定做了一双牛皮鞋，亲自带着我去上司家，亲自弓下腰为上司试鞋。上司是个文化人，享受不起这份隆重，但是禁不住父亲的执意，新鞋上脚，他红着脸走了两圈，不知真合脚还是不合脚，连连说，好，合适！我那时 24 岁，与肇事者年龄相仿。从某种意义上讲，我也是肇事者——为父亲的面子肇事，为男人的尊严肇事。你不知道，我父亲曾经是一名军医，一生救死扶伤，挽救了上百条人命。他曾不得不享受一家人齐刷刷下跪谢恩的隆重礼遇，而为了儿子的人生走向，他微笑并心甘情愿地屈膝，这一个细节，小说家是无法虚构的。生活从来都无法虚构。

我简单地讲述了我所理解的"法理"，他的父亲连连点头。我说，礼拜一，年轻人都很忙，我理解。我是教师，已经放假，我今天不用车，等你儿子回来复原现场。他会做的只是连连点头，连城里廉价但流行的"谢谢"都说不出口，朴素得像我的父亲。我的父亲也不会说"谢谢"。朴素者的"谢谢"寄存在心里，没有挂在嘴皮子上。前者隆重，后者寡味。

"物业"不承认自己有丝毫的责任，"责任"在他的嘴里，如吐出的瓜子皮。让我来"复原"现场——"如果杨先生要驶出既定位置时，好狗真的不挡道，他一定不用扭得那么难看，也就不会蹭着我的车。而那个位置，地上没有停车线，我们都规规矩矩停在有停车线的位置，他想停哪里就停哪里。你们为什么不管呢？""管了，但还是停。""为什么不通知交警拖车？""这个，有难度，小区停车位紧张，要是一晚上拖走几十辆车，我们物业得撤场。"他告诉我一个细节，车停在路边，容易被刮，像拥挤的人群中的摩肩接踵；也有人划你一道，两道，你找不着人——黑夜中，若无其事地从车边走过，手里攥着坚硬、锋利或尖刻的树枝、螺丝钉、螺丝刀、铁片、石头、瓦砾，有些东西随处可见，它们不是一眼就能界定的"杀人"的凶器。破坏者不用举着菜刀，挥舞着斧头，冲向你的车，他的手就那么轻轻一摆，如拨弄清澈的溪水，指尖微微用力，你的车身便会留下深深浅浅的痕迹，有时很短，有时很长，一般都很规则，你可以想象它是一条蜿蜒的小溪的支流，也可以想象它是土地龟裂的前奏，或者，如一条文身。你得庆幸，没有人给你"画"一个十字架，一个大大的感叹号，问号，或者干脆"画"一个骷髅。

我一般都很规矩地停车，只是有时候，因为技术的限制，往往是车一头扎进停车位，撅着显赫的屁股，而不是像温文尔雅的城里人，目光朝外，含蓄且隽永。有的停车场，有这个要求，保安会赶过来，在你未熄火之前，请你掉转车头。如果你手快，已经熄了火——那也得发火，掉转车头，这是人家的规矩。如果你不听，执意下车，扬长而去，你的车会不会被剐，我想是不会的，到处都是摄像头，很容易查出肇事者。这只是一个规矩。小区里的停车位，也分不同的情况，有的车位一直是别人的，因为人家是月租或者年租。地下也有车位，但是早已名花有主。另外，越来越多的迹象表明，地下也不是安全之所，当城市遭遇百年不遇的暴雨时，地下会一片汪洋，你也可以想象它是一个游泳池，那些钢铁一样的身躯在水里浸泡，起伏，东倒西歪。它们也呛水，也死去活来，甚至一命呜呼。它们的生命有时候比人更脆弱。

我的车是外地车，来自遥远的北方。在这个城市，我不敢故意肇事，因为整座城市，没几辆。我行驶在大街小巷，知道自己处于众目睽睽之下，一目了然。就如你在北方，突然看见一辆来自南方的车，你也会多看几眼。每一个假期结束后，我开车去上班，停在单位的停车场，我也不能迟到早退，余光一扫，就能知道你在还是不在。当然，你也可以"滴滴出行"，或者悄悄溜出去，换乘城市的公交、地铁，像灰霾一样遁去，然后振振有词地说你的车在——人在。

还有酒驾。我敢毫不隐晦地说，我酒后没有开过车，这是散文，警察里也有文学爱好者，他们知道散文不是小说。他们或许会从亚马逊专门买一本词典，仔细研究散文与小说的区别；也可能去请教文学史的专家，进一步论证什么是散文；甚至，让"验尸专家"来检验我的文章是散文还是小说。总之，方法很多。这个时代，颠覆，创新，复制，改写，移花接木，摆布，破冰，深入挖掘，论证，还原，尊重，弘扬……如战国的马车在时空穿行，嘶鸣久远而深邃。如果我说我不是小说家虚构的主人公，谁信？我的文章可能会成为呈堂证供。所以，我没有喝酒开过车。我保证，即便我酒后驾车，当然，不是处于深醉状态，我酒醉之后的状态很不好，恶心呕吐，天旋地转，难受得要死，我连后悔的气力都完全丧失，怎么可能去开车。更不可能摇摇晃晃地上车，豹子一样往前冲，管它刀山火海、羊群、草原或者溪流。我不是杀红了眼的刽子手、输红了眼的赌徒。自觉与矜持，其实与酒无关。所谓酒能乱性，是因为你本来就是那个性情。但是，你规矩，不代表别人也规矩，满街的人，因为车，都成了暴脾气，我相信，所有的车主中，没有说过"你投胎去"的人，还是能像数星星一样数一数的。城里人，有的被生活踩住，狠狠地踩住；有的被人踩住，狠狠地踩住；有的被钱踩住，狠狠地踩住；有的被情踩住，狠狠地踩住；有的被世态炎凉踩住，狠狠地踩住——这下踩住油门，终于有了可以被自己踩在脚底下的东西，"我一脚踩死你"，放纵，歇斯底里，招摇，张扬，不计后果的快感在一瞬间是格外强烈的。

我知道，今天，星期一的整个一天，肇事者是没有多少快感可言的。他会惴惴不安，为他受伤的车，那应该是一辆新车，按照他的年纪，他可能还买不起一辆车，是他父亲如麻雀一样从城市刨食，在实现原始积累之后，送给他的"剩余价值"，目的是让他能按时上班，养活自己，同时，在喧嚣且势利的职场活得体面一些。他还可以开着车去接送一个心仪的女生，参加生日 Party，幽会，一切皆有可能。

冬天，夜晚一点都不拖沓，早早地捂了天。整个一天，我哪里都没有去，读书，思考，开火做饭。我喜欢在厨房里读书，闻着人间烟火，读着圣贤之书，可谓接地气。我看不见那些悬浮游荡的细微的颗粒，但它们已经浸入书本，将几千年之后万家灯火中的一盏或脆弱或柔和或倔强或温馨的光亮与菜香捎去，沧桑如云。常人的生活，比如这一次剐擦，如云中落下的一滴雨，风中飞舞的柳絮，燕子的一声啼鸣，或者，是一缕烟尘。在它发生的时候，其实已经逝去。

门铃再响时，我想看看日头，日头明天才有。我看了看表，8 点。我知道，杨先生披着寒气来了。

我的心早已经被焐热了。

珞珈山的春天

　　那几日，住在珞珈山旁，每天清晨，我都要站在窗口听一阵子鸟叫。5点多的时候我便清晰地捕捉到了第一只鸟的清脆的啼鸣，似乎总是那只，我快熟悉了它绵长、温润而且悠扬的叫声，我知道，是它完美地终结了一夜的寂静或者迷蒙，启封了一个新的清晨。但我仍是保持着聆听的姿态，没有起床，没有开灯，没有发出任何声响。它需要一个完美的聆听者。此时夜色尚未褪去，鸟就在窗外不远，它需要一点时间启明建筑，驱走倦潮。接着，第二只、第三只、第四只……像是幼儿园的孩子从梦中醒来，片刻的迷迷瞪瞪之后，一下子欢闹起来，此起彼伏的叫声穿越厚重玻璃的阻隔，在聆听者的耳边忽隐忽现。我便下床，打开窗，将窗口尽力扯开。这扇窗几乎是夹在树木之中的，我一伸手能拖住树叶。我没有尝试，这个动作过于粗俗，也会惊着它们。我只是轻微地探手试了试风。没有风。这个动作对于珞珈山而言，对于一座高楼的一扇窗而言是微不足道的，但鸟儿们仍是发觉了，正如我已经看见它们在淡淡的雾霭之中留下的剪影。它们在蓊郁、健硕的树间扑簌簌地呈直线、曲线或者弧线飞翔，叫声时而短促，时而悠长，咕咕，唧——唧，喳喳，啾——啾，翎毛带动了风，风推送着气流，气流裹挟着叫声，叫声旋了一股股草木的气息扶摇而至，从下边，从左边，从右边，从上边，似乎从四面八方涌来，瞬间便覆盖了整扇窗和一位聆听者，浓郁且清新。

　　这是珞珈山春天的早晨，是武汉大学的早晨。

　　走在路上，鸟叫声便更加真切；走一路，听一路，没有断层与片刻的凝滞。

鸟儿们似乎不知疲倦，兴奋得忘乎所以。可是，谁会觉得它们的声音聒噪呢？整日置身于钢筋混凝土丛林中的人，偶尔见到鸟，听到鸟叫，内心都是欣喜的，或者窃喜，仿佛那叫声听一声便少一声。而我，已经听了很久——这样的生活，即便三五天，很短暂，稍纵即逝，已经格外让人满足与幸福。走一阵，我会停下，仰望那一棵棵高耸入云的树，樟树，梧桐，不知名的树，我在看树，也在看鸟，我的目光沿着声音寻找鸟儿们的踪影。我知道它们也是喜欢亲近人的。它们胆怯又迫不及待地想闯入我们的生活，与人近一点，再近一点；若它们确认你没有伤害它们的动机与动作之后，便开始落在你家的阳台上，甚至由阳台而至厅内，甚至穿越客厅，自北向南，由东而西。这个过程，对它们而言，对你而言，何啻一个仪式？前面冠以"神圣"二字并不过分。这是一族与一族的融合。此时，你万万不能做的是关闭任何一扇窗、一面门。你尽可以读书，喝茶，听你的音乐，说你的家常话——有时候，无视这些天之尤物的闯入，置之不理，反而是一种高贵的礼节。

依着珞珈山缓步而行。山路逶迤，时而上，时而下。路两旁是茂密的林子和茂密的叶子。林子随着山势起伏，柔肠百转。山色空蒙、清丽，草木翠绿、鲜嫩。昨夜的那场雨还挂在枝头、草尖，你站在树下，只是跺跺脚的劲儿，雨珠便情不自禁地落了你一头、一身、一嘴，舔一舔嘴角，甜甜的。被雨打落的红色或黄色的叶子或是铺在路上，层层叠叠，或是散落在草间、亭台，如青年们设计的传递春天讯息的一张张精致小巧的明信片。

这个季节，武大的樱花也开了。在草木莽莽榛榛间，猛然望见一树樱花，那艳丽，那矜持，那高傲，由不得你会一愣，心会一动，停驻，舍不得离开。你会站在树下，看着那些粉红的含苞待放的花蕾；你会凑得再近些，微距离地端详那些娇嫩的花瓣；你会闭上眼睛，贪婪地呼吸花瓣弥漫的芳香。你能感觉到一缕淡淡的香正流过你的血脉，滑过你的意识。我静静地站着，目光宁静而隽永，如同注视熟睡的女儿。清晨的珞珈山路上，除了鸟语，没有别的声音。我可以旁若无人地孤芳自赏。我也没有摇，摇和拗一样，对于花木而言，始终很粗俗。我轻轻地弹了弹花枝，花瓣间的雨珠洋洋洒洒，掺着花香，落了我一脸。花瓣微微地颤动，却很自负，一片都没有落下。

　　成气象的樱花长在"樱园"。樱园里的樱花已经悉数绽放。远远的，你看见盛装的白，闻见密集的香，便到了。这时候还早，四周没有什么人声，但我知道，也仿佛看见，摩肩接踵的人正在路上，宛如盛唐时赶着赏樱的盛景，白居易不是有诗云："小园新种红樱树，闲绕花枝便当游。"我很庆幸，此时，这个宛如云朵一般的世界是静止的，氤氲的雾气屏蔽了世间的一切闲杂之音。只有繁密的花瓣千姿百态却又杳无声息地开着，你不由得惊叹樱花既有梅之幽香、又有桃之艳丽，且清寂孤傲，像一名来自宫廷或者民间的穿着白色汉服的绝色女子。

　　珞珈山的雨，又在林间淅淅沥沥地下了起来。我听见雨落在枝间，落在花瓣上；我听得到草木丰茂的生长，花瓣噗噗的声响，间或，一只只鸟儿，从珞珈山起飞，唱着春天的歌，在苍穹划过一道道精美的弧线。

流溪河的春天

窗外的花静静地开了，是那种紫色的花，不知道名字，开在树上。书房在一楼，一扭头就能看见花。刚住进来时，树不高，花不多，一个冬天过去，在春天到来的时候，树已高过半窗。接地气的花枝如同墙上的一幅山水，一览无余。花瓣，花蕊，宁静，隽永，又在微微地颤动，娇艳且孤傲。

只是，你再使劲也闻不到花香，隔着窗呢；也看不到蝴蝶，这是北面，到下午时阳光已挂到对面山坡的树上。我其实知道，在南方，花是一直开着的，包括在刚刚过去的冬天里，那些极冷的天儿，我看到了花开，也看到了花谢，花一直在凋零，化作春泥，也一直在重生，十里柔情，天上人间。

这是流溪河畔。河畔距我一箭之地。阳光暖融融的时候，我坐在南面的阳台上晒太阳，看风景。一楼太低了，看不到河流，也听不到河流。那倚着墙开着的花，河边茂密的树，萦绕的蝴蝶，啼鸣的小鸟，语语的虫子，和煦的阳光，构成了春日午后独有的闲适与逸乐。偶尔有一只或两只蝴蝶翩跹而至，白色的，紫色的，五彩斑斓的，在阳台上无所顾忌地飞来飞去。有时在半空盘绕，逗人似的；有时在距我咫尺之遥的地方东触触、西探探。阳光把我的心晒得很暖，把我的目光也晒得很暖，我正捧着一本书，书香在阳光里弥漫，这些，它们一定感受到了，在没有一丝寒意、凶险、嘈杂逼近的时候，它们无忧无虑，肆意且逍遥。

春天的夜里，你甚至会听到蝉声，非常近，也很响亮。我猫着腰寻找声音的来源。我可以确信与蝉只有几巴掌的距离。蝉一定能感觉到我的呼吸和心跳，可它无所谓，冲着我狠劲地叫。我听多久它叫多久，不知疲惫。我夸张地起身，带出声音，它不叫了。我甚至拿着手电筒恶意地冲它晃了晃，它又抗议地叫了两声，偃旗息鼓。我笑了。

　　一切都没有远去。整个夜里都是天籁之音，抑扬顿挫，此起彼伏，绵延整个河畔。我听到了，河畔的人都听到了。夜里的天下，是鸟儿的，是虫子的，是花花草草的，是自然的。

　　只是，在房子里看到的只是局部的流溪河，在房子里看到的春天对于春天的流溪河而言只是短促的一截，宛如剪辑之后的电影片段。若你想看整个流溪河，看整个春天，应该溯流而上。

　　流溪河的春天是一条长廊，廊头有迹可循。只要沿着流溪河畔一路向北，再向北，找到一片森林，找到"野芳发而幽香，佳木秀而繁阴"之地。

　　春天的阳光仿佛一下子涌上来细腻地覆盖了我们的脸，我使劲揉了一把，把阳光抓在粗糙的手里——搓搓手指，指间温煦且绵软，阳光如花朵一般裂开了。满眼，花正在阳光里尽情盛开，红色、紫色、白色、黄色……大朵的、细碎的、雍容的、妩媚的、娇羞的，在树上、在山上、在谷中、在河畔，有的近、有的远。一朵朵看过去，金茶花、白玉兰、樱花、桃花、木芙蓉、杨梅，还有叫不出名字的，好多。

　　被我的目光捕捉到的春天在我的目光里浅尝辄止。春天要好好地闻，那是来自土地的带着一丝生涩的植物的气息，像一个小姑娘见了生人，胆怯又有一点慌乱。然后就有一点淡淡的香了，一丝淡淡的甜了。香是藏在花里的，含蓄而内敛，一点点地释放，很吝啬；甜是藏在水里的，碧绿又澄澈的河水被温厚的阳光分解、稀释。

　　我贴近香的藏身之处——不能去触摸她们，薄薄的花瓣、娇柔的花蕊禁不住凡夫俗子的"摧残"。我只是一朵朵地闻，贪婪而又痴迷；我闭上眼睛，让淡淡的香缓缓地沁入；我使劲地呼吸，像要一股脑儿置换整个冬天残存的潮气、浊气。

　　一路，花香始终不曾弥漫。走在整个森林里，偶尔会闻到一缕不知起于何处的馥郁的香，就一缕，你一扭头，踪迹全无。

芳草与秀木的气息却是浓郁的，它们被春天的阳光撩拨得痒痒的，不再矜持，一股股地焕发。鸟儿啁——啾啁——啾，音声相和，打破沉寂，婉转而又欢快。它们比我早知道流溪河的春天来了。

流溪河或隐或现。透过树的间隙，自上而下，我偶尔能捉到一片湖面，宛如明镜。我极力想分开那些蓊蓊郁郁、古木参天的丛林，将整个河面尽收眼底，却是徒劳的，云雾飘涌，横亘眼前。

山并不高。上到开阔处时流溪河终于呈现了。极目远望，河倚着山，山托着云，云映着河，水天一色。不壮阔与雄伟，却恬淡而娴静，如淑女一般纯朴而睿智。我默默地注视，一缕风飒然而至，风飒飒兮木萧萧——近处，茂密的芦苇可劲地摇着，和着风，唱着歌，舞着春天，春天滑过河面，河水清且泛着涟漪，幽蓝而翠绿。

流溪河是一条流域2300平方千米的河流。从北到南，起于广州从化，经珠江三角洲而入南中国海。河流两岸，那些人，那些鸟，那些蝉，那些虫，那些花，那些树，那些夏，那些秋，那些冬，这春，局部或者全部，生生不息，怡然自得。

千灯湖

　　若发现这是一个雾沉沉的早晨，我会先想到千灯湖，因为千灯湖开阔的湖面恰是雾气的源头。我那时正站在南海大道的一个阳台上向城市张望，城市刚刚醒来。

　　千灯湖在南海区。南海，秦皇置郡，汉晋桑蚕，隋朝设县，唐有洋商，五代开陶，是一座历史悠久的城池，但一放到华夏版图上就成了一个很小的地方，我就曾将"南海"当作"南海"——中国近海中水最深、面积最大的海。给北方人说起南海，有的竟会听成海南。可若说到黄飞鸿、叶问、康有为，大家恍然大悟，都看过些剧，读过些书，对于这些人物的"底细"自是熟稔，原来就是那个南海，广东佛山的南海区。

　　千灯湖首先是一座湖，然后如她的名字，湖的周围有1300盏灯。但在雾霭蒙蒙的早晨是看不到那些灯的，灯也不开，雾气将整个湖面笼罩，我如懵懂之人擅自闯入一座仙境，未经修行却突然脱胎换骨成了仙。被云雾缭绕的我却不慌乱，一点都不慌乱，那种潮湿的仿佛和光同尘、随遇而安有时却又透着丝丝微冷与清凉的雾让人怡然自得，我可以张开嘴深呼吸，让每一颗细微的水粒长驱直入，丝毫也不担惊受怕，我知道那不是阴霾，一种伪装得极像雾的要命的东西。千灯湖的雾来于自然，逝于自然，最是有形，也最无形。

　　但南方的天气多的时候并不像北方那样大起大落，于是因温差而形成的雾茫茫的景象对于千灯湖则不是太过频繁，当一年四季任何一个清澈的早晨你步入千灯湖时，那湖与那些灯便都浮现于眼前了。灯还是灭着的，却如卫士一样执着与本分。湖水则呈碧绿，整个一眼望不到边的湖都是碧绿的颜色，与四周的草与树一起构成了一种让人心旷神怡的色调，这时你再看人的眼、面孔及肤色都透着一种温润和典雅，真是一方水土养一方人，我觉得人的性情便最是水的性情的折射。

到了湖边不光是为了看湖，要沿着湖畔行走，心思才能与湖一起呼吸与流动，不管一个人来自何方，是城市行者还是旅人，刚经历了挫折还是正享受幸福，当他把自己的影子丢于湖中时，他的心想必是坦实的，目光想必是和善的，步子想必是清淡的，整个人生仿佛被迎面而来的晨光拉得颀长与隽秀。光与影是湖的灵气，晨光搓成的一颗颗大大小小的珠子正在湖面滚动与闪烁，星星点点又斑驳陆离，让整个湖面富有都市的幻想与美丽——千灯湖不是自然形成的湖泊，她是属于都市的娇女，她的四周是车水马龙的城市路网和生活与商业气息俱很浓郁的社区与广场，写字楼鳞次栉比，典型的繁华中的宁静之地。我猜想千灯湖周围那一座座写字楼里会时刻有一束束目光不停地向千灯湖张望，心早在湖畔徜徉；夜幕时分，他们一定是迫不及待地从各个方向步行百余米至千灯湖，感受她的宁静与美，幸福到家了——人最是不知足，居于都市一久就会想念乡村，居于乡村一阵子又耐不住寂寞，最想"鱼"与"熊掌"兼得，千灯湖之于南海城里人便是一种"兼得"。

我原来想千灯湖的夜晚一定是千灯璀璨的场景，灯火通明的样子，却发现单个看每一盏灯都是幽暗与昏黄的，但灯与灯隔得不远，距离温和适度，一千多盏灯齐齐亮起，再望千灯湖时便满心的柔软与熨帖，光影摇曳间可见人影绰绰，却未必看真切那些脸孔，湖中的小艇，地上的林荫和花廊，四周大片的竹林、草地都心领神会地自觉没落于一种夜的含蓄之中，但都市的繁华通过大灯塔、钢拱桥、廊架和历史观测塔隐隐逼过来，气场就在不远处。此情此景，来来往往的过客不会想到在 20 世纪 90 年代初期这里和周围基本上还是一片稻田，荒凉与落寞得像一个孤女。

这座宽阔的占地三百多亩的湖，若你只想徒步行走，那要走上好长一会儿。我们有时要租一辆特别设计的自行车，我在最前面的座儿上"掌舵"，妻子和女儿在后面的两个座儿上用力蹬车，我们一路的笑声与快乐都落于湖水中，那种情境不算久违却并不常有。行进间，也会遇到"会车"，那往往是已兜了一圈的情侣或另外幸福的一家三口人，孩子年龄比我女儿要小，自然更兴奋得大喊大叫。道路偶尔有一点起伏，却不觉得什么，但过千灯桥时因地势起伏略大给人以久违的"惊惶"之感，其实安全得很。

　　千灯湖一年到头四面敞开，没有门，不收什么门票。我记得不光在年节时，平素里也有卖风筝的，卖红薯的，卖卡通面具的，卖唱的，人来人往，各找各的情趣，均相安无事其乐陶陶。有一次我们站着认真地听了一首歌，唱歌的是一位残疾人，无腿，歌声却地道得很，一点也不伤感与凄凉。听罢，女儿将一元钱轻轻放到他面前的缸子里，我想，这亦是她人生细节的微小构成元素。

　　我去过无数次千灯湖，每次都会思考她的品性，与扬州的瘦西湖、济南的大明湖、兰州新区的生态湖进行比较——瘦西湖是雍容华贵的，大明湖是质朴无瑕的，生态湖是刚性洋溢的，而千灯湖则聪颖、率真、现代，这是这座富庶的城池的价值含量——要你，通过一座湖，细细揣摩。

里　水

　　那天下午我们到了里水，早就想去，好多次开着车绕着她的边上走，这个让人充满想象的很独特的名字让我记得牢固——里水是一定有水的，要不然怎么会叫这么个名字？我却想象不出她的模样，猜不出那水到底是怎样的水。

　　有水的城自是格外灵气的，可惜我见过的城并不都有水，满眼苍黄连一点绿色都不太见的城也是有的，看起来可能雄壮却很悲凉，在那里住上几天，嗓子眼冒烟，就想逃走。有的城地上无水，地下有一些，却不充沛丰盈，老像使着小性子的姑娘，心思动辄就游移开了。眼睛总要看到，看到绿心会静，看到水心则活。有水的城，或城因水而生，或城中有水、水中有城，而无一例外的要是活水才行，流动的，奔涌的，激荡的水不会禁锢一座城，也不会束缚城中的人，有了活水，城才自由，人才活泛。

　　第一次见到的里水不是很大，我知道她是一个镇，这或多或少限定了我对她的理解。自然，镇与镇不同，比起西北我老家的镇，她够大，比起更大的镇，她或者就小。人不比人，各有一副面孔；城不比城，各有各的风情。但我意识到确实应早一些来里水，就不至于这么迟才认识她，像早一些见到久违的友人与知己，喜悦与自在一定会充满我的心。

　　有水的城必然不缺乏绿色，我由绿色引着寻着那水。而绿色到处都是，到处是绿意盎然的树，叶子茂密得像浓郁的乡情，远远看去如大朵大朵的绿色的云挂在半空，遮掩与阻挡了我一眼望穿她的企图。我们"瞎"转着，车头一会儿向北，一会儿向东，一会儿又不知了方向，转了很多圈，不管是纷纷攘攘的街，还是车水马龙的桥，总有大片的连缀的苍翠的绿横亘在眼前，不大工夫，愈来愈像一些老朋友在各个角落等着我们的到来，使初来乍到的我们不急躁焦虑，并放缓了行者的步履。

我们原想明天早上去里水的，只是我想看一看夕照的里水。朝霞自然是一种希冀，却是匆匆而过；夕照却是一种博爱，舒缓隽永。一个镇，一座城，城里的人，日出而作是一种志，日入而息是一种求，总要过一种经得起打磨与沉淀的生活，这大抵是不错的。但这个时间离夕照还有一点距离，阳光不耀眼，反而柔和，水气十足，却又未氤氲得失了分寸，就斜斜地挂在树隙里，某一个角度的桥上，楼上，天上，偶尔她也会踪迹全无。我们穿越又一条街道时，头顶那浓密的树几乎遮蔽了整个天，那些叶子交错渗透连成一座过街"天桥"，或者一道绿色的拱门，像是一位渊博的学者极有涵养地望着我们这些不请自到的陌生人。

找到里水桥，就看见了里水河；寻着里水河，自然会到里水桥。里水河如同绿色的丝带将整个里水系住，且系法独特，在某处打了一个漂亮的一河三岸的结。我们先站在一岸，在女子飘逸的长发似的垂柳的缝隙里看着那河，我们与河的距离极近，能看见河里各种生物在不停地吐着圈圈，它们最该庆幸有这样的水，水绿得那么纯粹，绿过岸上的树，绿过山水长卷，不掺杂一丝半点的杂念，没有任何的漂浮物招摇而过。我的眼是望不到河下的，顶多在河面打个折就被反弹回来，因为那是浓郁的厚积的绿，却一点也不含混，像淡淡的浆。对岸便是居民，我能清晰地看见房子，房子在水里的影子，人，晾晒的衣物，在水一方，栖于水岸，房基浸于水中，人在水上，饮这水，是一种或理想或现实的生活。房的砖瓦因水长期的浸润而斑驳，却是牢固的，水实则是一种聚集而非分散，"水生万物，万物复归于水"，我以为水是世间最凝固与强硬之物，力大无比，经水之冲刷与洗礼而坚硬的屋子便固若磐石，其中的人也便愈来愈坚毅与顽强。其实我早就向往过这样的生活，每日看水、望水、听水、触水，对水而文，枕水而眠。与水中的生物注视与私语，我的人、我的思想会因潮湿而润泽与丰满。我看见一个和我同龄者自河中熟络地打水，然后返身去浇灌作物，每日的这样重复，对于他一定不觉得枯燥与乏味，我虽看不清他的脸，但他打水的动作与背影一点都没有传递出懒散的、疲惫的、无奈的意味，是一种踏实的快乐。他与水，早已是知己。偶尔的，一个穿着黑白相间的格子裙的窈窕身影在我们眼前一闪，让对岸的生活更富有诗意与美好。

妻子看见了龙舟，欣喜地叫着，其实我和女儿也看见了龙舟。瘦长的五彩斑斓的龙舟静静地搁在水上，倚墙而息。我们北方人见船少，龙舟这样特别的船更是少见，它如将军的马一样静静地等候出征。我刚觉得有些遗憾，一艘龙舟由远及近，像是将士得令出征，龙舟上十几个汉子边喊着号子边用力地划桨。龙舟文化和竞渡民俗在佛山已有两千多年历史，里水人已经习惯了一河三岸上百舸争流的盛景，每年的某个时段，里水所有的村子都会派出龙舟队上阵角逐"龙舟王"，眼前的这艘龙舟上的汉子不是在比赛，而是在与水的亲密接触中熟识水性，顺水而为，以求当上下一个"龙舟王"。北方汉子决胜在沙场，在驰骋纵横间攻城略地；南方汉子取胜于水域，在顺水推舟逆流而上间攻无不克，都是一样的血性。

及至另一岸时，里水的轮廓已然尽收眼底，我们坐的那个位置不偏不倚看全三岸，我们坐在长条椅上静静地感受此处的生活。夕照已完全呈现，暖阳绒布一样流泻，整个河面有绿，有黄，有红……用五彩斑斓来形容她是偏俗气的；河岸上的所有建筑都不再矜持，固守，不冰，不冷，不生，不硬，而暖，而温和，而厚道，仿佛夕阳把它们的神连同我们的心完全镌刻或定格于水面惝恍迷离的光影里。我瞬间就想起了母亲，要是母亲的余年有这样的生活该有多好，尽管她的窗前也有树，偶尔也能听到啁啾的鸟叫，却是缺水的，母亲的心因此而缺乏滋养。

女儿俯在水岸，她看见了密集的游弋的蝌蚪，兴奋地大叫。

清洁女工工余唱着粤剧，"此际沉沉静静，忽闻水上传来弦线和鸣"……

整个里水河岸仿佛都在聆听。

狮山听湖

在北方少见水，也有黄河，但黄河是伟岸了一些，不像湖那么小家碧玉，心里还是格外喜欢湖的。再说，只有湖是宁静的，是适合于旅人的。我一直当自己是旅人。我从北方出发，一路南行，然后循着湖畔停滞下来，但心还在游走。

南方的湖，和北方的山丘一样多，那些湖像搁浅的小舟，像沉寂的大粗碗，也像心之琴弦，你不去碰她，她就那么在密集或疏松的林间静谧地存在着，不瘟不火，不微笑，也不恼怒，却不是面无表情的，像一个小小的女孩，偶尔也顽皮，偶尔也娇气，偶尔也不安分。

我原来想，要是住在湖边该多好，或者窗正对着湖，天晴时有时干脆望着湖发一会儿呆；或者在清晨，人家都没醒来时，先抓住一点时间，望望湖，静坐下来，写一点闲散的文字，感觉应该不错。但在城市，那样的风景是稀缺的，人的贪婪有时不在心里，全在眼里，想独占一片湖面，像独霸一方山水，于是望海的、望河的、望湖的，哪怕是望水的房子，都贵，不是我等养家糊口的人所有力气拿下的。但有的水景，却真是人造的，挖个硕大的坑，排入自来水，刚开始是唬人的，若是真住过去，要不了几个月，水就会因阻滞而颓丧得腥味儿扑鼻了。

我现在却是"富有"的，这个位于广东佛山南海的叫狮山的小镇，居然有那么多的湖，懒懒散散地分布在我的视线之内，有时就一齐耍开了小性子，有些清晨几乎令人"窒息"，什么也看不见，全都是雾，浓厚的雾，沉闷的雾，如同北方闹腾人的沙尘暴。雾里的该都是细密的水珠，沾了人的头发，衣裳，也涌进了房子，上了墙，进了柜子，便都是潮气了。这样的天儿，人和衣物便整个如水"洗"似的。

雾里是看不清人的，好在狮山大学城的清晨车很少，否则真是难行。我穿梭在雾里，呼吸着雾，如处身于一个仙境，浑身通透——那情景要是移植到北方，该是令人惊讶得合不上嘴的。那么多的湖因何而来，因何而生？是自然的宠儿？却再也无法欢畅地游走；是弃儿？却心如止水，平静而幽远；是仙人一挥衣袖肆意撒下的？真是乐善好施。

我喜欢走路。一路走着，看着湖，到处都是青山绿水，一年四季都是青山绿水，除了雾天，湖面没什么变化。我与她离得很近，在沉寂的清晨，除了小鸟的啼叫，便就是她的声音了，我几乎能听到她的声音，深邃的，灵便的，舒缓的，水的包容之声，瓦解之声，分离之声，或者纯粹的磨合之声，还有鱼游弋的声音，有各式的微生物发出的颤鸣，没有蛙叫，暂时也没有蝉声，或者在我聆听湖声时，忽视了、忘记了顽皮的蛙与不甘寂寞的蝉吧。

湖水绿得浓郁而炽烈。有些淡淡的雾还在湖面上空盘绕，像一条卷曲的龙，像旋风，演绎着不同的造型。我一边听着湖，一边走路，就能看见早读的孩子，其实他们不算是孩子了，是大学生，在读英语单词，树下，湖畔，人行道上，但不多，甚至是偶尔才有，我就惋惜，这么好的风景居然无人欣赏——也许对于南方人来说，没有什么风景不风景，自小到大，从早到晚，都是如此的景色，腻了，烦了，不像我这个北方人，经见的雨水少，把一点水塘也当作风景。

再路经那些湖时，由于熟悉了，便也不去刻意看了，但是在听的，听她的心跳——湖最是寂寞的，她如孤独的旅人，有时也渴望与路人结伴而行，却因为矜持且孤傲，而渐渐地故步自封，继而愈发自闭，愈发孤芳自赏了。

湖最可爱的地方，是令人瞬间便宁静下来——与海、与江、与河是完全不同的，适合旅人。

南方的花

　　母亲刚到南方时，看到我们养了很多花，似乎是不经意地说，你怎么会喜欢花？她是一个北方女人，可能不太善于表达，言外之意，一个男人喜欢花是性格柔弱的表现。这话在北方不知道效果会怎么样，但是在南方，我相信很多男人都会有想法，花与生活，简直密不可分！

　　其实我在北方时也是喜欢花的。当你的生活中有了花花草草时，你每天看着它们，给它们浇水，洗尘，修剪枝叶；清晨或者黄昏，当一缕阳光从窗外流泻而至，你会觉得非常温暖与幸福。而北方的冬季简直是花花草草的苦难之旅，你不可能把每一盆花都挪到温暖如春的室内，她们在与寒冷一墙之隔的阳台上忍受着缝隙里的寒风和霜花诡秘的美丽的表面之外的冷酷，有时你会于心不忍。可是你只能默默地为她们祈祷，因为那是她们的栖息之地。我曾经掘了很多土，堆在兰州那个家的阳台上，只为让那些花花草草有一个温暖的家，可是被母亲一顿"训斥"，她的"训斥"仍然是不善于表达的，言外之意，糟蹋了这么好的房子。要知道，在一座有商品属性的房子里堆上厚厚的廉价的土，在那样的年代那样的城市，并不会博得很多人的认可与赞许。

　　南方不像北方，常年可见花花草草，那是因为这里温湿的环境。在北方十分珍贵的花木，到了南方，也不过是街头一般的景物。有时，我们路过鬈曲飘拂的榕树时，路过"一点芭蕉一点愁"的芭蕉时，路过"暗淡轻黄体性柔，情疏迹远只香留"的桂树时，禁不住要贪婪地端详，贪婪地嗅，就会想起有一年在北方为得到这些花木而处心积虑盘算荷包的情景。

我们就笑了。

此时，我们的笑就在花市飘摇。

南方花市似乎专为年节而来。岁末年初时，大大小小的城市，宽宽窄窄的街道，若缺了花市，似乎像缺了主心骨与精气神的人，整个城市与整条街道都落魄与静寂起来。可是，爱花的南方人怎么会拂了一年一度的兴致，那么多的花，那么多的树，一股脑儿扎到一起，的确是令人眼花缭乱与目不暇接的。

我在一株海棠花前蹲了下来。目光没有被鲜艳的红所侵扰，而是长驱直入那憨态可掬的蜂，它一丁点儿都没有意识到我的存在，在花瓣间、花蕾间、叶子间自由地嗡嗡嗡地弹跳与翩跹舞蹈，黑黄相间的身影与圆鼓鼓的眼那么可爱与迷人。我与它近在咫尺，甚至距离更近。我不怕它耍脾气冲到我的头顶，它也不怕我一口气吹散它的雅致与怡然自得。我们本属于两个"世界"，但在这一刻，都是花的守护者，都被极自然的芳香的气味所引诱而忘乎所以。

有了花，便有了蜂，也有了蝶，鸟儿也不该缺席。可是喧嚣的人声让鸟儿胆怯，鸟儿都在不远处的草坪上飞旋与萦回，或许也试探着过来凑热闹，思忖许久，又作罢。鸟儿在空中看着人捧着金菊，端着桃花，举着栀子花，一路芳香洋溢、飘散，更加兴奋，啁啾啁啾地欢快地唱着。偶尔有胆大的鸟儿一路俯冲，试探着落在高大的樱花树、艳丽的杜鹃花、紫茵茵的风信子上——事态并没有它想象的那么凶险，年节的人，满眼的柔情，甚至冲它们笑笑，或者孩子般晃一下脑袋，绷一下眼珠子，唬它们一下，他们急着要把好意头和春天搬回家，哪里有心思与它们逗趣。

花市开时，便是南方春天的到来。你走入花市，便是提前拾得一个春天。我知道，此时我的家乡以及更广袤的北方还是一片白茫茫的大地，甚至在这之后的冗杂且"漫长"的气息里，风霜仍是季节的主流。因此，我对花市的流连与驻足比地道的南方人更为贪恋。我一路细致地查看、欣赏，我在叫不出名儿的花花草草前如懵懂的孩子似的迷醉与喜悦，"一枝红艳露凝香"，更不用说眼前是姹紫嫣红的花海。我自愿沉沦与堕落。我裹挟着花香由南至北，从东到西，似乎极为愿意做一个招蜂引蝶之人。

花市不全是花，也不全是一季、一年终日与花为伴的人。藤不是花吧，你见过藤编的花么？在佛山南海的千灯湖畔，我见到了编花的人，一个从12岁开始编了半个世纪的花的老人，一个母亲那样的母亲。各色的细细的柔韧的藤在她手里飞舞、缀合、编织，我的眼前很快呈现一朵艳丽的玫瑰或金色的菊。我没有闻到花的芳香，那是另一种朴实的香，水草的香，山梁的香，泥土的香，母亲的汗香，是现代工业漂染的色泽丝毫无法驱使与混淆的气味儿。不光是花，她还编了一头洁白的绵乎乎的小羊，一只猴子，一个精致玲珑的篮子，一把摇曳生姿的蒲扇。我想起劳作一生的母亲，一样在春天的风里舞动的银色的发丝，一双满是褶皱的手，饱经岁月风霜的脸，除了不许我在阳台上"耕种"的"斥责"之外对孩子关切与对生活怡然的目光。

　　广州的花市更是秀色可餐，有土生土长的广州人，也有我这样的"新人"，还有到此一游的旅人，谁要过花市而不入那说明他还不了解这座城市的风情。广州的花市无一例外会是摩肩接踵的、人山人海的、人声鼎沸的。入了花市，图的自然不是耳根子清净、眼里的空明。但无一例外，人们的心是坦然的、喜庆的、惬意的，一年的劳碌被花香稀释，进而被一股脑儿替代，一张张喜洋洋的脸掩映于花瓣间、芳草间，穿着唐装的极为俊俏与乖巧的小女孩举着风车的笑一路飘洒，渗入温情洋溢的街道，那是叫映日的路、宝岗的路、滨江的路、荔湾的路、西湖的路……你不必知道那路居于何处，只消闻着逐渐馥郁的花香，随着人流徜徉与漫游，到了，就到了。你要把自己当成春的使者、春的嫁娘，你所有对于春的意象都会在旖旎的绚丽的花瓣间勃发。

　　花市就如春天的一片薄岚，在花城人的眼里萦纡，如清溪萦绕心头。

　　你应感到稀奇的是，在花团锦簇间，在嚣嚣竞逐间，那花香该是混杂的、扑朔迷离的——可是偏不。那些或者寻常的，或者奇异的花花草草，各有各的香，即便她们贴得很近，甚至依偎在一起，在你还没靠近时，已能辨别出各自的味道——不必费解，花草像极了人的脾性，知道春天的美好，不管嫣妍腴瘦，均要摒弃荏弱，活出旷达飘逸的个性。——我们何尝不是突然闯进春天的行者，只是在春天启程，走进生活，经历风风雨雨，一路泥迹斑斑，在收获人生的夯实与富足时，留香于世。

石湾的陶

偶然去过石湾后，又去过几次，不为什么，只为了看陶。

石湾的陶像庄稼一样吸引着我。

其实，长着陶的石湾是个小地方，在佛山以东，像北方的一个庄子——庄子里长的都是庄稼，石湾长的却是陶，长了一辈子的陶。

庄稼自是有生命的，庄稼能让庄子活一辈子；陶似乎没有生命，却也让石湾活了一辈子——一辈子可以是几十年、几百年、几千年。一次次看了石湾的陶之后，我晓得，没有根的东西也能长在土里，也有生命。

站在石湾，穿过风尘，我似乎看到了地下那蔓延的根，纵横的根，弯弯曲曲地执拗地活着的根，根上结着陶，陶活在下面，也活在上面，活在过去，活得好，活在后来，还活得好，如北方的庄稼一样生生不息。

什么土长什么庄稼，长麦子的土，长高粱的土，长野果的土，都不一样。石湾的土自然不是一般的土，它适宜陶的生长。但即便我挖空心思，我也看不到石湾的土，如今的石湾是城，到处都是比陶坚硬的物质，比茅屋高大的墙。我的手指无法像几千年前的石湾人随意抓一把土，让那些微细的颗粒像沙子一般扬起，在阳光中挥舞；在手里凝聚，由散到不散，由无形到有形；由粗糙到细腻，由质朴到华美。

石湾的土有它的温度、硬度、粒度、厚度。我确定，石湾的土就是石湾的土，是石湾才有的土，是五千多年前绵延至今的土。

由土而生的陶，也是坚持了一辈子。五千多年，质朴得像庄子里的农人，山脊，溪流，山花，野蜂，彩蝶……那个时代的石湾，处于新石器时代晚期。为了生存，石湾的人学会了磨制锋利的石器，他们攥着原始的工具切割，开采，一路披荆斩棘。而用汗珠子和泥烧陶，似乎是为了一种美好，陶可以盛住生活，生活的水，生活的酒，生活的滋味。他们隐隐晓得，有了陶，他们才会过上丰富且有品质的生活。

好的生活要男人和女人一起营造。那样的生活场景已经被牢牢地定格于石湾陶瓷博物馆，烈日下光着膀子的男人正在打磨自己的生活，他冷峻的目光与紧蹙的额头，结实的褐色的皮肤，被泥裹了半截子的手臂以及手中的陶的雏形，让我感受到生活的原汁原味。女人呢？女人在哪里？贤淑的俊俏的女人以女性的姿势小心翼翼地呵护着一个刚刚成形的陶。她的手，依然陷于褐色的泥里，但她的目光是柔软的，动作是舒缓的，她正沉浸在无比幸福的想象里，她背上的婴儿正歪着脑袋咧着小嘴在梦里酣畅淋漓地遨游。

自土而陶，不是磨，不是敲，不是煅，是烧，尽管煅与烧往往连在一起。煅用的是狠劲，烧却是温和的，循序渐进的，能使泥坯脱胎换骨。只是，麦草的力量是有限的，它燃烧之后随风飘摇的火焰让陶无法集中升华。这才有了窑，陶窑。

石湾的窑有一个响亮的名字——龙窑。龙窑自是很大，像它的名字一样威风八面。石湾的龙窑依山坡而建，自下而上，或自上而下，如熊熊火势的走向。一棵经年的古榕笼罩在龙窑之上，像是龙须似的密不透风，而它的根，竟然绕过"山脊"，盘踞在龙窑的背后。龙窑便像卧龙，似睡非睡，警觉而灵敏。

南风古灶是石湾最古老的一座龙窑。既是龙窑，名头如此响亮，为何又取了个小气的名字？南风古灶建于明代正德年间，五百多年来，以传统的柴烧方式烧制陶器，至今保存完好。被冠以"灶"的原因是，石湾人以前大都以陶业为生，龙窑是他们赖以生存的生产工具，其地位与户户烧火做饭的炉灶同等重要，因而称为"灶"，是被高看，不是小瞧。

我几次站在南风古灶前，面对或背对去想象它的历史。我的目光过于短浅，看不到五百多年前它熊熊燃烧的壮阔。但是，至今仍弥漫的柴火的气息，让我闻到了陶工的汗水、泥土的芳香。我仿佛看到，陶的浴火重生密密匝匝的兴奋、期待的目光随着陶膛的火在四周盈漾。石湾人祖祖辈辈的希望，都在这口灶里。

南风古灶窑体总长 34.4 米，窑室内长 30.87 米，窑面有投柴孔 29 排，每排 5 个。火眼作烧窑时观测窑温和投放木柴之用。窑炉前端的燃烧室俗称"灶头"，用于预热升温。窑灶共有 5 个窑门，用于陶的出入，窑体左侧的 4 个俗称"灶口"，尾部的一个俗称"栏尾"。这些精巧的"机关"的作用，我感受不到，但是陶工能。陶工时而文火，时而武火，时而面火，时而脚火，那陶，红釉还是绿釉，蓝釉还是白釉，用何等的火，何等的工夫，何等的耐心，陶工知道分寸——石湾的陶自此而生，有了烙印，有了品性，有了色彩，有了在风风雨雨中屹立的骨架与魂魄。

石湾是陶的城，是陶都，陶城，发达于唐宋时期，至明清两代达到鼎盛——今日，你若进了石湾，也俨然进了陶界，到处都是陶，精巧的，绚丽的，粗犷的，大气的，诡异的，变幻的……它们从历史的烟云中走来，带着浓郁的岭南文化气息。

是的，由土而陶，是质变，是嬗变。

黄杨河的晨

　　一眼就能看到黄杨河。我在高处，河在低处，与我约有一箭之地。但我看得并不完整，河面像切了一小块的梯田——我是站在阳台上从楼群的间隙中窥视的。此时，已有鸡开始打鸣，一声连一声，执意要催醒梦中的人。夜色尚未消失殆尽，黑魆魆的水面泛着微弱的光亮。但这个过程极为短促，似乎在我举手投足间夜色便伴着鸡鸣毫无商榷地隐去了。

　　小鸟们最先被鸡鸣逗醒。晨时的鸟鸣可不是叽叽喳喳的杂乱之音，先是一只，"啾啾，啾啾"，非常原生态的音乐；接着两只，很快便此起彼伏了。鸟儿们最喜聚拢、扎堆，从庞杂的声音中辨别这些形形色色的小生灵姓甚名谁对我是极难的一件事，如同从一场盛大的交响乐中分辨出某几种乐器。清晨最是令鸟儿们快乐的时光，尤其在南方燠热的夏季。清晨是短暂的，却无比宜人与舒适，鸟儿们的欢喜通过一点都不聒噪的群奏，让城市整个清晨完整、清晰且富有情调。

　　雾霭尚未从河面撤离，但觉醒的鱼群的晃动穿越雾霭迅疾传递到我的耳中，那一圈又一圈的涟漪和鱼群游弋所发出的时而细细碎碎又时而哗哗啦啦的声音，是水声，很柔滑，一点也不坚硬。凝眸间，依稀可见个别浮出水面的鱼与在河面低旋的一两只鸟亲昵的动作，嬉戏，挑逗，热情地打招呼——生物之间特定的语言和行为方式我无法洞悉。就像我的眼底河堤上那些褐色的石块间飞速爬行的河蟹，细细审视，才发现有那么多的河蟹宛如潜伏的士兵在紧张地备战，它们在石头缝间穿梭、寻觅、藏身。我轻轻地"喂"了一声，又使劲"喂"一声,想吓吓它们,但它们各行其是,没把我当回事。我暗自嘲讽自己,人家久经河水冲刷,见过大风大浪大世面,我这两声没有力道的外族之音哪里入得了人家的耳朵。

雾霭散尽,有一只黄色的蝴蝶从岸上飞向河面,笃定地萦回。那鲜艳的黄在河面之上分外耀眼。我凝视着它,为它担忧。河面如此空阔,没有树、礁石、芦苇、船可以依靠的任何物体。它飞得过河?这一定是一只懵懂的不谙世事的蝴蝶,被宁静且深邃的河面吸引与诱惑,像我独自一人早早伫立于河畔,目光逡巡,亦是为其美丽所吸引。

有一艘木船由远及近,传来发动机的声响。船头和船尾各立一人,因距离尚远,我影影绰绰只看个大概。都戴着顶帽子,似在紧张地忙碌什么,动作熟稔协调,连贯。影子时而弯,时而弓,时而仰,时而立,在河面光影的映照下有点剪影或皮影戏一样的感觉。船在行进间慢了下来,发动机声渐渐消失了,少顷,小船开始靠惯性滑行,完全呈"泛彼柏舟,亦泛其流"的状态。

木船与我之间横亘的水面已布满了星星点点的光亮,更多鱼群搅起的一圈一圈的涟漪活泛地向四周扩散,像一队队士兵簇拥着什么,举着围着什么,执着地进行"生死攸关"的突围。木船已横在水上,呈自由漂浮状态。船上的人宁静下来,似在间歇与思考。我还是看不清他们的脸,但能感觉他们也在享受黄杨河的晨,无风无浪无庞杂之声的晨,也许这才是渔民的诗意,来自水和这方水域的诗意。水是天然的诗坛呢。我自是十分喜欢水的,我所居住的环境从未远离水,在兰州时,有穿城而过的黄河水;我的故乡榆中有兴隆山的雪水、溪水;至南方后雨水更多,水珠、水汽、水丝、水瀑、水帘……随处可见。你尽可绞尽脑汁想尽一切关于水之词语。水的湿润、丰富、内涵让人有活力,生活因此丰富而灵动,斗门因黄杨河而丰富和灵动,这是珠海西边的一座城池,环城的黄杨河为斗门人所津津乐道,像我这样的外地人也喜欢闲暇时寄居于此,看看水,听听雨,瞅瞅云,望望山。

黄杨河自不是孤立的。两侧有起伏的山岭,晨曦初现时,它们一律是褐色的,被雾霭笼罩,山顶有大块的云,云呈诡谲的褐色;但天是蓝的,与晴好时的甘肃河西走廊的天可相提并论。在天的映衬下,我所能看到的云朵像水墨、泼墨，十分壮观与雄伟，无须构思便是一幅绝妙的山水长卷。

云朵之下，渔家的炊烟已袅袅升起了。

须臾间，再看那些云，已渐渐衍化为鹅黄。

黄杨河醒来了。

再顷刻间，云朵已变成中国红。一片一片的聚拢，升腾，连缀在一起，燃烧了我的眼。河面也兀地亮了起来，两岸的建筑、楼房倒映于河中，让河面温暖且吉祥。大面积的鱼群开始彻底地毫无拘谨地在水面上游弋，像奔入城市的拥挤的人流，像城市的车水马龙，兴奋地喊叫。那大团大团移动的影子，时而像一条巨大的鱼，又像一棵健壮的白杨，又像一道耀眼的光束，变幻多姿。它们顺流而下的速度超过我的脚步，我友好地行注目礼。

光与影与水的融合是一种无与伦比的美。

兀地，从这个角度看去，河中央呈现了一道黄色的光束，分外明亮，但瘦瘦的，像一根巨大的火烛燃烧时的光芒。光自河的对岸而起，至河中央愈发璀璨、波动。那金澄澄的光亮随着我脚步的挪移而错落开来，又衍生出另一道光束。你走，它也走，行走间，光束变成两道，逐渐，从头至尾都鲜亮起来，像两根熊熊燃烧的火烛，像两座海洋中的夜航灯塔，像两把烧得火热的剑戟。黄杨河的水面瞬间像是撒满了金豆子。它们不断地伸缩，试图向岸边靠拢、跃动、漂浮、发力，与我愈发亲近了。

清晨的第一缕阳光给黄杨河的礼遇隆重无比。

这一切之后，河岸已完全复苏了。

远处，河水呈现蔚蓝，与天空一致，比天空更有层次；近处，河面一片深蓝，涟漪由远及近地像梦幻一般地滑行、扩散。

一艘采砂船稳健地从河面驶过，褐色的沙子被垒成一个个沙丘，尖尖的，像一顶顶帐篷、一个个山包。河水激烈地涌动起来，发出更欢快的磨合之声。

黄杨河的清晨——

年轻的父亲推着辆童车沿岸行走，婴儿叼着奶瓶躺在车里。

年轻的女子在岸边细致地为父亲梳头，那是一把黄色的玉梳子。

小伙子站在河堤上旁若无人地朗读，用着一种方言。

　　老太太抱着孙子在林荫道徜徉间自顾自地用另一种方言哼着某种我也熟悉的音律。

　　陌生的、不熟悉的、熟悉的他们，不经意间已如同影像镌刻在黄杨河明媚且温煦的气息中——那独特的气息熨帖得人的心灵契合且平整。

第三十七团

很多孩子对部队大院很陌生，我是熟悉的。就像一些孩子熟悉农家小院、四合院、居民大院、机关大院。说到部队大院时，我的目光如春天的阳光一般温煦，它让我想起苍茫的北方，快乐的童年，无忧无虑的小伙伴，白桦木围成的墙，一米深的积雪，解放牌大卡车，当兵的叔叔，叔叔们的女人——孩子们的阿姨。

大院在吉林，白城。吉林是省，白城是市。离开东北的 30 年间，我极少听别人说到这个地方，除了我们一家人。如今父亲不在了，那一段生活也好像越来越远，我想牢牢地抓住它，怕它像南方的骤雨粗暴地冲刷我的记忆。

大院不在闹市区。大院又分两个院，前院住的是兵，后院住的是家属，前后院之间隔着一道大门。大院里住的是汽车团的人。我们也是汽车团的人。团的概念，小孩子哪里懂，更不懂得什么叫建制，只知道团长的官很大，很威武；政委的官也很大，也很威武。我们没见过团长和政委，只从父亲嘴里听说过；或者见过，但只是叫一声叔叔，记不住他们的官衔。孩子们的父亲，毫无疑问，都有一官半职，能把家属带到部队大院且能让他们成为大院里的常住居民，他们的父亲先要当很多年的兵，要从士兵成长为干部，要在干部岗位上干够年限。在那个火车最高时速只有 60 公里的年代，去一个地方要转好几次车的年代，天南地北，几千公里，等待是漫长且熬人的，故乡的女人和孩子们都望眼欲穿。所以，从进入部队大院起，女人和孩子们对大院的热爱是来自骨子里的，尽管"爱"说不出口——但不说，更爱。

我们爱车。汽车团车多，一色儿的军绿，在阳光下齐齐整整地排列着，很威武。战士开着车稳稳地驶出营门，穿越城市，去要去的地方，更远的地方，去边疆。一辆车，十辆车，几十辆车，数百辆车……从某个季节启程，到下一个季节，再下一个季节，翻过年的某一个季节，再挟一股风雪沧桑浩浩荡荡地回到营房修整，其间遇到什么，经历了什么，做了什么，我们一无所知。我们能感受到的只是季节的变化，春暖花开，赤日炎炎，秋阳高悬，大雪纷飞；我们能感受到的只是在上学和下学的路上，尤其是冬天，我们在没膝的冰雪中回大院的路上，望见"军绿"，都会停下，站在路边，注视着它开过来，开走，开远。漫天飞舞的雪几乎迷住我们的眼。我们隐隐约约能看见开车的兵，戴着驻寒区部队才有的皮帽子，车厢的帐篷被风掀开一角，里面也坐着戴皮帽子的兵。父亲有可能在某一辆车上，他是军医。孩子们的父亲都有可能在车上，张叔、潘叔、李叔、任叔、王叔……头顶着五角星的军人不会一直待在营房里。所有的女人和孩子，在男人和父亲离开营房的日子里，心是一直悬着的，像秋夜高悬的月，像悬在半空的刀子，像白桦树尖悬着的雪；耳朵格外灵敏，不是听乡村土狗的叫，不是听夏夜的蝉鸣，不是听秋雨的寂寥，不是听雪地里麻雀觅不到食的叽叽喳喳，他们有限的听力被自己无限放大，试图捕捉远方的一切声响，枪声，来自大院的女人们关于边疆的一切可能毫无根据的嘈嘈切切的议论。是的，连幼小无知的我们有时都会听说祖国的边疆有敌人在捣蛋。

那时我们很幼稚和懵懂，对于这个团的一切一无所知。只看到父亲给老家写信，老家给我们写信，信封上有五个数字，并不知道那是部队的番号，就像现在我们的身份证，一个人一串号码，一个部队一个番号，很少能看到汽车团的字样。

但它是真实存在的。它经历过战火，上过刀山下过火海。它跨过鸭绿江，它在漫长的国境线上不知疲倦地穿梭，运送弹药……如果我在童年就知道这些，我可能会激动得整夜睡不着觉，童年的理想可能会沿着大院外墙跑一圈，再拐进大院的门。

"真相"于30年后由一位老人道出。我和老人相遇在南方的春天，一个草木清新翁郁的季节。老人说，在白城，你小时候我见过你。老人紧紧抓住我的手，我也紧紧抓住老人的手。我们眼里都含着泪，但努力没有让它流出，他是军人，我是在部队大院里长大的孩子，我们都很坚强。他说，我没有给你带什么东西，送你一本小册子，你一定喜欢。

这是一本《简史》。封面的图片是硝烟弥漫的战场，敌机在上空盘旋，投弹。一辆辆军车在枪林弹雨中穿梭。

这是汽车团的《简史》，也是第三十七团的《简史》。竟然，我们童年生活的大院，是中国人民解放军汽车第三十七团团部，第三十七团是中国人民解放军组建的第一支汽车部队。

我迫不及待地打开"尘封"的历史，仿佛回到童年，又从 1976 年的某一个节点"回溯"第三十七团的前世今生。

1946 年 9 月，东北战局处于敌我相持阶段，根据作战需要，东北民主联军总后勤部在哈尔滨市成立汽车团（三十七团的前身）。

1947 年下半年，我军由战略防御转入战略进攻新阶段，汽车团在东线执行攻打吉林、四平等地的战略运输任务。

1948 年 9 月，汽车团"火速南进，支援辽西战役（辽沈战役的序幕）"。

1950 年 6 月，朝鲜战争爆发后不久，汽车团奉命入朝作战，编为志愿军暂编汽车一团；它也是 1958 年 4 月最后一批撤回祖国的志愿军部队之一。

……

一支走南闯北军功卓著的队伍。一个响当当的牌子。

我瞬间羞愧难当。竟然是 30 年后，我才了解那个番号的意义，才了解自己的父亲，了解面前的这位老人。而父亲已经走了。像父亲的这位老人，是带着一缕斩不断的情缘找到的我。我像扶着父亲似的扶着老人徜徉在南方和煦的阳光里。他有时停下脚步，温和地看着我，目光恬淡。他看着一个在部队大院里长大的孩子，如同以前父亲看我的目光，充满温暖和爱怜。他说起汽车团时两眼蓄着一股泪，声音里夹杂着哽咽，我们彼此都能感受到来自北方那个大院历经 30 年丝毫没有消融的情怀。

那虽然是"既和且平"的年代，但"天灾""人祸"不断。1976 年 7 月 28 日，唐山大地震。汽车团接到紧急命令，两小时内分别从白城、赤峰出发紧急前往灾区救灾。1979年，汽车团按照命令进入紧急备战状态——我们这些傻傻的孩子啊，现在才知道那驶出营房的车，路上疾驰的车队，是去解救危难中的人民；那无畏风雪的军人，是去边疆，参加战斗，保卫祖国。他们有的竟一去不返。

"青山处处埋忠骨，何须马革裹尸还"——我再也抑制不住自己，眼泪为那些可爱的叔叔、那些飘逝的英魂而流。

在我的记忆里，父亲从未说过打仗的事。部队的事，在家里不能说，是纪律。但父亲后来配过一把枪，"五四式"手枪。我不敢摸，更不敢动。他擦枪的时候，我们站在旁边看。一粒粒金黄的子弹闪烁着光泽。他一拉枪机，"咔嚓"一声，很清脆，很响亮。我们看到的仅仅是枪，威武厉害的枪，神气的枪。和母亲一样的女人们看到枪，会担惊受怕，她们知道军人的天职和使命，她们祈望我们的父亲好好地出去，好好地回来。她们不会说"和平"这样伟大的词语，但她们最祈望和平。只有外面和平，大院才能和平。

我想问老人见过我几次，那个时候我是不是很调皮。我们那些孩子啊，偷偷地爬过停驻的军车，溜进战士的营房，去报废的停车场找"破烂"，冲站岗的哨兵做鬼脸。但是，我们一次都没有打过枪的主意，我们是军人的孩子，偷枪，就是要父亲的命，要军人的命。

我们的童年没有五颜六色那般好看。在短暂而又漫长的日子里，我们无一例外地喜欢绿色。我们常穿绿色的衣服，街上特别流行军绿。戴"军帽"，帽子上也别五角星。母亲们给我们做的"军装"，有两个兜，两个兜的衣服是战士的军装，我们是大院里的小战士。

分别的时候，老人说，三十七团后来虽然裁撤了，但是，三十七团的人还在，三十七团的孩子们还在。

老人的声音陡然坚硬起来，在半空回旋，一树的鸟扑簌簌地飞向天空。

老人叫李晨旭，是三十七团最后一任政委。他们有一个"群"，叫"汽车第三十七团战友群"，"群里"有一百五十多个兵，"群外"还有一百八十多个兵，不会用智能手机，正在学习。

广佛地铁

生活的城市有地铁仍是令人倍感光荣的一件事。

因为地铁少。

我的故乡至今没有地铁，我在故乡时没有，我离开故乡七八年了还没有。听说正在规划轻轨，路线是从老市区到新城区。能想象得到，如果轻轨开通了，那无疑是一种浩浩荡荡的荣耀，兰州牛肉面的香味会随着轻轨一路扩散。但轻轨与地铁是有区别的，或者我粗暴地理解为轻轨是"属于"地上的，地铁是"属于"地下的。地上的东西谁还惊奇呢，正儿八经的火车很多人都坐过，没坐过的也看过。

是的，在地下穿梭更有时空轮回的味道。地铁，或者地下铁，仿佛城市诸多交通工具中的皇族。

一旦故乡来人，亲人也好，朋友也罢，我总要带他去乘地铁。每每这时，我很自得，却不能表现出来，否则容易伤人家的自尊。——嗨嗨，你才离开故乡几天，就忘了本了！

从广州火车东站到体育西路站，从白云机场站到天河客运站，我陪着亲人或朋友可劲地坐，美美地坐。为了坐地铁方便，不至于在高峰时排老长的队买票，也为了尽"地主之谊"，我专门多办了几张羊城通，谁来谁用。进去，"嘀"的一声，闸门打开；出去，"嘀"的一声，闸门又开了——一道城市的门或者风景由此打开或者展现。

地铁里与地面上似乎是两种不同的生态环境。地铁里，人基本都温文尔雅，似乎很多人都将地铁与城市的品位、人的品位联系在一起了，看报纸的，发微博的，回短信的，闭目养神的，定定地看地铁线路图上闪烁的小红灯、小绿点的，也有的，发挥眼睛的职能不断地搜寻美女。我不知道城市的美女是不是都会"挤"地铁，乃至大量的美女。这个问题似乎先得说明一下美女的来源，一般情况下，美女都在哪里？我在大学，看见很多学生，有的是美女，但她在上课，不能跑到地铁里让你看；歌舞团有美女，但她在演出或走穴；公司里的白领里有不少美女，但在没日没夜地上班——民间或社会当然还有不少美女，但她未必会"如约"出现在地铁里。夜总会里的美女，白天似乎得睡眠，以便晚上更灿烂夺目。城市的美女是一道风景，风景自然不会泛滥成灾。当然，偶尔，真的会有美女出现在地铁里，远远地望去，目光能灿烂一下，再望，还能灿烂一下，再望时，你要小心回家跪搓板了。

地铁与美女没有任何关系。但地铁会让人的心如同看到美女一样一直灿烂下去，不论你多老，多麻木。而且地铁一点都不势利，它如约而来，如约而开，该停就停，该走就走，像一个诚实且正直的邮差，将每一封信送达焦急等待的亲人。

我庆幸的是，我生活的城市有地铁。我曾经生活的深圳，有；现在生活的广州，有；候鸟一样栖息的佛山，有。而且，我清晰地看到，地铁正向我生活的圈子靠近，靠近，就像闻到故乡的炊烟似的那样亲切和温暖。

我陪同来自故乡的人乘坐地铁时，我知道，他们的心一定是激动和不安的，一定是喜悦和兴奋的，尽管他们不说。因为故乡没有地铁，地铁对故乡的人而言还是一件新奇的东西。就像外地人到了兰州，在金昌路或北滨河路的某家牛肉面馆里看到真正的牛肉面，那种骨子里的香扑面而来，才知道，以往在兰州城以外吃到的牛肉面都只是一种名义而已。这使得我偶尔回到兰州，一连几天，每天早晨6点多时就爬起来，专门跑到我喜欢的那家馆子吃牛肉面，似乎要把几年没吃的亏都补回来。

我对于兰州牛肉面的热爱与对于广佛地铁的热爱都是出自真心的，不偏不倚。它们代表了城市的魅力，就像不是全国人民都有机会吃到真正的牛肉面，也不是人人都有机会乘坐地铁。未出过远门的人，老的人，病的人，偏僻地方的人，还确实不知地铁为何物。我执拗地以为，乘坐地铁是需要些体力的，从地面到地下，有一段距离，有时很长。有的换乘站，A线与B线之间，距离很长，有的进站出站，路途很长。腿脚不灵便的人、身体虚弱的人不适合赶地铁。尤其拎着大包小包，重荷在肩的人，不要去挤地铁，很辛苦。

但我知道，兰州因牛肉面而古老，广州或佛山因地铁而年轻。地铁是流行的风尚。年轻人进了地铁，心便开始张扬。年轻人在与家乡对话时，会友好地邀请，亲，来我这里坐地铁！

我有时会主动去坐地铁，放弃开车，不坐公交车。佛山与广州，已经靠地铁连在一起了。有时我把车停在附近的停车场，有时干脆步行过去，从佛山祖庙或者桂城站上去，乘坐广佛地铁到西朗站，再换乘广州地铁。广州地铁似乎已四通八达了。但我要去的萝岗，地铁尚未开通。出了地铁，我还要乘坐一段公交车才能到家。这个时间，需要一个多小时，或者两个小时。如果要去广州动物园、广州购书中心、中山纪念堂，那都是孩子和我常去的地方，也是外地游人常去的地方，乘坐地铁，非常方便。

我有时就觉得，佛山与广州原本各过各的日子，像亲戚；但因为地铁，紧密地联系在一起，像兄弟。一座城市与另一座城市能用地铁连通，是了不起的壮举。这样的气魄，到底不是很多城市都有的。

作为广佛间的一只小鸟，我没有理由不热爱这样的"生态"。

而且，我十分确信，地铁是属于平民的，是真正属于城里人、乡下人、每一个进城的人的。它不挑剔，不怒目，不刻薄，不狂妄，如绅士与淑女一般的高雅。

蝴蝶飞来

比我更喜欢花花草草的应该是蝴蝶吧，只是住在城里，花花草草虽随处可见，蝴蝶也随处可见，但想让蝴蝶飞到家里是不易的。

也许这本来就是个奢侈的念头，不该有的想法。

我们在阳台上养过一些花花草草，各色花开时也鲜艳过一阵子，不过时间都很短，有点昙花一现的意味。也许我们不会养，侍弄得她们不舒服；也许那些花花草草本就属于大自然，被人一厢情愿地搬到钢筋混凝土的楼上，一下子失了地气，让她们打不起长久的精神——给你活已经难得，想要我们快乐长久地活给你们一家子看，想得美。

真是事实。有一棵草，我还没来得及记住她的名字，在苗圃里长得青翠、精致，令人爱不释手，刚搬回来时还算精神，我们精心地呵护，把阳台上光线最好的最透风的地方给她，每天还蹲在她面前充满关切和爱怜地注视她一阵子，想着她能一如既往地活下去，可两三个月过后她终于还是枯萎衰竭了。我们就在想，花花草草一定是有灵性的，或与人心灵相通，或与这间房子心灵相通，她们好好活的前提是喜欢你们这几张面孔，喜欢你这个环境，若是不喜欢甚至厌倦，她们便没有活的心劲儿。大多数花花草草从苗圃搬进阳台后都一度旺盛，那段时间其实是她们对我们的考察期，在没有确定最后结果之前她们宁可给你以假象，让你自以为是地乐一阵子，然后就等着看你伤心——就算她们最后勉强通过了对你的考察，也要自暴自弃一段时间，无精打采，萎靡不振，你若是忙碌，没注意到她们微妙的变化，她们则会很快利落地结束自己的生命；若是注意得到，耐心地施肥、浇水，恰当地侍奉，她们经过一季、两季乃至四季的生命轮回，大约就真正喜欢上了你的家，你们一家子人。像一个寄人篱下的孩子的心，起初胆怯、冷僻、孤傲，像一块冰，由冰到山泉的转变需要时间，也需要暖度。

有一棵杨桃树，在地面上还不觉得，往阳台上一扎便立时硕大无比——枝繁叶茂，绿莹莹的杨桃夹杂其中，给人以生机盎然的惬意。这样的"老"树想必会随遇而安，活起来容易，不爱使小性子，可是偏不，没多久，那些可爱的果子未及熟透便一个个坠落了，及至后来，叶子也一片片掉，早起时看见树下落一大片，怪心疼的，恨不得再给她粘上去。我们就怀疑卖树给我们的人是不是预先给她打了"兴奋剂"什么的，好看一时，蒙了我们的眼；再一想也不太可能，人家是专业的花工，侍弄花花草草一定有其独到之处。我们怕她再也活不过来，但让她更绝望伤心的是紧接着我们又出了一趟远门，虽然我们已想尽一切办法让她能"喝"上水，可是南方夏季灼热的日头照下来，我们预留的那点水估计没几天就被蒸发掉了。总之，我们回来一进门连鞋子都来不及换便先冲上阳台——全傻了眼，杨桃树的枝干已干得冒火，其他的花花草草也是病恹恹地处于弥留状态。

不过花草就是花草，生命仍是顽强的，经过如此磨难，除个别与我们的阳台彻底别离，百合、绿萝、鸡蛋花、米兰、鸡蛋果、栀子花还是活了过来。这一次，她们显然谅解了我们，并且与我们不再有隔阂，她们应该知道我们不是故意的，我们已经尽力把该做的都做了。重新焕发生机之后的她们格外开心、快乐，以绿油油的叶和鲜艳的花在城市的上空招摇，在城市的风里轻轻地摇摆，我们渐渐闻到了花香，那种真正的属于这个家的香。但是杨桃树粗壮的主干终于还是枯死了……

我们一直舍不得将她扔掉，那么高的一棵树，曾经那么荫翳，那么多果子。我幻想她也许还在赌气，像有个性的倔强的孩子……可是她的枝真的干枯了，轻轻地一折，像火柴棍那么干脆。

我们仍是每日给她浇水，仍让她占据阳台上最风光的位置，晨练的我们从城市的大街上仰望这个阳台，看到的是像根却比根细小的虬须一样的枯枝。

突然有一日，我们发现她的旁枝末节又吐了嫩芽，那些细嫩的小芽竟爬满了枝干，星星点点，不仔细看几乎看不到。我们高兴极了，欣喜若狂。我们围着她，围了好久。如果是一个亲人死而复生，我们该泪流满面，对于一棵树，我们没有那么矫情，但心底里的感动充盈了我们全身。她知道，我们也知道，此后的她该彻底属于我们了，该与我们的心完全融合了。

她长得很快，没用一季就已枝繁叶茂，紧接着满树开了花，那些白色的或带着淡淡的紫色的花让整个阳台香气宜人。

然后，我终于要说然后，然后蜜蜂就飞来了，然后，蝴蝶就飞来了。紫色的斑斓的蝶真的开始在阳台上飞舞。有时我们慵懒地坐在阳台上看书，看城市的风景，在午后，就看见蝴蝶萦回而至，她和我们一样，也最喜欢这棵杨桃树，因为她的高大、茂密、花香。我们一动都不敢动，生怕惊了这些可爱的小精灵然后她们一去再也不返。蝴蝶格外聪明，门与阳台近在咫尺，她从没试图闯入，她知道误入歧途的结果一定非常糟糕。

我们的阳台不是很高，但人是爬不上去的，而蝴蝶能，蝴蝶闻香而来，她知道什么是真正的香，什么是化学香水；什么是自然的香，什么是被逼迫的香。在杨桃树刚迁徙此地时，蝴蝶不来，她知道那香不属于这个家，是临时的、短暂的，混杂了一路经历的街市的气息；现在的香是质朴的、本真的，是杨桃树的，是一个家的，是安全的。

这真是些可爱的精灵。

归来兮，黄埔

叫长洲的那个小岛，我是慕名而去的。不是因为这座位于广州珠江江心的小岛风景秀美、物产丰盛、历史悠远，都不是。

当然，"水何澹澹，山岛竦峙"的那种壮阔的美，长洲岛是不缺乏的。站在珠江岸边，望见岛时我的心情就澎湃起来了。我知道那是一座普通的岛，树木丛生，树林荫翳；也知道那不是一座普通的岛，曾经有一群男儿在岛上读书、习武、练兵、立志。

客轮由远及近时，那岛便更清晰地映入我的眼帘，开始是雄伟的、壮阔的，继而又铿然作响，分明是一群汉子抗战的誓言。其实不管你何时去，岛上到处都是树，随处都是绿意盎然。也有很高的树，近前才发现其苍茫得很，与我家乡西北兰州兴隆山上的那些树没什么两样。那些我甚至叫不出名字的树，有的长在山上，有的长在离地数十米高的台阶上。阳光灿烂的日子就有浓密的光点从树的缝隙斑驳而下，打得地面光怪陆离。若雨天上了岛，必然有风，珠江水面的风你可不要小觑，仿佛所有的风力都向岛心聚集，那些树仿佛猎猎的旗帜，舞动，飘摇——当然不会折断，都是些碗口粗的树，历经春秋的树，见过世面的树，乃至经受了战争洗礼的树。看着那些树，你恍惚觉得沧桑的岁月被启封了，那"革命尚未成功，同志仍需努力"的誓言依稀在耳畔回响。

是的，和我一样慕名而去的人，都是去寻找一位先生，寻找一群军人，寻找一些生龙活虎的面孔。先生叫孙中山；军人是廖仲恺、张治中、周恩来、恽代英、聂荣臻……；生龙活虎的面孔是那些为了和平而历经战火与硝烟的好男儿。

这里是黄埔军校旧址。

此时的长洲岛虽有"高柳鸣蝉相和",有数不清的小鸟叽叽喳喳地叫,但不见了曾经黄埔军校里的哨子声、脚步声、枪栓的撞击声、琅琅的读书声,多少有些孤独。但1924年6月16日的长洲岛,是何等的喧嚣,那激烈的、豪迈的、英雄的情绪像华夏五千年的血脉,从长洲岛到珠江所流经的流域,从广州到岭南大地,从南粤到中国的四面八方,甚至世界的目光都被她牵引——"革命者来"的中国人已拧成一股绳。那一天,长洲岛有500名来自全国的教官和学生,包括共产党人和国民党人,举行黄埔军校成立暨第一期开学典礼。

在动荡的局势下创建一所军校谈何容易。当时的长洲岛到处都是残垣断壁,荒草萋萋,老鼠、蛇虫窜来窜去,败落得不成样子。而据资料记载,学校建成后,因为经费短缺,学生的"校服"只是一套灰布衣服,大家都没袜子,赤脚穿草鞋;宿舍更简陋得很,只有一部分学生借住从前黄埔陆军小学的瓦房,其余的人都住在临时搭成的棚子里;连一日三餐也难以为继,常是吃了上顿没下顿。但这些都没有困住革命者。

孙中山先生知道,辛亥革命胜利后的中国并没摆脱列强的欺侮,封建军阀割据的混乱局面让他忧心忡忡。他创办"黄埔军校"的本意正是为革侵略者的命,完成一统中国的伟业。而将军校选址于此,大概是因为长洲岛历史上是我国对外贸易的重要海港,清朝的黄埔海关就设于此。是岛,却并不封闭。再往东是广州的萝岗区,再往东是广东省的东莞和深圳。而香港又与深圳唇齿相依。正所谓入则"独善其身",出则"兼善天下"。

孙中山先生还知道,既为学校,就要兼容并蓄,要有"海纳百川,有容乃大"的胸怀。于是,你看,国民党人和共产党人在一个屋檐下避雨,一度相安无事。大家都为拯救中国于水火、抵抗外族侵略、营造和平华夏而拥有"风声雨声读书声,声声入耳;家事国事天下事,事事关心"的壮志情怀。在军校里,不分国民党人和共产党人,都能登台向学生作政治演讲,除军校校长和政治教官如廖仲恺、周恩来、恽代英等外,当时的社会名人如毛泽东、刘少奇、何香凝、鲁迅等也应邀来校演讲。周恩来在黄埔军校担任政治部主任期间,开创了黄埔军校政治工作的先河。周恩来与从黄埔走出的国民党高级将领保持了良好的师生感情，也为其在抗日战争与解放战争中成为国共两党联系的纽带打下坚实的基础。

黄埔学子也知道，既入校门，就要成为国之栋梁，否则有辱"黄埔军校"的名声。于是，你看，在日后抗击日寇的硝烟弥漫的战场上，在为民族独立而浴血奋战的行伍里，参战的黄埔师生，担任师、旅以上高级职务的在百人以上，大江南北，从正面战场到敌后游击战，处处留下了黄埔英杰勇猛的身影和足迹。

然而，在孙中山先生英年早逝之后的1927年，蒋介石发动"四·一二"反革命政变，遥控指挥，开始大肆抓捕校内的共产党员，并销毁一切有关三大政策、马列主义的课目和书籍，第一次国共合作的良好局面就此终结。

得民心者得天下——蒋介石此举，失了民心，自然，在二十多年之后，也就失了江山。

如今馆内还挂着"陆军军官学校"的校牌，繁体的古朴周正的黑色字书写在本色的木板上，历经风雨沧桑不减严谨与威严——校门左侧有一个岗亭，木制的，大约是后来者仿制的，油漆还很新，但想必丝毫未改变原来的模样。

时光流转至今，像我一样的普通游客、目光深邃的老人、饱经沧桑的军人、仍然在世的当年的黄埔学子，他们到此一游，或心潮起伏，或老泪纵横，或泣不成声，情感都那么复杂，又那么简单。复杂的是世事沧桑容颜已改，简单的是"黄埔"尚在，精神犹存。

那天离岛时，已是夕阳西下。珠江的浪花猛烈地拍打着船舷，仿佛在唱着一首歌——"怒潮澎湃，党旗飞舞，这是革命的黄埔。主义须贯彻，纪律莫放松，预备作奋斗的先锋。打条血路，引导被压迫民众，携着手，向前行。路不远，莫要惊。亲爱精诚，继续永守。发扬吾校精神，发扬吾校精神！"

归来兮，黄埔。

澳门的街

城市的街，像城市的花瓣，散落得满城都是。更多城市的街，像更多五彩斑斓的花瓣，甚至随着季节而诡谲地变化。有的城市几年不去，一不留神就找不到原来可爱的样子，似乎消失得彻底、无影无踪。

但澳门的街，仿佛一年四季都是老样子，那路，那色，那咪表，那指路牌。上个夏天去，这个冬天去，下个秋天去，过上三年五载去，容颜不改，风采依旧。车道上，各样汽车、摩托车、巴士往来穿梭；人行道上，各种肤色的游客踟蹰、流连、张望、行走。街上人的目光不生涩、不胆怯、不畏惧，淡雅、平和、宽厚。在澳门的街上，竟很少见到步履匆匆或者疾行的人。没有大包小包的行李，目光也很温和。在澳门的街上一路走下去，除了听到各种发动机的噪声，在其他城市所"享受"到的音乐的巨响，打扮得奇形怪状的店员"忘情"地招徕顾客的喊叫，人的各式各样的喧哗几乎听不到，所能听到的较为真切的声音均属于"自然而然"发出的，非人为制造的。城市一切一切的情绪、喜好、品性，在街市之中都会显露无遗。街市，是固定或流动的风景，是人性的梭子。街上走一圈，如果你的皮鞋不染尘埃，城市就特别干净；如果无人乞讨，城市就特别温暖；如果无人诈骗，城市就特别安全；如果无人横穿马路，城市就特别规矩——澳门，完全糅合了如此多的优点，抑或被城市所具有的特殊的文化中和了。

澳门的街，似乎处处渗透着一种忠厚。这必是一座城市在相当长的岁月里在文化的浸染下磨砺出的收敛与包容糅合的品质。

　　完全想得到，澳门的街上多极了店铺。与其他城市类似，澳门街上的铺面也一间毗邻一间，从起点到终点，然后又是起点与终点。若一个生人，一个从没到过澳门的人，在午后或黄昏时分，站在澳门的某一条大街口猛地抬头望去，心大抵是要被震撼一下子的——那么多各色的铺面兄弟或姐妹似的连缀在一起，大有一荣俱荣、一辱俱耻的果敢与坚强，与以往在电影里看到的旧时的大上海非常相似——但时过境迁，包括上海，很多城市已脱胎换骨，发生了"粉碎性"变化。澳门的老街还是老样子，至少几年前去和今天再去，我未察觉出有什么不同。

　　我和妻子、淼儿沿俾利喇街、罗利老马路、新胜街、乐上里、草堆街、长楼斜巷、果栏街，一路信步行走。眼前不断出现茶叶铺、古董铺、家具铺、裁缝铺、幼稚园、五金铺……真是大千世界，无所不包。多家铺子门头斑驳的招牌，非"现"做，店内的陈设，古朴周正。

　　一家茶叶铺。古色古香的茶叶铺，装茶叶的盒子清一色用灰铁皮制成，盒子正面的绛红色漆已残缺、脱损，但"乌龙""水仙""观音"等字样仍看得全。古板的盒子摆放在褪了漆的木货架上，原始且古老，弥散着浓郁的茶香——整间铺子，俨然一个历经沧桑的老者。我们进了这家铺子已觉得亲切，未买茶，唐突地问能不能拍照，女主人微笑曰，可以，再一问，这店已80年了。守得住80年的，自然算继承祖业。后辈能守住祖业，除了后辈对茶偏爱与执着外，还得靠一种文化传承——闻着不错的香片，一两9元，未品，我已然闻到烫水冲开的四溢的茉莉香了。

　　一间裁缝店，四周上下挂的全是衣服，像我家乡兰州榆中的玉米林一般茂密。铺子较"深"，最里面辟出一块地方，"地势"（实则是垫高了，有点儿像榻榻米）略高出地面20厘米，上面摆着一架老缝纫机，机头上挂满线头。店里有三个人，一男，主人，个高，头发早白，精神矍铄，能准确无误地判断来客穿什么尺码的衣服，对店里的每一件衣服心中有数；一女，主人的太太，贤惠女人，言语不多，跟着主人的手脚或言语走，量裤长，剪裤脚，缲裤边儿，熨裤腿，爽利得很；挨着缝纫机不远，坐着一个慈眉善目的老人。四五十岁的店主身形快得像一只羊，忽而外，忽而内，忽而左，忽而右，忽而上，忽而下，身子和话头不怠慢任何人，来者都是客。令人佩服的是他能对来自"丛林"中每一个角落的疑问做出及时有效的回应，不是那种"哼哼哈哈"的敷衍，此乃地道的素养，30 年裁缝店的专业水准。这样的景况，在很多城市是寻觅不到的，有的人做生意，开铺子，待客猴急，毛毛躁躁，话头矛盾，客人生疑，走了，再不回头。

面家，不叫面铺、面庄、面行。叫面家，亲切。到家吃面，回家吃面，名儿真好。我是土生土长的西北人，无疑是爱吃面的，牛肉面一天不吃就想得慌，无奈奔至广州，不时在吃面上闹饥荒，更不奢望能时常吃上香喷喷的兰州牛肉面。我们走过果栏街时已入夜了，星空璀璨。街上，有的铺子已打烊了，但那面家的灯是亮的。透过门玻璃，我看到一个有五十多年历史的面家的工作场景，那不同于老家机器压面，这里大部分工序为手工制作，不很宽敞的操作间，各样东西摆放齐整，面粉也不飞扬，面家一直坚持传统制面，搓面团、竹升打云吞皮、人手执面及天然晒面，在寸土寸金的澳门街巷，能坚守半个世纪的秘籍无他，唯诚信、童叟无欺、货真价实而已。

其实这一路走，不住思忖，这么多店铺聚集在一条又一条狭长的"走廊"中，原本该是逼仄的，令人透不过气。但我经过一家又一家店铺门前时，未觉得拥挤、局促、压抑。一路走，一路看，时而驻足，探头，抬步入店内细致欣赏、查看，均从容，轻松。

澳门的街真是密集得很。初来乍到的人容易转向，其实不管怎么转，只要不焦躁、不性急，根本不必担惊受怕。即便夜幕时分，在狭窄和狭长的巷子里穿行，在昏黄的高吊灯的映照下，你茕茕孑立，形影相吊，也不必担忧，因为举头间，"黄杨书屋"这样的招牌、"黎氏建筑"这样的墙画就在你周围，读者、游客，与你不远不近，传递着冥冥之中的温暖与问候。身处巷子里的你更像去探望一位老友，寻觅多年前的梦或一段往事。

那日走到老街"尽"头时，玫瑰堂出现在眼前，澳门乐团将在此演奏贝多芬的《降 E 大调七重奏》及《降 E 大调钢琴与木管五重奏》。入场券免费发放。

玫瑰堂始建于 1587 年，是天主教的圣多明我会教士初到澳门时设立的。教堂内，白色的柱子支撑着天花板，堂内墙壁四周设有围台，巴洛克风格的祭台上矗立着乳白色的童贞圣母和圣子像，还挂有耶稣画像。我们沉浸于贝多芬激荡人心的音乐中，整场未有一次手机铃响，未有嘈嘈切切的私语，未有不合时宜的掌声，未有人拍照。

距离玫瑰堂不足百米的另一处街边乃民政总署办公楼。楼内专设"休憩区"，开放时间，入得"区"内，廊灯橘黄，鲜花簇拥，长椅空闲，我们坦然落座，四顾左右，透过玻璃窗，民政总署公务人员的办公位，一桌，一椅，一柜，一电脑，整洁的桌面，清晰入目。

我们坐了多时，淼儿左顾右盼，未有人过来盘问。

——澳门整个城市仿佛有一种特殊的关怀，把人拉得很近，很近。

澳门的心

以前去过几次澳门，但是还想去。就想在街上走一走。这次没有从拱北口岸走，换了个地方，一个叫湾仔的地方。对岸叫内港。若后面都加上码头两个字，便成为两个点，起点的点，终点的点。过去的时候这边是起点，回来的时候那边是起点。从起点到终点，风平浪静之时，船连三分钟都不需要走。那时我的思绪刚刚开始在海面上打旋，还远远没有漂够，三分零四十一秒，女儿盯着秒表说，爸爸，到了。

我是北方人，小的时候见不到什么水，眼旱得很。我刚才看海，也往岸上看。这边没有山，却有山的气象；水阔得很，无比的浩渺。岸上的这些楼，好似活活地长在水里，像我的故乡的土里苗壮生长的葱、玉米、树；漫山遍野仿佛都是水。一团团白的云，在楼与楼间，楼与天间，天与水间，两岸间，由着性子轻盈地游弋，让生于北方的我的眼里灌满了自卑与羞涩。美，的确会因水而生。在水一方的城美得令人窒息，它让人目光盈盈，仿佛含着笑——或者伤，或者悲，或者痛，杂糅着海水一样丰富的情愫……

我的家乡也有山有水，山叫兴隆山，距我生活的村子有些远，我幼时没有去过；水是黄河水，从兰州穿城而过，离我更远，我幼时也没有去过。西北的村子干旱少雨，我这样一个离青山远、离绿水远的孩子，自然是土里土气的，别人一眼就能看出你是从西北土沟沟里爬出来的，有灰头土脸的典型特征。不像出生水乡的孩子，眼睛是水灵灵的，皮肤是水灵灵的，说话是水灵灵的。水润泽万物，也润泽人的眼、人的心、人的性情。

　　那一年女儿才6岁，我想举家南迁；对于女儿来说，6岁是关键的一年，对于我，赤裸裸贪图的就是南方的水土，嫁鸡随鸡，妻子一定随我。如今，女儿已变成南方的孩子，会说些南方话，能听懂不少南方话，有时候能给我们当"翻译"。"后遗症"是，嘴巴一张，前鼻音和后鼻音的有些字竟然分不清楚。

　　我拉着女儿的手往船下走。船站在海浪里岁月一般稳健。但风一直执拗地鼓着气，耍着小性子，逗嘴，嘟嘟囔囔，一点都不像南方的小姑娘，让远处的楼和近处的楼，远处的山和近处的山，像要摇晃起来似的。我这样不识水性的人，离船的瞬间便有一点晕。

　　其实无所谓远近，我的目光所及之处，远的不远，近的不近，在水一方的物体，在风里、浪里、雾里、光里、影里，有时候是分辨不清的，乃至水天一色，如梦如幻，不过都很好看，很美。

　　从内港码头出来，我们几步就入了城，这是比从拱北口岸进去要便利一些的。那是所谓的城，我心中的城，它没有城墙，不要拾级而上，或者费劲地攀缘、跳跃。我们似乎是在非常不经意之间，以不假思索的状态进入一种不同寻常的生活，像是回到故乡一般自然，没有大动静，风一样无痕。

　　我这样表达，一定是因为城与城不同。澳门与一般的城是不一样的。你一定知道澳门的历史。澳门自古以来就是中国的领土，却曾长期受葡萄牙殖民统治。1999年12月20日，中国政府对澳门恢复行使主权。它宛如一个曾经被人以种种方式"收养"的孩子。

　　进入这样一座不同的城市，我认为只有行走才是与城市私语的最好的方式。其实不管在哪一座城市，你都不要习惯于走马观花，一掠而过；略略看几眼，听几句，"到此一游"一番，便杂拌儿似的做一篇长文章——写则写了，人却读不到你的心，反而字里行间会有一股浮躁、急切之气奔袭而出。不管城市有多老、多神秘、多高傲、多富有、多凌乱、多朴素，或者多年轻，只要我们有耐心，耐着性子，用轻轻的、友善的、谦逊的步子和目光走过那一条条街、一道道巷，一种说不出来的很奇妙的感觉一定会油然而生——你甚至会产生错觉，自己就是城里的人，本地的居民，土著——一个一点都不伟岸的父亲，拉着女儿的手，在街头若无其事地徜徉，在超市里选一种水果，真是一股说不出的幸福。

有时，我们走在前面，妻子尾随于后；有时妻子走在前面，我们尾随其后。路实在不宽，两个人可以并排走，若三人肩并肩便会阻了别人的路。澳门的街，或者我们经过的街，没有十分长和十分宽阔的，有的地方如弯角处甚至显得逼仄和局促，但一路走来，几次来澳门，你听不到半句吵嘴，没有人因为行路而产生不快；在澳门行走，你前面的路始终能见到阳光，闻到风，是通透的；你虽然与楼很近，却不感到压抑，没有死胡同。

澳门的老城是标准的"市井"制式。你看，前后左右四条道，差不多一致的长度，将中间围成一个方方正正的格子。格子里面、上头住人，格子四周都是店，格子上空都挂着这样那样的牌子，许多的老字号"悬"在半空。许多医生也"悬"在半空——"西医某某某"，地点正在楼上或地下室。我不由得会想起父亲，一个军医出身行了一辈子医的人，如果他还在世，被允许到澳门行医，挂一个这样的大牌子，该是多么荣耀；或者陪他到这里，访问一下同行，该是多么喜悦。

他没有那个福气。他早就想到澳门看一看，可是一水隔住了他蹒跚的滞缓的步履。

我们所嗅到的澳门的商，是铺天盖地的商，不躲闪的商，澄澄澈澈的商。在这里，似乎无人不言商。不言不会让你显得高傲，反而另类。"巴掌"大的岛屿，买与卖之间，是澳门人的生活。为了生活，人便会无比的勤谨与和气，不管是20岁的少女，60岁的老者，还是来自菲律宾的年轻的打工者，川妹子或者湘妹子。离开人声鼎沸、人头簇拥之处，深入幽静的偏巷，在清淡寂寞的能落几只麻雀的地方竟也见到地上摆着几件"古董"、几本旧书……有"绝迹"的几十年前简体字版的《红岩》《水浒传》，叫人喜悦，却找不到卖书的人。我们煞费心思甚至蹲下去做出"胡乱"翻出一点动静的动作，仍是白等半天，白费工夫。我一点都不生气。这么好的一个早晨，一街都是来自海边的阳光，阳光照着我，照着女儿，照着妻子，照着街上的砖砖瓦瓦、一草一木。

我们的心像老街一样和气，像那些经了岁月和人烟的书一样朴素与敦厚。

一个一个的格子，由着我们一个一个地转，一个十来分钟。我们转了很多个格子，转得几乎迷了向，转到夜幕时分。可是我们很乐意迷向，这是中国，一个文明之地，谁也丢不了。

格子与格子连接的地方，有的有红绿灯，有的没有。我听见救护车的警笛声由远及近时，已离开那个路口二十多步，但我和女儿迅速停下脚步，小鹿一样眺望——一辆救护车闪着警灯疾驶而来——它前进的方向，是红灯……

这样一个镜头，充盈了我的眼、我的心、我的胸腔，对，那一刻，车、人，所有的，连空气，都给一个不相识的生命让出了宽阔的空隙。

——在一个没有红绿灯的路口，当我们的脚正要迈出去时，有车驶来，我们本能地退回，那车却无声无息地停了下来，里面的人默默地看着我们，像绅士或者淑女。我拉着女儿的手过，我轻轻地对女儿说，看见没，这才是城市的心，你要多到这样的城市来。

这一天是国庆节，澳门满街的红。出租车顶挂着精巧的国旗，有人手里拿着精巧的国旗，报纸上"连篇累牍"的广告是一个主题：热烈庆祝中华人民共和国成立66周年。细心的读者挑出毛病，有的广告上用的是"恭祝"两个字，恭祝那是祝贺别人的喜事，澳门可是中国的。言者无心，听者无意。今天的澳门，今天的中国，今天的世界，只有一颗心：爱中国。

夜里，我从一座高楼的21层的某一扇窗注视这座城市。我的目光所及之处灯火辉煌。我试图打开窗，在城市的上空听一听城市夜的脉动，但窗是被严实地封住的。我知道，这座城市丝毫不会感受到一个陌生人的呼吸与心跳，它经历了太多的沧桑和世事更迭，并非麻木，而是荣辱不惊。只是，我愿意细细感受与聆听它的呼吸与心跳，像回到老家，急切地抚摸那一草一木，感受它的温度与湿度；跃过沟壑，爬上山冈……在高处眺望。

我有足够的耐心一夜不眠。妻子睡了，女儿也睡了，都像贪睡的猫。我望着远处的灯塔，温文尔雅的内心却又充满焦灼；我像在恭候一个熟悉的或陌生的行者归来，迫不及待地给他讲述我所知道的城市的烟云。

其实，我知道什么？我只是访者，来过屈指可数的几次，在澳门深邃的目光中，我苍白得像一张纸。

直到第二天早上5点时，我又一次听到了城市的动静。刚刚那动静是细碎的，零零星星的，轻微的，当，咣，有一点胆怯，也有一丝不忍，大概是"清道夫"的声音。然后，声音渐渐丰富起来。有了一辆汽车声，有了一些汽车声。从窗口下望，都是在各路上行驶的城市巴士，赶早的巴士。没有私家车乱跑，一辆都没有；没有什么人尖叫、练嗓子、歇斯底里地呐喊、跳广场舞。一切刺耳的令人惊悸或毛骨悚然的声音都不属于这座城市的清晨、白天、夜里。这是一种秩序井然的生活，特别温和的生活。

我们继续在城市行走，可能像几个探险者，却不是在探险，是探索或者探求。

我们每一次来，其实都是在看这座城市的心——而有的城市，你是看不透的，如同看一个目光老是游移的人。

在书院听书

南方的夏季是难挨的，仿佛很漫长，又没有风——南方似乎没有小一点的风，当城市有了风而且令碗口粗的树禁不住摇摆乃至拦腰折断时，十有八九是周遭什么地方起台风了。台风是凶猛的，摧枯拉朽的，容易给什么地方造成莫大的灾难。城市里因台风带来的丁点儿凉意就显得"奢侈"，而且没有丝毫的"人性"了。

南方的热不像蒸笼似的，不像戈壁似的，不像炼钢炉似的，是黏黏糊糊的、混浊的、均衡的热，从早到晚基本上都一样，热得人满脸油光光的，仿佛很意气风发的样子，实则心里痛恨着这鬼天气。于是聪明的北方人都是在冬季来南方度假，在夏季又兔子似的溜回到可爱的老家独享清凉。

夏天的玉岩书院，是那么凉气袭人。第一次去时，遇到了雨。起初只是大团的云朵黑压压地自远处挪移而来，心想不好，大约三分钟的工夫，大雨滂沱，极有力量，砸得雨伞几乎要破一些洞。我四处躲藏，只是云朵掩映之下全都是雨，也就乐得变成落汤鸡了——在南方，有时一不留神你就成落汤鸡了，倒不狼狈。

黑云很快转移了战场，头顶的天空恢复了鱼肚子白，但地热蒸腾着雨，雾气梦幻般地飘游；也有稀稀落落的雨珠，或是树上落下的，或是风送来的，人便感到了些许的凉意，抬头时，正是书院。

书院在高处，我在低处。书院的墙基本是墨色的，夹杂着灰白，砖缝里满是青苔，如沧桑的壮男稠密的胡须。书院是有些历史的，它的前身为种德庵，又名萝坑精舍，为宋宁宗嘉定十二年（1219 年）广州萝岗进士钟玉岩所建。因了年代的久远，它是古朴的，屋舍凭山势而建，由上下两进和东西三间组成，依山傍水；因了书香与墨香的熏陶，它又是优雅和宁静的，从山上穿行而下的清泉进入书院时，还是那么清澈、冰凉，似乎与南方的夏季唱着对台戏，你从泉水的出口处洗心池那里捧一把扔到脸上，水珠如冰粒似的在脸上乱滚，真是惬意。这是没有污染的泉水，当地人称萝坑水，有不少村民或者游客用桶装水带回家烧茶，我也用矿泉水瓶装了一瓶，想回家烧开饮茶，应是十分甘甜。

水流萦绕着书院，满耳都是叮咚叮咚的水声，但凡水流经过的地方，都是巨石屹峙，形态各异。一些人随着进入了书院讲学的地方，院前有两株植于宋代的古松浓荫蔽日，内有不少写景对联，有的刻在石壁上，有的悬挂在门廊上，有宋儒朱熹"忠孝廉节"题字，以及相传文天祥手书的绝句四首木刻和清代郑板桥的春、夏、秋、冬四时画竹刻等。当年郭沫若访玉岩书院时，也即兴题诗："雪海香潮退，寻迹我到迟。萝岗半梅树，书院尽荔枝。"大清官海瑞也曾为萝岗题写一副对联："石橙泉飞山欲静，洞门云掩昼多阴。"

在广州这座繁华的大都市，年轻人爱好文学算得上是一件奢侈的事。但我和他们都是文学的"粉丝"。我们这些爱好文学的人，小的不过二十来岁，年长的已是中老年。在广州萝岗这片离市区不近不远的热土上，文学的青草正茁壮地成长。玉岩书院便成为文学"成长"的芳草园。

书院的学堂里侧，有一块巨大的渗水的岩石，因为水锈吧，那里已是一片深红，仿佛透着精灵的光泽，也如一位饱读诗书的老者注视着我们。

大家坐在讲堂里。那时真的很宁静，很清凉。有风。我敏感地搜寻着来自古代的学童稚嫩的读书声，那时的一些孩子，一定或者坐着，或者站着，在绿树、泉水、山岩，以及自然的光亮里朗声读书，何等的美好。读累时，在院里嬉闹、爬树、玩水，在岩石上刻字、涂鸦，性情平铺直叙，像极了孩子。

在那样的一所书院，全国知名的作家循着古代的书香和墨香，在那里与一群热爱文学的青年一起谈论与文学有关，与历史有关，古往今来的故事与传奇。作家与讲堂便这样"联姻"了——有历史文化的玉岩书院，再有现代文化的说书人和听书人，玉岩书院自是生趣盎然的。

南方的夏天便很可爱了。

禾雀花

幼时觉得，世上最不安分的便是麻雀了。冬天大雪纷飞时，麻雀竟会穿行觅食，颇有"风雪夜归人"的情致。清晨，雪一旦顿住，万籁俱寂，你听到的第一声响应是雀儿的叫。轻轻地掀开窗帘角儿，顺着门缝儿向院里窥视，三三两两的雀儿正焦急地觅着米粒儿。孩子们若有善心，定会悄悄偷一把米袋里的小米儿，趁人不注意时，洋洋洒洒地去讨好那些可爱的雀儿。冬天，雀儿活得真不易。

一旦到了谷物丰收的季节，便是它们最欢欣雀跃的时候了。它们成群成群地飞，落时，呼啦一片，飞时，又呼啦一片。人挥起扫把，赶了这边的，那边的就得了嘴。这是属于乡村的独有的景致。而在城里，任何季节，雀儿无疑都是孤寂的，顶多三三两两地藏匿在枝杈上，叽叽喳喳地叫着，始终不敢成群结队地飞翔。

雀生于民间，便该叫，不该无语。它本来就小，微乎其微，唯有叫声，才能体现其存在的价值。我喜欢它们叽叽喳喳的叫声。你见过一生不语的雀儿吗？那些雀儿不在北方，不在南方的市区，它们生活在广州东北部萝岗区的天鹿湖森林园区里。起初听人说起时，我满肚子不以为意。见过太多的雀儿，幼时又与雀儿有过亲密的接触，因此对这些小生灵并不十分好奇，也不过分喜爱，自然，也根本不会厌烦它们。也或许是在城里生活久了，心境起了某种变化，早已久违了那份童心和对生活的表达与发现。

与其说是去看雀儿，不如说是想散散心。但当我真的看见那些"雀儿"时，委实被它们吓了一跳。"雀儿"离我很近，咫尺之遥。我望着它们，俨然又回到童年时隔着玻璃与雀儿对视的时刻。这些"雀儿"没有丝毫的敌意与防备，黑芝麻一样的眼睛宁静而致远。它们站在树上，一只一只并排簇拥在一起，一点也不孤独。它们扎堆儿，却又不叠乱。它们的头大都齐齐地向里，只露出红色的尾巴尖儿和乳白却又带点嫩绿的"羽毛"。我稍稍喘息，再放眼四周，"雀儿"也不是离群索居，而是三五成群。看，女儿喊，这里有！那里也有！呀，上头也有，快看，这边还有。"雀儿"已包围了我们，我们已进入"雀儿"的王国。有一缕阳光正穿越林隙，斑驳地落下，阳光让"雀儿"周身光泽四溢。我重又细细仰视最近的一簇，是的，它们不是真雀儿，只是像雀儿。它们有一个好听的名字：禾雀花。像雀儿的花儿，像花儿的雀儿。不同的意思，一种意味。

我倚在树干上，偏着脑袋，仔细地端详着它们。要真是雀儿，怕早就被我吓得"逃之夭夭"了。雀儿胆小，童年的乡间，在连日觅不到小米儿而发现我手里居然攥着一把小米儿时，它们都不敢靠近我。在它们眼里，眨眼间我或许就露出了十足的凶相。

而这些三四月间开放的像雀儿的花儿并不真长在树上，它们长在藤上。由一根极长的藤串起一簇簇的花儿。每簇一二十、二三十朵不等。远远看去，像一大串葡萄，近看，俨然是一群群禾雀在栖息、密语、商议大事儿。

禾雀花的藤蔓顺着树干向上攀爬的本领极强。它们盘绕在一棵棵粗壮的树上，乃至一棵树与另一棵树之间，连缀成一条不断的思绪，让整个林间生趣盎然。我没有堕落到采摘一朵"雀儿"。幼时，我对雀儿也极为爱怜，捉过，也放过；如今更不会去摘活生生的"雀儿"，摧残它们的生命。我从地上捡起一朵显然离群不久的"雀儿"，让女儿把小手摊开，"雀儿"在她的手背上展翅飞翔。如此近，"雀儿"静静地伫立着，目光依旧宁静致远。它不为我们的呼吸所动，它就是一只禾雀，两瓣花瓣卷拢成翅膀，尾巴尖高高翘起，矜持，娇贵，从容。

这花朵一样的"雀儿"，这雀儿一样的花朵，让人温暖且友善。

我轻轻地坐在那一方被树木和禾雀花包围的"天井"里，各种鸟的叫声，蝉鸣，虫子的回响以及自然界其他的"絮絮聒聒"，让我无一点烦躁，相反却觉得鸣声上下，不绝于耳，不亦乐哉。

童家湾的乡愁

我第一次见到这样的乡村，像一名陌生的旅人闯入一座梦幻般的庄园，先蹙了一阵眉，思索了一会儿，然后释然，她本来就叫童家湾，"童"，不正是生长梦想的田园么。

我也出生于乡村。我的家门前也有小溪，居住的院子里也有一棵芭蕉树，冬天里，雪花飘呀飘，覆盖大山屋顶树梢，麻雀便急了，冒着被筐住的危险在我眼皮底下觅食。那样的乡村勾勒出很多孩子简单又质朴的童年影像。

童家湾原本也这样。有山，群山起伏，山势陡峭；有水，远比小溪宽绰，夏天河水哗啦啦地淌，河风中夹杂着一丝清凉。冬日的雪花悠悠荡荡，落地无声又似有声——润得皲裂的地皮极轻微地震颤、极缓慢地弥合。顽皮的孩子拉根细绳儿躲在暗处，极耐心地候着可爱又可怜的小鸟。

萌芽于乡村的童年生活都差不离。自然，这样的童趣永远不会从村庄消失；凡村庄上空也始终飘荡袅袅的炊烟，只是，现在的孩子喜欢么，更小的孩子喜欢么。甚至，我们自己除了"心心念念"，假如可以重返孩提，还会为一只麻雀而在风雪之中潜伏紧张得连大气都不敢出么。

乡愁的关键词汇——炊烟，犬吠，鸡鸣，漏风的格子窗，呛人的麦烟，冻头烫屁股的炕还有土腥腥的路。于迁徙而出的人遥遥回望乡村的目光中闪现时，情绪波澜起伏。

很多的脚步便渐行渐远。

童家湾的路是红色的。童家湾在甘肃会宁，会宁是革命老区。1936 年 9 月，中共中央在讨论红军会师地点时，周恩来向毛泽东建议"放在会宁为好"。徐向前元帅在《历史的回顾》中写道："三个方面军会宁大会师是中国革命走向胜利的转折点……在中国革命史上揭开了新的一页。"童家湾离县城很近，是柴家门镇何家门村的一个"社"，有百户人家。她是会宁乡村的缩影。红是她的主色调。

花儿争奇斗艳。唯有夏季，是西北土地上各色花儿的"青春期"；疯长，是草木彰显生命的姿态，岂会浮生虚度。

村居盖得朴正。土坯房子还有，却不是主流，青砖琉璃瓦与大理石钢筋混凝土构筑了一座座别致的民居，结实而耐看。

院墙上画了中国传统文化故事，古风似水流年，浸润着日出而作日落而息的农人朴素的秉性。

而村口村里村外，无处不见小桥流水、亭台楼阁，闲庭信步，可看旭日东升，可望晚霞满天，一阵阵花香、草香、麦香、瓜果香漫入鼻翼，馥郁而清甜。

这样的乡村让人喜欢。

如此，尽管她不是生我养我的乡村，我还是想住上一晚，或者两晚，听一听她的呼吸，感受她的心跳。女儿则兴奋地喊，晚上可以数星星！她是一个彻头彻尾的"城里娃"，二十三岁，还没有居于乡村的经历，哪怕一晚。

我在童年里没有数过星星，甚至没有正儿八经地望过云。那时父亲在部队当兵，与我们相隔千里；母亲在地里劳作，一日下来疲惫至极。诗意与想象不是那个年代和那个年代父母和孩子们的主题。

院子叫"国色天香民宿"，由一处民宅改造。刚进去时是午后，阳光十分凶猛，整座院子如镀了一层金黄——西北夏天的午后都明晃晃般通透。我站在屋檐下暂避日头，小圃之中，月季，杜鹃，牡丹，蝶粉花沾紫，满园皆馨香。一隅，传来溪水潺潺之声，近前，非自然之泉，却以自然之貌汩汩流淌，狭长的河道中一颗颗灵动的石子儿变成了一粒粒银豆豆。绕至院后，榆柳健硕丰茂，浓荫蔽日，旁边的梨树上则挂满密密麻麻的果子。院子的角角落落，"镶嵌"了各种久违的农具、精巧的挂件，既有"复古"的气息，也有时尚的味道。

下午，我便坐在带遮阳篷的木栅栏与游廊间品茶赏花，看蝶听鸟，茫然若失，又有所得，如在桃花源过了一世。

时间散淡流逝，暮色悄然而至，突起一阵风，风高丝引絮，漫天飞舞——"快看，柳絮，好美!"是女儿的惊叫。但这个季节并无柳絮随风，而是蒲公英的绒球，正所谓，飘似羽，逸如纱，秋来飞絮赴天涯。

我想说，但没说——自然之中的很多常识来自乡村，不要说女儿，我离开乡村太久，我与土地也便生分，与农物也便生分，与农人也便生分，很多时候，目光与嘴巴的幼稚与无知在所难免。

大风去兮云亦飞扬。夜幕之中，苍穹之下，团团的云仍是那样浓，那样白，那样飘逸，我们都像孩子似的傻傻望天。院落乡村山野大地之上万籁俱寂，偶有一两声啁啾的鸟啼和蝉"谢幕"似的有气无力的嘶鸣。

我们躺在各自记忆的摇篮里，竖起灵敏的耳朵聆听乡村物语，睁大好奇的眼睛观察大千世界。

星星如约而来。

水星! 金星! 木星!

牛郎星，织女星!

我诧异，也很羞愧，这么多的星，我竟一个不识。

女儿幼时对天文地理好奇，我给她买过一个高倍望远镜。她在城市高楼的阳台上踮起脚尖望星星。她还缠着我一起看星星。我多时没空，或没心情。回想起来，孩子的童年是一个童话，她是主角，我没有当好配角。

遥遥的月光笼罩峭拔伟岸的山脉和静谧的村庄。

欣然起行。出院门，随意地走，月色入户，户户花开，家家成景，好多人家灯火也未熄，私语切切隐隐传来，夹杂着点点笑声。被阳光饱晒的玉米林、向日葵散发出清香与芬芳，与黄土地的气息融合，亲密无间。

我深呼吸，再深呼吸。

闻到什么?

一缕乡愁。——乡愁，是如影随形的云，是圆圆的月，是质朴的土地，千山万水隔不断，舍不掉，稀释不得。

童家湾的乡愁，却与八十多年前的会师牵连。当时，毛泽东说:"会宁，好地名，好地名啊！红军会师，中国安宁。"

"邦惟固本自安宁。"我这个陌生的旅人，那晚便在别人的故乡安然入睡。

女儿数星星，数累了，也睡得恬静。

镍都的花

花花草草于南方最不稀奇，移居广东这些年，青山绿水与萋萋芳草见得太多，我早已习以为常，但没想到，在戈壁滩上也能看到同样的风景。

金昌在西北，位于甘肃河西走廊东段。去年暑期，我们带着女儿沿河西走廊"考察"，也算是她读万卷书，行万里路的开始；或者，因书读得不多，故行万里路显得尤为重要。我们由张掖折返，略微绕道便到了金昌。金昌有我多年未见的友人，顺便看望。古道天涯，夕阳西下，老树昏鸦……侠骨柔肠于茫茫大漠之中尤显豪情满怀。

20年前我去过金昌。那时感觉，金昌与省城兰州相比小很多，色彩也单调，绿树也不多，花朵则更少，至于溪水、河流更是未见，也可能是来去匆匆未及细看的缘故。在我长期的印象中，金昌便是贴了"工业"标签的，到处是矿山和采矿之声——她确有"镍都"之称，产镍——镍者，制造飞机、坦克、舰艇、雷达等必不可少之金属元素。

矿多的地方，自然环境便受影响，虽有祁连山雪水为水源，但特殊的地质、地貌、气候导致此地干旱少雨，阻碍植物生长。

这样一座城市，"硬气"有余，诗意不足。

友人翟雄欣喜，握住我的手，曰："既来之，多待几天，一定要看看紫金花海，它或许能改变你对金昌的印象。"其情切切，充斥着对脚下热土的热爱。

花海在金昌以北，离市区几千米。那里曾是广袤的戈壁滩，漠风起兮石头乱跑。友人始终在金昌生活，以前也是开车坐车路过多，极少专门去。久居戈壁的人，对戈壁没有太多的念想，虽然于他这位作家眼里，一望无际、苍苍茫茫的大漠与血一般的残阳能给他很多诗意的想象，但看多了稀稀疏疏的骆驼刺和稀稀拉拉的胡杨，也觉得乏味。

我们顶着一头艳阳迈进紫金花海，一时，神思有些恍惚——这的确不是我记忆中的金昌，也不是我想象中的金昌。见我心生波澜，友人愈发得意，兴奋地介绍，那是薰衣草，那是马鞭草，那是百合，那个叫碰碰香，那个叫琉璃苣……有些，我见过，有些，我不识；有南方花木，有北方物产；有的妖娆，有的淡雅；有的大而缤纷，有的小而精致。正是初秋，天不热，天空很蓝，我们撑着伞在花海中徜徉，随意望去，那么多的花，红的、黄的、粉的、蓝的、白的、紫的……或独芳，卓尔不群，或群芳，百花争艳，花海间，幽香弥漫，沁人心脾。700多亩硕大的花海让戈壁滩生机盎然，苍茫与荒凉不再。

花的海洋中，还有一湖——紫嫣湖。湖畔，苍苍蒹葭中夹杂着紫色的小花；湖面，楼台倒影，荷叶田田，秋水涟漪。此情此景，我不由得放缓脚步，乃至坐在湖畔，享受旅途中的宁静。湖畔的燕子或许猜到我是远方来客，啁啾一声，从蒹葭丛中飞起，在我面前故意划过一道美丽的剪影；继而，三五只燕子结对欢快地从半空划过，蓝天丽影，鸣声连绵。可爱的鸟儿们在空中尽情表演之后，又开始俯冲踩水，有一只竟然会"蜻蜓点水"，以月牙般的弧线在湖面迅疾一探，只见碧水初现微澜，片刻后又复归宁静；另一只则从空中以大斜角下落，将及湖面时，两条细腿探出，欻欻欻，欻欻欻，如水上滑翔又点到为止，优雅、利落，生生划出一道十余米长的水痕，此时大片的湖水再也无法继续矜持，自中间及两侧，縠皱波纹，花影微移，煞是好看。如此顽皮好客的燕子，我还是头一次见，实在忍不住笑了起来。那情景于很多天之后我还时时想起。发生了逆变的生态环境，何止是鸟儿的天堂，也是生活在那片土地上的人们的幸福乐园。

花海之中还有一岛——樱花岛；还有三园——香草花卉园、药膳花卉园、"不能忘却的记忆"年代主题园。园内建有木屋，供远方而来的游人歇息。由于环境的改善，花海四周已建有不少民宅，楼群却不密集，排列错落有致。我知道，此时此刻，楼上的人们或许正坐在客厅里、站在阳台上看花、看水、看柳，看水鸟翩跹、嬉戏，看我这个旅人于大漠雄浑间寻到的诗情画意。

花海给了友人无限的遐思。他常来，每当夕阳西下，暮霭沉沉时，他骑着自行车，穿越半个城市，进入花海，一边漫步一边思考。他和我一样，需要诗意点缀的文学生活。

我确信，即便于家门口，他也会偶尔陷于一种幻觉——这真是当年那片戈壁滩么。

酒泉三记

一

"天若不爱酒，酒星不在天。地若不爱酒，地应无酒泉。"

这是唐代大诗人李白的诗。

李白是否到过酒泉，我未查史料。有一则传说，李白对酒泉慕名已久，但酒泉与长安相距几千里，一日，有人从酒泉带回几坛酒，李白一喝，这叫什么酒？寡淡无味。

李白知道，要喝酒泉酒，须到酒泉去。

酒泉有酒，更有泉。我已不太喝酒，但喜欢泉。

酒泉最古老的一眼泉在酒泉西汉胜迹，是河西地区唯一保存完整的汉代园林。公园里亭台楼阁，古朴典雅；左公柳枝繁叶茂，郁郁葱葱；湖中，蒹葭苍苍，水天一色，实乃绝佳胜景。

那眼已有两千多年历史的泉如同一位宁静致远的书生在轻轻地翻阅岁月的经卷，我听不到它汩汩流淌的声音，但能看见它内心颤动的涟漪，一圈又一圈，自内而外，舒缓而均匀地弥散，仿佛经卷上的文字与思想，于岁月的风雨沧桑中不断更迭但从未消逝。自然，它也不寂寞，从未寂寞，一枚枚或黄或褐或白或滑或糙或大或小或密或疏的石子，攒簇或散落在它周围，静静地聆听与沉思。

那一刻你便知道，泉是有生命的，泉为自然之子，生于山石之间，于大地深处与草木根系间蜿蜒经久盘桓，但终会寻一处幽云斜月之所出泉，涓涓始流，如一位隐者，听风看石低吟抒怀。

我心头便冒出两个词：久泉，酒泉。酒泉，因泉久而城久，因城久而北通沙漠，南望祁连，西达伊吾（哈密），东迎华岳。

泉之显晦与荣枯，是酒泉历史沧桑变化的见证。自然与人与城，便是这样音声相和、心有灵犀。

二

在酒泉，我见到了从未见过的石头。

一块，首俯尾翘，曲折有致，如龙盘桓云端，龙头警惕，龙目威严。

一块，高有六尺，有首有尾，迎风而立，通体金黄，骨骼发达，头如猿人，有发有眼有鼻有嘴，目视前方，神如长者。

一块，自下而上，蜿蜒起伏，逐渐突兀，状如远古记事之绳。

一块，底部赭红，其上如涂朱丹，面上有窝，窝内窝外如根系密布，形如疆域领土。

一块，高山之巅，山石耸立，平缓之处，智者上，问者下，君子坐而论道。

一块，香幽笛韵，色冷笺红，骚人弄笔，绽雪芳魂，苦寒梅花傲骨。

一块，如万年之木，于榛莽之中化而为石，节大如拳，瘢痕累累，由横断处下望，质如山岩峭壁，色如黄沙漫漫，根部幽僻，中有一道光，如月落深泉。

甚至有更奇之石、根雕、太岁诸物，成百上千，不以件计，而以吨量。

亦有荔枝石——形似，色似，质似，若将其夹杂于岭南荔枝之中，你分辨不出哪个为石，哪个为果。

石为大地之卵，地大则物博，博则精巧奇妙。看着这些石头，你不由对中华物产之丰富叹为观止，心存自豪。

三

玉门，始终富有诗意——"羌笛何须怨杨柳，春风不度玉门关"；"青海长云暗雪山，孤城遥望玉门关"；"长风几万里，吹度玉门关"等流传千古。

只是，我未去玉门关而是去了铁人村，看王进喜。

其故居修缮，不开放。老村支书王生荣讲"十斤娃"（王进喜乳名）时，声音哽咽。

1923 年 10 月 8 日，王进喜生于玉门一个贫苦农民家庭。后在旧玉门油矿当了 10 年矿工。

1950 年春，他成为新中国第一代钻井工人。

有一幅画：王进喜跳进齐腰深的泥浆池中，用身体搅拌泥浆。那是 1959 年秋末冬初，石油工人打出大庆第一口喷油井后，一天突现井喷，现场没有压井用的重晶石粉。王进喜决定用水泥代替。当大量水泥被倒入泥浆池后，却无搅拌机搅拌。王进喜当时有病在身，他当即甩掉拐杖，跳入池中……事后，一位大娘心疼地说："王队长，你可真是铁人啊！"

"铁人"从此传开。

"我从小放过牛，知道牛的脾气，牛出力最大，享受最少，我要老老实实的为党和人民当一辈子老黄牛。"

"讲进步不要忘了党，讲本领不要忘了群众，讲成绩不要忘了大多数，讲缺点不要忘了自己，讲现在不要隔断历史。"

"干，才是马列主义！不干，半点马列主义也没有！"

都是王进喜的原话，以前是挂在嘴上，落实到行动上，现在，写在墙上。

村里天很蓝，云很白，树很密，庄稼很绿，是个振兴的村子。

履痕处处，我想寻觅王进喜的影子。

清风中，我来到石油河大峡谷，俗称西河坝。峡谷两侧陡峭险峻山石林立，如刀削斧凿。峡谷中，水流湍急浪花翻卷。立于石油河铁桥之上，一股股自下而旋的冷风吹得人禁不住打颤。

这里有王进喜的少年时代。新中国成立前，此处老君庙油田被发现并投入开发，但石油工人没有居处，遂于峭壁凿洞窟百座余，王进喜也住在里面。隔着护栏，我使劲往里看，有什么呢？"家徒四壁"，很多连个矮台子都没有，石油工人地上躺、角落里卧，日出而作，顶风冒雪。老君庙油田被誉为"中国现代石油工业第一矿"，为抗日战争和解放战争的胜利做出了特殊贡献。

洞窟是玉门油田艰难创业历程的见证，承载着中国石油工业的优良传统。

那天，我不想早早离开，想找个地方坐下来，和女儿一起，化身为"王进喜"队伍中的一员，静静地听他们的故事，感受他们的信念，体会他们的精神。很多人，很多事，毫无疑问，会在岁月的长河里悄然流逝，再也不见踪迹，但王进喜和他的工友们不会，铁人精神已成为中华民族宝贵的精神财富。2009 年，王进喜当选"100 位新中国成立以来感动中国人物"。

从课本上，我知道铁人；女儿也知道。

这一次，是从大地之上。

——这是去年的事。回到岭南很久了，我还常想起那河、那谷、那坝、那窟、那人。

王进喜，生于河西，是酒泉玉门赤金之子。

大湾区四季

春

搁在北方，春天很容易被农人分辨，恍如一夜之间，山川田野覆上了一层淡淡的绿绒；而城里人感觉春天，唯有枝头那一点点的萌芽。

这样一件似乎很简单的事，到了南方却复杂起来。若草木萌芽是春天到来的标志，若你想第一时间看到枝头的那一点点绿，然后兴奋地告诉远方的朋友春天的讯息，你怕是要徒劳的，因为，在乡村、在原野、在城市、在街巷，绿从未离去，你闻到的看到的始终是那般的草木扶疏，那般的绿叶阴浓，绿总是与每一个热爱自然与生活的人终日厮磨，亲同形影。

那么，如何分辨南方的春呢？

听听那雨声。进入春天，淅沥沥的雨便多了起来，你独坐窗前，饮茶、读书，听雨穿林打叶，答答，滴滴，那般清脆、悦耳，宛如美妙的泉音。

听听那鸟声。春天的清晨，你总是被鸟叫醒；若你还想偷懒，鸟声一声短一声长；若你想掩住耳朵，鸟声既久且长。我于混混沌沌中仔细分辨过，"恶作剧"的不是一只，就在你窗前的树隙，就在你的窗口，你看不见它们，它们居高临下却能看清你的一举一动。但无论怎样，你都断然不会一把推开窗，喝一声："去!"

于喧嚣的都市之中，被鸟声滋扰，是一种莫大的幸福。

春雨中，鸟的叫声更是掩饰不住的欢快。它们吸足了自然之气，饱蘸了雨水之润；它们知道无论如何地叫，都会有人聆听，索性携雏弄语，啁啁啾啾，一阵又一阵的天籁之声从流溪河，从东江水，从凤凰山，从草木丛林，从山泉溪涧，从竹篱茅舍拂过，成为大湾区春天和鸣之曲。

夏

夏，似乎从一声霹雳开始，还有一道闪电刺破苍穹。忽而，黑云压境，狂风大作，暴雨如瀑。移居此地的母亲没见过这种场面，用手机录下声音，发给北方的姐妹听，"天，吓死人了！"

进入5月之后，雷雨往往不请自来，频率极高；高楼的窗，开了关关了开，要时时留意，免得被风刮落，伤及无辜。但雷未必在一地久留，好似那雷真是圆的，在这边的天上滚一阵，到那边的天上再滚一阵，各地天气预报的雷雨预警，便跟排了班一样有序。

风雨过后，往往一地狼藉，好端端的叶子、好端端的枝干横七竖八地躺在路上，看着可惜。

还有一枚枚的果子。

起初，我不信那是杧果。妻说是，我俯身查看，真是。它们从高处跌落，又着了风力，摔得挺狠，很多已经破裂，露出橙黄的果肉；有的只剩下米黄的果核。有的因被雨水浸泡，又在热气中蒸腾，弥散出一点果酒发酵般的味道，挺好闻。也有的完好无损，不妨多拾几枚，回去洗净，软些的，当即可吃，切开皮，甚至咬开皮，吃那果肉，不苦不涩，甜里带酸，味道不错。

有一段日子，眼前时常闪现那些树。日日经过它们，若不是一场风雨，我竟不知树上已果实累累——像什么呢？大湾区人的性格。大湾区城市群，哪里不是人海茫茫？目光所及之处，地铁、高铁、十字路口，有如过江之鲫。但你会发现，他们低调，务实，不喜张扬。有的可能正经历风雨，如那粉身碎骨的果子，但即便失败，也要卷土重来，哪怕再蜕变，再重生，再涅槃，也不轻言放弃。

……窗外又有雷声。一夜风雨之后，明天我还去树下拾果子。

秋

一叶知秋。可从叶子上看不到南方的秋天。南方的秋，草木依然有情，也从未见飘零。

秋声倒有，比如寒蝉凄切，但仍指北方；南方的蝉，依旧聒噪，一声接一声，永无休止。

秋影。碧水微澜中摇曳的荷，还有荷花，那样雅致静谧；一池春水，蝴蝶依旧飞过，蜻蜓依旧点水。

晚秋时候。北方已是山川寂寥，万物萧条，可是，南方的热浪，仍然一波接着一波。

如果你想看秋水，比如"落霞与孤鹜齐飞，秋水共长天一色"——怕要失望。落霞自是落霞，孤鹜变成了白鹭与海鸟。你可以在香港维多利亚港看，可以在深圳大梅沙看，可以在惠州巽寮湾看，海水茫茫，却无蒹葭苍苍；可以在广州塔上看珠江，在佛山三水看三江汇流，江水滔滔，烟波浩渺，但风热，雾热，气热。朝晖夕阴，光热，秋凉难见。

南方秋的脚步，来得极为缓慢，让人捉摸不定。有一天，你没开空调，甚至，也忘开风扇；那晚，你突然就梦见了北方的冬天，到处都是皑皑白雪，冷得要命……醒来之后，你发现自己什么都没有盖。窃喜，大概是到秋天了。

你全副武装准备进入秋天，拆掉了空调遥控器上的电池，用塑料袋套住了电风扇的头，拿出了毛毯、棉被，结果，你很快发现，那只是与秋的一次美丽邂逅。

北方的秋，是日历上的秋，来得准。

南方的秋，是眼里的秋。郁达夫说："秋的味，秋的色，秋的意境与姿态，总看不饱，尝不透，赏玩不到十足。"不全是。

水稻熟了，一地金黄，是秋。

漫山遍野的红叶，是秋。

桂花飘香、柿子飘香、柚子飘香……也是秋。

南国之秋，稍纵即逝；固短，但不可忽略。不是郁达夫所言的"稀饭"，是汤，是桂花甜酒酿，是蜜柚酒，是蜂蜜柚子酱，是炒板栗冒出的氤氲的烟火，是避风塘炒蟹，是虾蟹粥，是猪肚鸡。

南方之秋，始于双眼，隐于味蕾，浮于舌尖，润于日常。

冬

最令北方人"不习惯"的是，人家穿着棉袄，你穿着大裤衩；人家冰天雪地，你和风细雨；人家冻得直哈气，你额头沁出一层细密的汗珠。

相距三千公里，气候竟如此悬殊。

南方，便难以见到北国风光，万里雪飘。也不全是，粤北山区听说也下雪，雪下得还不薄。

可如果你以为这里的冬天是一律的暖阳高悬，你又错了。曾有亲友兴冲冲来南方过冬，本想过几天好日子——前几日的确不错，像我前面所描述的，后来，天气陡然变化，其气凛冽，砭人肌骨，其风呼号，凄凄切切，其云惨淡，凝凝滞滞。难受极了。

不堪忍受的还有"回南天"。冷几日之后，天气回暖，憋在墙里、地上的湿气一股脑渗了出来，满房子都是水滴。湿冷与阴冷，有时是南方冬春之交的常态。

即便如此，自然之中，还是丰草绿缛，还是佳木葱茏，还是鸟语花香。你便有一个感觉，南方的冬，是冬天里的春，亦冬亦春；而南方的春，是春天里的冬，亦春亦冬。

其实，南方的四季，交替与过渡得都不分明，没有明显的边界，虫声老是唧唧喁喁，鸟声老是叽叽喳喳，蝴蝶老是盈盈袅袅。

草，倒是会黄的。何草不黄？但你细细查看，如茵如毯之中，黄绿夹杂，晨曦之时，草尖泫露，细草愁烟——未及老去，已有新生。

故而，大湾区的建设，除去台风天，雷暴天，其余的日子，都可施工；庄稼，一年两熟、三熟；人勤谨，风里来雨里去，四季都有工作。

一方水土，养一方人。一方人，像极了水土。

大湾区的花

洋紫荆

我以为是紫荆，其实不是，是洋紫荆。被纠正之后，我专门对比了它们的区别，紫荆花朵小而雅静，如一只小蝴蝶展开翅膀或几只小蝴蝶扎在一起，有的头朝上，有的头朝下，有的隐去半只翅膀，有的仅露出一道暗影。若刚淋了雨，小小的翅膀上雨珠晶莹剔透，亦大亦小，亦疏亦密，像被黏住，又若即若离。挺好看的。

洋紫荆则不然，花瓣五分，大而娟娟，如衣袂飞扬，叠韵翩跹；又如婴儿之手，无拘无束地张开，一枚花瓣像一根胖胖的指头，五根胖胖的指头不错不叠，恰好连"芯"。

这样的花，香港市民喜欢，成为"市花"——该叫"区花"。1997 年 7 月 1 日香港回归中国，香港特别行政区成立，洋紫荆飞上区徽——还是五分，还是那花瓣，还是那样胖乎乎的手指头；花瓣之中，五颗小小的红星被五根细细的红线牵着，连向"心"。

洋紫荆花，色紫。紫者，如紫罗兰、紫檀、紫薇、紫苏，紫气东来，或馥郁芬芳，或清新淡雅，或含德之厚。

区徽之上的洋紫荆，色素。素者，如素淡、素朴、素描、素养、素愿或如泉澈朗，或如日晨曜，或如雪圣洁。

见到洋紫荆，你还会想起一段关于它的传奇——涛声依旧的大海，一座被遗弃的房子，一片颓垣之上，一朵花，其叶独茂，恬淡安然。

也会想起这座城市的昨天、今天和明天。

荷

赏荷，雨中最好。雨不可太大，疾风骤雨之时，尚且自顾不暇，何来赏荷心思？于细雨霏霏中，撑一把雨伞，临一畔湖，或一池塘，静静地观荷。荷或远或近，若远，便行于湖中的亭子上，若近，立于岸边或池边。微雨中的荷正值最自然真切的时刻，白荷素淡，粉荷妍艳，紫荷端丽；也有间色之荷，如花中仙子打扮精心，香罗细葛，叠雪含风，娉娉婷婷，巧笑倩兮。

也可与荷再近些。一些景点，如三水荷花世界，置桩柱于荷田之中，顶上扣一石盘，石盘于池塘水阁星罗棋布，便可近近地看荷，咫尺之间，荷香初绽，风移影动，摇曳生姿，而你，纵是从都市喧嚣处子身远遁虔心而来，但仆仆风尘，心绪烦躁，在她们面前，只会自惭形秽。

澳门多荷。澳门人喜荷年辰久矣，并专设荷花节。2019 年的荷花节为第 19 届，为庆祝新中国成立 70 周年及澳门特别行政区成立 20 周年开展。2020 年为第 20 届。来自祖国各地的荷花荟蔚低昂，熹微绽放，只见水面清圆之中，微风举荷，莲叶接天，如盛世聚会，美哉壮哉。

荷亦叫莲，亦叫芙蓉。出淤泥而不染，出清水而无饰，纯洁清廉。澳门特别行政区区徽上就是一朵莲花图案。三片花瓣分别代表澳门半岛、氹仔岛和路环岛这三个组成澳门特区的地方。莲花亦是澳门特别行政区区花，白莲盛开，亭亭玉立，冉冉升腾之处，五颗星星光闪烁，中间的一颗略大。

莲是意象之云，古往今来，层层叠叠——地下茎为藕，藕断丝连；花托为蓬，采莲泾里是侬家，不卖莲蓬但卖花；叶为荷叶，荷叶罗裙一色裁，芙蓉向脸两边开；种子为莲子，莲子有芯，即莲子芯，置莲怀袖中，莲心彻底红。

木棉

　　来南方前，我未见过木棉。看过电影，记得《木棉袈裟》。见过木棉之后，也未格外留意。那时是五月，气候燠热，满街的绿色植物，以榕树与梧桐为甚，绿叶阴浓，雨打芭蕉，遮阳又挡雨。木棉为树，有的独立成行，有的夹杂其中，枝干不算粗壮，形状倒是挺直，叶子翠绿却不浓密。见多了北方的参天大树，我以为木棉只是普通的行道树而已。

　　转过秋天之后，便要经历南方的冬。没料，冬竟是异常难挨，忽一日，气温骤降，暮雨纷纷，冷风凄凄，昨日湖畔粼粼碧波、秋水蒹葭的舒爽一扫而空。立于窗前，寒气透过铁纱窗咄咄逼人；关了玻璃窗，风无法直扑，但仍无孔不入，缕缕凉气像用一根针搅着骨髓一般难受。

　　湿冷比干冷冷。干冷冷皮，湿冷冷筋。

　　这般天气，植物该如何过冬呢？

　　亦有狂风大作时，雨势如排山倒海，一浪一浪斜斜地翻卷，一时间，天昏地暗。

　　翌晨，夜雨消散，出门透气。转过几条街道，猛见前方一地落红，树上，一树红花。整条街道被红装点，分外妖娆。心里一惊，走近，拾起一枚，细细端详，其状完整，其貌澄澄，无变故之乱，无罹难之慌，仿佛气定神闲，得之坦然，失之淡然。

　　我才知道，木棉花，也叫英雄花，为广州市花。

　　广州是不折不扣的英雄之城，古往今来，英雄们前赴后继，正所谓丹魂拍拍气熊熊，赤腾腾气独精神——古人之诗赞美木棉，也赞美英雄。凡英雄者，情至深处，隔江和泪，满江长叹；恨至极处，气贯日月，凛冽万古。

　　惭愧的是，这样具有象征意义的树和花，被我长久地忽略，竟于日日来往如梭之时，没有驻足，也未仰望；偶尔，竟也沉陷俗事，在朝霞暮霞之间懊恼伤怀、憔悴失寝。

一花一境界。我自叹弗如。

簕杜鹃

杜鹃，北方也有，很好活，长于山川田野，溪涧山阪，是寻常可见的花草。农村人的院子里，某个角落，若是红盈盈一片，准是杜鹃盛开。城里人也喜欢，养在阳台或向阳的窗口，不开花时看绿叶，开花时看花红，红艳艳的，自己看，外面的人也看，都满心欢喜。

杜鹃虽普通，却有一个凄婉的传说。古蜀王杜宇死后舍不得离开子民，便化作一只鸟，叫杜鹃鸟，杜鹃鸟不停地叫着"不如归！不如归！"鸣声凄厉，夜啼达旦，血渍草木，啼血万山。这种草木便为杜鹃树。杜鹃，其花，又叫映山红；其鸟，也叫杜宇、布谷或子规。

花即是鸟，鸟即是花。古人有诗云："杜鹃花与鸟，怨艳两何赊。疑是口中血，滴成枝上花。"

但簕杜鹃不是杜鹃。簕杜鹃树身长有硬刺，杜鹃却无。而花季，簕杜鹃与杜鹃都是整树开花，花色艳丽。但粤人好似不喜欢有刺的植物，庭院中不养，你若与其相邻，比如二楼，平台通着平台，你日日养，他天天见，他有意见。包括仙人掌之类，也不行。各地有各地的风俗，倒也不怪。

簕杜鹃又称三角梅，是深圳的市花，实际上，是很多城市的市花。

簕杜鹃的花和叶，是花非花，是叶非叶。近看，其形如叶，质如绢素，表有绸纹，脉络隐现；远看，其色明艳，热情奔放，势如火焰，万紫千红。

深圳有无数的簕杜鹃，便有无数的美，便有无数的活力。似乎，无论你何时去深圳，都能看到簕杜鹃一团一团的火焰、一团一团的云絮、一团一团的锦绣，让你觉得青春恰自来，纵是一身仆仆风尘，也一扫而光。

白兰

兰，本为香草。"兰之猗猗，扬扬其香。不采而佩，于兰何伤。"

白兰，兰的一种。

我见过白兰。我曾于佛山工作多年，佛山市花就是白兰。有人弄错，以为佛山的市花是白玉兰。

白兰，先叶后花。白玉兰，先花后叶。

白兰，含苞待放时，好似一个毛笔头，又蓄了一点墨，显得十分文气。花苞初绽，花瓣纤细、苗条，有点像柳叶儿，也有点像写小楷之笔。待到怒放，花瓣展向四方，如一朵莲花，洁白如雪，素朴无瑕，像夏日里遐思的恬淡的美人。味道，白兰之香清新雅静，一朵，香气幽幽，当整条街道都是白兰时，你一路走来，南风浮动，香风阵阵，特别好闻。

其实，你只看到了白兰开花。你看到花时，它已经历了严冬的考验，它的枝条，曾在南方的寒风中微微战栗，它的叶子，也曾一度萎靡，精神不振，只是，它顽强地熬了过来，当难挨的冬天渐行渐远，当大地回暖，万物复苏，春风骀荡，佳木葱茏，白兰，争茂于丰草绿缛之中，汲取天地之精华，博采日月之灵气，只为众者香。

佛山与白兰，便有了相似之处。

佛山，古称季华乡，肇迹于晋，得名于唐。唐贞观二年（628年），乡人在城内挖掘出三尊佛像，以为是佛家之地，遂立石榜改季华乡为佛山。

佛山有"禅"，现有一区，名为禅城。

禅者，静也，于凡尘俗事、繁杂喧嚣中独寻一份坚守与清静，唯此，南风古灶薪火相传，咏春之拳名扬四海，人文荟萃才俊辈出。

一朵花，一城香。

菊花

菊花自然常见，无论南北。小时，在课本中认识的第一朵花便为菊花，孟浩然《过故人庄》："待到重阳日，还来就菊花。"

还有一日，淘得一套民国时期的小学语文教材，为竖排，内有《菊》一文，且注有读音："菊花盛开，清香四溢。其瓣如丝，如爪。其色或黄、或白、或赭、或红。种类繁多。性耐寒，严霜既降，百花零落，惟菊独盛。"

北方之人，对"惟菊独盛"更有体会。冰天雪地之中，万物顿见萧条，但菊花、红梅、青松，灿烂、挺立，傲然于世，为白茫茫大地增添无限生机。

我国乃菊花故乡。古往今来，咏者多矣。

菊花也是中山市花。我多次去过中山，既为看花，又为缅怀伟人。中山先生曾倡导植树造林、造福子孙。1979 年，在邓小平的提议下，全国人大常委会通过了将每年 3 月 12 日定为植树节的决议，而这一天，正是孙中山先生逝世纪念日。台湾也有植树节，也是这一天。海峡两岸，炎黄子孙，一个共同的节日，都是为了继承中山先生遗志，让青山绿水、林莽苍苍荫泽子孙万代。

花木在中山已形成产业，以横栏镇区为甚。你若在家中，手机下单，不消几日，盆栽便会完好无损地递到你手上，菊有，梅有，兰有，应有尽有，草木有情，芬芳四溢。小榄之镇，更被誉为"菊城"，菊花荟萃，一镇菊香。

中山人喜菊之因：一者，古人视其为长寿之象征；二者，梅兰竹菊，花中四君子也；三者，菊既高贵典雅，又近寻常百姓，百姓不但种菊、赏菊，还或点缀，或增色，或添味，以菊花烹饪，鸡虾鸽鲍，活色生香，另有一道"菊花佳偶天成"，内有芦笋、菌菇、菊花、莲藕，将传统粤菜与菊花完美结合。

菊者，鞠也，恭惟鞠养，像极了菊花又一品性。

小城与大城

　　小城总给人一种稀稀疏疏的感觉。楼都不高，六七层高的样子，很少有电梯。从外面看也都不新不旧，像一个个见过些世面、懂得点风情，却又时时朴直的汉子。

　　譬如玉门——有的人不知道，过来人说起铁人王进喜就都知道了。那是戈壁滩上的一个小城，海拔高，人老觉得睡不醒。玉门依油田而生，油田搬走了，玉门也搬到了另一处坦荡一些的戈壁滩。现在的玉门是一个新城，完全新的城。楼都不高，但都很新。楼的间距很开阔，疏朗得像奔涌的河流。灿烂的阳光从楼顶宣泄而下，地面几乎没有阴影，甚至大多数的阳光都是直射的，平铺直叙。玉门的瓜就很甜，甜到心里、骨子里。那样的城市，楼间距大，人的间距小。人与人，朋友与朋友，打着电话的工夫就照面了，兄弟似的亲切。

　　榆中——知道的人就更少了。其实小城很有一段历史。秦始皇三十三年（公元前214年），秦始皇沿黄河至阴山建立了44个城，最西边的城就叫"榆中城"。此时的"榆中"和彼时的"榆中"有一些地理上的差异，但属于同一脉。小城很小，巴掌大一点，绕城一圈，跑步的话就一个多钟头。但小城有山，名曰兴隆山。有泉，泉水潺潺，清澈，夏日里都格外冰凉，孩子们戏水时水珠像刚化开的冰粒一般在胳膊上乱滚。兴隆山上的树一律高耸入云，盘根错节。到了晚秋时，山上的红叶漫山遍野，油画一般的美丽。小城的久远与山的雄浑互补，但凡到兰州能住几日的人，十有八九会去三十多公里外的榆中游历一番。有山的城，再如都江堰的青城山，城也许很小，但整座城都弥漫着山上的树的气息，黑土的气息，水的气息。空气自然，人情淳朴。在这样的城中生活，相当惬意与悠然。

大城则是令人眼花缭乱的地方。大城的楼普遍高，远远望去给人以排山倒海般的冲击力，震撼人心。乘飞机时，夜晚掠过一座座都会的上空，北京、上海、广州、深圳、佛山，那种流光溢彩的景象真的很壮观。尤其对于长期待在小城、很少到大城市的人而言，真是无与伦比的壮阔。那种感觉能在心中盘桓好长一段时间。人的心也在不断地动荡、撞击之中。在大城暂居的时间里，身处闹市街头，目睹车水马龙，感受摩肩接踵，嗅着仿佛熟了的风里飘过的各国香水的气息，耳膜被各种音乐敲打，但目光所及之处，都是陌生的面孔和恍若隔世一般的场景，心里的孤独就像浑浊的河水一样溢得到处都是。

闯进大城，要做的是认真地修炼。从眼睛开始，至脚底板结束。从骨子里开始，到思想里结束。你会一下子失落得很，一下子若即若离，一下子亲切，一下子生分，一下子卑微，一下子荣耀。一下子在电话里大声地喊，我在广州！理直气壮。这就是大城、都市奇异的力量。

大城里的楼有时密切，黑压压一片；有时也"稀疏"得要命，那是很阔的感觉。阳光大多时只在大城的上空盘旋，始终不肯直率地落下；并非不想，是被无形的风、有形的云、奇形怪状的楼阻碍着，无处而入。

若你留心，任一座大城都有一些犄角旮旯的僻静处。也许是被城市遗忘了，仿佛一截被丢弃的历史，那儿的房子密集得令人有被压迫之感，与雍容、华贵、喧嚣的邻街格格不入。游人偶尔迷路，在小巷中穿行，起初慌张，待看到婴儿从母体吮吸乳汁，几个姥姥摇着蒲扇说东道西的场景时，忐忑的心就安静下来，脚步也不由得放慢了。继而仔细打量起这城市的陋巷，猛然发现其实四处都充满历史感和沧桑的岁月之痕，就是那些青苔和石板路，也十分亲切。我想，这才是真正的城市，自古而来的城市，城市最原始的雏形。

一般情形，生活在大城市里，呼吸是局促的，说话的语调是快速的，一句连着一句。要是慢条斯理地像小城一样进行某种表达，要么你很优越，活得舒服无比；要么你正在度假，完全卸去了束缚。那种电话里说着就到了面前，一定是大大的惊喜。人像孤独的蚂蚁，各顾各的忙，俨然失去了某种联结。就连同事结婚这样的人生大事儿，人家也不请客，不送礼，至多两人到办公室，一包喜糖，然后兴高采烈地说，我们结婚了。不像小城，一家的喜事，满城的喜气。

活心，在小城更好，工资低，生活成本也低，人心不设防；活人，就去大城，风风火火、毛毛躁躁几十年，也许功成名就，也许壮志未酬，待明白时，人生如白驹过隙，忽然而已。

城市的高处

　　由房间的阳台能看到山。山上的树郁郁苍苍，很浓密，很荫翳。山势自远而来，宛如一支征战的部队。山体与楼群的接壤处，就不让山随心所欲了，而是生生地切开，浇筑了水泥，免得突如其来的山雨冲得泥沙俱下。

　　我的目光几乎与山上的树是平头的，能看得见树梢——树上的鸟。任何鸟，大约都喜欢在高处飞翔。无非鸟是自由自在的，自我的选择，而我所处的高处或低处，更多时由不得自己。

　　住在城市的高处，就望得远。即便在楼群像丛林那样密布的繁华地儿，高处，依然可以望得远。目光可能四处碰壁，但心一定是高远的。若心也被截断和阻隔，但思想，一定是高远的。住在高耸入云的房间，很少的人才不会思考和富有诗意地想象。

　　我就觉得，每一位进入城市的人都是思想者，都要学会思考。每一天，每一步，每一句话，每一个动作，都以思考的状态开始或结束。那是与他曾经面对的庄稼截然不同的姿态。一生，庄稼能听得进去所有的意见，能包容所有的缺点，能用一生的时间去抚慰伤痛。更多的庄稼一生都在低处，土生土长，一生都是低姿态。偶尔也有间种在山梁或山腰间的芫荽、苜蓿，那很少，属于庄稼里像山花一样烂漫的风景。

　　城市原本就高。兵来将挡，水来土掩。只有高才能抵御和防患，这是城市与生俱来的秉性。之后的时间，城市用一生乃至又一生的时间在拔节，成长。有时连眼睛都不眨，"逝者如斯夫，不舍昼夜"。在城市紧张地张望和攀缘的时间里，北方或南方的庄稼，却把一生中的很多时间用于冬眠，以便养精蓄锐，让庄稼更本质地生长。

每一位进入城市的人，都有自己的高度。居住的高度、劳作的高度、说话的高度、生存的高度，乃至尊严、面子、圈子，都与之配套。之后是否能在原有的高度上节节高，或步步为营，或颓败，有时身不由己。这时，该知道，很多城市的成长完全不在意人的态度。因为人左右不了城市。而庄稼，是完全在意人的。人更多时也能决定庄稼到底长势喜人，还是蔫不拉唧。

每到天黎明时，我就看见了山上绰约的树影，仿佛还有氤氲的雾气。树头在摇晃，分明有风，也算是山风吧，倒不大。那些树像城墙的堞，宛如古代的战士正严密地注视着域外的风吹草动，黑魆魆的一排，又一排，成一条直线，又有点圆弧。这是从我这个角度掠到的风景。

山上的有些树，甚至高出了楼群的顶端，冒尖儿了。这时你或许觉得正接近乡村，你看，树与乡村有关，风与乡村有关，土与乡村有关。唯一不同的是这楼，乡村没有与山等高的楼。若想看山，看山上的树，就登到山上去，可劲地看。

在乡村，没有谁愿意住到高处去。

但进入一座城市之后，很多人的第一件事便是登高望远，俯瞰。很多城市也提供了这样类似炮楼的观景台。这时人们的心念，就是一把吞了城市，和古时的将军没什么不同，满脑子是占有欲、占领欲。每一个进城的人都有这种心态。无非有的人念头一闪而过；有的人咬牙切齿地打赌；有的人望而生畏，灰溜溜地走了。

没有哪个人去城市是甘愿平庸的，都想出人头地。刘备当年借荆州，荆州是城，他欲借城当皇帝；刘邦当年冲入县城，被"拥"为县令，县城是城，才有了他日后当皇帝的原始积累；不当皇帝者如李斯，在城市起步、立足，但又被腰斩于咸阳；关羽走麦城，一世英名成于草莽毁于城市。

人的一生，若有功成名就之时，十之有九成于城；若有一蹶不振时，十之有九败于城。说你胸无城府，自是首先你手中无城。曹刘二人煮酒论英雄是因为他们都向往拥城百座。

一切都是笑谈。

很少有人能在乡村成名。陶渊明归隐成名，重在一个"归"字；诸葛孔明若不离开乡村，哪里有《出师表》流芳千古。

而乡村的秉性是让进入和归隐的人仍然有尊严，因为庄稼在低处。大家奔着庄稼和土地而来，心里蒸腾着泥土的芳香。庄稼满目含笑，亲和无比。

而城里的人一生的愿望就是攻城略地，这个说法有些宏伟了。一套房，一张餐桌，一个写字台，三两张床，三两个人，而已。

我正在城市高处。这时的一种风景，有大块的云朵，能看得见甲虫一样的车，过江之鲫般的人，能看见炮筒子一样的楼，能看见猴屁股或斑秃一样的屋顶。自然，也看见了鲜艳，时尚，活力。

高处不惊乃雍容，低处不寒乃欢颜。

是城市。

起地鲜

公寓左边有一片空地，空得时间很长了，五年前就空着。一直听说要盖什么，一直未见动静。空地闲着，便长了蒿草，长高了，弯了，出了道牙子，影响车和人通行，拔了，又长了，很高很高，很麻烦。

公寓管理员便抽空开垦出几块来，想种点什么东西。现成的地，能长草，说明是熟地，不像我老家的盐碱地，兔子不拉屎。南方的好处是随便一块地，都像施了天然肥似的，给点阳光就灿烂那种。

整好了地，管理员种了点菜，香菜、芹菜、茼蒿、胡萝卜。有的直接撒种子，有的间种过来。南方的冬天很多个日子气温虽然只有八九摄氏度，但一点也不影响植物的生长，大家伙儿没憋屈几天，冒头的冒头，拔高的拔高，从马路上拐进公寓的道上，老远就看见一片翠绿的菜畦。有时看到管理员在地里忙碌，象征性地除草、施肥、看护。但毕竟很小，要真按农家的地块儿比较，这里就是解心慌而已。

管理员解了心慌，我享了口福。管理员很少自己做饭、烧菜，单位有食堂，两顿正餐管饱，早餐又能吃多少青菜叶子？他热情地招呼我摘菜，我起初不好意思，最终禁不住诱惑，与妻子一起徜徉在菜畦里，摘菜。

芹菜真香。我们包芹菜馅儿的饺子，去超市选上等的肉，让洗净，现场绞馅儿，回来拌上切碎的芹菜，擀皮……一个流程下来，待饺子出锅时，香味四溢。端了一盘生饺子给管理员，管理员晚上煮了，吃了，专门上楼告诉我，真好吃，比超市买的囫囵饺子好多了。

好吃是因为芹菜是现摘的。妻子给了个名儿"起地鲜"，不知从哪里得到的这个词儿。我从百度里搜了半天，竟然没有。她说老兰州人都知道这个词儿，就是新鲜的意思。我出生于兰州的郊县，自然没老兰州人有"文化"，不与她争议，暂且认了这个说法。

"起地鲜"里很快包含了茼蒿。南方的茼蒿与北方的茼蒿相比，像小学生见了大学生似的，抬不起头来。茼蒿很短，但非常嫩。妻子的手艺好，炒的茼蒿美味极了。——我们家炒菜，不放味精已很多年了，就几样调料，从老家榆中带来的花椒、辣椒丝，从武威带来的酿造酱油、老陈醋，盐是南方的。身为北方人，我还是喜欢来自北方的味道。简单的作料，却做出了美味的菜肴，那一定是手艺。但是，能达到如此美味的重要因素是因为"起地鲜"，现采现炒。

香菜也长势喜人，茂密得很，管理员居然"忧心忡忡"地说，要是不快吃，就长老了，就要拔掉。公寓里住的大都是年轻人，年轻人也有做饭的，却少，有的人也不喜欢吃香菜。而香菜也是可以包饺子的，香菜馅儿的饺子，味道更加香而不腻，骨子里觉得爽。

我一直向往有一块菜地，能够自己种、自己摘、自己吃。春暖花开时，和孩子一起散步，闻着花香，追逐蝴蝶。但在城市里生活，这样的愿望就是一种奢望。可是，不经意间，管理员却实现了，而且，没什么成本，不用租地，不用担心有人偷菜，因地制宜，今天让种就种，明天不让种就不种，完全天遂人愿。

我都觉得这种生活极为幸福。虽然，幸福的光阴不知道有多久，但那种味觉的享受，那种心灵的休憩，让我烦躁的心瞬间沉寂下来。

夜里，我都在想楼下的那片菜畦，那芹菜的香，茼蒿的香，香菜的香。

我要有那样一片菜畦，我就满足了。

安置心灵

有时住单位宿舍。那是很小很小的一间房子，却也有一个瘦长的阳台。但阳台正对着办公楼，楼身是那种玻璃幕墙。我能看见里头，里头能看见我，不用望远镜。我一般不到阳台上去，更不敢光着膀子去阳台上晃悠。这样的阳台，如鸡肋，不能丢，不能用，不能养一些花花草草。养了，不能看，不能欣赏，不能闻花香，白费力。

南方到处都是花花草草，再在阳台上养，有人觉得可能多余，但我觉得挺好。能养花的阳台要大一点，能摆十几盆花，中间能支一张茶几，搁一张藤椅。不能都是花，花只是代称，要有树，比如杨桃树，大叶子的植物，能挡住一些阳光，但不能挡死，天儿好时，能看见穿过叶子缝隙的斑驳的阳光，最好能打到脸上、书上。

这样的阳台，对于一些人来说，还是不容易实现的事。

我们搬过几次家，住过几处房子，在不同的城市，城市不同的区域。有的阳台很小，逼仄，局促；有的不大不小。但能够让人美美地养一些花草，顺带养一只猫的阳台，只能想一想。为生活奔波的人，甚至还面临生存压力的人，就算真有那么一个阳台，一个空中楼阁，是不是有足够的闲暇、足够的心，躺在阳台上听听风，闻闻花香，看本书——是要打个问号的。

我们在某一个住处，确实养了一些花花草草，还养得很好。我在一篇《蝴蝶飞来》的散文中，详细描写了那一段非常美好的生活。但是，我刻意"掩饰"了另一种真实，那是闹市区的居所，楼下是车水马龙的大街，河水一样奔涌的车流不分日落日出，不知疲惫，倚仗工业的动力，呼啸而过，尖叫而过，野蛮而过，闷声而过，那些声音，实在比夏日的阳光和雷声更狠，它们扰了风，惊了树，吓了花草。

书，是再也读不下去的。硬要读，要强迫自己捂上耳朵。

城市的夜晚，有时真的很美。尤其是白天下过一场或几场透雨，天湛蓝湛蓝的时候，白云悠悠，逍遥得很；延续到夜晚，好像仍能看到蓝的天、白的云，天高云淡，透着清丽。我会从阳台上远眺并且俯视，那种光线的叠沓、交错、恍惚，的确比乡村丰富和生动许多。当然，城市与乡村是截然不同的两种境界，各有各的情致。只能望一小会儿，街头混杂的噪声如夏日里滚滚热浪的爆发，迸裂，摩擦，撞击。赶紧退守，死死地关上阳台的双层推拉门，仿佛想隔绝一个世界。不是我的耳朵娇嫩，或者我人娇嫩，在这一侧住的人家，基本上都安装了双层门、双层玻璃。大家的每一个夜晚，都是一种与世隔绝，你想在吹拂的夜风里安然入睡，听着舒伯特的小夜曲进入梦乡，做梦。一位友人大大咧咧地说，他不怕，敞着阳台，听着噪声，睡得舒服！我一下子羞涩了，自己还是没修行够。那些穿透力极强的工业原声，穿越玻璃，穿越墙壁，穿越灰尘，让我整夜不安和烦躁。

阳台一定得远离喧嚣。阳台好比庄稼人的院子。我以前站在外婆家的院子里最想看的是树，梨树、苹果树、枣树，盘旋的鸟，彩蝶翩跹的舞姿，风旋过，卷起一地落花，"梧桐更兼细雨"……

好的阳台是城里人心灵栖息之所。

种一棵向日葵

从阳台有时能看出人家的品位。在鸽笼一样的城市楼群中，阳台像一个观景台，能够让人大大方方地仰望、俯视、观察。

有时你进入城市，从城市的大道一路走，一路望上去，会从一个个阳台上洞悉一户户人家的"心"——有的阳台完全封闭，仿佛与世界隔绝；有的阳台完全敞开，似很包容，却空空荡荡，有看淡一切的"超然"；有的阳台仿佛一个小花园，这花那花、这草那草，爬山虎、常春藤的叶子像一只只绿色的蝴蝶在墙面上飞舞，让人怡然。

阳台的景致与房子里男人、女人、小孩子关系很大，爱生活的人一定尊重阳台，因为阳台是唯一可以耕耘的地方，可以种些"作物"的地方，可以在几十米的高空"施展"手脚、瞭望或者沉思的地方。

有时，站在阳台上，男人、女人会感受到暖阳的温情脉脉，看到星辰的调皮，看到城市的过客不经意地张望，而阳台所传递出的闲适与淡雅是一座城市品位最好的注解。若一户人家的阳台正在武斗，吵闹，小孩子正朝楼下扔瓜皮，一个爷们正喷云吐雾或光着膀子搓胸上的泥巴，那又是怎样的大煞风景！

如果碰巧在阳台上看到了邻居的身影，邻家小孩的身影，不妨主动打个招呼，大家不防范，不戒备，与大街上遇到陌生人搭讪明显不同。在城里，住进一座房子的人，在阳台上养点花种点草的人，是正在生活的人。虽然对方善良与否、德行如何一眼观察不出来，但如果你从男人、女人、孩子身上，发现笑、温柔、可爱、顽皮、文气，那样的人家，有什么值得你防范呢？况且阳台与阳台之间，隔着距离。

但人家的阳台只能用目光去看，万万不可用望远镜探究。即便你大大方方地举着望远镜，大大方方地观察阳台上的美女、主妇，乃至穿过阳台扫视客厅里的一举一动，你的行为，也是龌龊的。

阳台拒绝偷窥，要看，就大大方方地看，像看车展上的美女，就算把目光看死，看得魂飞魄散，也没人鄙视你。阳台属于家，又属于"外界"，是内与外的结合，是道德的标尺。

城市对阳台有要求。若房子临街，有的阳台不允许密封，有的要密封得一模一样。若房子在小区，一定要按照物业公司的要求，保持统一的风格。但所有的城市，所有临街或不临街的阳台都不拒绝花花草草，养什么花，种什么树，只要你的树长不到人家去，不影响人家的生活，可劲长，没人管你。

我想，阳台上最好能种一棵向日葵，两棵也行，那开花时黄灿灿的"脸"一定会让远远望着的人满心温暖。有一棵树，叶子茂密的树。只是，你要知道，生活在城市的阳台上，花花草草未必欣喜，因为阳台不接地气，少有风风雨雨的洗涤。阳台是半人工的温室，若你操得上心，定时施肥、浇水，还行，若你忙，一家人都忙，甚至十天半月顾不上打理，那些花花草草一定要承受、忍耐、熬着全部的精气神等你回来，仿佛一个嗷嗷待哺的孩子，不会说话，不会行走，自己照顾不了自己。

我在阳台上养了花、树。我告诉自己一周必须回家一次。这仿佛不难做到。可当我发现有时真的回不去，有时甚至一个月都回不去时，心里对花和树的牵挂，便很揪心，仿佛饱受"煎熬"的不是她们，是我。每一次，我都仿佛灭火似的提着一桶水冲进阳台，心里祈祷，要好好地活着！

夜里，若你有心的话，站在自家阳台上，远远地望去，看看城市的夜和你目光所及各个阳台上绰约的人影，偶尔听到孩子脆生生的笑，那的确很温暖——真的，非常温暖。

开发区鞋匠

开发区有一条繁华的商业街，开着这样那样的店，服装、餐饮、皮鞋、手机……应有尽有，非常喧嚣。其实，整个开发区，商业街并不多，这算一条主要的。商业街四周，房屋鳞次栉比，有的办公，有的住人。但所有的房子大约都有 20 年的房龄了。开发区，已经存在了二十多年。

我要说的是一个鞋匠。

修鞋这个职业或者营生可能很多人都不屑一顾，却又离不开。除非人对待每一双鞋（主要是皮鞋）都一个态度，坏了不修、不补、扔。一般人还是舍不得。鞋跟磨斜了，垫上一块胶皮，和新的一样；鞋帮子开点胶，"502"一抹就得了。大多数人还没富到乱扔皮鞋的地步。如今皮鞋也贵，稍微像样的，都三百多、四百多，六百多的也早是家常豆腐。所以说，城市鞋匠不能多，但得有，没有，大家的脚底都不利落。

这条商业街上有一个鞋匠。正街上寸土寸金，当然没鞋匠什么事儿。街是经，衢是纬，在正街中间的一段儿，凹进去一个路口，里面是住宅区，对了，就在那口子那儿，就是鞋匠的"工作间"。

我不说常去，但几年里也去过七八次。有时补鞋，有时修拉链。最上"档次"的一次是换鞋底子，而且是两双。那两双鞋都不错，买时都是三百多，皮子好，也保养得不错，但底子一个通透了，一个断裂了。把这么好的皮子扔到垃圾箱里，觉得可惜。到鞋匠处一问，能换底子，一个底子 70 块。我想了想，140 块拯救两双鞋的命运，还是值得的。这活儿马上干不来，底子要根据鞋的尺寸定做，最少要十天半月才到货。我倒不急，说好一个月后来取。鞋放他那儿，他也不收定金。

我一直没太与他聊天。每次去，他周围都一圈人，有的站着，有的坐着，都是"立等可取"的样子，鞋匠没工夫说话。

鞋匠看起来不很老，个头不高，三角脸，是瘦成那个样子的，头发比寸头略长，中间夹杂着许多白发。鞋匠是坐着干活的，整个身子似乎蜷缩着，远远看去，像个老头。

可以称得上老鞋匠。这活儿他已经干了 20 年。速生时代三天就出徒，人家当然算得上老资格。老鞋匠眼睛不好，拿着我的那双鞋子，凑得很近，眼睛与鞋子的距离大概 10 厘米，也不嫌臭！我估计，只有那样他才能看清楚鞋子出了什么问题。

他看鞋子时是乜斜着眼睛侧着脑袋在看的，样子很怪。

这时候恰好没其他人。老鞋匠边干活，我边跟他说话。倒也健谈，我问什么，他都说，也不隐瞒，不怀疑我是不是有什么目的。

他说他是湖南农村过来的。20 年前他来到开发区时，开发区正在大张旗鼓地搞建设，他起初在工地当小工，但是太累，就改行当了鞋匠，一干就是 20 年。20 年，他一直在这个地方，没挪过地方——完全没挪也不妥当。原来的位置在此处靠里一点，但一段时间后，墙上横挂出了一台空调外机，滴水、有响声，他不能躲在"屋檐下""受水"，只好往外挪了挪。这个地方遮不住风，但挡雨，上面有个檐子，是固定的，像楼上的露台底儿。

喘口气时，他抬头看了斜对面一眼。那时，那些房子就在，一套七十多平方米，十来万块钱，和现在比起来，好便宜。但他那时怎么可能有钱买？现在 20 年过去了，房子不但没折旧，还涨到五六十万一套，更是想都不敢想了。

20 年里，他一直租别人的房子住，先前很小很小，后来有了儿子、女儿，儿子后来娶了媳妇，生了孩子，家里总计好几口人，住不下了，就换了两室一厅的房子，月租六七百元。六七口人，三代同堂，两室一厅，能想象出是什么样儿。

他在街上摆摊儿，当然算经商，每月 100 元管理费，雷打不动地交了 20 年，两万多，一分没少。也没人与他竞争，夺地段儿，抢生意。

风里来，雨里去，苦差事，鲜有人在意。

他风雨无阻，只要客人来，都能见着他——我每去，他都在。

如何不风雨无阻呢？一家子人，20 年前，他是主心骨，20 年后，他还是主心骨。

秋天的幸福

北方已经进入冬天了，而南方的秋天才到来。

昨夜，格外的凉意一阵阵地自窗外袭来。我们早上出门时，天还下着雨，那密密斜飞的细雨落到我和女儿的脸上、身上，裸着的皮肤阵阵发紧，不停地收缩。刚刚过去的漫长夏季的炎热使得我们全身还处于涣散的状态，天气一下子凉下来时，我们的确有些不适应。

这是周六的清晨。我有一些工作需要去办公室处理，女儿也想跟我去"体验"一下。我披上雨披，骑上电动自行车，女儿坐在我身后，她整个脑袋都钻进雨披里。车启动了，我听见了沙沙的雨声，女儿也听到了，闷着声说，雨真大。

我可以瞥见笼罩在雨中的亚热带植物。它们各有特色，但也千篇一律：所谓特色，是相比北方的树木而言；所谓的千篇一律，是从年初到岁末，眼睛几乎感觉不到它们的明显变化，除了绿还是绿。绿不好么？很好，但是再好的东西，熟视也会无睹的。当然，再过些时日，便进入冬季，这些树的叶子也会发黄、脱落——落叶遍地的感觉真好。我就想起了北方的秋天，随便一座山，譬如我家乡的兴隆山，落叶覆盖了上山的路，那些红的、黄的树叶或者跌跌撞撞地挤在一起，或者匆匆地旋转飘飞，或者随着旅人的脚步肆意地舞蹈。还有树上那些耐不住寒冷而刚刚跌落的叶片，那么轻柔，那么温文尔雅，当你伸手接到时，几乎能看见叶片上血管似的脉纹。我记得曾带着幼小的女儿登山，当她看到那些树叶时，"呀呀"地叫着，眼里流露惊奇的样子十分可爱。

　　一会儿，雨基本停了。女儿掀起雨披，冒出脑袋来，长出了一口气，喊道："憋死啦。"

　　这时路两边都是树。这里原本就是一座园区，园中只有几所大学，到处是"青山绿水"。我们看着刚刚被细雨洗濯过的叶子，墨绿的，又明暗相间，似乎有着许多解不开的情绪，或者还在细雨中沉醉和痴迷。四周也有山，但南方少有高山，好像树木聚集在某处高台子上，远望它们，郁郁苍苍的，很像高山。

　　进了校园，我把车停在了湖边。

　　我们在静静地站着时，才感觉到四周完全沉寂，连低微的鸟叫声都没有，连一丝风也没有，连雨滴声也没有——我们的心不能不静下来，完全的，不留余地的。我凝视着远处的树，让目光悠悠地游走；我又凝视着树丛中的花朵，黄的鲜亮，红的耀眼，但都仿佛静静地、静静地等待着自然界的其他声响，比如一只鸟脆生生地叫，一只虫子扭扭捏捏地鸣，或者是一滴雨从天而降地迸裂。女儿突然清脆地说："爸爸，真静。"她的声音打破了沉寂。我轻轻地说："这样的宁静，极少极少，它是生活的恩赐。"我示意她不要说话，去寻找天籁之音。女儿很懂事，不作声了，还煞有介事地点点头。是啊，从北方到南方，一晃她就长到10岁了，这些道理她是懂得的。我和女儿一起站着，虔诚地站着，那一刻，我感谢生活，虽然只有10分钟的时间，但无人打扰，没有任何声音，除了我们的心跳和呼吸，这种宁静纯粹属于我和女儿，想一想，这在纷扰的生活中得来多么不易。

　　此时，淅淅沥沥的雨又在漫天飘舞了。我们迅速"逃离"。等我们终于站在办公室的一扇窗口望出去时，就看到了树峰，看到了树峰上空的云，那不是云，是雾气在空中逡巡。再看那雨，突然如珍珠串成的帘子散开了，雨珠子噼里啪啦地砸在路面上和再远一些的那片湖泊上。树上的叶子也抖动起来，再带动整棵树，再带动那片树林，乃至一座矮矮的山头。当整个山头都腾挪起来时，我不得不把窗子关上，迅即，狂风暴雨就侵袭过来，雨点狰狞地敲打着玻璃窗，呈现即便粉身碎骨也义无反顾的精神。我看着雨的裂变，想想这南方的深秋竟也有和北方一样粗犷的时候。

　　傍晚时雨停了，但气温又低了许多，在我带着女儿返回宿舍的路上，我感觉到她用双手试探着箍了一下我的腰，大概是我没反对，或者觉得自己的双臂够长，她便把我整个箍住了，脸又贴在我的后背上。我分明察觉到她隔着我身上的衬衣——亲了一下我，我偷偷地笑笑，幸福一下子浸润了我的心。

是的，这个秋天的幸福已经长在了我的心里。

想象一间真正的书房

读过一点书，也知道几位书生。

我觉得，蒲松龄是一名地地道道的书生。他自小读了很多书，以为长大后一定能考取功名。可是一直到康熙十八年（1679 年），已届"不惑"的蒲松龄还没有正式工作，更不用说能在官场上寻得一个饭碗。他不得已接受了同乡一位大户人家的邀请，给人家当了家庭教师。

蒲松龄寄人篱下的书生生涯长达 30 年。好在那大户人家老老小小对蒲松龄都很尊敬，使得蒲松龄也逐渐端正了心态，为自己"营造"了一个读书、学习、著书、立说的生活和工作环境。

这也算是一名满腹诗书却怀才不遇的书生最好的结局吧。

那户人家条件好，家里亭台楼榭，小桥流水，应有尽有。还有万卷藏书，想读什么书有什么书。在那样一个足以修身养性和读书写作的好地方，蒲松龄一边教学、一边写作。早在年轻时，蒲松龄就已开始《聊斋志异》的创作，陆陆续续完成了一些篇章。他决心继续写下去，把那部短篇小说集完成。蒲松龄寒来暑往，日复一日，奋笔疾书，终于完成了那部巨著。因了那部作品，蒲松龄的书房叫"聊斋"，蒲松龄被人称为"聊斋先生"。我猜，那间叫"聊斋"的书房应是那大户人家提供的，穷书生蒲松龄不必考虑地段、价位、装饰。不必为钱而发愁是一名书生多么理想的境界啊。

我一直很羡慕有的人家有书房。其实，书房的面积未必大，但应容纳一桌、一椅、一橱，应能放下一盆树，稍稍理想一点，能再放上一椅，以便与友人促膝交谈。书房不可阴暗，应有窗，有阳光照进来，却不直射，尤其不能直射到桌面上，阳光会刺伤书本。书房不可临街，应幽雅、寂静，能听到风声、雨声。书房应通风，但不可处于谁家厨房的下风口，油烟与书香，是见不得面的死敌。

如今的情形下，这样的书房，或者稍稍理想的书房，要三四平方米，再小，身体贴着墙，眼睛粘在墙上，思想无疑是局促的，就算蒲松龄老先生在世又如何创作出伟大的作品？

毫无争议的是，这样的书房，在稍微像样一点的城市，价钱已经超过 10 万了。一般的人，有点文化的读书人，在这样"贵"的书房里读书、写字，不知是什么滋味？

我一直没有真正的书房。虽然在历次购房（租房）前，总要像模像样地把书房提到"桌面"上，似乎不这样强调，自己就不是一个读书人、写作者。其实，我从没把自己当作一个读书人，读书人，是个令人仰望的身份，那些出身书香门第，祖上是大学问家、大作家，自己也博览群书、满腹锦绣文章的，才算真正的读书人。当然，那些落魄的、穷酸的（非贬义）、凄苦的、命运多舛的书生，毫无疑问，像蒲松龄那样的，肯定也是读书人。读书人未必富贵，未必不富贵，物质与书大抵不成正比。读过些书，懂得些道理，会写文章，温文尔雅，想必就离读书人不远了。

说实话，我读过的书并不多，属于先天营养不良那类，后天补了一些，补得很辛苦，补到后来，能写一点鸡毛蒜皮的小文。我强调书房对于写作者的价值，大约是有心虚的成分的。

在城里，很多人都想让自己的家充满书香。没有书房，等于没文化；有了书房，就"有"了文化。你想想，谁与别人谈到房子时不张嘴说说书房？我多次强调过书房的重要性。但——城里的书房不是茅草屋，不是"雨脚如麻"的情状，不是凄风寒雨的窝棚，也不是土坯房，是立于土地上的贵族、骄子、美人，身披钢筋混凝土的盔甲，高高在上俯视群生。那样的书房，无疑被人为地势利了。

想象有一间书房，并不等于能有一间书房。一间书房，一间独立的书房，一间真正的书房——真的要实现这个目的时，城里的你在激动的同时得捏捏钱包的厚度与热度。每到此时，你对书房的执着与坚守，或者良久的期待，或许便开始动摇、打折扣。结果是，有时，书房要与卧房合二为一。但书房就是书房，卧房就是卧房。哪个人在卧房里笔耕不辍？——辛苦或殷切总是有的，不过不是对着书本，在卧房里该做什么事？有时，书房与客厅混搭。但书房就是书房，客厅就是客厅。客厅人来人往，就算无朋自远方来，人迹罕至，但客厅连通厨、卫、卧室、阳台（如果有的话），脚步声、锅碗瓢盆声、马桶声嘶力竭的呐喊、阳台外的车水马龙或者猫叫狗叫，你觉得，能读进去书，写几个字吗？

有些矫情。但不管怎么说，我从未有一间真正的书房。我在阳台上有过书房。在厨房里（厨房不生火做饭）有过书房，但那都不是规规矩矩的地儿。阳台细长，像一条小溪；厨房方正，站在正中，伸开双手转圈，墙上会留下指甲划过的痕迹。既然原本就不是书房，硬要当作书房，就如同佳人原本不愿意，硬要撮合一样，处处都觉得不舒服、不顺眼。但有什么办法呢？

一直很羡慕有的人家有书房。大大方方，大大气气，书是书，桌是桌，椅是椅，树是树，花是花，灯是灯，帘是帘，橱是橱，墙是墙。书香气能压出水来。我就想，在那样的书房里读书，秉烛夜耕，该是多么富有情趣的一件事。只是，真有那样一间书房，我就能写出有意思的文章来么？未必。

天下，蒲松龄就一人矣。

历史中的很多书生，不但有书房，还有雅致的名字。刘禹锡在"陋室"里发出"斯是陋室，惟吾德馨"的宣言；诸葛亮躲在"茅庐"中给刘备摆谱；鲁迅在"绿林书屋"中擦拭匕首。我确信，他们都有真正的书房，无非，远离钢筋混凝土的冷漠与坚硬，他们的书房，虽简陋，虽质朴，虽原始，虽冷峻，但都揣着历史、责任、民生、国难那本大书。

我想要一间书房，或者是为了面子吧。

是否有了书房，人才能定下心来读书或者写字（作）？我以为还是借口。要说世上的距离，最是书与人无间隙，你让她近她就近，你读她她就始终温和、默契，你暂时将她放在一边，她也绝不使小性子，就算你将她束之高阁，或者当垃圾扔掉，她何时哭过闹过？

书的涵养是与生俱来的。于是，读了书，人才会有涵养。

康熙四十八年（1709年），70岁的蒲松龄结束了在那大户人家的执教生涯，退休了。自此，他心境闲暇，安居斗室，终日抱卷自得，活脱脱一个老书生。那时，天与地，就是他的大书房。

不论何时、何世，对于书生而言，当胸怀天地时，没有书房胜似书房。

摇曳的南方之夏

选择了南方，也就是选择了她的脾性——她的诸多脾性中，天气算是最让人无可奈何的了，无缘无故地冷，无缘无故地下雨，无缘无故地热，乃至忽而冷极了，雨大极了，忽而又热极了。

一点也不像北方。北方的四季是分明的，该冷时就冷了，该热时就热了，不该下雨时，你就是眼巴巴地等着，等得眼珠子都干涩了，也还是没雨，因此生活在北方，对于季节实在是不需要刻意等待的。春天去了，就是夏天；夏天去了，就是秋天；秋天去了，自然到了冬天；冬天到了，春天也就不远了。由于四季是如此的分明，人们的衣装也早早就有了"四季"，穿衣戴帽，各有各的招儿，各有各的"风骨"，那也是一道独特的风景。

南方是不要这样打算的。南方一般情况下还是热，雨雪交加的天数极少，尤其在广州或者深圳，这两个大城市，一个靠着珠江，珠江是经过广州市区的，一个靠着海，深圳的罗湖区离海也就十几公里，还有东江流域，总之南方到处都有水源，都有水蒸气，水的灵性与包容肆意盈漾，天气就多变起来，或者热，走在太阳底下如五雷压顶，脑袋闷醒醒的，或者冷，风也如刀子割似的，不过没北方的"刀子"那么锋利罢了，或者大雨瓢泼，开玩笑、发神经一般，"哗啦啦"地来了，又"哗啦啦"地走了，让人一点心理准备也没有。若正是上班时候，很多只"落汤鸡"就冲进了冷气十足的房间，一天的滋味儿都不好受。我就曾浑身湿漉漉地闯进办公室，同事觉得我实在难过，帮我找来一只电热风，我从头到脚烘了好几个小时，还是湿乎乎的，后来怕影响工作，干脆作罢。

南方的天气就是个顽童，随着她的性子，哭或者笑，闹或者跳，有时就像你抢了她的爱物似的，长时间发起了脾气，尤其是夏天，连续地热，一个劲地热，热得人斗志全无，热得人望望窗外炽热的白花花的阳光，就死了任何出门的心。

我去年进了大学，当老师有寒暑假了；最冷或者最热时正好在假期里，算是福利，也是很大的福气。夏日的阳光的确是凶猛的，恶狠狠地瞪着苍生，毫不留情地"扒光"你的外衣，让你的皮肤悄然变色。多时，我只是站在不大的阳台上望望小区路上的人和空气的"色彩"，就知道外面还像不像一座烤炉。

孩子也放着暑假。室内虽说不是全天开着空调，但有电风扇，一个房间一台，全天候不同角度地工作着，非常敬业。人穿得也少，女儿还穿得齐全，像我浑身的衣服也就是为了遮羞，美观与否的确就忽略不计了，不管从哪个角度看，都不太像个老师，女儿这样评价我，我也懒得管自己像什么。实在热得受不了时，干脆把门窗一关，开了空调；平日里不开，一则是为了省钱，几部空调"吹"上一天，得耗上几十元的电费，委实承受不住；二则也是为了健康，经过空调压缩后的冷气，到底是不如自然风的，自然多好！

空调一开，空气的热度很快就降下来了，皮肤表层很快凉了，汗液很快凝结了，最后如沐春风，凉爽，带劲，惬意——其实这时，人的抵抗力是最差的，你若是突然去了卫生间、厨房，总之任何空调冷气覆盖不到的地方，一开门，轰！感觉一下子从江南到了沙漠腹地，全身毛孔一下子张开，抵抗力差的人就容易生病。

连续多日很热，极热。

我喊热时，来探亲的父亲却不觉得有多热，他年轻时在洛阳当兵，夏天天热，营房里本来就闷，但为了防范蚊子的叮咬，还一排排地挂着蚊帐，那俨如一个大蒸笼里摆放了很多个小笼屉，他们躺下，浑身淌汗，汗如雨下，就拿湿毛巾擦，一会儿又满脸满身是汗，再擦，再出汗，再继续擦，一个夜里，大概就重复做着这个动作，一整天下来，被毛巾擦过的皮肤就像过敏似的红，再轻轻碰时就像针扎似的疼，还肿了。但天还是持续地热，一点也不饶人，那个年代的军人就这么挺过了一季又一季。我忽然问，那时空调肯定是没有的，但你们怎么不用电风扇呢？父亲非常不屑地扫了一眼三十多岁的儿子，还电风扇？蒲扇都没有！

　　和父亲生活的年代比较起来，我简直是生活在皇宫了，家里几部空调，几台电风扇和空调扇，至于孩子们玩的袖珍风扇和各式各样的手动扇子，都成了摆设，弃之可惜，放着无用。

　　一天下午天气还很热时，我从阳台望出去，楼下稀稀拉拉的树荫下睡着几个人，工装显示他们是一家餐馆的厨师，在那么热的天气却睡得那么痴，我就想，那也是千锤百炼之后才有的境界。又有一天，我从广州天河的某家非常高档的写字楼前经过时，看见一楼大厅里穿梭的靓仔靓妹个个都是西装革履——我其实已经汗流满面，他们却那样的体面或者优雅——是的，楼内的空调把温度"压"得很低，在门口站一站你都打寒战，里面的人就不得不让自己"体面"或者"优雅"起来，想一想当白领也很苦恼，一年到头都得"道貌岸然"。

　　北方人觉得南方的夏天极热，南方人觉得北方的冬天极冷，掉个个儿去体验一下，却都能适应；乃至有机会去长期生活、工作，都觉得南方挺好，北方也挺好，开玩笑就说要是买一架直升机，夏天飞北方，冬天飞南方，一句话，哪里舒服就去哪里——那是富人的生活方式，一般人，顶多就是想一想，更多的人，还要在太阳底下体验极热或者在冰天雪地里体验极冷，再尽力使自己愉快起来，或者坚强一点。

在城市游击

离开乡村若干年后，我有时感觉自己像游击队员，总蛰伏于某一座城市的某一个角落，日出而作，日落而息。成天走的就是那几条路，拐的就是那几道弯，看的就是那一些风景。

但城里的路很多，有的路很复杂，有的路很简单，那些复杂或简单的路，我偶尔也走，却不常走。有时真的在走，有时是在车上走。走走停停之间不清楚自己在想什么，看到了什么，于是，若干年以后甚至都不记得还有那么一条路，自己曾走过那条路。直至很多个影像叠加于脑海，似乎硬逼着我要记起什么，这时，才隐隐约约觉得很多年以前自己好像来过那路，不止一次地走过那路。

或许是选择性失忆。

与路有关的便是路边的店。店也是有生命的，有的很短，昙花一现；有的很长，十年前就这样开着，现在还这样开着，像一个友人守候在街头痴痴地等你，常理上它会愠怒，因为你已经忘记了它，可是当你走近时它依然和颜悦色，你若是进得其中，或许还会发现当年的那个小丫头的影子。你一定有些不好意思，你弄不明白为什么这么长时间居然就再也没来过这里。

在城市，我像个灵活的游击队员，随遇而安，择地而居。我换一个地方就有了一些新路，走上了新路就会忘了老路。如同我换了电话号码，从此与老号码完全隔绝，我也告诉了很多人新号码，可是，正如我每天走过的路上终会留下我的足迹，我的气息，我的感触，我一身的尘埃，我不经意的颓丧，难以抑制的喜悦，我不能让岁月无痕，但是有很多或者有一面之缘的人始终保留着我的号码，因为他们可能觉得这很重要，或许他们还拨打过我的老号码。

新路走得久了会变成老路，有了新的老路就会淡忘旧的老路，就像时光冲淡了友谊，多年以后突然想起曾经还有这样一位朋友，一起吃过饭，喝过酒，拉过手，说过豪言壮语。

这至少是"势利"的，我可能感觉不到，但是别人能。尤其当你的日子过得越来越好，你无限风光，八面玲珑时，你的忘却对别人可能是一种伤害。当然，我不属于后者。

只是路是宽容的，不会记恨我。我多年后再一次走在它身上它也不会瞬间塌陷，它一如既往地在弯道处提醒我不要走错，它尽可能地展平让我不至于磕磕绊绊。街角的石椅子一直驻守在那里静静地等待我的归来。

我生活过不止一座城市。当我游击到新的城市以后仍然会延续以往的行为，将一条陌生的路走熟，熟悉路边的野花与青草，追逐的小猫与小狗，散步的老人，以及草丛里窸窸窣窣的小动物，甚至是令人惊恐的蛇。我尽可能靠路边行走，远离那些不明的真相。我不会目不转睛，我需要用足够长的时间观察路上的一切，与这条路连接的建筑、信号灯、弯道，路的起伏与沟沟坎坎。但是其他的路我无心探寻，可能如我多年前一样，在某个特定的时间走过、路过、经过，但我会很快忘记，我没有路感，乃至再过去很多年当我听到那路，甚至走上那条路时我仍然像个新人。这时的我可能不是在用脚走路，而是在车上奔驰，甚至是开车奔驰，路还像老朋友一样认得我，我却不认得它，我应该感到惭愧，因为我与它曾并肩行走，或者我与女儿携手而行，我对它的忘却等于忘却了时光的美好与岁月的留痕。

这非常不道德。

老马识途，我不是老马，没有经历太多的风雨沧桑、人情世故，在生活面前我很浅薄，生活没有欠我，我欠生活太多。

在路上，我始终是一个行者。

我如凌晨4点的出租车在街上漫无目的地游走，收获的希望极其渺茫——可是，不是绝对没有，拐过弯，说不定就有人等我，应该是一个新朋友，或许是一个老朋友，一切未知，有心才好。

岳阳楼上剪出的情绪

人生实则就是一个个的剪影连缀起来的大戏。

每个人都有一个影子，那影子或明或暗，或扬或抑，或者是你，或者不是你，或者叛逆或者顺从——你有时是无法操纵的，就像若干年前你说了什么话、做了什么事，及至后来再说起时，打死你也不相信自己曾经有过那样的豪言壮语或者莽夫之举。

剪影是生动的，是瞬间的永恒，因为是剪影，就少了许多的虚伪，而多了冷峻或者直白，也就多了几分"像"或者"不像"。

想起剪影，不禁想到了一个人，他叫汪正兴，一位年过花甲的普通老人。他的特长是握一把精致的剪刀，在人面部的"沟壑"中或者匍匐，或者挺进，曲曲折折地勾勒着。一分钟之后，一张剪影就问世了，这很神奇。

他驻守在岳阳楼下，像一个守望者，足足守了 40 年。应该说，他的一生和岳阳楼密不可分，一把剪刀剪不尽人间沧桑，却剪来了惊讶与赞叹，剪得他自己"陡峭"的鬓角如雪如霜。

我是一个喜爱游走的人。岳阳楼是可游之地，那些带有文化底蕴的、人文气息浓郁的亭台楼榭，都是可游之地，我每每都要去探寻一番。岳阳楼雄踞于岳阳古城西隅，东倚巴陵山，西临洞庭湖，北枕万里长江，南望三湘四水，气势豪壮不凡。它与武昌的黄鹤楼、南昌的滕王阁并称为"江南三大名楼"，自古有"洞庭天下水，岳阳天下楼"的盛誉。

去了之后我就有感觉，现在的岳阳楼大抵是有些"华丽"的，很新，很时尚，不管是色彩还是材质，都是那么富丽堂皇。按理说，这有些令人失望，但这些"缺点"在她深厚的历史文化积淀面前往往被忽略，是的，现在的岳阳楼是一处风景胜地。

但很多很多年以前呢？

或者，是谁使这里成为名胜，是哪些仁人志士饱蘸了激情及愤懑的写作使然？孟浩然、李白、杜甫、白居易、刘禹锡、滕子京、范仲淹，还有谁？似乎，历史的风云烟消云散，我们已看不到他们的全部，却能看到他们的剪影：孟浩然"坐观垂钓者，徒有羡鱼情"剪出贫士报国之心；杜甫"亲朋无一字，老病有孤舟；戎马关山北，凭轩涕泗流"剪出赤子拳拳之心；李白"醉后凉风去，吹人舞袖回"剪出浓厚的生活情趣却又夹杂着淡淡的自嘲；白居易"岳阳城下水漫漫，独上危楼凭曲阑"剪出一片哀怨；更有范仲淹的"先天下之忧而忧，后天下之乐而乐"抒发了他自己忧国忧民、以天下为己任的崇高情怀，也剪出了中国进步知识分子的精神，剪出他们忧国忧民，"大庇天下寒士俱欢颜"的理想与愿望。

我想，"忧"就是岳阳楼之名扬天下的主旨。这像人的脊梁骨，人若没了脊梁骨，就软塌塌得像棉花糖了。岳阳楼要是没有"忧患意识"笼罩其间，顶多就是"白银盘里一青螺"罢了。是的，生于忧患，死于安乐，人是该常常忧思的，忧可以使人苏醒，可以使人有自知之明。

和每一个游人不同，汪正兴长久地守在这里，守着名胜古迹该是洞悉了世间之忧。他每天靠着一条小木凳，一把小剪刀，一个黑皮袋，该是又一张生动的剪影。

是的，只要你来岳阳楼，就能看见他；他为人剪影，你说像，你就给钱——一般人都会说像，确实像。这么多年，有法国友人给他拍摄过电视专题片，有很多的媒体发表过关于他的故事，故人们说他是岳阳楼下"剪刀王"。

在我眼里，他是岳阳楼的守候者。

我是过客，很多人都是过客，从没想过留下——能在岳阳楼留下点什么，很难。自然，排除"王小二到此一游"的粗陋行为留下的劣迹，剩下的便都是久久不去的忧愁。眼见那些自古至今的人物剪影列队走来，宛如洞庭湖面浩渺的雾，看不透彻，也许，那就是忧愁的情绪。

瘦西湖的雨

那时我并不孤独。只是一个人，背着一个包，打着一把伞，走向瘦西湖。

伞原本是没有的，但刚到瘦西湖门口时，猛然下了雨，很大，像激情洋溢的音乐，人们四散逃窜，然后很多人就开始买伞，也有不买的，躲在店铺的檐下看天，天潮潮的，聚集着大片的云朵。

我要看雨中的湖，所以买了伞。有了伞，就不需要看天了。

那时不是三月。三月刚过，鲜花盛开。有点冷，但花儿不冷，花儿的含蓄是一种热情，无数花儿的绽放让瘦西湖蒙上诗意与想象。加上雨，雨或大或小，像幼童的脾气；或急或缓，像人生的节奏。这样的瘦西湖，第一眼望去时，就俘虏了你的心。

我一个人，在雨中的岸边行走，无拘无束。我走时，雨突然有点大了，很多人就开始躲雨，我有伞，伞遮挡了大多数的雨，有少许的雨飘到身上，淋湿了包，这有什么不可以呢？我的眼睛是清晰的，我看见的是烟雨中的湖与花，那湖那花在雨中妖娆，湖面的点点雨珠和花儿的淋漓畅快是一种情绪。

瘦西湖是扬州的一个标志吧，或者是一道风景。未必绝对天然，但不能不说她是那样的清丽，像没有哀愁、幽怨的少女。所以，瘦西湖的雨就不是眼泪，她不宣扬，不做作，不矜持。她所有的只是静静地流泻、静静地诉说、静静地期待、静静地守望。于是，瘦西湖的雨是一种境界，行走其中的人也就有了一种境界。

至少，我走在雨里，是没有忧伤的，没有重负的，没有纷扰的，像一个行者，只需要感受那雨和雨中的芳香。

有雨，就有流动的风。风流动了，花朵的芳香就会弥漫。而且因为有雨，空气中其他的味道就散去了，被掩盖了，或者逃避了。什么味道能比雨里的花香更为悠远与执着，更让人沉醉？

"烟花三月"到扬州。不是招摇，不是浪得虚名。我看见了柳丝，看见了桃花、樱花、海棠、琼花、芍药以及其他叫不上名字的花，或红，或黄，或粉，或白，或者是众多颜色的组合。我不得不佩服自然的神奇和这片土地的丰饶，无数的花儿与无数的颜色能如此和谐并且相互友好地存在，这显然很难。她们却做到了。

雨一会儿又小了，甚至只剩下雨丝，乃至偶尔的雨珠也是从树上、花上坠落下来的，却没有艳丽的阳光。阳光这时恰恰是多余的，阳光的色彩会干扰这里既有的平衡与平静。我收起伞，在浸过雨的石道上走。石道也是曲折的，经过时有廊桥，有亭榭，有长堤，有园，有山，有台，有观，有塔。然后有的人开始在湖里行舟，有的人上了两个大轮子的人力车。更多的人选择了行走。其实瘦西湖是需要你走一走的。她并不大，也并不长，她不雄伟，也不高大，她只是一种情调，别具一格的。在这里，你需要呼吸，自由自在地大口的；你需要踱步，不紧不慢地轻轻地；你需要舍弃，扔掉昨天的和明天的。如此，瘦西湖就和你糅合了。而十里瘦西湖，"瘦"是特征。湖面时宽时窄，两岸林木密疏。再多的行人，都被自然地分散到各个角落，因此那种人头攒动的情景至少我是没有见到的。

消停了一会儿，雨又猛烈地来了。我仍旧打开伞，在雨里行走。我看见由几条河流组成的狭长的水面又开始跳跃，那些岛屿、柳条瞬间蒙上烟雾。扬州被称绿杨城郭，瘦西湖上又有绿杨村，杨柳就成为瘦西湖主要的树。也只有杨柳，才会让这里有条有理。而雨，在梳理柳条时，也梳理了人们的思绪；没有雨，瘦西湖就如少了精神。

一片湖，几棵弯曲的树，无数朵绽开的花，天空中洋洋洒洒的雨，湖里漂泊的船或船上漂泊的人，远处的一座桥——从瘦西湖的任何一个位置望去，都是这样的景致。这样的景致、这样的情调让人的胸膛开朗，让人的眼睛澄澈，让人的思想自由。

　　所以我是幸福的。第一次去扬州，第一次进了瘦西湖，第一次一个人游走，就撞见了很多人的梦和臆想，就完全地欣赏了一个城市的美和一座湖的内涵。

　　离开时，不见了伞。一定是雨消时只顾看景色忘记了伞。但我没去找。在瘦西湖，伞也是一种风景。有的人会撑着它继续行走，这是瘦西湖恒久的美。

南方和北方的冬天

南方的冬天，天气多不正常，时冷时暖。我在广州过了好几个冬，年年都没有什么太大的区别。

冷时真冷。有时见着老朋友，询问其如何过冬，答曰，多穿点。我可以想象老朋友在书房里敲打键盘时穿得像熊一样的样子，也可以想象他的手指头遭遇的那种凄冷、麻木的感觉，虽然这不影响其文字最后生成的暖度。

遇到同事或单位的工勤人员，我也会询问他们如何过冬，答曰，多穿点。土生土长的南方人冬天甚至会光着脚趾头在家里走来走去，所谓的多穿点，想必也是极为"吝啬"的。

走在大街上则又是另外的景致。人们一个个都裹着羽绒服、皮衣以及各种各样花花绿绿的棉衣。也许，或者我的猜测是，街上的很多人大约来自北方。比如兴冲冲地看望或投奔孩子，打工而来，没想到南方的冬天比北方还冷，一股脑照着北方的"标准""装备"了自己的全身。——其实哪里赶得上北方？我的家乡兰州动辄就是零下10摄氏度，不说滴水成冰，听起来也够瘆人的。但为什么广州或者佛山的冬天，当气温降至零上六七摄氏度时人就冻得难受？因为南方与北方的差别是，北方的冬天室内有暖气，在暖气循环得好的房间里，人只穿一件衬衣即可；晚上睡觉时，孩子们有时会热得不断地蹬掉被子，所以在正常情况下人待在房子里是不会觉得冷的。觉得冷的情况是在室外，但人们会把自己从头到脚都裹得严严的，只露出眼睛、鼻孔，不好看，还像熊，但暖和。

多穿点就过冬了，这是南方居民普遍采用的办法。估计在一些人家，或者家里条件更好一些的，家中的老人岁数大一点的，家里有人病卧在床的，仅靠多穿点衣服"扛"不住时，会用到电暖气、电热风，甚至用到冷暖空调的"暖"功能。这些年在广州、佛山生活，我知道十有八九的家庭都离不开空调，但大部分的空调是"单冷"，不能制热。制热和制冷，想必耗电量都不小，连续一个月"点"下来，尤其在家家户户的孩子们放寒假在家的那段时间，电费的支出不是个小数目。可能有的家庭空调即便有制暖功能，也会控制着使，能忍就忍。

我的那位老朋友显然不是因为经济拮据，就是一个习惯。人的习惯一旦养成有时确实很难改变。很多人甚至压根儿就没想改变习惯。想想，习惯么，有时也确实很好，比如对于"冷"，忍一忍，熬一熬，也许更利于身体的健康。

我这个北方人却不习惯冰冷的感觉。过去的几个冬天我都猫在南方的房子里和女儿一起学习、背单词（主要是她背）、看书。我们把暖风开得很大，室内温暖如春，但因为室内外温差的缘故，窗玻璃上的水不停地往窗台上流，水竟浸湿了不少书，我赶紧救书的命。

冬天里，有时觉得自己很单薄。即便是个别天儿，当南方下午灿烂的阳光照耀大地时，很多人已欣欣然在日光浴了，满院子滚动着小孩子的嬉笑声，而我却还猫在房子里不肯出去"消毒"，老这样，身体受不了，犹豫一下，起身，出门，抖落窝了一身的懒。

有时在电话里和老家的朋友聊天，多时会谈到天气，他们普遍认为我生活得很"温暖"，你看，你那里有八九度，整整比兰州高出十几度——却不知道我正和大家一样"点"着暖气过冬，过着"昂贵"的冬。我自然不好意思明说，附和大家，很好很好，南方暖和，来转转。

孩子的外婆来过南方，她错过了正冷的时候，但处于冬天里，又能热到哪里去？老人家待在房子里，冻得猴急猴急的。再几日过去，遇到"回南天"，满房子都是水，"雨滴"就差从天花板飘落，老人家对南方的印象就发生了很大的改变，骨子里认为还是北方好，冬暖夏凉，四季分明，气候略显干燥，却少了不少湿冷，"湿冷"，换种表达就是"阴冷"。

从内心讲，在南方的这些年，我还是格外怀念北方乡村的，尤其到冬天时，更加怀念那座叫榆中的小城，那是座很有历史的城池，当年秦始皇拓边时，派大将军蒙恬筑城榆中，小城不大，兰州以东 30 千米即是。我的父母、舅舅们生活在那座小城。在那个叫双店子的村子里，冬天时，户户烧上炉火，煮上猪排，熬上浓茶，热上烈酒——肉"烂"后，手抓起，仅撒点细盐，便一口肉、一口酒，真享受。

冬天里的孩子个个都是雪娃娃。孩子们都希望自己满头满脸都是雪，跟白胡子老人似的。他们走在积雪覆盖的路上，手牵着手，顺着树根走。干枯的枝头都挂着雪，像棉花糖，孩子们的小拳头捶在树干上，雪受到惊吓，都纷纷扬扬地落了，如柳絮飘飞。孩子们笑着，松开了小手，手舞足蹈，声音惊着了寂静的乡村，树上的雪矜持不住，更洋洋洒洒。整个冬天乡村的雪是不化的。孩子们不安分，玩雪球，打雪仗。戴着棉手套，团出小雪球，狠狠地朝对方头上、脸上掷去，一般打不中，但打中的话，很疼，却没人哭，追着闹着，偶尔被完全击中脸甚至精确到鼻子，那可惨了，谁闯的"祸"谁去收拾。

在大雪飘飘、如梦如痴的情境中，城里的亲戚回到乡下，和爹妈兄弟姐妹们坐在热炕头上——东北人叫唠嗑，西北人叫喧话，都一个意思，那些琐碎的家长里短，真是听一千遍也不腻歪。

那时，窗外呼啸的北风、偶尔门开时捎进来的雪花、令人垂涎的肉香、酒香夹杂交错在一起——感觉，好极了。

城里的星星

但凡城里人，大约都会有一个阳台的——我隐隐觉得，阳台是城里人心灵的窗户，窗是城里人窥探的孔儿。城里人，站到阳台上时，才更像生活的样子——男人，女人，孩子，偶尔还有老人，处于更多的目光之下。自然，城里人是矜持的，目光不会在一个阳台上久驻，除非那里站着一个绰约的少女——但那样的良家少女，怎会在阳台上久驻？身影儿蜻蜓点水一般，倏忽就不见了。

城里很多的阳台是望不见天空的，自然就看不到星星。有的楼层很低，阳台被囚禁与囹圄，像个孤独的孩子无人搭理。那样的角度你纵是把脖子伸得老长，目光拐几道弯，还是看不到天空。他的天空就是别人的脚底板子，别人的天空就是别人的脚底板子。那样的一种状态，城里人对于天空和星星的想象会打折扣。

住得高能望得远——但别人也住得高。城里人与人之间的距离和楼与楼之间的距离不是正比，是反比。多时，你从阳台望出去，望见的是更多的阳台、更多的窗，更多白天随风招摇的花木，夜晚各色各样的灯光。很多时，不管白天还是黑夜，很多的阳台上连个人影儿都不见，仿佛房子的主人与阳台没任何关系，阳台就是一个台子，一个附件，可不如村里的院子。

真正能望星的阳台少之又少。那样的阳台，周围一定得开阔，目光平视出去，没有高耸入云的楼群阻碍，以一般仰望的姿态就能看到真正的天空——若一个劲儿要仰着脖儿望天，在钢筋混凝土的阳台上，怕是再顽皮的男童都不会坚持几分钟。

但有那样的阳台，要看到真正的天空，也还是不容易的。除非你住在别墅里，住在远郊，那又是另一种城市里的乡村，或者乡村里的城市，是稀有的。更多的城里人，会被绚烂的光束干扰，被猛牛低吼一般的噪声干扰，被低空的阴霾干扰，对于星星的渴望或仰望，或许就成为一种记忆。

真的很久了，我竟然都没尝试过在阳台上看星星，连个念头都没有！我的阳台能看到天空，我的周围也不是绝对的喧嚣，我也有足够的时间——和女儿一起望一望星星，需要很久的时间吗？

是一种堕落，生活层次的堕落，对美好事物追求的堕落。在城里久了，也许，人会不自觉地麻木，对自然，对童趣，对快乐，如同味觉被"添加"，被"绑架"，被"腰斩"，被"迷惑"。

而星星与城市的距离，又似乎在背道而驰——城市越高，越大，星星越遥远，越寂寞。

得承认，自己的童年里呼伦贝尔乡村的夜是疏朗的，风是疏朗的，院子是疏朗的，院子里的果树是疏朗的，村里的人是疏朗的。不用选日子，晚上随意地朝山头上望去，那月，那星星，一览无余。

我现在是城里人，一家人都是城里人。这几日，我想等一个疏朗的夜望一望星星，就坐在阳台上，肆无忌惮地望一望星星，和女儿一起。

这是一种强烈的愿望。

城市的菜地

如果在城里，你能有一块自己的菜地，不必大，不必规整，只要散发着泥土的清香，能够种花种草，种点蔬菜，该是令人非常欣喜的。但这个念头很久以前只是在我的心头一闪而过，又一闪而过。在城市，心头滋生这样的念头都是极为奢侈的事情，不敢再想。

但冬日里，我意外地发现了别人的菜地。在小区对面，过马路即到。所谓的别人，应是当地的农民。在我看来，这片菜地已经很大，很雄伟，一畦，又一畦，连在一起，一片翠绿。

最靠近马路的菜地，种着大片的草莓。我曾经进过草莓园摘过草莓，但都是来也匆匆、去也匆匆，没有时间仔细打量。如今过年了，闲了，看清了，褐色的田垄间，苗叶间，一个个鼻尖鲜红鲜红的草莓宛如一朵朵小花散落在地上，享受着南方暖暖的阳光，令人不忍去触碰，更不用说采摘了。

其它的地里种着很多菜。我10岁时，看过西红柿的秧儿，摘过西红柿。一晃儿30年过去了，久别重逢。莲花菜，东北叫大头菜，西北叫莲花菜，南方叫包心菜，而菜心则是南方的蔬菜。

女儿和她的弟弟炳泽对菜地显然是陌生的。他们都喜欢草莓，喜欢摘草莓，那的确很有乐趣。我硬把陶醉其中的他们从草莓园里喊出，让他们认识蔬菜，认识庄稼和土地。

小时，我种过菜，不会种，跟在母亲后面学。那时我们生活在大兴安岭，是非常美的地方。我们种过茄子、辣椒、西红柿、豆角、黄瓜、葱、大头菜，平日里吃的蔬菜，几乎全都种过。那时孩子们的快乐就是在菜地里摸爬滚打。等到秧苗上结出果实，蔬菜有模有样时，小孩子们都开始管不住自己的手脚了，跃跃欲试起来。摘过小黄瓜，黄瓜妞很细很细，表面上是一层毛茸茸的刺儿。西红柿没熟时，青涩，不好吃。豆角更不能生吃。但是大家可以在菜地里爬行和穿梭，捉迷藏，故意弄得灰头灰脸，大人们也不太管教。饭熟时，听到母亲的叫喊，大家拍拍衣裤，尘土飞扬，没事了，干净了，回家了。

进入城市后，在钢筋混凝土间，我曾幻想有那样一片菜园，开满鲜花，挂满果实，红的、绿的、黄的、紫的，然后在阳光的熏照下，土地弥漫着真实的味道和思想。孩子藏在一大片绿叶、红花间，或者匍匐在土豆秧的下面，和你捉迷藏。在菜园悄无声息时，在一顶草棚下面，支一张桌子，将电脑放在上面，然后让思绪流淌。我想，那样写出来的文字是不会浮躁的，因为在你环顾四周时，看到的是真实的颜色，闻到的是质朴的空气，照到的是纯净的阳光。

人不能离开土地太久。人浑身的市侩气，必得经过土地的熏烤，才能消失殆尽。而文字，其实与人一样，最怕城市的噪声、污染、世俗。

土地却渐行渐远，尤其在城市。

但因为这一块菜地，我的心平静了。若你生活的城市也有这么一块菜地，乃至就在你的眼皮子底下，你该当宝贝似的多看看，多走走，尽量呵护，说不准哪一天，它就消失了。

能够与菜地为邻，应该是城市最朴实也最奢侈的生活了。

那天离开菜地时，我摘了四个西红柿，两个大的，两个小的。女儿和她弟弟炳泽则摘了一小篮子草莓。我们捧着来自乡村的蔬菜和水果兴冲冲地走向城市，这个过程，使我明显觉得是一种震撼和解脱。

我爱菜地。

村庄的语言

很多人一生都在做一件事，离开村庄。这话似乎有些偏颇，若是把村庄改成城市，这话就有些失去理智了，"很多人一生都在做一件事，离开城市"，你觉得能说通吗？

但其实，看看周围的人，包括我们的父亲，我们熟悉的朋友，还有我们自己，真的很多人一生都在挖空心思地"逃离"村庄，甚至宁死也不回头，大义凛然的样子，使村庄觉得自惭形秽。是不是有的村庄太丑陋了、太穷了、太封闭了？和城市比较起来——不，村庄是无法和城市相提并论的，比起城镇，比起阛阓之地，她都那么土，那么的缺乏精神和独特的个性。

老掉牙的人，老的人，在村庄里抗争了一辈子，终于没能逃离出去，就都不停地把希望寄托在后生身上，拼命地、砸锅卖铁地供孩子读书，就一句话，读了书，就能走出村庄了。

村庄里的人都不容易。

终是觉得，每一个中国人都是属于村庄的。现在不是，以前是；以前不是，祖上是。应该没有彻头彻尾的纯正的城里人。不过是有的人尽快地进入了城市，并融入其中，还使自己像极了比之更先去城里的"城里人"，说话像，举动像，逐渐地，生活方式也像，乃至忘记了自己的村庄，甚至不去想，不去说，懒得说，也羞于说，似乎村庄带给自己的，完全是一种耻辱。

那真的是一种自欺欺人。

总有一样，你是决然抹杀不去的，就是方言土语。在你一出生，在你还在村庄时，在你离开村庄前，你一直说的语言，是完全属于村庄的。那是烙印。有趣的是，离得近的不同的村庄，方言不会差别很大，可是倘若把范围扩大到方圆百里，就未必了，听起来，或者很陌生、很可笑。村庄就是这么耿直，不是她的，她决不容留，也因此，她千百年来，封闭得越发让后生们嫌弃，乃至让他们纷纷离家出走。但即便如此，刻意地抹杀关于村庄的记忆或者烙印是不明智的。那是人的根，盘桓在记忆深处，那是人心灵的甚至唯一的沃土，抑或是最后的守地。

一个人骨子里如何，是可以和他的村庄联系起来的，仿佛村庄是硕大的根，人是枝梢或者叶子。那是一种类似血液般的灌输，或者是文化的传承吧。而村庄原本是没什么文化的，读书人少，名胜古迹少，没有大学，也没有图书馆，没有讲堂，我不是借用汉语的修辞，运用反讽之类的方法来玩弄文字游戏，真的，村庄有什么？什么都没有，什么都没有的地方，会有文化么？可是，不能否认，村庄对一个人的成长那么的有促进、催化、教唆、雕刻作用，宛如岁月的刀，缓慢地、不急不躁地、耐性十足地一笔一笔地在人的脑子里刻下，刻成年轮，刻成思想，人才会行走了，才是一个独立的人了。到底是谁把持着那柄刀？是村庄不长草的荒山，是村庄不好看的歪脖子树，是村庄臭烘烘的水潭，是村庄的一抔土，乃至，是方言土语？是的，这些，是天然的大学、图书馆、讲堂。人甚至从一只羊和一匹马那里开始了对人性的思考，开始认知善良、丑陋、残忍和凶恶。是的，只有村庄才能全面且公正地给予你对生活的全部认识。可能有野蛮，却没有欺骗；可能有愚昧，却不妨碍你对知识的追求。乃至为什么村庄要鼓动你成为一个城里人？那是因为村庄觉得城里好，并实实在在地承认村庄有太多的地方不如城里，而丝毫不把自己的观点藏着掖着。

在村庄里，你看到的都是真相。这是除了村庄以外的地方所欠缺的秉性。

城里很好。生活在城里的时间一长，有的人就忘记了村庄，很久都不想回去。仿佛村庄是牢笼，是地狱，是陷阱，是粪坑，回去就玷污了城里人的身份，满身满脑子都再也挣脱不了村庄难闻的气息。方言土语也不说了，说普通话，说外国语，"Why？""OK！"夹杂着，半土半洋，像个人似的。

昨天在广州 242 路大巴上，看见一个长得并不好看的女孩接了一个电话。

大巴是从开发区驶向火车站的，而由于连日来的暴风雪，火车站已经聚集了太多的人。我为这个显然去火车站的女孩担忧。那个电话是她的村庄打来的，她用我完全听不懂的方言土语说着，笑着（声音不大），表情丰富，眼睛都眯成了一条缝，头前后摇着，旁若无人，她那么开心。我都想笑了。十几分钟吧，她挂了电话，她又趴在了扶手上，看样子她是晕车的。来自村庄的电话，让她一瞬间那么可爱，是的，这就是村庄的感染力。

村庄决不会给你大把的钱，让你富有；决不会给你权力、地位，让你不可一世——村庄只会给你快乐，任何时候，只要你走回村庄，你生于城市的那些烦忧，都会离你远去，哪怕很短暂。你说起方言土语，立即就有人搭话，不像在城市，你一张嘴，别人可能就觉得是陷阱。

早 起

很多人都没有早起的习惯——我住在宿舍楼上，周围大都是年轻人，年轻人喜欢当"夜猫子"，上网、聊天、看电视……不知不觉，已是午夜时分——很晚睡下，很早自然起不来。

我很怕吵着大家。早晨 6 时，静谧的夜色尚未褪去，走廊里一片漆黑，若再赶上"回南天"，雾气氤氲，感觉呼吸都有些异样。我起来，再蹑手蹑脚，也会发出这样那样的动静，有时碰着椅子、动了桌子，会发出"刺耳"的声音，让人心惊。卫生间里发出的声音更大，水龙头、冲水马桶本质地呐喊在寂静的清晨显得那么不和谐。

基本听不到抗议的回声——几年前刚住到这里时，是听过的。隔壁住的是小两口，很晚睡，很晚起，邻居早起惊扰了他们，传来拳头砸墙的声音。那个动作我曾做过，只是不记得何时何地砸过何墙。

我还是尽可能地蹑手蹑脚，可在寂静的清晨除非你一动不动躺在床上望着天花板发呆，否则，必定有这样那样的声音发出。

家有中学生，学生要上学，我们早起得很"无奈"。这是一个能说得过去的理由，年轻人如果设身处地地想一想，哦，对呀，人家的女儿要上学，岂能不早些起来。

渐渐地，就再听不到砸墙的声音了。其实楼上也砸过。楼上的房间估计换了主人后也对晨起的我们惊扰了他的好梦愤愤不平。楼上楼下怎么会互相影响呢？一般情形不会，但宿舍楼楼板薄，不隔音，卫生间管道连通，更不隔音，

"哗啦啦"的水声顺着管子自上而下，声音不亚于湍急的水流，而卫生间与卧室仅一墙之隔，那音怎么隔？

砸了几次后，见我们没有"收敛"，最后也还是放弃了。当然，我们心虚，我们不得不发出的所有的声响都是尽可能地压抑的，从不敢张扬。

集体生活，最怕的就是张扬。

我观察到，很少有年轻人在早上 6 点起来。刚开始没有，整栋楼都没有。后来，我起来时，走廊里远处个别的房间也亮灯了，隐隐还能听见脚步声。不久，就听到关门、锁门的声音——宿舍楼的门那种"特定"的质量，使得关门、锁门的声音有时很大、很响。或者是我们早起气着人家了，故意发出巨响以示抗议？

想来不是。

个别的年轻人离开宿舍时，天也才蒙蒙亮。他们会走到校园去。从宿舍到校园，走的话需要 40 分钟，食堂的早餐刚开始，简单用完早餐，到办公室，大约 7 点半的样子，这时距离上班还有 50 分钟。

——路上的 40 分钟，可以背背单词，思考一下当天的工作。早餐过后的 50 分钟，可以回顾一下昨天的工作，准备今天的工作。我想起自己二十多岁时，大约就是这样过来的。不怎么睡懒觉，很早就到办公室，很晚才离开办公室。我这样做的结果是，与我同龄的那些友人，只有我隔两年就有一本集子出版，现在已有八九本，"著作"快"等身"了。这是我自己勤劳的回报。

早起能做很多事，而晚起，哪怕一个小时，你就会仓促地准备早餐，仓促地赶路，仓促地冲到打卡机前打卡，仓促地开始一天的工作……

早起，是人推着工作走；晚起，是工作撵着人跑。我和大学生在一起时，常讲这个道理，我觉得他们能听进去，虽然真的让他们早起，他们会觉得很难，很遭罪。

而那些习惯早起的年轻人，若干年后，我想，他们一定是优秀的、出类拔萃的。这一点都不用怀疑。他们在每天一小时的自觉中，很可能会抵达人生的某一个境界，至少，希望大于那些常睡懒觉的人。

老挑山工

从北方来，见过的山多了。有山必有路，无非路的态势不同而已。但没见过那样的路，那怎么是路呢？那是在悬崖峭壁的腰间"增生"出的一条路，说它是空中栈道，你大可款款前行，俯视"群雄"；但说它是一条"绝路"，你就胆战心惊，腿肚子抽筋了，什么苍松翠柏、飞泉流瀑、云海紫光，全入不了眼，只是担忧这路的某一块石板突然断裂，人瞬间没了命。

那条空中栈道，在三清山被称为"西海栈道"。它全长4600余米，平均海拔高度为1600米，环山而筑，宛若一条玉带缠在山腰。它一边紧贴山体，一边凌空天外，凿山筑梁，遇峡架桥，石板铺路，我实在想不出人们是如何上得这上不着天、下不沾地的峭壁，把一块块石板撅入山体，并加固使之可承载许多的行人及游客的体重。

山注定是随意"生长"的，那栈道依山形而存在，便没有"规矩"，不时有一两棵古树就从峭壁间突兀地冒出来，横亘在栈道中间，依了一般人的想象，早被人几斧子砍了，但我听一位行人赞许，知道保护古树，不错。树挡了路，有的还挡得密实，或者整条路都被挡住，人要么从树干下屈身钻过去，要么给树让步侧身通行，那路本来就不宽，一米多吧，因了时不时冒出的树更显得局促，但也因了这树，使旅行有了不同寻常的意味儿。

这是深秋的季节。天是晴的，阳光虽不灿烂，但不萎靡，全然是那种清丽的、一尘不染的样子，这使得山腰或更远些、更高些的树丛娉娉婷婷起来。也因了阳光的"直白"，就见不到云雾了，向下看，缩小的市廛尽入眼帘，向上望，一条"蟒蛇"宛如青龙出水，直入云霄——大自然实在是鬼斧神工，生生地在山顶劈出一条"巨蟒"来。那蟒头活灵活现，那蟒身刚硬粗大，经年累月地镇守在那里，为整座山当着警卫员。

我走得不快不慢，栈道毕竟是平坦的，渐渐地形而上去，但不知不觉中，汗也布满了脊背，乃至到了栈道的尽头，要开始再次"爬"山时，就气喘吁吁了。

正靠在路边休息时，撵上来两位"货郎"——挑山工，每人挑两袋子米，肯定是太累了，便也在我的旁边休息。一位年轻一些，一位俨然年老得很，但我没想到他已 70 岁了，看不出，也不可想象，70 岁的身子骨还挑着 100 斤的货物上得山来，大颗大颗的汗珠止不住地从他的额头、眼角往下砸，像是伤口破了血流不止似的。他在大口地喘气。我不忍心打扰他。等他的喘息稍微舒缓一些后，我才小心翼翼地与他交谈了几句，便知道他的年纪了，也知道他在这里已经工作了 40 年。他背着这百斤粮食上得山来，一趟两个小时，酬劳是 15 元，我心里盘算着，一天若是 4 趟的话，就是 60 元，一月是 1800 元——那要日日爬山，那要天公作美，那要身体硬朗——因了这栈道，便多了游人，游人到了山上，要吃要喝，物资便要靠这些挑山工挑上去，是苦，太苦了，我们的旅游，便有"罪过"的意味了。

老挑山工脸上的肌肉还在隐隐地颤动，有些"狰狞"，我不忍再和他说话，他每说一句话都要支付体力，有路人却"孜孜不倦"地刨根问底，老挑山工耐心地答话——只是还有人戏谑他们，开着不荤不素的玩笑。

挑山工还得继续爬山，他们没有时间与正在旅游的人开玩笑，他们得养家糊口。满山的风景，对他们来说无所谓好、无所谓差，或者根本不是什么风景。

他们是下大苦之人。也许他们心里并不苦。

下山时，又遇到了那些"突兀"的树，此时我倒希望有人砍掉它们，这样就可以给挑山工让出道来，让他们在这蜿蜒的道上走得顺畅省力些。

城里的麻雀

能听见鸟叫的房子，应该算是好房子。我说的鸟，不是笼子里的鸟，是自然的鸟，自由的鸟，没有归属某个人的鸟。

自然，那房子也不在乡下。在乡下听到鸟叫是不稀奇的。

城里的房子是不大容易听到鸟叫的。若房子很高，甚至入了云，鸟就不去。鸟好不容易飞上去，累了却没地方休息。若属于小高层，楼群分布稍微稀疏一些，最是鸟愿意去的地方，但那样的房子越来越稀少了。别墅群里自然是不缺鸟叫的，鸟儿们叽叽喳喳地叫着，从这个枝头飞到那个枝头，从这家的院子飞到那家的院子，快活得很。只是，城里住得起别墅的人还是很少。那样的景观也只有很少人能够看得见。想必时间一久，那些鸟儿，也会寂寞的。

我却惊讶地发现，有鸟在我的房子外搭窝了。那一天推开阳台的落地玻璃门时，看见地上零零散散地飘落着树叶、树枝一样的纤维，还有很多枚干草，像农家小院里堆放粮食的角落似的。正纳闷间，有鸟儿扑棱棱地从阳台最上角的塑料水管与墙壁的空隙里飞了出来。那个空隙其实很大，我早先就注意到了那个地方，估计能探进去一个小拳头。我的整个手掌若攥成一团，估计也能伸进去。

鸟在那里做窝了？我初始不信，但鸟若只是偶尔飞来落个脚，为什么会散落那么多搭窝用的"木料"？若真搭窝了，就是安家了，安家就有小宝宝出生了——这么一想，我就非常兴奋，也十分担忧。

这房子我不常住。原打算常住，但跑了一段时间，发觉不现实，实在跑不起，上班太远了。那么远的路，跑过来只为睡一觉，天不亮起身再跑——听说北京、上海和别的一些大城市，很多的白领两头不见天日，终日里如地老鼠似的在"地下"穿梭，那个苦，我是受不住的。我的选择就是在城里找房住，假日里才回去。

房子本是我的窝儿，无意间成了小鸟的乐园。

我是一个喜欢鸟的人。听鸟叫谁会当成噪声？谁会烦恼地冲鸟儿们跺脚？谁会对鸟儿们下毒手？

那只鸟却很鬼灵精怪。它原以为这是一座空房子，没人来，可放心地给孩子搭窝。突然发现房子的主人归来时，窝却已搭好了，孩子是不是已出生都很难说，此种情形下，鸟也没别的选择，不像人，搬家的话，有手有脚，还可以打电话叫搬家公司来。鸟只有翅膀，如何能把孩子一起带走？这使我很不安。

我当鸟是朋友，鸟却可能把我当天敌。

我不会侵犯鸟。女儿也不会侵犯鸟。妻子也不会侵犯鸟。我们都小心翼翼地希望鸟能留下来。其实，我们住几天就走，这里仍然是它们的天堂。

女儿还试探着给鸟小米吃。那些金黄的小米被女儿撒在阳台的铁栏杆上，然后她躲在房子里，隔着落地玻璃看。鸟真的飞了下来，也真的美美地吃了，或者还衔着给小鸟去吃了。我们已经听到了小鸟的叫声，稚嫩的，不经世面的，傻乎乎的。但是即便在鸟妈妈飞走时，我们也不敢靠近那窝，那窝很高，踩在椅子上伸长了脖子也看不到里面的小鸟，更不敢伸手去掏。幼时，有孩子掏过鸟窝，有时掏出鸟蛋，有时掏出光溜溜、软绵绵的还没长毛的小鸟。现在想起来，真是该狠狠地打屁股。

可以肯定，这不过是麻雀，很普通的鸟，但在城市的楼群中，也越来越稀罕了。

可惜，两三天后，鸟不见了，鸟的叫声也不见了。小米也孤零零地散在那里，几乎被风吹落了。又下了几场雨，很大的雨，像要把天翻过来似的，吓坏了鸟。

自此，鸟再也没出现过。

不知道它们去了哪里。

我也在想，等我们走后，小鸟是不是还会回来？

小鸟和人一样，不轻易安家，安下就念想得不成。

归来吧，小鸟。

自己的夜晚

很早时我就醒了。

正在进行的夜晚那么寂静，静得甚至一点多余的声音都没有，倒偶尔有蝉声，有蛙声，还有一种声音，很奇怪，到我寻得时才知道，那是电流流经电器的声音。

无声的夜晚，搁在城市是不可思议的。我住过闹市区，阳台下面就是不主不次的道路，人声不鼎沸，车声却一声紧似一声地往耳朵里灌；车声都不平稳，间或就有鲁莽的急刹车的声音，嘎、嚓、吱——眼里就显现险情，心就无规律地乱跳一阵。再换房时，就格外注意窗外，若窗是密闭的，一定要打开听一听，如今的材料隔音效果都好，都是能哄人的，有时你开了窗，那真是如雷贯耳，车声滚滚，地动山摇，再不用看，赶紧跑吧。

很多的房子都是立在路边的，那样的房子里的人是没有自己的夜晚的。有自己夜晚的人就很幸福。

我已经幸福很久了。

很多年前，我还住过半山腰，那是依山而建的房子，夏日自然弥漫着烂漫和温情，一个个夜晚那么纯粹，没有丝毫狂躁之气。但到了寒风凛冽的冬日，夜里就全是狼嚎一般的风声了，一声紧似一声，迫不及待地，声嘶力竭地，使人不由得捂紧了被子，掩紧了耳朵。但我不能偷懒，很早就要起来写作，也许算不得"写作"吧，仅是在一种喜好和意愿的驱使下信手"涂抹"而已。坐在窗前时，尖刻的风就顺着缝隙潜入，四周就全有了"风阵"，密密集集。我打字的手是颤抖的，指头有时僵硬得不听使唤。那时天还是全黑的，没有月，没有星星，都被冻得缩头了。那样的夜晚或者凌晨也是自己的，无人的夜或者无声的夜都是属于自己的，那样的夜里写的文字里就有了生活的滋味儿和生命的感受。

夜色是一种情调。

夜间该没有太大的过响的声音，没有尖刻的辛辣的对话，没有聒噪和粗暴，否则和集市有什么区别呢？现在我住的宿舍楼上，偶尔有一位博士要拉一拉二胡，不是天天都拉，偶尔，有时。我不懂音乐，听不出好坏，那声音却使寂静的走廊活泛起来，有了点节奏。他也从不拖沓和痴迷，从不会为了自己的喜好而让别人焦躁不安。

夜是铺开的隐私，夜遮了人的眼，没有光亮，人人自由而神秘，你不去洞悉别人的夜，你就是坦然和雅致的，你在自己的夜里自然也是自由的，如一条浪漫的海鱼，如一只和善的羊，如一头疲倦的狼，你独立，你孤傲，你神圣，你理想。你属于自己，你自己属于那此起彼伏的来自自然的和谐之音。

在自己的夜晚自然醒来时，我有时会听到几声鸟叫，"去去去"，连着三声，"去去去"，又连着三声，我悄悄笑了，这可爱的小鸟在让夜早点走开。

鸟的叫声还在持续，又变着嗓子，又变着腔调，音律起伏，一点也不觉得累。

尽管还早，我还是得起来。望出去，远处的树影娉娉婷婷，再远处，路灯还是橘黄的，但更远处的一座大学的教室里，已经有了亮光，有些孩子早早地走出了自己的夜晚，走进了自己的清晨。

让人喜欢。

听　泉

你能听见泉水叮叮咚咚的时候，一定是内心宁静的时候。

一个烦躁的人，心绪不宁的人，激动的人，狂妄的人，失去理智的人，穷凶极恶的人，穷形尽相的人——都不能听到这种美妙的声音。

你意气风发的时候，春风得意的时候，前呼后拥的时候，也听不到这种美妙的声音。

不能说你一定会在穷途末路的时候听见她，但是，想听到这种美妙的声音，你一定要停下来，你的身体，你的心，你的思想，在那一刻都要无条件地停下来，然后，坐在泉边，呼吸，望着原野，听风，看蝶，小鸟的啼鸣清脆悦耳……怎么样，听见泉声了？

听见了。

你不必看泉。泉自心生。大地的心，你怎么能看见大地的心？我看不见你的心，你看不见她的心，自己也看不见自己的心。心是花瓣，绽放之后就会枯萎。你只要肯听泉，泉便会喜悦得像个小姑娘。她羞涩地流过土壤、岩石、沙粒、根茎、缝隙，她躲避着阳光，她不喜欢风雨，不喜欢尖叫，厌恶喧嚣与迷乱，憎恨硝烟，所以，她来的时候，天高云淡，树木荫翳，幽静而内敛，然后是你，正静静地等待与聆听。她顽皮地扔下一枚枚小石子，落在水上、石上，叮叮咚咚……

你听到了。她知道你听到了。她专为你而来，为你守候与等待而来，你怎么会听不到呢？只是，若你想探究她从哪里来，到哪里去，甚至不怀好意地挖掘她所经过的路径，你一定会伤害她的羞涩，惊着她，吓着她。

不要那么做。泉声的世界不是世俗的世界。你在世俗中，已经沾染太多的恶习，你一身污浊的气息，你的眼里善恶交替，甚至，恶已将你囵囵。而泉声是纤尘不染的，她不是音乐，是天籁之声，不是地面之水，是生命之汁，她的情感是清澈的，目光是清澈的，身体是清澈的。她甚至清澈得抵挡不住你目光的抚慰、挑衅、掠夺。你们是方枘圆凿的两个世界，只能聆听，不能介入。

足矣。

即便你处于丛林之中，你也会看见原野的广袤，植物顽强又倔强的生命，叶子在舞动，花瓣在飘零；小兔子、小松鼠自由自在地追逐与嬉戏；风起云涌，气象万千。

一股无形的力量正涤荡你一身的浮躁与不安。你既有的一切气息都被吸附于自然之中，被洁净所替换。

你肯定开始思索树的生长、鸟的飞翔、山的伟岸、岩的固执、天的高远、风的幻化。世间百态，过眼云烟。

——若你没有听过泉，那太遗憾了。真是这样的话，放下一切，现在就去。

先要找到泉。

泉哪里没有呢？

——试试看。

你开始听泉的时候，会像我一样思考——人生这个东西，到底是什么？

我的答案是：泉。

这样一条轨迹——流入清澈的小溪，流经村庄、街巷，听见庄稼拔节，看见孩子跳跃，闻见炊烟与米香，与父亲和母亲一起生活。

你再听一听他们的心跳，叮叮……咚咚……

不急不缓，就是泉声。

回　声

你听到过回声么？

乡村的深井有回声，你丢进一枚石子，很快就能听见石子砸在水面的悦耳的叮咚声，一种非常滑润的声音；石子自是坚硬的，尤其从高处坠落时硬气且有力度，但被柔软的水化解与抵消了，余下一井的轻松与和谐。你若再扔下一枚，石子或在井壁一路磕磕碰碰，那种声音则是踉跄的、局促的，及至水面，便不如刚才那么从容与柔和，就像电梯门兀地打开，两个人碰了头，一个张了嘴巴，一个愣了神，思维飞速地回旋半晌，才想起这人姓甚名谁。

在空旷的山谷、草原、戈壁，若是大声呼喊，叫自己的名字，叫妈妈的名字，叫孩子的名字，你更是听得到回声，悠远且绵长，你可能从未发现自己的声音如此好听，或者那不是自己的声音，是一位素未谋面的朋友隔着时空传递的问候与关怀，是一种来自心灵深处的声音。

回声自是来自心灵的，它不止于表面，流于肤浅。它一定要借助某种物体，自然的物体，有生命或者无生命的物体表达友好。山山水水其实是有生命的，你在做，它在看，你看它，它看你；井是有生命的，你因其滋润而成长，你的声音里有它的养分；村庄和原野的一切都是有生命的，柳絮都是有生命的，风铃都是有生命的。

它们与万物一样都在成长。

最空洞的是城里的房子。你试过么，若是房子很大，你一个人孤僻地站在客厅中央，你发出的每一点声音也都有回声，但那是硬邦邦的回声，刻板的回声，惨淡得如同朽木一样的回声，一点都不可爱。是，这不奇怪，因为钢筋和混凝土是最生硬的物体，它们成型于工业，成分复杂，它们成型之时并不知道自己的使命，在城市任何一个角落、空旷的地段、繁杂的地段、喇叭声咽的地段，都可以旁若无人地浇筑与插入。你看着两个词，浇筑，插入，非常的倔强、执拗、古板、道貌岸然。

及至房间里摆了你心爱的家具，柔软的床，水灵的花花草草，又有了主妇的倩影、孩子的玩笑、厨房的香气、男性的臂膀时，你再听，无论你发出多大的声响，回声都会消失。因为人气。

人与人之间的回声我更愿意理解为一种沟通。沟通是必要的，尤其是年至耄耋。我几次前去探望一位长者，都看到他的室友孤独地坐在康复病房里，目光呆滞，几乎一动不动。长者与室友近在咫尺，若两个人都伸出手，掌心可以相互击打。他们之间的沟通根本不需要在原野上那么费力呼喊，一种平和舒缓的语调就可以沟通得很好，都可以得到对方的回声。

两人都是大病之人，语言表达出现了一定的障碍（只是一定，而多说话多沟通对于恢复语言功能是有极大帮助的）。生命虽然还不是处于倒计时阶段，却要用到延续这个词语。

可他们从不沟通，相互无语。自顾自，自言自语。若在年轻时，可以理解为相互看不上，瞧不起，自大，有架子。现在，他们还有什么呢？

只是不想。宁愿封闭内心，与世隔绝。等死（我很不想用到这个词语）。

试探与那位室友沟通，他竟反应很快，如同我幼年时迅速地从水井里听到回声一样。

他脑出血，做过手术。沟通间，涎水会从嘴角流下，他轻轻地擦去。他有一个女儿，已经成家，老伴还在，但照顾不到他的病情。他是高级工程师，一个有素养的人。

我的每一句话都能得到回声，是真实的声音，是友好的表达和礼节。如果我还有时间，我愿意与他，与更多的老人，与更多病弱者交流，以倾听的姿态。

我想象他们都是原野上的一棵棵树，曾经蓊郁，荫翳万物，如今渐渐干枯。

但他们确实还活着，望着他们身影伫立的方向，你还会看到潮起潮落，云蒸雾集，阳光起来又落下，炊烟袅袅。

那是生命的绝响。

冬天里的事情

　　那是冬天的事。我小时候在东北生活，真冷，你要是站在雪地里不动，骨头都能冻酥了。但小孩子又不是木偶，怎么会不动呢？我们生活的部队家属院里有一口井，不管是冬天还是夏天，吃水都靠这口井，自己压水喝——一根管子伸到地下，上头是一个呆头呆脑的铸铁做的圆家伙，我们通过一抬一压的重复动作，把管子里的气体抽空，把下面的水抽上来。一到冬天管子就被冻住了，要压水，先要提一壶开水，顺着管子浇，把里面的冰烫开，才能抽出水。有一天早上，没人注意，我悄悄溜到水井边，想舔一舔管子，试一试舌头能不能把管子里的冰化开。我半蹲在地上，张开嘴，果断地伸出舌头，管子仿佛有强大的吸力，把我的舌头粘了个结结实实，瞬间，一股寒气"沁人心脾"，透心凉。我感觉不妙，往回拽了拽舌头，可是，"焊"得很"死"，越拽，"焊"得越死，很疼。我要是再拽，结果只有一个，牺牲我那可爱的舌头。我知道壁虎的尾巴断了可以再长，但我不是壁虎。我一点办法都没有，纹丝不动地蹲在那里，挺着脑袋，张着嘴，吐着舌头，像一只仰天长叹的青蛙，连哭的可能都没有。在零下20摄氏度的天气里，如果再冻一会儿，我会成为水井边的一尊冰雕。我特别盼望有人来救我，可是大地白茫茫一片，猴子也搬不来救兵。

　　那是几十年前的事，我现在还能写这篇文章，证明我的舌头还在——这是个错误的逻辑，我又不靠舌头写作。实际上，我很快就解脱了，但是我付出了"惨重"的代价，舌头上的一层皮不见了，永远留在了管子上。当我满嘴血丝呼啦啦地回到温暖的冒着炉火的屋子时，一家人吓了一大跳。我掩盖不住自己的伤，强忍着疼痛，诉说了刚才的经历。按照父亲的脾气，要狠狠地揍我一顿才行，可是，他是革命军人，不能打伤员。

东北的冬天给我留下了难以磨灭的记忆，我的舌头虽然不幸遭受了一场"浩劫"，但是在那一天的前前后后，它主要的作用还是用来品尝东北的美食。黏豆包，夏天没多少人吃，冬天的时候家家都做，蒸了一锅又一锅，放到屋外去冻，冻成冰疙瘩。吃的时候，拿进来几个，上火一蒸，冰雪很快消融，豆包呈黏黏糊糊的形状，又不会黏成一团，蘸着白糖吃，真甜，里面的豆沙馅也很甜。前几天，我和东北的同学说起黏豆包，他很惊讶，问，你还知道黏豆包？显然，他一直当我是西北人。我是西北人，但幼时跟着当兵的父亲在东北生活，他是不知道的。还有冻豆腐，东北的大豆好，做的豆腐也好。家家都有小小的圆圆的石磨，女人都会做豆腐。一盘盘热腾腾的豆腐在风里雪里很快凝固，坚硬得像一块块石头，颜色也由白变黄。冻豆腐是东北人冬天绝妙的美味，炖骨头，炖白菜，炖酸菜，炖粉条，都可以放冻豆腐，那与吃新鲜豆腐完全是两种感觉，咬着很筋道，味道很独特，百吃不厌。

我们虽然顽皮，却从不开食物的玩笑，也从不无缘无故地凶狠。我们滚雪球，打雪仗，用的都是雪。就算谁被打中，被打破鼻子，流了鼻血，也没有谁跑回自家的院子抓起冻豆包、冻豆腐，恼羞成怒地狠狠地向伙伴儿头上砸去。

那样的冬天，南方人是不敢想象的，也想象不来，有的人一辈子甚至都没见过雪。我在南方过了很多个冬天，南方的冷，往往是阴冷，有时候阴雨连绵，挺难受。但是，我是见过"大世面"的冬天的人，比如我正在经历的这一年的冬天，着实有点北方的性格了，有强烈的风，街上的树还好，但我们阳台上的那些树摇得很来劲，在屋子里都能听到树叶摩擦发出的欢快的声音。窗外悬着的一股股凉气顺着窗户缝隙一阵阵袭来，吹到脸上，但不刺骨，很清冽，让人清醒。桌上的一杯热红茶已成冰茶，很好喝。

晚些时，我走在路上，竟然下雪了，不过，那是一粒粒的小雪珠，是"霰"，是唐代诗人张若虚《春江花月夜》里的一句"月照花林皆似霰"的霰。我小心地捻着它，富于质感，柔韧且倔强。我用整个面孔承接了它，我整个人，从里到外，似乎都被漫天蕴蓄的雪珠涤荡得清清澈澈。清清澈澈的还有路边的花花草草，一棵棵树，它们虽然没有经历过这样的冬天，但是，很精神。

这时，我接到母亲的长途电话，她说，她看天气预报了，我们这里很冷。我说，怎么会呢？

我想让母亲来南方过个年，父亲已经不在了，她很孤独。我特别想让她来南方吃几顿我做的饭，还是我小时候她做给我们的，酸菜炖粉条，小鸡炖蘑菇……我不会做黏豆包，她要是肯教，我想学。天气好的时候，我想陪她到南方的草地上晒太阳。

只是，也许在她抵达南方的时候冬天已经绕走了，但冷与暖，永远是心里的事情。

眺望北方

生存哲学二题

母亲的菜

在阒静的早晨，南方一线城市二线小镇的人都回去过年了，喧嚣与嘈杂也风一样消逝，整个社区就一两家、三四家灯火。敲一下锅沿，声音如流言一样弥漫，从厨房到客厅，从客厅到楼下，甚至不用下沉，就在半空飘摇，落到谁家就是谁家。不管你站在哪个角度看这个城市都有点走样儿，也很难再用繁华之类的比喻。繁华的若干构成元素之中，人是主角。人不约而同地舍弃一座城市到另一个地方去，是年带来的源源不竭的动力。街是清寂的，风是清寂的，地下车库也是清寂的，竟有一两只鸟儿准确地飘进来，呼啦啦一阵乱飞，扑簌簌的声音突然传来，吓我一跳。

母亲舍弃的是家乡的小城。不是永远地舍弃，暂时的。南来的，北往的，宛如大雁。母亲是一只老雁。

初来乍到，母亲需要熟悉一座新的城市，包括新的社区。她迫不及待地需要找到同龄人，最好是说家乡话的老乡。她主动与人搭讪，包括清洁工阿姨、保安帅哥。她的乡音不像外语那样难懂，一般人只要耐着性子听，多听一会儿，都能听个八九不离十。听到的人冲她笑笑，礼貌而友好。我是业主，她是业主的母亲，在社区这个简单的辖区里，理论上我们是最尊贵的人。又是在年节，大红灯笼高高挂，人们的心都柔软而恬静。从另一个理论上讲，我们要感谢他们，如果他们也义无反顾地舍弃这座城市，各回各的故乡，我们就完全成了孤家寡人，完全成了不折不扣的弃儿。我理解母亲情感的饥渴，那类似于我们头脑中偶尔的断片。我们不是她的同龄人。我们也需要同龄人，隔代的有隔阂，隔阂是说不清楚的精神或者物质，大多时候，让人苦楚。同龄之间有说不完的话，哥们弟兄，把酒言欢，知无不言，言无不尽，一隔代，少了一多半。

母亲很早就出去了，她甚至不打招呼，拎个袋子，诡秘地换鞋，蹑手蹑脚地开门，门的质量很好，开合之间一点声息都没有，即便是关门的瞬间，也只是轻微地嗒的一声，如果有穿堂风，穿堂风摇着风铃，如果大房间里套着的小房间的门是关着的，如果我们都还在半梦半醒之间，一点都不会察觉。我起得早，在某个角落，甚至站在厨房里喝茶，吃两口馍馍，用筷子死死地摁住碗里刚剥了皮的热鸡蛋，蘸上一点酱油、醋、芝麻油的混合物，在我眼里，便是极为丰富的早餐，可以速战速决。当然，酱油里不能加焦糖色，醋里面不能加苯甲酸钠，芝麻油不混合菜籽油。我不是在标榜或者追求奢华，这也算奢华吗？我只是不想摄入与童年的酱油、醋毫无关联的化学元素。芝麻油是奢侈的，整个童年，芝麻油是绝迹的。茶也随意喝，很便宜的茉莉花，这是南方人不喝的茶，还有乌龙、普洱、乌岽单丛、西湖龙井。有时候也煮一个土豆、半个红薯。我的耳朵格外敏感，寂静无声时，掉个馍馍渣子都能听见。我敏感地捕捉到母亲出门的声音。她去了菜市场。我如果把身体位移到阳台上，能看到母亲行走的身影，居高临下。但我不看。那是她一时半会儿的隐私，她不想被众目睽睽，很不自在。

这已经是母亲每天早上的必修课。她来到这个陌生的地方仅用半天就摸清了周遭的布防。据她说，菜市场很近，绕个弯儿就到。因此，我一点都不担心她的安全。我的脑海里呈现了一张交通图——出小区，右拐，再右拐，抵达菜市场。我对这个菜市场没有记忆和概念。这是一个新的社区，我们是新人。我对周遭的环境不了解。我熟悉的是两千米外的一个大型超市，很阔气。我与它之间两点一线，直来直去，中间不做任何停留。我始终固执地认为，我是属于在超市消费的那个群体，那是个什么群体？有体面或差不多的工作，从货架上取理想的物品时，眼球掠过标价签，或者对价格忽略不计；与此相反的是，死死地盯住标价签，满场寻找快到期的打折的国产商品，眼睛里闪烁着侥幸得手的窃喜的光芒。那很费神，也很费时间。如果一定要从时间和金钱上取舍，彼此的悬殊并非天上人间的时候，我选择时间。时间是一个广义上的壮年汉子或者狭义上的书生的命。

我喝着茶，吃着裹着"浆"的鸡蛋，内心很满足。这时候我有心情想象进入菜市场的母亲。母亲一路蹒跚过去，再一路蹒跚过来，眼睛眯成缝，选中一家，开始砍价，讲价。这是他们那个年代人的消费习惯，不能说不好，也不能说好，万事有利有弊。有时候真能砍下去，一毛、两毛、三毛。在乡下的时候，你会经常看见砍价的情景，唾沫星子横飞，拉锯战，几个回合，战利品是少了不到一块钱，除非你一买一堆儿，一筐，一袋子，一车子。我再次重申，我不屑于做这件事的原因并不是我多么有钱，我也无意贬低砍价的人。

母亲从菜市场回来，满载而归，提了一堆生菜。你见过完整的新鲜的生菜吗？通体翠绿，叶子茂密而齐整。母亲的生菜有一棵一棵的，也有一片一片的，一棵两棵三四棵，一片两片三四片……叶子上有点点的斑痕，黄的、黑的，不腐不烂，或者腐而不烂。已经有阳光了，这要感谢南方，即便是在冬季，有时候的阳光也和煦而执拗。母亲把菜如殉国的兵士一样摊开，一棵一棵，一片一片，粗糙的手挨个捋过，摆正，并非怜悯，而是心疼，让它们接受阳光的抚慰和洗礼。母亲看着菜叶子笑，笑得很得意，说："这一堆菜才两块钱。"两块钱的菜，一家人能吃一天，搞不好还能再多一顿。

活到45岁之后，我渐渐开始荣辱不惊了。我往往独辟蹊径地去理解其他人的举动，包括自己的母亲。我的思维不再如阳光一般直来直去，而是绕着弯儿，绕着弯儿也能见到阳光。我凑到母亲跟前，友好而真诚地注视着那些菜叶子，没有一丝的嫌弃。我甚至拿手拨弄一下它们濒临颓废的身体，试图让它们重新恢复生机与活力。我微笑着说，这么便宜，真好。言不由衷地说话，我也没觉得恶心，更不觉得自己有多么虚伪和圆滑。你要承认一个现实，这是母亲一大早奔波的果实，是砍价的胜利，是劳作的收获。一只老雁，已经飞不动了，再也不是18岁时拉着架子车上陡峭的土山的光景，车上是满满的猪粪、牛粪、羊粪，可能还有人的排泄物。我坐在粪便之巅，幼小的身体随着母亲身体的颤动而左右摇摆。那是一个危险的时刻，我不是粪便渣子，不会被风吹散，但我随时可能从粪便之巅滚下山。那是北方的土山，一眼昏黄，没有一棵树，没有石头，没有水。大风起兮土飞扬，云在哪里呢？火辣辣的阳光下面怎么会藏着云？云是那么可爱的精灵。这都是我读了一点书之后的想象与比喻，而我处于粪便之巅的时候，我的恐惧与四处弥漫的臭扶摇而上，刺透我的鼻孔，直入云天。母亲的汗珠子噗噗地砸在土上，顶起一缕烟尘。

　　在菜叶子完全颓废之前，我的任务就是吃掉它——吃掉它，是对母亲劳作的最好的报答。我高高兴兴地煮了一锅生菜，淋上不含焦糖色的酱油，这是南方吃菜的方法，简单而又原汁原味。我给每个人分了一大盘子，我用目光鼓励女人和孩子们。这不是年夜饭，是一次朴实而生动的午餐。还有西红柿，有的西红柿已经情不自禁地咧开了嘴，发出阵阵酸腐的气息。我削去一部分，尽可能完整地保留。我没有将削去的这部分直接丢入垃圾桶，垃圾桶就在母亲眼皮子底下。我将它们使劲捏在手心里，软柿子好捏，猩红的汁液顺着我的手指，顺着哗哗的自来水，悄无声息地流入城市的地下管网。

　　吃的时候，有的人皱皱眉头，吸吸鼻子，是在探寻食物之中的成分？我将笑声咽下，一笑戏就穿帮了。母亲是格外敏感的人，经受过风风雨雨的人都很敏感，你一笑她管中窥豹。我吃得很开心，我是家长，我不开心，大家都不开心。我要是不好好吃，大家都不好好吃。我甚至想打开一瓶剑南春，那是留给过年的酒。我已经馋得看见了自己的哈喇子了。我想馥郁一下。

　　我们都友好而谨小慎微地翻着菜叶子，尽情享受不含焦糖色的酱油带来的味蕾享受。我由衷地说，菜真香，奶奶买的菜，便宜而新鲜。我说话的时候是看着女儿的，她已经上了大学，知书达理。女儿也说，奶奶真会买菜。还有一个人没有表态，是我的女人。我看了她一眼，她努努嘴，欢快地说，是是，以后妈多去菜市场，超市的菜贵，酱油也是。

　　母亲说，我也买了酱油，这么大一瓶，才几块钱。

　　我看到了母亲买的酱油，两斤装的，硕大无比，很威风。母亲已经霸气地摆在厨房里。成分之一：焦糖色。

吃到第四顿的时候，生菜还有一大把，一堆西红柿，炒了几顿鸡蛋，也还有。母亲晒太阳的时候，我蹲在生菜旁边行注目礼。阳光漫过菜身，温柔而匀和。我轻轻地抚慰它们，动作轻缓，胃里的一丝酸气被我无情地打压下去胎死腹中。最后一顿，怎么吃呢？干吃，煮面，清炒。我在构思与酝酿这一把生菜的出路的时候，不能不考虑社会效果——接连吃同一种蔬菜，既是对蔬菜的不尊重，那不是赶尽杀绝么，也是对社会的不尊重，难道不是社会么？人组成了家庭，家庭组成了社区，社区组成了社会，社会组成了国家。我有所保留，没有提到国家的高度。社会的承受能力，是这一把生菜的出路。但是社会的承受能力，像女人的乳房，挤一挤，总是有的。这个比喻并不庸俗，孟子曰："食色，性也。"食与色，如影随形。西红柿，已经更加散淡了，汁水外溢，却被捂在袋子里，发生了微妙的化学反应。袋口半张半掩。我用一根手指伸进去探了探，滑熟而腻歪。我抽回那根手指，换了一根手指闻了闻，酸气勇而烈。这时我思考的不是社会的承受能力，而是"腹荷"——这是我想到的一个名词，词典里没有。我的脑海里依次浮现一个个的肚皮，我的女人丰腴的肚皮，我的女儿紧凑的肚皮，我的宽阔的肚皮，最后出现的是母亲的肚皮——那曾经是我的暖房，十个月，三百天。在那个房子里我忍饥挨饿。壮劳力母亲没有吃过水果，没有吃过肉，没有吃过蛋，没有喝过牛奶。我直接或间接地贪婪地吸食着她的血、她的汗，她的辛酸苦辣、爱恨情仇。如今她的肚皮一定干瘪而无力。

我做了一个动作，很小气的一个动作——我翻开已经冒顶的垃圾桶，两个指头挑起塑料袋，丢下去，使劲摁了摁，再把垃圾盖上去。似乎不太完美。我抽了几张洁白无瑕的餐巾纸，使劲擤了擤鼻子，把纸团捣进垃圾中。我做这一系列动作的时候一点都没有反胃，都是今天的垃圾，还没来得及发酵。——洗了手，我开始吸烟。烟雾缭绕时，我产生了幻觉。幻觉如一缕青烟，尚未消失的时候，门嗒的一声，母亲从门外进来，提着一大包蔬菜。

我微笑着迎上去，从母亲手里接过蔬菜。我看见了西红柿，也看见了土豆，还有鸡蛋。西红柿、土豆、鸡蛋一样大小，长得真齐整。还有半捆生菜。我略加判断，这些菜，又可以吃三到四天。其间，不能炖一只走地鸡，不能烧一锅酸菜鱼，不能出去吃粤菜、上海菜、川菜、湘菜，不能下东北饺子馆，不能去吃兰州牛肉面。

　　其实，整一个冬天，我都很开心。母亲能独立地每天出去走一遭，转一圈，找个人说说话，顺便采购一袋子蔬菜。还有什么比这更让人开心的么。如果她病卧在床，如果她坐着轮椅，如果她依偎着阳光却目光呆滞，如果她的嘴角留着涎水，水流成河……

　　我很庆幸善待了她的每一棵菜、每一片叶子、每一个西红柿、每一个土豆。我没有能力都给它们在肚子里找到出路，却妥善地给它们找到了归宿。

　　这是老雁的活计，是母亲的菜。

母亲的物质与精神

　　我们都需要一个房子。房子前面可以有若干量词，比如爿、间、座、套、栋。有的人心小，房子大；有的人心大，房子小。古语言："斯是陋室，惟吾德馨"，这正是房子的物质属性和精神属性的统一或背道而驰，搁到现在，多少有一些自嘲和无可奈何的成分。

　　母亲的房子在三线城市的四线小镇。准确地说，那是父亲的房子。这个时代的房子已是可触可摸的柔润或生涩的物质，过分强调它的精神属性是做作的，不地道，也不厚道。精神往往是物质的启蒙。物质自然有归属，或者叫产权。在父亲去世之前，房子是父亲的，这是房子的物质属性，也是母亲的，这又是精神的范畴。父亲和母亲在物质和精神之间随遇而安，处了几十年。但即便现在也不能完全说那个房子就是母亲的，生前，父亲没有将房子过户给母亲，或者是没来得及，或者是没当一回事——身后，母亲葆有的仍然是精神。我和母亲一起去某个地方问过产权的事，才知道原来很简单的事现在很复杂，物质的归属向来很简单也很复杂。比如我有 100 块钱，我给你，就是你的；我没有给你，你可以要，要去了，也是你的；你可以偷，偷去了，也是你的；你可以抢，抢去了，也是你的；我没有给你，你也没有要，你也不会偷，你也不敢抢，那钱就呆呆地待在我的口袋里，就算我死了，它还是呆呆地待在我的口袋里。我只是打个比喻。把逝者的名字换成母亲的名字要经过以下程序，逝者的父母要签字同意，就是我的爷爷奶奶，他们在天有灵，却不会下凡间签字。我们兄弟俩要签字同意。这就是物质属性的复杂，明明是母亲的物质，现在她只有一半，另一半她也有份儿。说不清楚，这时用数学比语文直观：母亲的份额是 $1/2+1/5$。房子是三室两厅一卫，一个长长的阳台，以前父亲种植了一棵硕大无比的橡胶树，弟弟看上，死拉硬拽，搞出去了，照顾不周，死了。母亲可以从卧室、客厅、餐厅、阳台、卫生间之间任意选择，这是理论。理论上行得通实践上未必可行，有的物质是可以分割的，城池都是可以分割的，山头都是可以分割的，女人或者男人都是可以分割的——肉体给你一半给他一半，精神给你一半给她一半，但是城里的房子不行。

房子在四楼，临街。小城的夜里并不喧嚣和灯红酒绿，晚些时候，万家灯火，一城清寂，鸟儿都不愿意挂在树上。偶尔有人走过，能听到脚步声。尤其是冬夜，街上积了厚厚的雪，人踩着雪，扭扭捏捏，咯吱咯吱，扑通，一个趔趄，一声叹息。脚步声时近时远。楼里却有异常的声音，如冬夜的蛙鸣。有一个傻子兄弟住在楼下，每天夜里都不由自主地叫喊，间歇而凄惨。我知道他很孤独，这是他面向生活唯一宣泄的方式，或者是一种告白，一种他理解的理性的诉说。母亲是惊悸的，以前父亲在时也怕。母亲居于空空荡荡的房间的一隅，那个声音顺着北方的暖气管道，穿越密实的钢筋混凝土的缝隙，在各个房间踅摸落脚的地方，一头扎进她的耳膜，进入她的意识，混淆她的睡眠，扰乱她的思想。你要理解，声音有时候很美妙，有时候很恐怖。同样的声音，有时候很美妙，有时候很恐怖，即便是天籁之音。你喜欢听墓地里的天籁之音吗。

这个房子不是鸡肋。曹操如果生活在这个时代，一不留神沦为平民，他是有可能站在阳台上"对酒当歌，人生几何"。小城虽小，小有小的好处：菜炒在锅里，打发孩子去买酱油，来得及；出门几里地，有原始的森林；走着去医院，十分钟；上学，五分钟；在街上走，都是熟人；对面就是政府，你想进就进，想出就出，再复杂的行政事务，手续齐全，半天不用就办完了。我曾经和父亲很认真地谈到房子的出路，带着他看了南方的房子。那时父亲已经退休了，又是副主任医师，请的人很多，到哪里都是块香饽饽。在我工作的城市，当时的房价是三四千。如果进行置换，需要添补，但是不多，以我们父子之力，完全可以承受。这样做的唯一的不好之处就是拔了父亲和母亲的根，困扰他们的问题是若以后再回小城的时候连个住的地方都没有。房子是不是根呢？不好说，还是做个比喻，根是属于树的，树被拔了根会死，这是树的命。如果房子是人的根，房子没了，人一定会死吗？理论和实践上都不会。以此推论，房子不是人的根。视房子为根，是传统文化的传统思想，没有与时俱进。房子是百分百的物质，树是百分百的生命——百分百是有些绝对了，坎坎伐檀，伐木丁丁，你说伐的是物质还是精神呢？物质和生命极少能相提并论、等价交换，现在不是司马迁的时代。我要处置父亲的房子的目的公心大于私心。论公，父亲和母亲将余年搁在南方，会活得更好。与我近，省去奔波之苦。我读了一些书，不想等到子欲养而亲不待。论私，南方的房子升值快，置换初期看不出来，房子的功能是居住。若干年后，价值凸显。凸显的价值中，我能分得一碗滚烫的羹。归根结底还是物质，物质的碗有多大——金碗，算不上，泥碗，不是，瓷的，是我眼里的青花瓷。

那楼是没有电梯的。孩子们摸爬滚打，飞上去，大气不喘。母亲老矣，腿部静脉曲张，有高血压，脑部血管受到挤压，时而恍惚，那几十级台阶对于她而言已经是不折不扣的征途。你能想象一个老人从风雪中归来，摸着冰冷的扶手，勉力而上的情形吗？她脚底子带着雪，一粒雪像一粒珠子，密密麻麻的雪是密密麻麻的珠子，珠子支撑着一副身板，魂不守舍，散乱无形。母亲的身板岌岌可危。

我对母亲说，把房子卖了吧，来南方。这是我第 N 次邀请。时过境迁，瓷碗不见了，泥碗也没有了，如果还用"置换"二字，三室两厅一卫，可以置换一室一卫。再过几年，置换两个字就永远地载入史册，成为悲悯的记忆。

母亲谈到了"细软"。母亲不会用这两个字，我用这两个字的时候也很羞涩。母亲的家里，衣物塞满了一切可以塞满的空隙，柜子，床下，衣柜，矮柜，大床，小床。有长年累月的衣物，父亲穿过的，母亲穿过的，我们穿过的，别人穿过的——小城人和善，不讲究，大孩子穿过的给小孩子穿，小孩子穿过的给更小的孩子穿，从东家到西家，从南至北，衣物连缀起浓郁的乡情。还有被褥，春夏秋冬的，棉絮的，化纤的，蚕丝的，旧的，新的，旧的多，新的少。以及锅碗瓢盆，缺口的碗，断了把子的勺子，豁口的菜刀，掉瓷的搪瓷缸子。这是物质。物质是可以交换的，聪明人眨巴眨巴眼睛就能计算出母亲眼里的这些物质到了集市上能换回什么。

如果一厢情愿地把母亲的日子理解为物质的，那是极为浅薄的一件事。母亲给物质赋予了精神的成分。因此，母亲说到物质的时候，我要想到精神，想到精神的时候，你就不能把母亲的物质当物质去面对，去处理。

精神可以随意丢弃吗？

你可以这样实现物质与精神的转换——正如三十年前，父亲带着我们从遥远的东北回迁故乡，一样样家具打包装，不是糊一层牛皮纸，挂一层纸盒箱子，是钉木板、木条。在风雪中，父亲和母亲踩着凳子，举着锤子，叮叮咚咚，自上而下，自左而右。碗，筷子，菜刀，勺子，铺的铺，垫的垫，码得整整齐齐。衣物，穿的穿，带的带，塞的塞。

军车在风雪中拉走了家当，送上了火车。火车载着家具，载着衣物，载着锅碗瓢盆，载着尿盆儿，载着我的小人书，载着父亲的医书，载着我们十年的生活，长长地喘了一口气，由北向北。母亲的房子里，到处散落着父亲和她的青年、我们的童年。你说，青年与童年是物质还是精神？

很多时候，我和母亲所谓的隔阂在于对物质和精神的判别。小城的人每个月挣 4000 块钱，能过不错的日子。我挣 8000 块，和小城同龄人比较，多了一倍，父亲在世时每个月 5000 块，父亲比我大 20 多岁，可我比父亲挣得多。但是，汽车要喝油，人要行走。司马迁 20 岁壮游天下，你以为他是徒步行走吗？坐着马车，那时候没有汽车，如果有，我相信他也会开着车行走天下，只会走得更远，更率性，更淋漓尽致。不开车不行吗？可以。不旅游不行吗？可以。不吃肉不行吗？可以。

老子几千年前见素抱朴，少私寡欲。可是，他不也骑着青牛——小童牵着牛绳。牛也要吃草，小童也要吃饭，这都是物质成本。他若是一个人颠沛流离、踉踉跄跄、面如菜色地来到函谷关，会给尹喜留下什么印象？

小城生活成本低，有时候低得可以忽略。小城来了客人，三五步行遍天下，方丈地万里江山，抬脚，吃饱喝足，再抬脚，各回各处。大城来了客人，三五步刚出门，三五十公里才见面，"酒酣胸胆尚开张"，吃饱了喝足了，然后呢？酒驾，危险，硬挺着，被警察抓个正着。打车，开房，一系列关键词都拴着成本。你就可以理解，为什么一线城市里的哥们有时三五年不见一次。为什么一个哥们来到我生活的城市，晚上 8 点让我去见他，我没去成——40 公里，高峰期，那时我还没有车。公交车来回 6 个小时，我去点个卯，回来就是凌晨。再说，哥们见面能不喝酒吗？喝了酒，我敢开车吗？哥们回宾馆睡觉，我在大街上反省。

母亲几次往返南方，来的时候大包小包。心意我自然是领了。你知道春运吗？我进不去站台，我无法把母亲和母亲携带的大包小包从车厢接下来，她带得越多，越不容易出来。不是有"小红帽"吗？"小红帽"不是戴的，"戴""小红帽"是有成本的。母亲带得少，我们可以坐地铁；带得多，就要打车。你知道打车跑四五十公里是多少钱吗？况且，火车站不是机场，你拖着笨重的行李拾级而上或下过 100 级台阶吗？

过分地看重物质，显得庸俗；过分地看重精神，显得迂腐。

所以，我特别厚待专程来看我的人，乘坐城市的地铁，搭乘公交车，打的，来到我的楼下，我不一定西装革履，但一定要精神焕发，我会安排好他的住处，再寻一处清净悠闲之地，好好招待。

母亲在电话里告诉我，亲属的一个 18 岁的孩子死了，先前尿血，家里人没当回事，那是他们唯一的孩子，儿子。母亲还告诉我，一对夫妻吵架，妻子把 8 个月的孩子从窗口扔下，孩子死了，妻子身陷囹圄。母亲还告诉我，几个中学生围殴一个同学，同学仓促之下，从五楼跳下，也死了。我先是想到精神——失子的痛苦，扼杀孩子的痛苦，逼死同学的痛苦。然后想到成本——抚养孩子 18 年的成本，身陷囹圄的成本，打架的成本。

物质有时候是精神的掘墓人；精神有时候是物质的守护神。

母亲活在物质里，也活在精神里。

每一个人都活在物质里，也活在精神里。

母亲的房子，精神是一缕青烟，缭绕着物质。我无法打散。

母亲的风景

　　我喜欢花草。过年的时候，我在平台上弄了一些花花草草，有桂树，有石榴，还有一些大叶的植物。单个儿瞧不出来，大家伙一扎堆儿，气势就出来了，让孩子们形容那就是绿意盎然。正是冬天万木萧索的时候，母亲一下子从白茫茫大地真干净的北方到了遍地绿叶阴浓的南方，内心满是欣喜。她情不自禁地说，南方——真是——啥地方都绿茵茵的，风景真好。今年冬天，南方也很争气，很有几天，太阳特别好，我和母亲就坐在藤椅上晒太阳，唠嗑。母亲闲不住，穿针引线，缝着什么东西，她眼力不济，穿不上针，我还行，帮她穿针，一个上午，穿了好几次。温煦的阳光像戈壁晒熟了的细沙滑过母亲的脸，竟有了些红润和细密的汗珠。花花草草间，麻雀飞来，蝴蝶飞来。真好。

　　我想，母亲是很喜欢这样的生活。我也期待她能有这样的生活。

　　过节，不能老待在家里看这么一点风景。母亲来一趟南方，应该去看看南方的水。她生活的北方小城，虽然有水，却在山里，挺远，一年到头，难得看一次水。

　　端州有水。端州有一座星湖。我没有告诉母亲端州是出端砚的地方，也没有告诉她包拯曾当过端州的知府。如今母亲的心里装的恐怕都是日子。

　　我知道母亲见到星湖，心里会一愣。其实，即便她看过西湖，看过瘦西湖，看过桂林山水，也会一愣。况且，山山水水，她年轻时去过一些，都被岁月顺走了；上了岁数，出门很少，也来过南方，蜻蜓点水。

　　我们要是能住在那里——我指着依水而生的楼群，母亲笑了，像麦穗在风中轻轻的一点头。我们远远地望着那湖，那楼，一只白鹭在水面盘旋。我们的心都活了。

沿着湖，我们慢慢地走。也算是山路，有点坡，路两边草木丛生，不知名儿的各色小花儿因为风，因为人声，因为蝉鸣而微微地颤动，散发着朴素的香。母亲说，这花真好看。不觉间，我走到前面，回头看时，母亲正踽踽独行。母亲步子缓，这段距离，正好可以拍照。我举起相机的时候，母亲看着我笑了。母亲的步子仍是不紧不慢，有时越过斑驳的树影望望远处的湖，有时看看路边的风景。我意识到，不是母亲不想跟上我们，是快不起来。尽管我十分不愿意用风烛残年来形容她，可是，上了岁数的人，腿脚一年不如一年。去年来的时候都不是这个样子。人老先老腿。但母亲始终没有喊我们等她一下，或者索性坐下来喘口气。年轻的时候，母亲拉着架子车，每天要上好几次山，那不是一般的小山丘、小山包，是北方的土山，陡峭险峻高耸。山路没有树，没有花，焦躁的阳光坦率而凶猛。母亲累得汗珠子摔八瓣也找不到可以扶一把的支撑。

母亲喘着气说："那时候，你们小，我拉着一车粪上山，你们就坐在粪堆上。山路很陡，比这路陡一百倍，我怕你们滚下车，滚下山，就把你们一段一段往上抱，再去拉车……"不堪回首的岁月，母亲都倔强地挺过来了。

到了开阔处，星湖完全进入了母亲的眼睛。她一定想不到一座城市竟会有这样一片水域，远可眺望，近可触摸。湖依着山，山又不远；湖映山，山映湖。没有落霞，也非秋水，孤鹜不孤，水天一色。尤其是，湖水近城，城中有水，水中有城。我刚才给母亲指的那些楼群，不是空荡荡、冷冰冰的建筑，不是只能遥望的风景，是风景中的生活，朴实而日复一日的生活。生活中的男男女女，母亲这样的老人，整日栖息于水岸，闻水汽，听水声，看水波。波光潋滟，水鸟萦回，山不转水转，水不转人转，极为诗意和美好。

下了山路，便离湖近了。倚着栏杆，能看见湖里的鱼。不是一条鱼，是鱼群，一堆儿一堆儿，一簇一簇，你扬一下手，手影刚漂到湖面，鱼儿就扎堆儿齐刷刷地冲你扬起带着白边的小嘴巴，好可爱。可我们没有带鱼食。孩子们跳着小脚丫逗鱼，有的撒鱼食，有的想把手里的香蕉、苹果扔给鱼——那些庞然大物落到水面，鱼不被吓破胆才怪。幸好，他们只是虚晃一枪做了个动作，没有付诸行动。这些顽皮的孩子。

母亲看了半天鱼。只有到了南方才能随心所欲地看鱼。黄土地上的人，见鱼稀奇。周围没有卖鱼食的，若有，该让母亲喂喂鱼。她年轻时日子有了转机时养过鸡喂过猪，没有养过鱼。

湖边有了一些风，风起云涌，湖水喧哗起来。毕竟是冬天，风里夹杂着一股股的寒气。孩子们才不管，蘸着肥皂水，舞着彩棍，一连串彩色的或大或小的泡泡在风里飞旋，在我们头顶、脸上飞过、迸裂。我们并不气恼。孩子们一路咯咯咯地笑着，母亲有时也咯咯咯地笑着。

阳光晴好。母亲望着湖，任由风吹乱她黑白夹杂的发丝，不知心里想着什么。我也望着湖。湖面更加辽阔而迂远，深微而幽隐。阴雨天时，我是来过星湖的，如鲁莽者闯入仙境，竟辨不清方向。其实星湖一年四季水汽氤氲，一年四季，山影伴着光影，光影伴着楼影，楼影伴着人影，或隐或现，依稀朦胧。而生活，却又那么清晰，纯粹得如一池湖水。你得羡慕端州的人，"偏安一隅"，却又活得滋润，不偏得离谱，又一列城轨静卧于星湖一岸，用不着朝发夕至，半顿饭的工夫，端州人已经融入繁华的都市。不像母亲，自北而南，一年一次，竟如候鸟迁徙。

我动员母亲留下。这么好的风景，想看，经常能看，随时能看。说不定以后我们也能住在水边，过上像端州人一样恬静的生活。

母亲很高兴，说："南方，到处都是绿茵茵的，风景真好，我昨天给你舅打电话了，老家还下雪呢，"她掐着指头，"我出来快一个月了，这个年，该吃的吃了，该玩的玩了，该看的也都看了——"她突然哽咽道，"我最想看的是你们。"

坐在藤椅上，又一缕阳光温和地照过来，她拍着腿——我明年还能来！

母亲鱼尾纹里的阳光珠子似的一抖，一地晶莹。

一棵树

少小离家，对故土原本是没有什么印象的。只隐隐记得有一方院子，土墙。有一块不大不小的地儿，大概是因为母亲打扫得干净，所以并不扬土。没有树，没有记忆中的绿，包括院子的周围，以及院子前后左右让人压抑的山头。那时不知，其实这样的院子、这样的山仅仅是属于西部的，仅仅是属于和我一样与西部有着根一样联系的孩子的。

那方院子在榆中的某一个乡村。靠着山，没有柏油路，更没有坚硬的铁轨。它更像一个封闭的城市里的小区，不同的是，小区只有门是关着的，而那里，没有门，却密不透风。有树也好，树大招风，可是山上没有树，没有树的山就没有风来，风需要掠过树的声音，"哗哗""呜"——那也是一种成就，或者是一种姿态，或者是风行走的方向，可是风一直很失望。也许，年幼的我（那时我只有两三岁），不辨方向，却不色盲，我能辨别色彩，我嗅觉灵敏，能如一只花狗般嗅出风中的味道。我一定很多次地逃离母亲或奶奶的视线，蹒跚着从院子的某一个角落完成向门口的迁徙，然后在门的一侧挺直了身子，靠着枯黄的木板做成的门，东张西望。先是望着门前的路，那是因为目光的短浅，路是黄的；后来望远了，望着了山脚，山脚是黄的；再后来开始向上望，我已经学会了让目光打折、弯曲，这是一个进步，但是山上也是黄的；后来就看到了山路，颜色比我看到的山体要浅，母亲或者像母亲一样的人脚下的汗水浸泡着那条路，所以它不能无动于衷。母亲就是从山脚下将一车车肥拉到山上，这个过程是漫长的，它需要以汗水为代价。在某一块略微平整的地前，停下，掠一把汗，那只是一个下意识的动作，其实汗水已经浸入那条路了，头上只有汗迹，然后奋力地扬起铁锨，以一种半圆弧的路径让那些沉重的肥料与土地有机地融合。这时，如果有一阵风，母亲就会省一点力气，而且，风的传播可以让肥变得均匀，没有私心杂念。只是，因为没有树，所以就没有风。母亲舞动的姿势如风，如风朴实的影子，看得见，摸得着；如风的节奏，或者尽可能地学习风的节奏，因为风是属于自然的，土地是属于自然的，为了土地的丰收，母亲必须以自然的原始方式劳作。

我看见了，我望着。我无数次地看见了，无数次地望着。从山下到山顶，从山顶到山下。这不是一回事，它有本质的区别，前者是一种希望，后者是一种喜悦。因为当我以后者的姿势仰望时，已经是秋天了。我不知道还有瓜果飘香，只看到母亲以更加有力的姿势下山。身后有架子车，车上是洋芋一样的疙瘩。我那时对任何农作物都没有准确的概念，所以不知道母亲拉的是什么，我在后来的成长中，一直把洋芋叫土豆，那是在另一座或者可以叫乡村的地方约定的称谓。山路是陡峭的，没有石头，只有土，所以路就有些软，这给了母亲以缓冲，她要做的仍然是猛力地拉，让车不至于像脱缰的马，这就需要她以全部的体力将惯性扯住，惯性或许可以说是一种自然现象，母亲仍然是在同自然做抗争。在她下移的过程中，多么需要一棵树，或者有几棵树，间隔地分布在山路的左右，这样，就可以把车子顶在树干上，然后喘口气，然后掠一把汗。站在树的旁边，母亲就会扬起她美丽和健康的脸，红扑扑的脸，让风来吹。她甚至可以靠着树，眺望一下远方，在看不到却知道钢轨途经的小站想一想父亲，如果有时间，她还可以放飞思绪，回忆一下父亲以一身的戎装进入村庄后的样子。

可是没有树，没有树就没有风，没有风，母亲的思想就不敢抛锚，她只能把对父亲的思念和对我的牵挂搁在心底。她能望见我，至少可以朝着我望她的这个方向望一望，可是她仍然不敢。我就知道，这都是因为没有树，没有风，母亲是自己的树，母亲坚韧的力量像风似的卷起了路上的土。

所以，我见到母亲时她总像一个土人，却从来不唉声叹气。她的力气很大，她在那样劳累了一天后仍然能很快地烙出一张饼，然后让我啃。当然，母亲很少能在那样劳累之后将我举过头顶，尽管我时时地盼望，如我的孩子时时盼望我将她举过头顶一样，可是我偶尔都没了力气，我出了什么力呢？我行走的路上到处都是树，树的叶子被风舞得像调皮的音符。我每天上几级台阶、下几级台阶，非常清楚。也不需要刻意地用力，让自己的速度加快或者减缓，这样到了家，见了孩子，说累，孩子就很失望。所以母亲没有将我举过头顶，我能理解，她还能举得动么？那时我不知道母亲劳作一天的回报是什么，这是一种物质或利益概念，如果知道我就会问一问母亲，你一天能挣几个这样的饼？幸亏我没问，因为我后来知道，按照现在的物价计算，母亲一天的劳作只能在这张饼上划一个小角，是一毛钱吧。推到1974年前后，算上一块钱。我会为了一块钱流一身汗么？

　　所以，我的童年自离开故土时就开始有了截然不同的影像。离开，然后上了火车，我虚伪地哭了，是大哭，我说我不走。为什么不走呢？没人问我。为什么要走呢？我也不知道。但是母亲都走了，母亲随着父亲走了，我怎么能不走？我如果聪明的话，应该知道，既然要走，那走的地方应该是有树的，应该是有风的，如果连这个小小的变化都没有，父亲就没理由带着我们走。

　　漫长的迁徙终于完成了。那时不懂得欣赏窗外的风景。从西部到东北，在那样的年代，那样年代的那样的火车，这个过程就成为珍贵的记忆，可是我没有，我忘记了窗外有树没树，忘记了窗外有风没风，更也许连看都懒得看。但我一定有小家子气般的窃喜。我们终于到达了辽远的东北，进入一座村庄，然后在村庄里的某一个院落中歇了脚。我不知道院子是谁的，房子是谁的，只是惊讶地发现，院落的围墙不是土做的，而是白桦树的身子。院落的某一个角落，码着高高的圆木。房子中央靠后的地方，有一口可以自己压出水的井。我的眼睛睁得很大，仅仅三天，我就看到了树，准确地说是木头，有木头怎么会没有树呢？我的目光掠过院落，从白桦树身的间隙中游弋，然后轻松地看到了满山的树。

　　那是夏天。我的眼里盛满了绿。那绿简直堵得人喘不过气。绿得密了，就有了暮色，宛如老人深邃的眼神。那绿蔓延着，和天连到了一起。我就忘了本，在很长很长的时间里，我几乎完全忘记了老家那山、那院、那昏黄的色彩。我就不再对树有什么期盼。这里到处是树，到处能听到风的声音，"呜""呜"，或者其他叫声，像狗，像狼，但不可怕。我关心的是进入丛林之后能采到多少果实，那是一种叫榛子的硬壳的东西，比核桃小，比核桃光滑，砸开不厚的绿色的皮——那是一种能渗入皮肤的绿——不多的时间，只要你贪吃，你的手就成了绿色，然后几天不褪去。果实有点像杏仁，却完全没有杏仁那么阴险，吃多少都行，吃着吃着就吃饱了，又有点像花生，油着呢。然后就开始奔跑，奔跑时我已经进入了黄花遍野的土地，像一只小花狗，藏着、猫着，和人做着游戏。鼻子里就满是花香，脸上就满是不大不小的风，然后顶着不烈不淡的阳光，跑过去，又跑过来。清晰的地垄就是路，路可以一直让我找到家。母亲的呼唤顺着风飘过来，那么清晰。母亲不需要费力，她只需要站在院落的一角然后喊几声。第一声进入的是我的耳膜，第二声进入的是我的意识，第三声进入的是我的思想，这时我知道该回了，然后像虫子一样爬到尽头，站起身拍拍土，做个样子给母亲看看，就进了屋。我的身上其实没有多少土，那里的土沉，上不了身，所以注定我不会像母亲那样成为一个土人。

母亲不需要再上山了。山上没有她的作物，也就没有她的希望。也没有那样一条路，可以承载她的如雨的汗；也没有那样一条路，让她的腿和臂膀表现某种力度。但母亲仍然在不停地劳作。所有的母亲和父亲一生要做的就是如牛一般不停地劳作，为了什么，为谁，为达到怎样的目的，答案在他们的心里。母亲养了猪，养得膘肥体壮；种了菜，种得满园飘香。也在部队的苗圃种树，她种一棵树能得到多少钱，我不知道，只是连小孩子都知道，种树和拉车的区别。母亲种树时思想就抛了锚，我知道她想起了故乡，想起了土黄的山，想起了土黄的路。我是她肚子里的虫，我猜她一定想要是这树能种到那山上该多好。只是树是有根的，根是认土壤的，要不树为什么一挪就死呢。

树苗是无法游弋的，不像我和母亲，但种子应该是行的。终于有一年，老家的山不再封闭了，她的色彩让人怜惜。于是，把种子寄给老家成为我和同学们神圣的举动。母亲给了我很多的种子，她给了我希望。当然，这里的老家不像我们那个小小的山村那么狭隘，而是更多和那个山村一样的村落。我们把所有的希望收集起来，把所有的希望寄托出去。我在想象这些种子在那座山上孕育的过程，如同我曾经在母亲的身体内所经历的过程。那个过程对于母亲来说是多么令人兴奋和喜悦，期待与盼望。

我想象有那么一棵树，高大、茂密，然后母亲累了，乏了，她靠在树旁，迎着风，发丝如情绪般飞扬。她想起了她的父亲和母亲，以及她的兄弟姐妹。

树的根就如母亲的根。根是不能离开土地的，就如那些种子。若干年后，当我和母亲回到家乡时，我惊异地发现，那山还是那山，那路还是那路，那村落还是那村落。那些种子，一定不适应那里的土地，死了；或者冒出了点芽，却没水，死了；或者有长得大一点的，却太少，引来的风大了，也就死了。我望着那山，母亲也望着那山。我看到了山上母亲的影子，母亲看到了曾经的岁月。

一棵树构不成一种情绪。情绪像茂密的叶子，在阳光的间洒下做着或疏或密的调理。那山上的一棵树却可以，她是一种希望，是一种开始。我站在村口看山，母亲在背后看我。她的目光让我重新矜持地想要拥有一棵树。这时，我已经成为一个彻底的城里人，不但有了城里人的户口本，而且更重要的是，我学会了部分城里人的虚伪与做作。非常强烈的一个愿望就是在自己的阳台上种一棵树。阳台不大，却迎着阳光；不用靠天，自来水始终是充盈的。这是树生长的两个条件。如果树的枝丫能够探出窗，在马路上的城里人看来，那是多么富有情趣的事情。但树苗呢，我没找到。我终于想，要是城里道路两旁的松树能够栽到自己阳台上，也该是一道风景。有了这个念头之后，我就想象着有一把铁锹，能够把松树的根与周围的泥土完美地分离。我之所以这样想，是因为路两旁的树多，少了一棵很快就会有人种上，更主要的是，那些树本来就生存在城市，已经有了城市的脾性，它应该适应一座更为舒适的阳台。这个念头折磨了我许久——终于，我想，这是不合适的。或者，当母亲来到这座阳台时，看到这棵树时，她会问我，树是从哪里来的。我说——是从路上挖的——是从城市偷的——母亲，她会喜悦么？城市的树原本就不是私藏的风景，像山腰的树，它摇摆的风姿抚慰每一双眼，浸染每一个心灵。而我，却想将它圈圈起来。母亲从它的树干上看到的只是一种窃喜，那种下里巴人的得意。我不想，这不是母亲对树的憧憬。

于是，我的阳台始终空着，我很多次站在一扇门的边缘，望着不宽不窄的阳台，我在想，生长在温室里的树会是什么样子呢？如果这里真有一棵树，它的叶子会仍然翠绿么，它的精气神会仍然矍铄么，它的树干会仍然挺直么，它仍然会传递远处山顶的那一抹阳光、春的气息乃至夏的阴凉么。

想迫切地将树占为己有，仍然是因为树的稀落。在西部，树是倔强的，它的根那么不情愿地与这里的泥土结合，像夹生饭，像包办的婚姻，像勉强有生存着的，有点猥琐又没有精气神的男人。树更不心齐，有的长着，孤立、自负，很难缀成一片风景，不像东北的森林那么和睦。于是，满眼看去，是蔓延的黄；偶尔地从飞机的窗中看下去，只一眼，就有些于心不忍，再一眼，就恨老天的不公。

山上没有树，城里哪来的风景。山原本是最适合树的，土是原始的，风是原始的，阳光也是原始的，阳光松软了土，风散落了种子，那些土热情地容纳着一些一些的生命，然后间或一场雨，让生命自由地呼吸。紧接着，风将树的芳香捎带进城市，在城里扎根，然后和远处的山遥遥对望，像幼时的我仰望母亲。

城里少绿，只是缺了某种风景。而西部的戈壁，却对树表现出本位的渴望，或者是本能。因为戈壁，像一座没有门的城堡，一股轻巧的风能够便捷却诡诈地进入，没有丝毫的阻挡。微微的风是宠儿，人们说，来吧，来吧。但微微的风怎么会是戈壁的性格呢？戈壁的风是迅疾的，是猛烈的，是骄横的，是粗野的，如酒醉的野汉，骂骂咧咧之余还要将腹腔里的秽物随处抛散。戈壁有风时，就有沙。沙里裹着尘，铺天盖地，黑压压坠下，然后一路长驱直入，肆虐村庄、城市、再村庄、再城市，直刮到千里之外的都会，短暂地停留之后，继续向它想去的地方进发。所以，没有门的戈壁是危险的。戈壁的门是什么，只有树。能够挺直了直视风的，也只有树。

戈壁的树不是风景，在戈壁种树却成为一道风景。那是某一年的四月，这个月份是种树的好日子，却指的不是戈壁。在甘肃玉门市的花海乡，我看到了种树的人群。四月的戈壁，你该是想象不到的。彻骨地冷，冷得人疼。风像发怒的野夫，刮到脸上、身上，如一记记重拳，让人趔趄。眼睛只是能间歇地睁开，眼睛不怕冷，却被风打得迷离。让人欣慰的是，不缺水，尽管一口井要深入地下上百米，却在贯通的那一刻，如压抑的情绪猛地爆发，一下子冲上天，好高。那水是刻骨铭心地寒，水丝顺着风滑落，贴上人的脸，就再也不想逝去了，水也是喜欢温气的。

人们把一棵棵孱弱的新疆杨柳、红柳、毛柳摁进土里，踏实，然后浇上水。人们劳作的姿势是一种力度，他们穿着厚重的衣服，我却仿佛能看到骨架子、肌肉的颤动与每一个毛孔流淌的热气。这很像母亲。我在这样的场合以及很多劳动的场合，都会想起母亲，甚至像是看见母亲结实的乳房在架子车的强力拖动下颤抖与变形的样子。这种时候，我希望这一棵棵树能够活着，能够长成一棵棵大树，能够连成一道树林，能够簇成一片风景。那样，再大的风都会放缓脚步，都会露出怯意，或者都会打道回府。之后，若干年，我没有再次到过那里，只是听说，很多的树真的活了。

我终于没能在阳台上种上一棵树。母亲也就没有在我的阳台上看到一棵树——那是一棵茂密的树，一棵结满果实的树，我站在树旁，看着母亲靠着，或坐着，一缕阳光从树叶间落下斑驳的光点，点缀着母亲的白发。那时有风，微微的风，使母亲额头细密的汗在空中飞舞。这棵树，在我心里。

母亲的迁徙

一个人的迁徙，总与故乡有关。我固执地认为，所谓颠沛流离，也是离开故乡之后的迫不得已的事情。而在故乡，即便你住茅草屋，睡瓜棚，在猪圈里蜷缩一晚，躺在草垛上看星星，在四面漏风的小院里听雨，不见得有多幸福，真的，但至少心安，不担惊受怕和诚惶诚恐。如此，故乡便是一个无形或有形的容器，它主要的功能是收心，把你的心收得死死的；它密实得一点空隙都没有；它的底部被岁月沉淀出一个巨大的旋涡，使劲吸附你的心，几乎要吞噬那一颗鲜活的肉体……

母亲的故乡也是我的故乡。以一个所谓读书人的情感而言，贬损故乡也就是贬损母亲或者自己，是不道德的事，我从不做。但无论是以几十年前的目光打量故乡，或是以几十年后的目光洞察故乡——这其中唯一改变的，可能是我的目光中不幸地掺杂了世俗与势利的成分，故乡，在具备了凡是故乡都具备的如麦草一样坚硬的优点之外，它仍是无可奈何地落伍了。

那是典型的西北的村庄，黄土，黄山，满目苍黄。你在村里走一遭，鞋上，裤脚，袜子，半截子腿，土气自下而上，很快霞光一样铺满脸蛋子，挂上鼻翼、双眉、发梢，整个人，一身的土。是浮的土，被你的步子惊扰的鬼灵的细微的颗粒，在刺眼的阳光中飘舞，你再怎么躲避，如侠客一般骑一匹快马，也无法绝尘而去，整个乡村，都是尘的世界，尘始终半梦半醒，一点点的动静，它会警觉，兴奋，追逐，上蹿下跳，如村口的土狗。

树能够抑制尘埃，草也能，当然，水更能。但毫无悬念的是，水是稀罕的，非常稀罕。天有时候下雨，只是偶尔，像南方那样的倾盆大雨，连天的霏霏细雨，雨季，想一想都很奢侈。

我希望故乡山清水秀。

母亲也希望故乡山清水秀，虽然她不一定会用这么高雅的词语。但是山清水秀，显然不是人力所能为。人的力气，顶多维持山清水秀的原貌，不故意、肆意破坏，仅此而已。

有一些人，可能会离开故乡，去寻找山清水秀的地方。即便那是别人的地盘、别人的故乡。离开的方式，可能是逃脱、逃避、隐匿，或者其他稀奇古怪的方式。

而母亲每一次离开故乡，都不是厌倦或厌恶，也不是刻意去寻找山清水秀，更与颠沛流离无关。

我五岁的时候，母亲第一次远离故乡，随军。对于很多人来说，这可能是一个生僻的词语。母亲嫁给军人，军人干到一定时候，才具备携带家属到部队生活的资格。不管母亲是否情愿，那一次，她是真的离开故乡，到几千公里外的另一个乡村开始了一段新的生活。世间就是奇妙，换一个地方，就看到了山清水秀。那种感觉，适合于初次离开故乡的人。那是内蒙古大兴安岭林区的一个村庄，其实，在山清水秀、草木葱郁的地方生活过的人，都知道那有多美。有树，大把的树；有草，大把的草；有雨，大把的雨。山上长满了果子、榛子。家门口的一截子圆咕隆咚的枯树干，看样子死去很久很久了，但是一场透雨之后，树干上的犄角旮旯儿会冒出一朵朵的木耳。我看到了木耳萌芽、绽开的完整的过程。采下带着木耳尾部甚至缀着木屑的黑乎乎的柔嫩的小家伙，交给母亲，鸡蛋炒木耳，真好吃。我从来没有吃过那么香的菜。采榛子的时候，我哪里知道它被归于一个叫坚果的名列，这是我几十年后才知道的名词。榛子是被绿壳包紧的，也不是真的硬壳，像一个套儿，一顶袖珍帽子。剥开它，里面就是圆圆的榛子。刚采下的榛子没多好吃，要晒，晒干，也可以炒，炒熟，裂开一丝缝儿，用指甲一抠或者用手轻轻一掰，仁就蹦了出来。要知道，那是原野上的物产，不属于谁的山头，不用偷偷摸摸、提心吊胆，永远也采不完。母亲对这一切都看在眼里。她更操心的是她养的那些鸡鸡鸭鸭，猪，院子里的蔬菜和瓜果。我需要解释的是，这样的生活原本不是随军家属的生活方式，随军家属的正规的生活方式是在城里，至少在城乡接合部，部队会安排随军家属的工作，比如在营房外面开一间副食品商店、小卖部，开个酒厂、酿造厂、服装厂；有文化的家属，可能去做文职工作。我们和母亲之所以到村落定居，诸多因素之中有一点，父亲是军医，村落附近有部队的农场，农场的军人和村落的村民长期看不上病。那时我还不会揣摩离开故乡之后母亲的心，不晓得她是喜悦还是苦闷。我还不会狗眼看人低，没有拿故乡与这个乡村进行丝毫比较，那是势利小人的事。我不知道势利是什么。我在故乡也很快乐，整日里在土堆子上摸爬滚打，被母亲绑在架子车上拉上山，被烈日曝晒，被像麦草烧过的干燥的山风狠劲地吹，鼻子里、嘴里、耳朵眼里，塞着草末末一样的猪粪纤维。有一种快乐叫随遇而安。母亲未必快乐，她是牛，负重爬坡，从山脚开始，顺着崎岖蜿蜒的山路一路向上，去山冈，去山梁，找平地儿，卸下猪粪、牛粪、羊粪。我现在能够确定，她有时是以上倾45度甚至更陡的角度爬坡。即便她想快乐地唱支山歌，她的力气，她的呼吸，她的脉搏，她的声带，都随着汗珠子长眠或坠落于虚浮的土里，冒着一股股的烟，并随风而逝，而亡。

如果她不是刻意忽视或者抵制，迁徙之后的生活是小鸟进了天堂。

在带着我们离开故乡之后，父亲没有让我们过过一天颠沛流离的生活。所有的日子都有节制和规律。每一天，阳光都是含着露珠的。满眼是充盈的绿。水清冽且甘甜。生活自给自足。我们没有看到任何充满敌意的挑衅的目光，没有遇到入侵者所要遭受的行为暴力或语言暴力。我们"侵占"了别人的故乡，却成为那座乡村最受欢迎的人——父亲，凭借军医大高才生的卓越的医术，拯救了村落里很多人的生命。我在很多篇散文中重复了相同的场景，一个哀伤稠密与哭泣不绝的院子，一个病入膏肓的女人，一具阴森肃穆的棺材，几个可怜吧唧的孩子，一个孤独无助的男人，都在坚决地抗拒却又要凄惨地接受一个母亲、一个女人即将离去的事实。我还不懂得悲伤，不知道生离死别的滋味。我傻乎乎地站在女人的躯体旁，目睹父亲，我的父亲，打开药箱，开了药方，高个子男人——葛叔，顾不得甩掉眼角的泪珠，狗似的恶狠狠地窜出门去，窜出村，窜到乡上……

女人活过来时，女人的三个孩子齐刷刷地跪在院子里，向我的父亲磕头，虔诚地跪拜。无疑，母亲和我们，都与这一仪式沾亲带故，成为直接的受惠者。

故乡是什么？熟门，熟路，有熟人，有亲人。将新的村庄比作母亲的第二故乡，我想是站得住理儿的，母亲不会公然反对。但是，母亲仍然思念故乡，想得花儿谢了，树叶子脱落了；花儿又谢了，树叶子又脱落了。日复一日，年复一年。思念是河流，但故乡太远，流不回故乡。如果能驾一叶扁舟漂回故乡，母亲可能会执拗地，不管逆流而上还是顺流而下，都内心笃定地朝故乡划去。

那时外公、外婆还在世。母亲的兄弟姐妹们没有谁离开故乡去任何一个熟悉或陌生的地方谋生活。我想，母亲对于故乡的思念更多的是对她的亲人，而不是那些土，不是她爬过的山冈，闻过的猪粪，苍茫与荒凉，贫瘠与苦难。

父亲是母亲第一次迁徙的终结者，其实这样说并不准确。那一年百万大裁军，很多军人和家属从哪里来要回哪里去。父亲不必回去，他可以去军医院。我和弟弟没有参与家庭重大事务的权利，但一百个人问我们，我们保准一百个不乐意，我刚上初一，弟弟小学还没毕业，我们想持续童年的欢乐并一直欢乐下去。母亲坚定地要回去，不达目的誓不罢休，甚至采取哭、闹、耍赖、找领导上访、不吃不喝等种种极端的方式。男人在女人面前没有防线，父亲的妥协让母亲顺利地达到目的。也有两种回法，回故乡和回省城。尽管故乡离省城只有三十几公里，但一头是乡下，一头是城里；一头靠着山，一头连着水；一头荒凉，一头繁华。两个世界，两回事。

西北的冬天极为萧瑟与苍凉。我们彻底地回到故乡。先进了县城，县城的房子很小，住不下四个人。父亲和我留在县城，我在城里当插班生；母亲带着弟弟回到乡下，村里有小学。母亲不是农民了，她有了城镇户口，城镇居民在农村该如何生活，我想象不来。她不用爬山、拉粪、挣工分，但肯定要种地，种麦子和蔬菜。她从来不会闲着，具备农人应有的一切品质。抽空，她会回到她的娘家，她娘家不远，走着路就到了。骨子里讲，她对这一切是满意的、欣喜的。此后的几十年，她从未说过另一个乡村的好，山清水秀的好，似乎生命中从未到过那个地方。这不是一般的自敛，也不是一般的执拗与倔强。她是个小女人，她要守住的只有故乡。

70岁时，第二次迁徙显然已经摆在母亲面前。岁月，将她的父亲带走了，将她的母亲带走了，也带走了我的父亲。她一个人住在四层高的楼房里，老式楼房，没有电梯，老式的垃圾道，臭气在一楼门口处混合、发酵、升腾。她的腿不好，整日里用丝袜束缚着，以加固腿部血管，不让它们涣散；血压高，高压一百八九；脑动脉硬化，血流不畅，头闷，忘事，在路上栽过跟头，167 斤的体重，爬起来继续走，忘了出去干什么，忘了回家的路。她的身体与神经，被生活挖掘得太久，她的田里再也没有轻盈的风，没有鲜花盛开，溪水潺潺，充满诗意与想象。

解救她的方式，唯有再来一次迁徙。我们早已到了南方，父亲退休后，带着母亲来过南方。父亲喜欢南方，像当年喜欢大兴安岭。母亲住了一段时间之后，要父亲回去，退了役的父亲坚决不回去，他没有说，让母亲去找领导告，他笑嘻嘻地说，他就爱吃南方的鱼。母亲愣了一下，一个人走了，回去之后，像家里着了火似的不断地催促，打电话，骚扰。不管多么久经风霜的男人，在女人面前，最终还是要妥协的。

这一次，母亲会不会向生活妥协？

母亲的迁徙在我看来并不复杂。她最关心的是跨省异地医疗。她刚拿到登记表就在电话里说，太麻烦了，太麻烦了，要盖很多章子，要找很多医院。她说户口不能迁，户口一迁工资就不发了。她煞有其事地说："你在南方办这些手续，太累了，不划算；你们南方热，那么热，我这丝袜怎么办；老要洗澡，破烦死了；你们南方消费高，我这点退休金存不下多少，在老家，我每年给你们存一两万。"

大街上，声音很嘈杂。我太熟悉小城了，包括每一条街道，人流，车流，母亲经过的路，哪里有坑，哪里有台阶，哪里有积雪，哪里路滑。母亲声音的传递被西北风刮得断断续续；她气喘吁吁，上气不接下气。我清晰地看到弱不禁风的母亲正站在一片荒芜的麦田上，努力迎着寒风，试图做最后的无关尊严有关痛痒的守望。

这一刻，世间的嘈杂仿佛烟消云散。我的眼前突然呈现一片雪白的洁净的世界，纤尘不染。我看见母亲在雪地里，茕茕孑立……像大兴安岭的雪后，万籁俱寂。

母亲的炊烟

　　炊烟是随风而动的，却又是静止的；是清晰的，却又是朦胧的；是热烈的，却又是苍凉的。她在我的记忆中，呈现着、跳跃着，时而清淡，时而浓郁。但我得承认，被她困惑着，是一种幸福，或者，是一种久违的宁静。想起炊烟时，你一定要放下脚步。炊烟的淡雅与矜持，从宁静开始，到宁静结束。

　　对于炊烟的记忆，就如同平淡的生活。在越来越朦胧时，却又越来越绰约。

　　这时，我已经累了。窗外是车轮滚过马路的如雷的轰隆声。窗是开着的。一种味道从那个方向影射过来，不是炊烟，是城市饭馆的浑浊的香，那香里没有炊烟的成分，却很容易让人忆起炊烟。忆起炊烟时，我的嗅觉开始灵敏，那种味道在我的面前萦绕着，干扰我的思绪。

　　我肯定地感觉到，炊烟如同一个婉约的少女。在这之前的十几岁、二十几岁时，都没有这样的感觉。现在，当我进入三十几岁的年轮时，我认为我对炊烟的理解开始走向成熟，开始变得复杂，开始学会了形容。

　　炊烟起初是个小小的女子。小小的女子烧出的炊烟，涩涩的，素素的，如她尚未启封的情感。她其实不知道炊烟的丰厚。淡淡的炊烟从一间简陋的屋顶轻轻地升起，然后就散到了天空里。小小的女子的思绪却没有随着炊烟婀娜地飞呀飞。她还不知道飘逸的妩媚。所以，这时的炊烟没有愁绪。这样的炊烟，就不执着，时而断了，时而夹杂着浓墨般的黑，这时候的女子的手和脸，或者就被烟熏着、呛着，衍生了小小的愤怒与火气。

　　于是，我肯定，成熟的炊烟就属于了母亲。我更加相信，炊烟原本就是成熟的女人的。那样的炊烟才会有味道，才会让人仰望与呼吸，才会让人久久地注目。

小时，不懂得看炊烟，也习以为常，不觉得那有什么特别。更主要的原因是，没从远处看过炊烟，更没从远处分辨炊烟的流向。恰恰，炊烟是需要一个距离的，她的美在于一种距离，没有距离，她未必美，甚至还让人烦。偶尔的一阵没大没小的风，会让炊烟弥漫院落，逡巡在你的周围，你忙不迭地逃避，忙不迭地咳嗽。不过，这个过程很简单，不复杂，不像城市被污染的空气，会让你久久地没落，会让你原本清爽的呼吸附着说不清成分的杂物。

我的回忆在炊烟的四周游荡，然后太阳落山了，但天边仍然红着，那被掩着的红，更美，那红，红了我的脸蛋，红了我的心。这个时候，我就听到了母亲的呼吸。这个时候，原本是能看到炊烟的，炊烟在绚丽的背景下一定更加迷人，像母亲的脸，像母亲的长发。我却没看，没留意。我只是听到了母亲的呼吸，然后如雀般跃到了母亲的身旁，然后用脏兮兮的手接过母亲递给我的干粮，也接过了母亲疼爱的笑。我如果仔细地闻一闻，一定会闻到母亲身上炊烟的味道，炊烟是母亲的气味。我却没有。

但母亲烧出的炊烟，萦绕着我的路。

湖水从何而来

　　南方的雨水是充沛的，也可以用丰富、丰盈这样的词语来比喻，所以草木均生长得健硕、丰茂。那种绿意萌动的生机是无孔不入的。城市的阳台都由砖石构成，本无草木生长的土壤，谁能想到砖石与排水管的缝隙里也能长出树来——那自是一棵细巧的树，龙须面那样的枝，绿豆芽那样的叶子，我蹲下身子细细观察，愈觉得其真是乖戾极了，又可爱极了。我当然不忍斩草除根，草木亦有生命。但由着她的性子长下去不行，那执拗的性格岂是塑料水管能对付得了的？要怨就怨她生不逢"时"。我将她挪走了。我在想，这棵树的种子从何而来？风吹来，小鸟衔来，楼上住家飘落？都有可能。南方就是如此，空气水灵得像小姑娘的脸蛋，光溜溜的大头蒜搁到窗台上都会发出细密的芽儿，冒出嫩绿的苗儿。

　　说到水汽，北方自是逊色得多了，尤其是西北那地儿那土多时干得如压缩饼干，掘地三尺有时竟无一点潮气。日头猛得，若夏日正午时分你在中川镇、兰州机场的泊车场站上那么一会儿，就一会儿，保准你头上冒油，嗓子眼儿里冒烟——树木其实远比人顽强和伟岸，不惧风沙雨雪，极想活，想得不得了。但西北总是多风沙，缺雨雪，这对于南方和北方的树木而言是不公平的，但正如人之初生，均是命中注定——人都无选择的机会，不能言、不能语的树木花草何来抉择的可能？

　　秦王川亦是不能例外的。秦王川在兰州城 50 千米外，就是兰州的一道"川"。"川"像流水之形，有水似乎才配得上叫这个"川"字。但秦王川古称

"晴望川"，有人曰，顾名思义，视野开阔，一马平川。我却猜测，是晴（旱）日里眼巴巴盼水之意——秦王川的人盼水盼得望眼欲穿，哪个西北人不盼水？西北的农家以前多喝的是涝坝里的水。我写过那水："是一个低于路面的坑，如一口炒菜的大锅。锅里的水，是老天的眼泪。老天高兴时，没有水，锅就干了。老天悲哀时，就有了水，锅就盈了。当然，一般都如蜻蜓点水似的，刚好盖住底儿。那锅没有盖子。天就是盖子。没有盖子的锅自然是露天的。但西北的天有时就有沙尘，若是纯粹的沙尘，也好像不脏，偏偏大风吹起整个村庄的动物们的粪便……不远处看去，那水是浑浊的，偶尔漂浮着什么东西。到了跟前，低下头，就清晰地看见了水里的微生物，活跃的，动态的。用一个水瓢，如划桨似的摆动，试图让水清澈起来。水就真的有些清澈了，微生物被打乱了，它们重新有了秩序，但水的本质是不会发生变化的。"如今秦王川人不喝涝坝水，他们盼来了引大入秦的水。这是个天大的福分。

雨水也似乎盼来了。这一个夏季有时竟是连天的雨，或细雨霏霏，或淅淅沥沥，或霎时间乌云密布，狂风大作，雨像瀑布（用这个词竟觉得十分奢侈与不适应）一样泻下来，这时的地上才算是川流不息起来，那些干得冒火的浮尘、黄土、枯叶像没文化的爷们见了学识渊博的大儒似的躲藏起来。

有了这许多的雨，湖泽自会活泛起来。哪里来的湖泽？天然的湖泽在兰州自是极难寻到的，人工湖倒很有几处，小西湖的湖，芳草园的湖——秦王川的湖。

这些年在行走间，是见过一些湖的：西湖、瘦西湖、洞庭湖。有的大气，有的隽秀，有的浩渺，各有各的情状与品位。但我只是个行者，来此一游，内心起伏的波澜来得快，消逝得也快，那旖旎的湖光山色、迤逦的鸟鸣与翩跹的蝶本就不属于我这样的访客。我的内心，唯有家乡的山山水水才最亲切，这一点也不"反动"，是个放之四海之人而皆准的"规则"。因此，当我猛地见到秦王川的湖时，我的心竟久违地一颤。我像离巢许久的麻雀惊得不停地眨眼，我转着脑袋四下张望，嘴巴或许张得很大，我知道我的样子非常土气，像刚进城的农民兄弟——这个比喻也许不很礼貌，其实我也是农家出身，我也曾"刚进过城"，土里土气，呆头呆脑，一口土话儿，一身"土装"，面对一座城市手足无措。

那湖面是阔气的，在我的老家，阔是一个褒义词。在四面土山环绕的秦王川有这么一座湖，不是阔气是什么。正是晨曦微现之时，头顶的天空如我的电脑屏幕的背景蓝得洁净，但晨曦周围的天却是棉絮一样的白，而大朵的云仿佛水墨渲染般，有浓，有重，有淡，有清，试图阻碍晨曦的穿越。湖面是浅淡的，或者带了点微微的绿，却纯粹。湖水虽寂静无声，却使微冷的空气透着一丝湿润。湖水还在梦里，湖里的鱼，微小的虫都在梦里。我是个不受欢迎的访客。但这是我的家乡，我没有受到冷落后的尴尬与难堪，怨气与懊恼。我静静地等待她从梦中醒来，像等待贪睡的女儿忽地闪动睫毛。就开始有了鸟叫，那是调皮的麻雀向清晨的问候，向湖水的问候。鸟的叫声在湖泊周围的树枝间此起彼伏，嗓音像喝了泉水般细腻、清脆。此时，晨曦终于穿透了云的阻挠，那温暖的光芒让整个湖面生动与炫丽起来。一时间，水天一色，树影绰绰，碧水微澜。鱼儿醒来，开始细碎地游弋，吐气，波纹一圈儿紧着一圈儿，像美丽的少女在冰上舞蹈；湖畔的花花草草醒来，妩媚地摇曳；湖周围的风醒来，拂过青草，拂过我的脸，拂过枝梢，拂过湖面，拂过远处一个个工地……

其实，秦王川已成为历史了——秦王川本就是历史中的一粒尘埃，如果不是兰州新区这个名字，它会随着历史的烟云更久远、更沧桑地淡去，如同一座毫无价值的废墟，破败的城堡，摇摇欲坠的残垣断壁，更何谈这阔气的湖，郁郁葱葱的油松、紫丁香、白蜡，鲜艳的牡丹花，绿茵如毯的青草。即便那些看似卑微的麻雀想必也看不上这土得掉渣的荒漠。苦的是这片土地上日出而作、日落而息的农人，那是我的父老乡亲、兄弟姐妹。如今，兰州新区催醒了这里的一切，他俨然一位浑身充满力气的耕者，一位学识渊博的智者，一位帅字旗下运筹帷幄的战者，让干裂的地苏醒，让秃山野岭苏醒，让经与纬苏醒，让货币苏醒，让经济苏醒。

我知道，一马平川的秦王川古为征战之地，我脚下的土地曾经战马嘶鸣，战鼓震耳欲聋，悲壮得了得。此时，如果说正在进行另一场战斗，却是一场理智的筑城之战。这个名为"2号生态湖"的"水系"便是理智的"战利品"。你该是忽地明白，为什么秦王川的雨水多了起来，为什么你身在其中甚至会有

"赛江南"的梦中之感，为什么酷热的夏日也会过得惬意与舒适？阔气的生态湖像一位好街坊，她的友善浸染了邻里、村庄，以至整个大地与天空。自然其实最不喜执拗蛮横之人，你火大，它火更大。面对脾气倔强之人与之硬碰硬，而不是顺势而为，顺势借力，吃亏是一定在眼前的。

远处山岭的剪影像古代的城堡连绵起伏。城堡之内正在崛起的建筑群传来咚咚、当当的或者力道十足，或者清脆悦耳的声音，清晰却不聒噪，似乎使整个湖更有了许多的生机与活力。竟有了音乐，很响的音乐，我听清了，是一首关于"爱"的歌。从某个工地传出，从农民工的手机或MP3里传出。音乐奔波而来时，湖水与鸟，与树，与花，与草，与鱼，与虫，与我，与湖畔的全部的人，都静止下来，伫立，聆听，用心。

的确是要唏嘘一番的，在兰州有这湖真的不易，像善良且勤劳的母亲呵护一个孩子的成长般艰难。我不知湖水从何而来，但这些活跃密集的分子定是历经颠簸才到此安营、扎寨、栖息、生养。她们如此的随遇而安，渗入泥土，并将某种气息植入自己的生命，然后深深地爱上这里，她们的情绪浸染了天空，那些雨毫无隔膜地与她们融为一体。如同秦王川人的祖先以耕者的姿态遥遥迁徙于此开垦庄园，繁衍生息。如同我的目光所及之处的那些树、那些花、那些草，那十足的水汽使林木散发的香，令人迷醉。

我内心的喜悦与这湖，湖里的生灵，湖畔的树，与花，与鸟，定是产生共鸣了——由一种来自这片土地觉醒而产生的力量所滋生。

兴隆红叶情

在城市，大抵是寻不到红叶的。到了晚秋时候，城市的树开始焦躁不安，像幽怨的妇人，面无激情。叶子开始无奈地脱落，然后被路人踩着，被很快地扫掉。那叶子是枯黄的、斑驳的，脉络模糊，像褪去妆的女子，苍白无力。

于是你看秋天的树，连同叶子，都被人们漠视了。树下不再有情侣们的呢喃，不再有孩子们的欢笑。倘若有人仍然站在树下，仍然对着树干发呆，那也许能引起不大不小的围观。

城市的树因此是悲哀的，城市树的叶子因此也是悲哀的，不比乡下的树，不比原始的森林。

在这个季节，我突然发现了离兰州不远的兴隆山的红叶，漫山遍野，灿烂夺目，在蒙蒙细雨的掩映下，像一幅泼墨的山水画，镶嵌在山体上，并且呈现突兀状。那红是大气的，具有山的奔放的秉性；又是含蓄的，似乎是在压抑，等候着迸裂的时刻。这个时候，红叶正是可爱的。

"小桥流水人家"，这样的景致在城市我更觉得是一种幻觉，有幻觉其实也是难得。但在这里却很实在，有桥有水，至于人家，便是清扫梯道的山姑了。红叶便是在这个时候，轻轻地拂动着，你的目光随着，你的心情随着，你的思绪也随着，甚至在红叶跌落的那一瞬间，你的心也猛地一坠。

红叶是令人肃然起敬的，尤其在微冷的山间，在有些萧瑟的深秋，它们活着，活泼地活着；它们笑着，灿烂地笑着；它们既陪衬着山影的苍茫，又主宰着生命的本色，因此它们是有理由骄傲的。

站在树的脚下，以仰望的姿态，你会发现红叶是那样的鲜嫩，细细的雨珠随着轻微的山风不停地落下，文弱和温柔的感觉便马上在脸上洋溢开来，如果你忍不住想去触摸，你大概要落一身雨了，或者你还没有爬上树，红叶便萧萧而下了，于是便很后悔。其实再美丽的东西攥在手心里，也会黯然失色，红叶的美丽就在于仰望。山峡、涧谷，或者在路旁，远远地看着，远远地静视，或者是透过车窗，在一首悠扬舒缓的音乐中，认真地望一望，你的心灵大约会平静许多。红叶的精神是积极的、张扬的，不做作，不掩饰，不虚伪，不欲擒故纵。这样的景物，也难寻了。只有在大山里，在没有污染、没有浮躁、没有物欲的纯净的自然中，她才会真实地存在。红叶就是这样一种感觉，远观时美丽无比，近看时娇柔可爱，我甚至不知道红叶的真实的名字，不知道生长红叶的树的真实的名字，可这些很重要吗？就像街头款款而行的女子，倘若你知道她从哪里来、到哪里去，知道她的脆弱、她的瑕疵，那么，你的目光是不是会游离？

我说，要是阳台上有这样一树红叶，那该多好。友人说，离开这里，红叶都会死掉，即便不死，那红色也是掺杂着另外的成分，像城市的女人的脸，被化学的东西淹没了。

离开时，我捡了两片刚坠落的红叶，一圈是鲜红的血的颜色，中间是深厚的黄，茎像一根细微的红烛，我想女儿看到，一定会发出惊讶的叫声。在城市，她也许永远都看不到真实的红、真实的黄。她的眼睛被捂得严严的。

为什么要捂住自己的眼睛？这个深秋，看一看真实的红叶不好吗？即便想象一下在红叶的笼罩下听雨的感觉，那你也会选择用逃离的方式走出城市。

外婆的"双城记"

外婆是个很有意思的老太太，九十多岁了，还活得很精神；还是小脚，对于小辈儿来说那无疑是个谜，稀罕"玩意儿"，只是没谁有胆子试图揭开那一层层裹着的布看一看，想都不敢想，有时也不敢看。

小脚外婆自然走不快，很少出门，更难得去趟城里。她可去两个城，一个是县城，倒不远，坐"招手停"十米二十分钟，一个是省城，乡下没直达的车，从县城到省城一个多小时。

县城她一年能去几回，六七十岁时自己可以随便去，身体精干得很，上车、买票、下车，一路"点"到谁家就是谁家——她儿子在城里，她女儿也在城里，都住着楼房，日子还好，见老太太来了，一家子都高兴，那都是一大家子人，儿孙满堂，凑齐了有十几口，老太太东瞅瞅、西看看，吃点这个，尝点那个，倒不贪心，吃饱就行。在儿子家老太太不说什么，儿子日子过得好，老娘一百个高兴，尤其见着孙子，更是喜不自禁，稳稳地从怀里掏出"私房钱"塞给孙子，孙子一把抓过去，连句感谢的话都没有，这老太太也高兴，那是孙子呐。可在女儿家老太太的心思就不对了，她掀开各床的褥子，见铺得厚，心里有想法，嘴上嘟囔，福烧的！她牵挂的是在乡下日子过得不好的儿子，恨不得把厚褥子马上铺到儿子床上去。女儿心里有一本账，老娘偏心眼！可不要说老娘都这个岁数，自己也六十多岁的人了，哪能再和老娘计较这个，给老娘该吃吃，该喝喝，伺候几日，不用她撵，老太太早就归心似箭了，说走就走，女儿把娘送到车站，人家上车、买票，利落得很。

八九十岁的时候，老太太还能自己到县城转，但孩子们不放心，要转，就联系车接车送。小辈越长越大，好几个都有车，只要有时间，把老太太一拉，油门一踩，一眨巴眼就到了县城。

到省城就不太容易。老太太一个人上省城是没可能的，她不识字，不认路，耳朵越来越背，平时跟她说话，孩子们都要伏在她耳边大声喊，有时还听不清。她就看你的嘴型，有时能猜出四五成。有时给你选择题，比如问你挣多少钱，一千、两千、三千……直到你点头，她就知道了，若她说到四五千你还不点头，她扑哧就笑了，"我的娃，一个月挣这么多，可比你叔（舅）强多了"，娃是谁呢？就是老太太儿子们的侄子或者外甥。老太太不是惦记小辈挣多少钱，有没有本事，而是时刻牵挂她的儿子挣钱少，一句话，还是偏心眼！这么一种情况，要是把她一个人放到省城的大街上，准出事，一定要有人陪着，坐班车，或坐小车。她亲妹妹在省城，看来是他们这个家族有长寿基因，她妹妹也七八十了，面色红润，走路风风火火，哪里像个老年人。老太太基本上一年要去个一次半次，姐妹俩见面，有说有笑，尽管听不清楚，但一个说一个听，或者两人都说，一个慢，一个快，或者各说各的，挺有意思。妹妹日子过得也不错，不管怎么说都是城里人，住的是楼房，喝的是自来水，楼下有超市，附近有菜市场，孙子们上学也不远，总归比乡下便利。

但外婆那个人到哪儿都住不长，一两天，三五日，最长不过半月，就一定要回了，说什么都没用。你要是硬不让回，她提了包拉开防盗门在楼梯上嚷嚷着就走，你就没辙了，赶紧送。

外婆久居乡下，那是个挺大的院子，种着梨树和苹果树，一到夏天，满枝头挂着果子，远远地就闻到了香气。那些果子从不打农药，长得不太好看，但味道真好，如今的城里人是吃不到那样的果子的，有钱也没地方买。有时一场大雨打落了果子，雨住天晴时，外婆垫着小脚俯身拾一个梨子或者果子，用手揩一揩上面的泥水便吃了起来，看似不讲究的外婆从没得过什么病，连感冒也极少，这让十分讲究的城里人想不太通。

每到年节时，院子里便兜满了欢声笑语，子孙们从八十里外的省城或二十里外的县城赶过来，一时间其乐融融。有趣的是，外孙子们给老太太钱，一两百不少，两三百不多，老太太边推辞边揣到兜里，眉眼笑意乱溅——据说，她一扭头，或者在适当的机会就塞给了孙子，大家也都装作没看见，不知道，各尽各的心，给谁不给谁，那是老太太的自由。

都想让老太太好好活下去，那是一个家族的乐子。

80 里之内所有的牵连都因老太太而系。

乡村二题

数　字

乡村没有很细致的东西。村里人粗手粗脚，粗声粗语。即便是小媳妇的手，也整日里风吹日晒，不会过于细致。男孩子不消说，小丫头片子的脸蛋儿也冻得皴了，有的皴得破口子，如同霜打的柳叶儿。村里的娃儿都是粗养的，自小就粗，大了一时半会儿细不起来。

城市却很细致，有时细到极致。有的女人细致，眉头是一根根拔出来的；有的男人细致，头发是一根根梳出来的；有的目光很细致，仿佛要剥你的皮；有的语言很细致，剐得你无地自容。

城市的细致往往是用数字说话的，比如房子的面积，要精确到小数点后三位；超市的菜，是以克为单位计量的。城里人的脑子塞满了数字，卡号，密码，QQ号，邮箱号，男朋友的生日，女朋友的生日，以及各种各样的账单，不能记错。越大的城市，越依赖数字，乃至有了数字化城市。人也成了城市里的一个数字，走到哪儿，数字信息就同步到哪儿。人在城市的足迹，就成了位移，人不再有跋涉和历险，一切都"屈指可数"，于是，跋涉或者历险只属于乡村了。

乡村大抵还是封闭的，还没有被数字化。

进入城市是很多乡亲的梦想，他们可能不知道，人一旦被数字绑定，是断断不自由的。原本柔顺的数字可能会让他窒息，有压迫感。城里人一辈子追求数字。城里人也有理想，但理想的终极还和数字有关。不信，自己想去。

而乡村，当你俯身期待一颗嫩芽破土而出时，大抵与数字没关系；当你掰下一个饱满的玉米棒子时，你大抵不会算计它值多少钱。于是，我宁可相信，在某一个时间段，乡亲们是惬意的。

只是，乡亲们不能不敬畏城市。那是一种复杂的情感。城里人却绝不会敬畏乡村。他们对乡村的喜爱，也仅限于"农家乐"，池塘里的鱼，林中的鸟，简朴的风。他们大大咧咧地闯入乡村，不用办通行证、暂住证，开介绍信，包括捞鱼证、打鸟证，偶尔在乡村留宿，即便没带身份证，也不用担惊受怕。城里人以优越的目光俯视不过方圆百里的乡村——泱泱大国，还没有彻底的、与乡村完全不沾边的城市。也许这就是城里人不敬畏乡村的缘故，太近了，招之即来，挥之即去。

我生于乡村，在城里有了工作，买了房子，还有了车。但我的乡村没有什么变化，还是那山，那水（水洼，不是溪水），那地，那夏天青青的麦香，那冬天烧灼的麦烟，那鸡飞和狗跳，那凸出的坟墓。唯一不同的是通往乡间的路，由土路变成了石子路。

乡村的成长是舒缓的。你可以诗意地将之描绘成一首悠扬的小夜曲。也许在我的印象中，乡村就该是这样的一种速度，宛如永恒不变的落霞、迟暮的黄昏、慢腾腾的老牛、一只爬行的蜗牛。乡村的成长有时甚至滞后于地理的变化，比如一场沙尘、一次泥石流、一阵山体滑坡。

这个比喻非常令人不安。

山

我离开乡村后，又一次进入乡村时，有些老房子还在，有些老院子还在。它们像老槐树一样的道德。我就很感动。我仿佛看到了我的童年，听到了青年母亲的呼唤，闻到了葱油饼的香味。

但我在乡村的停留与驻足基本上是走马观花的，不留宿。我的鼻孔熟悉了假日酒店的味道，我已不习惯乡村的味道。我知道，这是不道德的，是一种颓废。

但我爱乡村。至今，我脑海的最底部是乡村的铺陈。它们是我的底线，诚实，善良，本分。这是乡村独有的风俗，所有的乡村都一样。个别人的奸诈与狡猾，像村口的那棵歪脖子树，并不多见。

从善如流是乡村的流行色。

我幻想钻玉米林，匍匐在西瓜地里，蹲下肥硕的身体去摘辣椒，努力地用手去刨土豆。这不是一场游戏，是梦幻，是童年的经历。童年的很多事可以忘记，但与庄稼每一次的亲密接触，都已经深入我的骨髓。

那时，西红柿揪下来就可以吃，黄瓜妞才手指头一般粗，它们无毒，一点都没有害，但有蛔虫，若不洗净了吃，蛔虫会钻进肚子里。我不知道蛔虫对人体构成的威胁到底有多大，但大抵是不需要恐惧的。

我至今看见菜地，魂魄仿佛被吸走了似的，驻足不前。凡是绿油油的田地，都让我觉得亲切。我非常替女儿惋惜，她至今没有在菜地、瓜地、玉米地里戏耍老半天，弄成大花脸。那种匍匐、穿梭、打坐、磕绊，有一种冒险和探索的快乐，乃至听到庄稼在风中生长和裂变的声音。清晰地感受到玉米叶子的锋利与刻薄，却不会使你受伤，它们只是让你的前行变得饶有趣味。你也不必害怕狼、蛇，以及其他怪物，不必害怕陌生人的突然出现。那时的乡村，很纯粹；那时的庄稼，就是一种植物；那时的人，很穷，但很善良。

乡村有山的，是土山。我的乡村没有林山林海。真的土山你见过吗？一棵树都没有，一股脑褐色的，完全的土，星星落落长着叫不出名字的植物。那是被岁月压抑的土，被日头反复揉捻的土。土山有瓷实的地方，很多人踩过的路就瓷实。但很多的地方，虚吃吃的，一脚蹬上去，土便如叛徒似的垮塌了，你很有可能从山上滚下来，那不是多么美妙的事情。但在我的记忆中，没有人笨得从土山的半腰滚下来。

山上什么都没有，一般人不上山，但翻过山却有另外的村庄。一样的村庄，就像老天遗失的两块土坷垃，一块丢在山这边，一块丢在山那边。这边的人和那边的人，互相有着一些往来，比如谁说了那边的媳妇儿，谁嫁了这边的尕小伙。久而久之，由山脚就有了一条土路蜿蜒而上，翻越山头，再蜿蜒而下。一来一往，要大半天。你可以当是串门，如果你的脚力不错，也能顶住毒辣辣的日头，愿意流一身汗，自然可以一天两个来回。在村口望山，山上那人便如蝌蚪一般大小，若穿了灰黑色的衣服，古铜色的脸，整个与山体融为一体的话，不定睛细看多时，发现不了山上居然有个人影。

阳光之舞

其实，各处的阳光是迥异的，个性鲜明的。它有时凌厉，有时妩媚，有时刻薄，有时暧昧。它好像很复杂，有时一点也不单纯；好像很简单，有时一点也不作态；好像很肆意，有时一点原则都没有。

阳光确如女子，总在进行灵魂之舞，企图迷幻你的眼和你的身体。岂止是你，苍生在它的眼里，也不过是蝌蚪一般的生物，微不足道。

戈壁上的阳光则是另一种味道。戈壁你真是该去的，哪怕一生只有一次，哪怕你从未离开过南方。在戈壁上伫立，你会发现阳光是那么的与众不同，它不全是炽烈，也不全是游移，似乎是淤滞的，如同倔脾气的顽童执拗地望着你，恨恨地盯着你，又如同威严的老人，一本正经严肃刻板。但它是坦诚的，一览无余，胸怀大爱。

戈壁上的阳光也不再是一束一束的，而是一块块、一团团、一坨坨，被胡杨、沙枣树、红柳，挂着、阻隔着，被凹凸的沙丘、大地的裂隙，吸纳着、藏匿着，无与伦比地表达着执掌戈壁的广袤与旷达。

自然，它多时是明丽的，清爽至极，你的目光丢得再高也不会被它刺伤，但若你长久地在戈壁上游历，阳光便会在你的脸上留下印痕。不但如此，它还能使每一棵植物变得坚强，每一种动物变得果敢，每一粒沙子掷地有声，每一幕风景温暖久远。

戈壁的阳光的从容淡定，是穿越历史烟云之后的伟岸与雄浑，处身之下，你顿时会觉得自己渺小得可怜，再不敢自大、孤傲。荒无人烟的戈壁，那古丝绸之路曾经是那么甚嚣尘上，那么多的英雄美人在古道驼铃夕阳西下瑟瑟秋风中挥鞭驰骋、笑傲江湖，阳光都看到了，皆是过眼烟云。

　　乡村就不同于戈壁了，乡村的阳光有时也是一道风景。一棵树，一道炊烟，一排矮屋，一道山梁，一两个顽童，在落日的余晖里楚楚动人，那是生活的构图，简单却隽永。西北的乡村总是土里土气的，一点也不风流，也不别致。阳光就很质朴，富含麦草与炊烟的味道，被那样的阳光抚摸十几年乃至二十几年的后生们，到了乡村以外的地方，就还是那么质朴，有时憨憨地笑笑。是的，西北的农人还是习惯于日出而作、日落而息，那是历经千年的习惯。但阳光的性子有时就很暴烈，留给农人湿润的清晨和温和的黄昏的时间太短，大段儿是那么的炽烈，那么的义无反顾，促使土地龟裂，禾苗嗷嗷待哺。一年到头，有那么几天阳光躲起来，让农人焦躁得起皱的心略微平坦一些。那里的农人靠天吃饭，阳光就是天，当阳光不是风景时，它的舞蹈便是魔咒，所到之处摧枯拉朽。

　　我仍是喜欢阳光的。连着蒙蒙的雨天儿，突然一道清丽的阳光从外面斜插进来，驱赶着满屋子的潮气，真让人高兴。那些阳光使屋子明快起来，使大家的屋子都明快起来。我从阳台向左侧望去，几十米开外的河流就有了粼粼的波光，河流也很快乐。城市的阳光总让人迅速地除去心头的阴霾，那种整日穿行在地铁和写字楼之间的沉沉的面孔见到阳光时，会猛然灿烂一下，灿烂一下，一天就很快乐。

　　城市的阳光的舞步多时就是细碎的，尤其在愈来愈大的城市，高架桥纵横、地下铁穿梭、楼群高耸得几乎够上云，阳光就有了身价。若是谁的房子清晨溜进来一抹朝阳，却能避开夕照；坐在客厅里，有风微微地涌动；阳台上的用五彩的贝壳穿缀成的风铃相互触碰发出音乐一般的声音；自然，还不能听见如雷的车阵——那样的房子，阳光的身价都被悬得高高的。

　　阳光会剖析人的灵魂，它看清了一切，又不会乱说；它温和的笑间，就有了世事的变迁与更迭。

　　历史则在阳光之舞中演绎。

种田记

人心中都有田。

在城市生活的这些年，我对田的向往与想象从未动摇过。也许，这情愫来源于童年与母亲一起种过庄稼、犁过地——大言不惭，我那时年幼，怎会种庄稼、犁地？印象或者记忆似乎都是乡村生活的幻影，却无时无刻不在我的脑海里萦回，像一道很深的划痕。骨子里对田的热爱，有时让我急躁和不安。

我幻想在阳台上种"田"。在兰州时，在父母的帮助下，我终于在五泉山附近有了住宅。凭我个人的力量，无论如何不敢奢望买房子。房子是父亲四处"化斋"借钱买的，没欠银行，欠了亲戚们一屁股债。

房子一百多平方米。走十几分钟就到五泉山门了。五泉山是兰州名山，风景迤逦，终年泉水潺潺。那时车不是很多，住宅虽临街，却不十分嘈杂，有点噪声，阳台隔着卧室与街道，门窗一关，就听不到异响了。

在很大的一个阳台上，放一张躺椅，摆一张书桌，喝一瓶啤酒或一杯茶，看书，进行所谓的写作。我在阳台上用一部二手笔记本电脑"打"出来20万字的小说后，微不足道的骄傲油然而生。

那时，我常站在阳台上思考过去和将来，偶尔有一点窃喜，但极为短暂。从城市的过客、外来人转变为城里人，是需要适应的。毕竟，我的父母都不在城里，我在城里原本就没有根。现在在城里有了工作，有了房子，不能不谨慎地对待这一切。

就是那时，我对田的渴望格外旺盛起来。想起了村子，我出生的叫许家窑的村子，想起了外婆生活的村子，叫双店子的村子。我十分想在阳台上看到春意盎然的景象。

得承认，那是一种"暴发户"思想。

在兰州那样的城市，想在春天里让自己的阳台春意盎然不难，买一些花草就是。但进入冬天后，虽然阳台也通暖气，但作为隔离地带，那里寒意袭人，风会从窗户缝隙执拗地钻进来。温度是花木过冬的必要条件，要想让花木在冬天里灿烂开放，是有难度的。

恰逢冬天。

以往，在春天回到乡村，我最想看的是庄稼、果树，最爱闻乡土的气息。有时我和八十多岁高龄的外婆、我的母亲、舅舅，一起坐在院子里，打牌，有时也学猜拳——哥俩好呀（此时和舅舅不分辈分了），五魁首啊（和读没读过书无关），八匹马啊（养马的村户基本没有了），大家能让指头和大脑有机地结合，"言行不一"，以迷惑对方，而我不能，我对别人的"功夫"十分羡慕。我根本做不到快速反应，练了很多次还是不行。当然，慢慢来是可以的，想半天，出一次拳——我"胸有成竹"，人家"逮"我也胸有成竹，急死人。

这是乡村独有的风景。就算你喊破天，也没人在楼上跺脚、在隔壁砸墙、破口大骂，更没有物业来管你。

乡村的音域是宽广的。

几个舅舅家的庄子周围，有白杨、柳树、杏树、苹果树、桃树、李子树，到果儿快熟的季节，走走，闻闻，果香扑面而来，浑身的细胞都香甜得要命。

我想象过在阳台上种麦子、香菜、蒜苗。

但我的种田计划一直未能付诸行动。

到南方后，种田的机会就更加稀少。去年时，母亲和舅舅来，我重提"往事"，舅舅答应回去寄一点菜籽来，让我的阳台春意盎然起来。不久，来自乡村的菜籽飘然而至，有香菜、油菜……舅舅在QQ里详细地向我说明了种植的方法。

这里少土。我去附近的超市买土，一包2.99元，第一次买少了，再去买，还是不够，又去买时，发现土涨价了，一包4.99元。我的种田计划居然带动了城市物价。

那段时间城市风大，雨多，虽然有土，有籽，但"种田"的事儿一直未能实施，后来工作一忙，又暂时放下了。

但我想，到暑假时，我一定能在阳台上种上"田"，能看到香菜、油菜破土而出的过程，看到黄灿灿的油菜花在城市的半空招摇，弥漫质朴的香气。我会把它们拍成相片，发给老家的舅舅看，发给父亲、母亲看，发给更多的朋友看，或者在博客里美美地炫耀一番。

城乡的玩

　　乡村有很多好玩的，无非都很土，玩法很土，玩得很土。捉迷藏、打仗、钻玉米林、打鸟、捉鱼、爬树，孩子们玩得不亦乐乎，浑身也脏得不亦土乎。乡村的孩子浑身总是土腥腥的，脸、脖子、胳膊、腿，都晒得黑黝黝的。实话实说，在土里摸爬滚打的孩子，没见过什么世面，但也没什么坏心眼，见人就会嘿嘿地傻笑、憨笑，成为作家描写农村孩子的保留词语。

　　当然，乡村有广阔的田野，有烂漫的山花，有茂密的树林，有清澈的溪水，可以玩的东西还有不少。比如躺在田野上望云（男孩子身边最好有一个小丫头，可以是亲妹妹，也可以是邻居的小姑娘），在山花丛中抓蝴蝶，在林中摸鸟蛋，在小溪里扑腾、撩水。更有甚者，可以骑马、骑驴、骑羊，乃至骑猪。我幼时不敢骑马，不敢骑驴，骑过羊——山羊，它那精瘦的身体在我的胯下颤巍巍地仁立着，但它脾气很好，不怒、不躁。我挺直了身子，轻轻一拍羊的脖子，羊居然就真的往前走了几步。对于孩子来说，能骑羊走上几步，脸上就已经乐开花了。骑猪，只要你不觉得猪脏，它倒无所谓。起初不太适应，抵触，后来硬生生地挺着，你让它走，使劲让它走，它就走，不过走不了几步，你就会从猪身上摔下来。毕竟是猪，站得低，望得近，不能高瞻远瞩，没有方向感，就算能走几步，也是绕圈子，它一绕，你就晕了。一般情况下，孩子们都不太愿意骑猪，猪脏，浑身臭烘烘的，长得也不美。但实在想玩时，我们会把猪赶过来，有时趁它不注意一下子跳上去，猪习惯被人宰，不习惯被人骑，背上猛地落上重物，几乎震惊了，"嗷"的一声叫，使劲往前冲，那时不管谁在背上，不是摔个仰八叉，就是斜生生地掉下来，又是一身土。

只是，你尽可以放心的是，孩子们不管怎么玩、怎么闹，多数时，乡村是安全的，乡村的地是安全的，乡村的树是安全的，乡村的溪流是安全的。我们那个时候很少有孩子跌得脑震荡、骨折、昏迷、死亡。

或者说，那时候的乡村是柔软的。风是柔软的，鸟的叫声是柔软的，整个乡村，没有坚硬的、锐利的声音。铁器与土地摩擦，不会发出刺耳的声音，那是一种融合，充满希望的合作。

能响彻整个乡村的声音，我仔细回忆，大约就是过年前腊月里杀猪的声音了。那些猪，与我们相随相伴了整整一年，甚至两年时，它们就该以另外一种状态存在了。到那个时候，孩子们都是兴奋的、胆怯的。一些娘，叫孩子捂上眼睛，别看。一些孩子，干脆躲得远远的，甚至捂上耳朵，心惊胆战地等着。磨刀的声音，烧柴火（烧开水，烫猪毛）的声音，年节里人们兴高采烈的声音在乡村盘旋。一些胆小的孩子待猪告别生命，或者在世间最后的呼喊终结时，才支起耳朵，睁开眼睛，这时亲爱的猪已经走完了它那短暂的一生。

——当然，杀猪，或者看杀猪，不是一种玩法。那是一种血腥的场景，很小的孩子最好不看。很小的孩子心头还是要绽放山花的烂漫、溪水的清澈、小鸟的啼鸣，那会使人纯真和简单。不过，通过看杀猪，很小我就知道，病死的猪是不能吃的，肉里长了"豆子"的猪也是不能吃的，没有任何通融的可能——如果你要命的话。

其实我知道，在乡村还有更好玩的。晚上睡在瓜棚里便是很刺激的"玩"。西北的天儿，白天很热，到了晚上却舒适得很。瓜棚都是临时搭建的，不大不小，刚好安放头、胳膊、腿儿，基本能卧两个人，四周不密封，很通透，可以随时望出去。

钻进瓜棚，兴奋一阵子，静静地躺下，此时除了听到风吹着各种叶子的声音，就是各种虫子的叫声，此起彼伏，一阵比一阵喧嚣，斗气似的；不长时间，又一下子寂静无声，似乎在酝酿下一次的爆发。我试探着听其他声响，什么汽车、拖拉机、人的喧哗，没有，一点都没有。而且西北的地儿，你不用怕蛇，蛇很少，至少在我的记忆中，从没在西北看过蛇。我妈把蛇叫长虫，也许，她在村庄里劳作了一生，该是看过蛇的。她说起蛇来也是满脸的恐惧。西北少蛇，也许是气候干燥的原因吧。"接到"（其实是死皮赖脸地缠着舅舅"分配"的任务）看瓜的任务时，都是瓜快熟时，从太阳底下看，瓜个个清脆好看，胀得溜圆。瓜里个别性子急的，其实基本熟了，能吃了。西北的瓜，真是瓜，真甜，咬到瓤上满嘴的糖水。村里有的人，或者路过的人，心里实在痒痒，便去别人的地里偷瓜。有人看，一般就不偷了。如听见动静，呵斥两嗓子，来者也就知难而退了。毕竟，偷瓜不是什么光彩的事儿，为了一个瓜，犯不着打照面，怪难为情的。看瓜虽不凶险，但一个小孩子是不能看瓜的，至少两个，还要一大一小。大的自我约束力强一些，否则留俩馋虫在瓜地里，瓜能不能看住在其次，撑得肚皮像瓜皮完全有可能。

这么说，其实在乡村好玩的很多。乡村里所有的玩的，都属于自然状态，土里土气，土了吧唧，不洋，不高尚，但也不低级、庸俗、羞耻。

城市的玩，一般意义上，层次会高于乡村。

城市有钱，城里人比村里人有钱。所以城里的夏天有寒冷的冰窟让人体验酷暑中的严冬。城里有溜冰场，让人在室内的冰上翩跹起舞；有游泳池，一个个孩子像虾米似的乱扑腾；也能放风筝；有各种各样的小吃；也有空地儿，能打羽毛球、踢毽子。若你住的地方靠近大学，说不定可以进去踢足球、打篮球、打网球。

城里还有豪华的电影院，可以看最潮的大片，大片又分好多层次，最好看的是3D立体电影，不习惯的人一看就晕，想吐。

城里的玩，种类上远远多于乡村。城里是孩子们的天堂，尤其年节时，城里人山人海，人潮汹涌，蔚为壮观，孩子们夹杂其中，高兴得都要忘了自己叫什么。

玩这个东西，我想，大约就是属于孩子的专利。或者更多时，小孩子玩，大人们看。我们小时，我们在玩，大人不看，也许悄悄在看，我们未发觉罢了。现在的孩子不管到哪里玩，都有大人跟着。不跟的情况，除非小孩子一直生活在一个社区里，左邻右舍都熟悉得像我爸爸当年的战友似的。——现在这样的邻居、这样的社区，还有多少呢？现在的大人，孩子只要开始不出声（也许正闷着头玩游戏）就得停下手里的事儿，把门去看。这不是监视，是一种爱，抑或是一种不放心，一种警惕。

但我也知道，一旦放假，许多的孩子很无聊，没玩的。什么是真正的玩呢？玩，总要和同龄人在一起才快乐，放了学，回了家，一个孩子，跟谁玩？

家里阔的，孩子大的，玩其他的。极个别的孩子就飙车，飙摩托车，飙跑车。这和我们当年骑羊与骑猪是截然不同的体验，我们当年没有伤害羊、猪，也没有伤害自己，更没有伤害我爸我妈，而城里的孩子飙车，真的很危险。

——那已经不算玩了。

冬 天

北方冬天的到来绝不舒缓，迹象格外明显。不像春天，柳条一点点地转色；不像夏天，酷热虽汹涌霸道，但只有那么几天；也不像秋初，秋风虽毫不客气地横扫一地落叶，但在很多天前人已觉出了风中的清寂。冬天说变就变，就在某一天清晨你突然发现整个世界都变得庄严肃穆，万物的生机都被白雪笼罩——此时世界上最巨大与蛮横的力量，无疑当数雪。麻雀们侥幸，未被雪覆压，但受不了肚子饿得咕咕乱叫，试图从雪下啄出什么吃食。

冬日的北方总是苍凉的，黄河也因寒风的侵袭而变得冷酷。河岸会少许多人，水中之坻也再没有探险者的身影，更无痴情男女相互依偎的风景，再晚些时，那里或许还会被潮水覆盖。出门行走，人往往需要极大的勇气，风的刁钻让人的身体蜷缩与萎靡，此时对于阳光的念想超过任何时候。蜂窝煤开始走街串巷，让人们以最原始的方式抵抗风寒；传统的暖气在人们的翘首期盼中姗姗而来，却给有些人增加了许多烦恼，价格涨了，热度不够，冻得够呛。而我尤其敏感的是，在以往的任何一个冬天，我的父亲正在病床之上喘息与呻吟，他病弱不堪的躯体对温暖与阳光的渴盼甚至更早。那时南方还无处不弥漫树香、草香、花香、雨香，他却无福享受，他需要使劲熬过冬天，一股劲熬到春天——北方的春天。可是，在这个冬天来临之前，他进入另一个世界，永不回头，我不再牵挂他在这个世界上的冷暖，他也不用再看冬天的眼色。

其实，北方的冬天就这个性子，锋芒毕露又绵里藏针。这亦是莫大的优点，那始于秋末结于春初的磨砺或者竟促成了北方人粗犷豪迈的性格与秉性，也让我的父亲曾经像荒漠里的草，生命表现得无比坚韧与顽强，面对那类似刻刀的季节，心甘情愿地被时时雕刻。于是，他的性情，他的情趣，他面对生命与生活的态度与观点，让我觉得人与自然的无比亲和。

但我也知道，冬日的北方并不全如此，一些地方似乎要与北方的冬划清界限——记得一年冬初时，我到过甘肃的成县，在此之前，我一直不知其有"陇右小江南"之称。进入小城，我发现那里的确是秀美的，竟领略到了山雨欲来风满楼的壮观。比起我的故乡兰州，她明显多水，空气潮湿，水分子仿佛在手上脸上慢慢浸润。那时我还未在南方长住，此时回想起来真与南方的一些时节像极了。漫山遍野都是葱郁的树木，正欣赏与行走间，雨已开始和我捉迷藏，眼见头顶这块天空碧蓝如洗，不远的高空那块天却已经大雨瓢泼，像一对默契的小姐妹调皮着、玩耍着，在苍穹之上追来逐去。而远处的山崖不但突兀可见，还呈现黑色，像喷了浓重的墨。山崖之下的河流湍急地奔流，摄人心魄。近处都是田，我清晰地看见麦子还在茁壮生长，花椒树散发的浓香让人沉醉。那是我在北方从未见过的冬天。北方竟有这样的冬天！

我兴致浓郁地进入一间"农家乐"，准备品尝那些生于乡间的地地道道的菜蔬，此时，院子里又猛地迎来一阵大雨瓢泼，然后天气突然变得极冷。我慌忙逃至屋内加衣，当地友人朴实地笑了，说了一句："再怎么也是冬天了。"我也不好意思地笑了，一个"再"字用得真好，不卑不亢，又极巧妙地将成县与北方其他一些地方的冬天区分开了。

然后在很多个日子里，包括来到南方之后，我还老想着成县的树、成县的雨、成县的崖、成县的小院、成县的菜、成县人朴实的笑，十多年过去了还记得清楚。而真正的北方都市的冬天没有那么美妙，尤其进入供暖季，不清楚哪来那么多灰尘，先前它们都隐藏在空气之中或地表之上？在冬雨或冬雪的肆虐下它们原形毕露，此时你要有勇气或不得不沿街走一遭，再俯视你的裤脚，管你穿得雍容华贵还是克制内敛，一定是泥迹斑斑。甚至有些北方的沿海城市，空气仍然很糟糕，雾霾像幽灵似的不断侵袭着城市里的生灵，让人类不得不对自己的行为有所警醒，呵护自然是永恒的善举。

而栖居于南方的人此时还很幸福，街角的树木花草始终保持着絷然青翠不卑不亢之情状——那些我叫不出名字的各色的鸟儿在林木花草丛中振翅飞翔，肆意逗趣，发出啁啁啾啾的啼鸣，甚至可以不知疲倦地在耳边"聒噪"一整天，但又一点也不影响我在阳台上的阅读与我临窗的午睡，这该是令人心怡神悦的生活。不过，一旦南方进入真正的冬天——不用刻意等待，迟于北方两个月后，南方的冬天会毫不迟疑地到来，那时，一些令人躲避不过有时亦猝不及防的难挨的日子，比如潮湿、阴冷、冻雨萧萧会让你无处潜藏，而南方没有北方的暖气，所以，世界总是平衡与没有私心的，北方有北方的幸福，南方有南方的惬意，身居北方或者南方，哪怕抓住一点幸福与温馨，你就可以变得从容与温和，而不会牢骚满腹。生命正如花花草草，或许在北方的冬天你会猛地发现她们消失得无影无踪，其实她们一丁点儿也没有离开过这个世界。她们从上一个春天就快乐地活着，到下一个春天还快乐地活着，只是她们以不同的方式呈现生命的姿态。她们也和我，我的父亲，每一个人一样，正在或曾经经受萧瑟之秋、苦寒之冬、料峭之春，但从未灰头土脸、萎靡不振。她们总习惯于怡然自得，因为，冬天总会过去，春天一定会来临。

乡村外婆

北方的乡村与南方的乡村是迥异的，几乎无共性。有山，却是土山；也有树，却稀稀拉拉；极少有地表水，干涸龟裂的大地贪婪地汲取着空气中所有湿润的成分。人的面目也有明显不同，北方人脸泛红，尤其是颧骨处，因为突出而被阳光中的紫外线格外关照，似乎非要给你来点印记，让人一看就知道你来自北方。那颧骨上的红刚开始可能也是鲜红的，像刚刚被红墨水洇湿的白纸，但阳光在脸上一圈圈地逡巡，日日月月，层层叠叠，那里终于布满絮状或丝状的网，细细看时，又如蔓延的枝或分岔的河，且有血液流淌，经由这里，不急不缓地流向近处或者远方。

我与外婆坐得很近，我握着她的手，一只皲裂的粗糙的缺乏保养的牛皮一样的手，有些变形，骨头却坚硬有力，我手上的力道传到她手上，都硬生生地返回来。外婆就笑了。这时我便更加看清了她的颧骨，突兀的骨头撑着几乎赤土一般的肤色，却是有光泽的，是来自阳光的光，来自生命的光。

外婆生命的顽强如同北方乡村的树，老天再是干旱，阳光再是暴烈，沙尘再是迅疾，都不妨碍她年轮的生长。她一生从未离开北方那个叫榆中的小城，叫双店子的村。村子挨着国道，出门20米便有威猛的"大货"轰隆隆地不停驰过，在城里是噪声污染，在乡村却是十分难得的机遇。你看，不管是南方还是北方，靠了市道省道国道的村子都很活泛。

外婆住的院子是典型的北方院子，更早时连院墙都是干打垒的，厚厚的城墙一般。院里的房子也是干打垒的，方方正正的院子，四周都是房子，有大有小，院角儿堆着秸秆，房檐下吊着金黄的玉米棒子，挂着鲜红的辣椒串，院里平坦的地上铺着厚厚的玉米粒儿或者麦粒儿，它们在阳光的照耀下散发出香味儿。门是木头的，两扇门，向里开，吱吱扭扭，怪好听的。里面有几样不起眼的摆设，年代久远勉强支撑继续发挥余热的面柜、炕柜、桌子、长木条做的椅子。没有床，是炕，炕仍然是土搭的。夏天时似乎不用烧炕，但北方的天气往往白日里阳光怒气冲天，热得汉子们要穿着汗褂子干活，晚些时却凉气袭人，要赶紧罩了外套，上了年岁的人晚上老腰若没有炕气烘托，怕是要受煎熬。黄昏时，外婆把点着的麦草往炕洞里一搡，炕的缝缝隙隙里便拐出了烟气，一时乡村的气息便格外浓郁。外婆却不进门，她还在院子里忙活，她趴在玉米粒儿麦粒儿中，弓着腰，一双大手耙子似的不停地拨弄，让它们趁着太阳还未完全下山把浑身的湿气尽快散尽。她不时也翻过脑袋看天，绚丽的晚霞映红了她健康的脸，可她没有心思端详自然的瑰丽，她怕老天突然变脸，刮风或者下雨，那一天的劳作就要化为泡影，也糟蹋了怪好的粮食。间或，她用手撑着身体，颤颤巍巍地用力站起来——可不是虚构，她一个小脚女人，心强，命硬，脚却是全身最柔弱之处，她整日里的忙碌、操劳，乃至走的每一步都靠柔弱的脚力支撑，那是她无法改变的命运。

那时外公还在，一个老实巴交的乡下人，心地特别善良。他和外婆生育了多个儿女。一些娃娃读上了书，有的小学没念完，有的也读了初中、高中。他们靠外公和外婆在地里觅食养活。那是干涸龟裂的土地，哪里像南方的地，草木苗壮，池塘里鱼儿一圈一圈吐着涟漪，空气湿润得在窗台上随便搁一头蒜都能长苗儿。

北方人的坚毅与顽强像干打垒一般牢固，便是这自然磨就。

我一只手抓着外婆的手，想用另一只城里人的手触摸一下外婆的颧骨，可我不敢，也怕。那里应该很硬实，也很绵软，积攒的充裕的阳光若突然受到外力的摁压会是什么情形，像小溪中的蝌蚪一样四散而逃，像驻于花丛中的蝴蝶一样翩跹飞舞，像散落的雪花一样消逝于大地，像悠长的柳笛戛然而止。

记忆中的院子已悄然遁去。外婆此时踩的不是泥土，而是水泥。四周的房子由红砖垒砌，白墙钢窗红瓦。一圈房子连缀成一体，像城墙一般结实。老墙还有一截，老路，老门，门里却是一砖到顶的漂亮的房子。外婆住在老门里，从老门到新门，30米。老院子里的那一棵梨树很久很久了，秋天时满树的梨，远远就能闻到果香。外婆是够不到树上的梨的，但她会等坠落的梨。梨子结实，落到地上也不会四分五裂，外婆一脚一脚挪到树下，慢慢地蹲下，捡起一个，吹两下浮尘，咬一口，果汁四溅，那真是一种朴素的原汁原味的北方乡村生活，透着清新的情调。

外婆与小儿子生活在一起。小儿子沾了国道的光，新盖的房子里外都有门，里面的是正常进出的门，外面的很宽阔，落地铝合金玻璃门，能轻松推拉——那是一间很大的铺面，铺子里摆了几排货架，摆满了人们常用的各种商品，俨然一个微型超市，伫立于国道一侧。超市刚开张时外婆一定是惊愕的，精于农活的她无论如何也想不到儿子会在自己家里开一个超市，以商品流通的方式改变一家人的生活乃至命运。她一双小脚在货架间流连、查看、触摸，像进了城的老太太，也从商品之间的缝隙中端详当了老板的儿子，一个踏实健壮的中年汉子。偶尔有顾客进来买东西，就有如机器人发出的自动"提醒"——您好，欢迎！那怪怪的声音吓了外婆一跳。两斤瓜子，一斤冰糖，几包方便面，或者一箱牛奶，乡下人也喝牛奶，这应该是外婆从未想到的。她看着来人掏钱，然后拿了商品而去，钱在儿子手里窸窸窣窣响一阵便进了抽屉，外婆就复杂地笑了，一个月得挣多少！

国道虽好，却如一道分水岭，外婆在这头，小儿子在这头，有个孩子却在那头，是老三，三儿子。三儿子沾不上国道的光，他家在村子中间，左右都是房子、院子，随意堆砌的柴火棍、秸秆，多少年用不上却舍不得扔的盆盆罐罐。院子外的路还是土路，狭窄得只能并排走两三个人，物流与商品被堵在村外头，让老三的家成为一个相对封闭的世界。外婆偶尔得了闲，从这头出门，一脚一脚挪到国道边儿，她想穿过国道到那头去看老三干啥呢，只是那可不是一件容易的事儿。国道上的车很快，可她走不快，有时还没走到路中间，一辆"大货"呼啸而来，她不敢前进，只有后退。若有车相向而来，搁在半截子路上的外婆就慌了神，小脚忙不迭地挪腾，蜻蜓点水一般，刚离开国道，大车已疾驰而过，掠起的风和裹挟的尘几乎打得她一个趔趄。那时她大概最恨的就是那双小脚，不争气的脚。不过，她总会过去的。晌午时分，南来北往的司机要歇息休整，路上便几乎没有车，偶尔有庄稼人骑着自行车晃晃悠悠地过来过去，外婆不怕，她气定神闲地一脚一脚坚定地踩过去，甚至都不看左右有没有车，是否存在突如其来的危险，她在乎的是与三儿子的距离。

老三长得人高马大，好一口酒，是有手艺的人：泥瓦匠、木匠；盖房子、搞装修。年轻时在工地上干活是一把好手，钱自然挣了一些，但刚够一家人吃饭，边挣边吃，剩不下多少，及至两个娃娃越长越大，上学，成家，也是不小的负担，总之，日子过得去，但过得不好，远不如小儿子和其他几个儿女，让外婆牵心。但外婆改变不了谁的命运，她就是想看一看，看见儿子，母亲才会踏实。老三日子虽然过得窘迫，但心态好，老一副笑眯眯的样子，见老母亲来就埋怨，路上那么多车，他过去不就行了！说话间手机就响了，又是哪个工地上有活，一天100块，包吃包住，干不干？老三与那人讨价还价，有时讨不上，有时可以讨到150，甚至200，更高的报酬在小城很难讨上，要去省城。母亲一听儿子又有活干，抬起小脚就走，嘴里丢下一串话，干去，干去！蹲在家里不成！

老三没去省城干过活，这里离县城近，坐上"招手停"十来分钟就到了。在县城干活方便，如果工地上不管住他晚上回家也不费事。

外婆偶尔也去县城，可不是去看老三，她一个小脚老太太去工地那可不是闹着玩的。县城还有她其他孩子。当年，六七十岁的外婆上县城独来独往，国道上的"招手停"随时都有，"招手停"车开得野，但见小脚老太太搭车可不敢马虎，一定待外婆上车，坐稳，才敢开动。到了县城，先去谁家，随她自己的便，一路东瞅瞅、西看看，县城到底比乡下热闹，商店一个挨着一个，像地里的土豆一样密集。她兜里有钱，但她不花，也不会花。她认得娃娃们家的路，一路挪着小步子就到了。娃娃们住的都是楼房，没有电梯的楼房，楼梯可不像乡下小院里的地那样平整，一级又一级，小脚老太太颇费周折，她的小脚踩不稳当，就手扶走廊里的栏杆逐级而上，到了娃娃们的家门口，三楼或四楼，大气不喘，磕一下门，儿子或女儿开门一看，妈呀，你怎么来了。外婆在儿子或女儿家有时住个一半天，有时不住，当日去当日回。若天气好，偶尔住个三五天也有，一旦发觉老天要变脸无论如何便要回，没车走着也要回，倔牛一样让人无可奈何。她操心家里的粮仓没盖好，晒的东西还在院子里，让水泡了可不得了，其实小儿子儿媳妇都在家里看着呢，真是操心的命。

外婆像北方的松，那年轮一晃儿就转了 90 圈，没病没灾，腿脚灵便，耳朵是背了，人在近前喊，也只是看你的嘴型。

然而，老太太长命，儿女们有的多病多灾，竟有的先她而去了。老太太直叹气，该走的不走，不该走的却走了。

所以说，命是诡谲的，亦是公正的。

外婆王氏，生于斯，活于斯，最远到过省城，知家事，明事理——儿女们都好，大家才好。

拯救父亲

北方的冬天性子烈，冷空气猝不及防地就来了，仿佛含着细密的针尖，在风的舞弄下无时无刻不在侵袭着人的肌肤和感官，壮年汉子是无所谓的，虚弱的人就抵抗不住，就会生病。人总会生病的，无非病大病小、病轻病重、要命不要命，但小病赊误可成大病，不要命的病耽搁了就要了命。人生了病之后，其实可怜得很，没啥别没钱，有啥别有病。

父亲在这个冬天却生了一场病，那病起初像刚冒头的毒蘑菇，症状是感冒、发烧，但他自己没当回事，自己给自己治病，治了两三天，没见好。他是医生，行医四十余年救活的命上百条，所谓艺高人胆大，不料"毒蘑菇"毒性十足，完全不理他是医生这个茬儿，迅速把毒素向他全身最重要的脏器扩散，等他被送到小城最大的医院时，已经呼吸急促、紧迫，紧接着有了休克的征兆。

父亲心脏不好，血压高，医生根据病史和当时的情况诊断为心肌梗死，后来又"追加"了肺梗塞，都是能瞬间要命的病。医生施展浑身解数之后，父亲的病情仍然丝毫不见好转，反而愈来愈重，医生便彻底束手无策了。随后救护车拉着父亲风驰电掣地驶向省城。窗外正刮着浓浓的西北风，但没下雪，不滑，路好走。子夜1点时，救护车抵达一家省级医院，但是被"无情"地拒收，因为人满为患，没有病床。看病是不能加塞儿的，庆幸的是两家省级医院对街，救护车便掉头去了另一家。

风中的针尖更加密集地扩散，间或夹杂着雪丝，使风的形状扭曲和变得残暴，它们连同露天的灯光，把人的面孔映照得惨淡、瘆人。岁末年初的冬夜原该是静谧的，但在周围时时都是纷扰的人声，那人声里，有急切的喊声，有急促的脚步，有焦虑地喘息，有绝望地哭泣，人的生生死死如朝阳升起和夕阳坠落一般寻常。

父亲先是被呼吸科"收"下了，医生尽了力之后病情依然没有好转，而父亲的肚子已经滚圆，如同临产的孕妇随时会爆裂，呼吸也更加困难，面色青紫。人心隔肚皮，看不到就是看不到呵。我们十分焦虑，十分无助，十分暴躁，非常期待着哪一个医术精湛的医生突然出现，这个时候，只要能救父亲的命，让我们做什么都可以。

一夜煎熬之后，就到了次日清晨，晨曦透过高楼的玻璃窗逡巡而至，因了窗上的霜花而斑驳陆离，像生命之花的绽放。父亲的面容因为病痛而扭曲，而憔悴不堪，而浮肿，那是罂粟花美丽背后的恶毒，我们的心都要被挤碎了。

医生压了压父亲的腹部，在某一个部位把针头扎了进去，抽出了黄色的黏稠的液体，观察之后说马上转外科，要尽快手术。我们的心头瞬间闪过一缕阳光，我们推着父亲，像是推着即将搁浅的生命之舟；我们步履匆匆，从病房到楼道，到电梯门口，进电梯，出电梯，再进病房，此时父亲生命的钟点，该是以分计量的，倒计时，也许有 600 分钟，也许更少一点，我们无法阻止生命之针的飞驰运转，只有企望在它走向终点前的某一刻，医生之手能令它戛然而止。

医生是我们的神。

父亲曾经也是别人的神。

那该是 1976 年的夏天，我们离开西北的农庄，经过长途跋涉进入了内蒙古的农庄，那是多好的村落啊，透过郁郁葱葱的树廊，看不到裸露的地表，望不见阳光的热烈，有风，风舞动着树，唱着细碎的曲儿，树阻挡了风的脚步，风要躲藏或者游弋，就有了节奏，"唰唰"的，像是在演奏音乐，我一下子忘记坐火车的难受劲儿了。我爬上弯曲的树，躺在树的某一局部捕捉顽皮的阳光和鸟的啼鸣。不料，村庄里的一户人家正被即将消逝的生命的哀伤笼罩着，哀伤是通过某种介质传递的，那户人家的院里，已经摆放着一具棺材。哀伤是痛哭的前提，没有痛哭，说明棺材里还没有人，某个人正走在生与死的边缘，生了，棺材就会被抬走，死了，棺材的盖就会被打开。人到了这一刻，宛如朽木，但若是有奇迹发生的话，朽木也能逢春。屋里躺着的是这家的女人，有四十多岁，得的是中毒性痢疾，那病其实不要命，但不要命的病治不好也就要命，是不是要命，要看和命怎么讨价还价，女人已经病了很长时间，找不到医生。在那个年代，在物质匮乏的村庄，人的生生死死完全顺其自然，听天由命，于是，就等着，等死。父亲说，让他看看——然后开了方子，让女人的男人赶快去抓药。父亲是一名军医，遇到了病人，没有躲避，也没想如果没救活，该负什么样的责任，那个年代，人想不到这些，想到这些，那个女人一定活不过来。几个小时之后，那个女人就已经挣脱死亡，走在回归生命的路上。这时，那户人家的男女老少不再哀伤，他们的妻子和母亲已经活了。男女老少抬走了院里的棺材，也抬走了隐晦与阴霾。一座没有哀伤乃至有了喜悦的院落，树开始生动无比，风又舞动着树在唱歌，自然不是挽歌，只要不是挽歌，音乐总是悦耳的。

女人的孩子们齐刷刷地给父亲跪下了……那时，父亲就是他们的神。

那里的树不是一般的树，一场透雨过后，或正下着，就看见在一棵棵树或树身的弯处，黑晶晶的木耳突兀或缓慢地生长。我爬上树，或站在不高的树旁，就看见了木耳出生的过程，从裂开的树身的缝隙里，一点点探头，一点点冒尖，之后，像一朵黑色的花——我轻轻地采下，再采下，然后交给母亲，于是，午餐里，就多了一道美味；或者多了，采下放到篮里，之后有太阳时，晒干、储藏。在如此美丽的村庄，父亲一次次地当神，是的，他为战士疗伤，也为百姓治病。

而现在他不是神，是濒临死亡的人，他和我们一起期待着神的到来。

当日晚间 7 时许，父亲被诊断为胃穿孔引发的腹膜炎而被推上了手术台，手术的目的是引流腹腔内的液体，清洗腹腔，补胃的漏洞。这不是多复杂的手术，但只要开刀就存在危险，主刀医生和麻醉师分别找我们谈话，让我们的知情权得到体现，手术中可能发生的一切意外的最严重的结果就是死亡，我们的签字预示着父亲不管以什么原因，当生命的指针抵达终点时，都是"正常"的，无关医生痛痒的，即是另一种形式的自生自灭。

手术室门口的指示灯昏黄、醒目但执拗，老半天没有一丝声响，无人进出，那是禁地，我们甚至不敢靠近，只隐隐感觉到锋利的手术刀尖正在父亲的腹部冷静地划过，那半开的口子宛如大地的裂变，涌出的鲜血宛如火山喷薄的熔液，痛吗？父亲没有痛感，他的感觉被麻醉了，神经也变得无声无息，任人摆布。

这时我们在想，心肌梗死、肺梗塞、胃穿孔、腹膜炎之间有着怎样的关系，可以肯定，它们属于不同的疾病，不该混淆，但它们又委身于拥挤的腹腔，有可能在其中争夺地盘，吞噬有机物，拉帮结派，落井下石，盘根错节之间，衍生和并发其他更阴毒的病毒，导致父亲大难临头。

守候的人都是焦躁的，一生中，没有比守候大病之中的亲人更焦躁的时刻了，所有的时间你都可以很忙碌，可是当最亲密的人的身体正被手术刀剥离和探究时，你是一定会赶到的。我信。

焦躁点燃的香烟在走廊里穿梭，情绪浸泡在烟雾中，人都无语，心却绷成一张弓。四个小时之后，主刀医生如释重负地出来告诉我们，手术很成功，再进重症监护室观察几天就好啦。医生一下子成为我们心中的神，我几乎感动得流泪。父亲活了。

重症监护室是呵护生命的壁垒，我能透过木门的缝隙，尽管那只有两毫米的宽度，看见昏迷的父亲浑身上下插满了探头，探头的另一端是精密的仪器，蓝色、红色或黄色闪烁的数字，像生命与死神搏斗的力度，每一次的变化都令人心悸，间或还听到蜂鸣器的怪叫，那是父亲身体某个器官亮起的红色警报，那是临界线，是生死线，这时，我们的心都被悬得空空的，似乎被高高抛起，然后悬浮于半空忽上忽下左右飘移，但时刻又可以坠入深渊。

木门阻隔了我和父亲，虽然我们近在咫尺。我对木门由此产生了一种敬畏，那里关着父亲的生命，或许还有别人的生命，能关住生命的物体都是令人畏惧的。

走廊里的亲人更加忧心如焚，男人们大口地一支接一支地抽烟，优质或劣质的香烟不充分燃烧所产生的烟雾像极了机场的吸烟室，一进去那非常浓烈的烟雾几乎使人窒息，我就对那扇木门的脆弱担忧起来，那些烟雾一定会毫无悬念地穿过那条两毫米宽的缝隙进入其间，并鬼魂似的萦绕着父亲。父亲已经没有呼吸，他的呼吸被医生打散，然后由那个叫呼吸机的机械代替他的肺进行工作，但是那些乘虚而入的烟雾，肯定会让父亲和其他濒危的人感到压抑和紧迫。

我焦虑地看着他们，但我的目光不凶险，没有力量，我就想，医生该劝阻他们，使他们扔掉烟头，或者让他们去空气通透的室外，让香烟燃烧得充分一些，使得那些烟雾纯粹和原始。但是从午夜到清晨，烟雾几乎没有断绝过，偶尔穿梭的医生或者护士也好似习以为常，他们中的人偶尔也叼着香烟站在离我们不远的地方吞吐一阵子，目光却从不和我对视，乜斜也不会，他们很伟大和崇高，乃至有些高傲。

次日清晨时，那个个头不高、看起来比较健壮的主治医生找父亲的家属谈话，他论述了父亲的病情，提醒我们要有一个思想准备，有的病人在重症监护室待过几十天，那几十天里，病人每时每刻都戴着呼吸机，呼吸机是危重病人的救星，而且，我父亲的病非常严重，没有找到病因，随时都有生命危险，他们会全力救治，但是也有人财两空的可能。

我想起了矛和盾。主刀医生是矛，主治医生是盾，矛说它厉害，能攻克盾，盾说它厉害，能击败矛，当矛盾对峙时，看客就一头雾水了。原来父亲的胃并未穿孔，主刀医生也就没有为父亲补漏，但他引流了腹腔内的溶液，翻腾了他的各个器官，力求找到真正的致病因素，但无功而返。至此，父亲也不是心肌梗死，不是肺梗塞，到底是什么病毒使他在劫难逃还是个谜。医生给父亲的疾病一个名称：原发性腹膜炎，并发呼吸窘迫性综合征，全身多脏器衰竭。

父亲的生命正执拗地走向终点，不是以分针计算，而是秒针，还剩下多少秒没有人知道。医生不停地给他输抗生素，输血，输白蛋白，抗生素是国际上最好的，血再不消说，白蛋白名字听起来不错，但医院里没有，要自己去买。在茫茫的都市街头，缕缕清寒隐隐萦回。我们千方百计地寻找白蛋白，终于知道，用白蛋白的人一般都是危重病人，由于这是一种生物制品，因此产量少，有点奇货可居的意味，而且已经形成了一个看不见摸不着但真正存在的供应链，一瓶5克白蛋白的售价近400元，父亲一天要用20克，而听说每瓶的出厂价不过一两百元——市场上有很多的利益链，紧密相连，黏凝迂回，不身临其境是无法感知的，一些人的目光精到地洞察我们一点也不知道的领域并大把大把地攫取叫金钱的物质。

走廊里有时死寂死寂的，尤其是午夜或者凌晨，守护的人要么退去了，要么在简易床上打盹，愁惨的灯光使得长廊空廓、清灵，有太平间那般的恐惑。父亲那样的重症患者，根本就是无声无息的，他的呼吸被控制着，他的意识被控制着，他的身体被控制着，他的所有的器官都被控制着，他根本没有思想，更不会有语言、欲望、目光，连对生的渴望都没有，身体完全涣散。40 日之后，父亲说，他在梦中见到了很多熟人，但是他们无一例外地都已经逝去多年了。嗯，我想，那是冥冥之中思维的紊乱，又或者是迷信中所指父亲已经去了一次鬼门关？

看起来比较健壮的主治医生烟瘾颇大，有时就叼着烟从走廊外面进来，到他的办公室门口，然后一招手，我就奴才见到圣旨一般地殷勤地跑上前去听他讲父亲的病情。他的办公室不大不小，很凌乱，像爷们的单身宿舍，他总是说父亲的病情非常严重，目前最主要的问题是腹部的病情没有得到有效控制，而呼吸衰竭是腹部疾病的并发症，他这里只能治标不能治本。治本是主刀医生的事？主刀医生很轻松地对我说，目前腹部的问题不是主要问题，腹部虽然还有积液，但是每天都在引流，危及生命的病因是肺部感染，是呼吸衰竭。我眼见父亲的生命如揉成的球体被踢来踢去，他生命的指针忽而在腹部忽而在肺部乱摆，有如处于强大的磁场不能自抑。

焦急使我们忧悒而怨，却不敢对医生有丝毫地表露，即便我们知道医生的话自相矛盾，即便我们看到"矛"和"盾"站在一起却互相致意满目春风。我就懊恼当初为什么没有学医，秉承父业，不至于现在被"矛"戳一下，再被"盾"拍一下，看着他们在笑却也陪着笑，而父亲的生命正如氤氲的水汽即将消逝得无影无踪。

有一时，比较健壮的主治医生匆忙闪过时撂了一句，你父亲的血压在往下掉——我们的心都咯噔一下，那是不祥的象征，生命的体征是决不能归零的，血压、脉搏若是归了零，人便去了；人若是一口井的话，心脏是泵，血压是水，脉搏是频率，没有了水，没有了频率，意味着泵已经停止了工作。医生为泵打压，终于算是打上去了，父亲的生命又开始维持，但也在恶化，比如自口腔到气道再到肺部的呼吸机管道，促使父亲机械呼吸的同时，也在恶化着他的生命通道，时间再长的话，那些鼻腔里原始的屏蔽细菌的关隘就一个个失效了，可以引发更严重的呼吸机综合征，解决的办法是在喉管处切开一个小口，把呼吸机的管道从口中拔出，再插入那个小口。已经困顿在床知觉尽失十余个日夜的父亲又要挨一刀了，我在签字时，认真地苦笑了一下，若父亲有知，他同意再挨刀吗？人活着，有时竟也无法主宰自己的身体，任由别人同意在哪里开刀、在何处打洞——在每一个人能对自己的身体有发言权时，千万别亏待它，那是生命之躯，是承载爱与恨的小舟，是我们行走于世的唯一凭证——自然，还有思想，除非人已逝去，否则思想之魂又何尝能彻底凌驾于躯体之上，躯体是大地，思想是或郁郁苍苍的树木或丰茂的玉米林，作物也会因了病虫害而时而夭折，时而颓败。

总之，人既到世上，便注定要享受幸福，遭受磨难，幸福与磨难的比例取决于人对待身体的态度，珍惜你的身体，你一定会幸福；放纵你的身体，你一定会痛苦不堪。

15天之后的上午，是个阳光灿烂的冬日，比较健壮的主治医生坐在他的木椅子上，点燃了一支烟，那是一支烟丝上好的烟，烟雾白皙，款款游弋，缭绕了他的面目，他说："你们做好思想准备吧，你父亲恐怕是不行了。"我的眼泪瞬间就在眼眶里打转，如喷涌的泉水，但我强忍住。他又说："已经花了十几万吧，我们这里有花40万的，但还是没保住。"

走廊里站立着很多亲人，他们通宵达旦地守夜。还有很多人，我素不相识，他们是父亲曾经的患者和患者的亲人，他们大多已经进入暮年，体弱多病，有的腿脚不好，却挤班车赶几十公里的路到医院探望父亲，原想能见一面，却被木门阻挡，他们和我一样，眼神顺着那两毫米宽的缝隙挤进去，看到的只是仪表，看不到父亲的身体和面孔。一位老者说："你父亲若走了，我们也活不长了，我一身的病全靠他治疗身体才维持到现在。"

退休后的父亲开了一间诊所，救了很多老者的命，他是很多人心中的神。

2008年的最后一天，新年的气味宛如烤羊肉的香气在城市的大街飘荡，这座西北的城池不完全是粗犷、雄浑、冷峻，她也有时温柔如水，妩媚如美人，妖冶如妖姬，她的文化是复杂的，也阳光，也阴险，也豪爽，也小气，也自然，多时是可爱的。当初秦始皇试图御驾亲征到此，但未能如愿，他的大将蒙恬千里迢迢到此筑城，才有了今日的城池。

这座城池将要收容父亲的魂灵了。我们的面孔是晦涩的，心是晦涩的，情绪是晦涩的，我们在想，难道父亲就这么走了？一句话、一个眼神、一个手势、一个表情都不留下？猝不及防，如同突如其来的大地震、火山爆裂、空难、海啸、列车出轨、高速公路的车祸、瘟疫的极度横行、煤气泄露带来的灾难一样，甚至他的身体都来不及挣扎？

天意？命该如此？

最后一次会诊，对街医院来了两位专家，我们围着一张长条桌子而坐。我们和专家坐在一侧，父亲的主刀医生和主治医生与专家面对面，很有玩味的角度。专家从容地阐述了疾病的起源，目前的病情和危险，父亲生还的概率为20%。我问对街的专家，能转院吗？主治医生的脸一下子红了，如今能红脸的男人不多见了，很珍稀，我的话是不是伤了他的面子、自尊、地位、权威？顾不得了。专家迟疑地说，即便转过去也不能保证治愈——我的心头闪过一缕清丽的阳光，那是冬日的带着些慈祥和友善的暖阳，那一缕阳光穿透钢筋混凝土，穿透各样的医学仪器，穿透人的发，人的头盖骨，穿越人的肺腑，清洁封闭、固执、猥琐的心灵，让心灵的每一道褶皱都积蓄一缕光芒。

但父亲浑然不知，他是将死之人。在主治医生的要求下，我签署了对于父亲的生死宣言，我手里的笔很重很重，手指在剧烈地颤抖，心头涌动着愤懑的潮水，但我的目光依然宁静与和善。沉迷中的父亲进行了一次迁徙，那是一次高难度的迁徙，他的身体到处都是创伤，多处留着管口，如一个被子弹射得千疮百孔的水箱，水箱里睡着一颗即将衰竭的种子，它那么需要水的滋养，每一分每一秒水分子的流失都是对残缺的生命的重创。我们没有抬着担架穿越过街天桥，穿越人群，这不是战场，也不是荒漠，这是硕大的城池，这是文明的世纪，我们以文明的方式完成了这一次迁徙，这在岁尾、在冬日、在有些阴暗的午后，亦是复杂的过程。亦算是一次心灵的长征吧，父亲应该仍然浑然不知，他就如一具灵魂出窍的肉体，而我们要拯救他的灵魂，使之安然归分。

——三日之后，真的，父亲的灵魂归来了！忽然就睁开了眼，就有了知觉，肠子开始蠕动，呼吸不再那么急促；乃至二十余日之后，父亲就能简单地进食，就能够自由地呼吸，伸展手臂，偶尔还发发小脾气，像个老顽童，也有了思想。

我没有力气再爬上弯曲的树，躺在树的某一局部捕捉顽皮的阳光和鸟的啼鸣，因为城市已经没有可以攀爬的树；我站在青宵之下仰望苍穹，泪流满面，我记起幼时的那个村庄，那个农家女人，女人的孩子们，他们虔诚的那一跪——我的腿虽未弯曲，但我心里已经为拯救了父亲的神跪过了。能够拯救父亲，跪多少次都行。

铸铁一般性子的父亲自小很少流泪，现在动辄泪如泉涌、泣不成声。

他的心头，长了一棵茂盛的感恩树；这棵树，荫翳了我们偶尔膨胀的情绪。我们不明白，先前的医生为什么要给父亲注入"安眠药"。父亲说，同是庄户女人，种出的庄稼有的健壮挺拔，有的萎靡不振，就当他不是有心而为之，是技术问题吧。

禄家巷

虽然过去了一些时光，但我对禄家巷还记得很清楚。至今不知那里为什么叫了这么个名字，也从没有发现禄家祠堂、庙宇，或者很多很多禄姓人家。就像南方的某种水果，突然来到北方，遍地都是，却找不到它的根。

但是这名儿好记，叫起来朗朗上口。我是住在禄家巷20号的，也没有什么门牌号，但是邮局的认定是20号，那就是20号。我曾经投稿时落款地址就是禄家巷20号某某房，竟然很快就有了回音，样报、样刊一般先来，后来就有了稿酬，起初不多，后来渐渐多起来，有时一打开报箱，满满的一箱子报刊、信件，夹杂着一张或几张稿费单。

看到稿费单时，我的心情竟出奇的好，这说明我是一个势利小人。我不得不承认钱对人的心情，尤其是小钱，就如闷热的午后的一场小雨，分明是有滋润和调节作用的。

禄家巷往民主西路走，要经过一个大市场，好像叫五泉山市场。市场很长，有八九百米，卖什么的都有。我很多次在市场口子那家砂锅店吃砂锅，有排骨的、丸子的，那玩意儿一般来讲稍微卫生一些，毕竟是现煮，咕嘟咕嘟地冒着热气，滚得死烂，一般的菌都杀完了，但也贵，一个荤的7元，素的4元，不能老吃，偶尔享受一下。多时还是吃兰州牛肉面。我记得那条街道上，牛肉面馆很少，有一两家，也不是很有名气。

下雨时，市场就和起了稀泥，整个市场的路上都是泥水。人深一脚浅一脚地走，稳住身体就算烧高香了，满腿脚的泥巴，有时屁股后面还能粘上点烂菜叶子，人却无暇处理。但是雨再大，路再不好走，周围的人家也是要买肉买菜的，买的和卖的，都在泥水中战斗，间或有一股浊流自上而下，淹了人的脚面。

当然，兰州并不怎么多雨，一般是干燥的。我说的场景一月未必有一次。其他日子里的禄家巷，平平静静。离禄家巷不远，有一个十字，是中山林十字。过了十字八九百米，就是兰州的南关十字，是繁华的市区了。你想想，这样的地理位置，禄家巷自然是值得开发的。

很快，我住的周围，又起了一栋高楼，接着又起了一栋高楼，仅仅是高楼而已，没有什么小区、花园。

那些关于住宅的概念，在禄家巷的那些年里，我是没有的。我住的那楼，只有一个装模作样的大门，一般不锁，也没人看护。进了大门，是能停三四辆小车的活动空间，再多几辆的话，车就无法掉头，憋在里面了。进了楼门，黑魆魆的，楼道也没有铺瓷砖，栏杆也不是不锈钢的。有的人家很快就占领了楼道，摆了杂物、箱子、蜂窝煤什么的。人来人往，地上满是黑脚印子。

一月有那么两天，还算是干净的。物业收了费，总是要做做样子。

就这样的"硬件"，竟然在后来的三四年里，楼价疯涨了三倍，原来是两千多元，后来涨到五六千元。

一棵树、一朵花、一个水池……都没有。

仅有房子。房子倒是钢筋混凝土的，质量很好。

好处是，大门后左侧就是派出所，从门前经过时，常看到民警的影子，也有四轮的或两三个轮的警车。这多少给我们增加了一些安全感。我不曾记得楼上发生过什么盗窃案。也许，贼娃子一进楼道，就认为住了一楼的穷人，没什么油水。

当然，进了自家的门后，我觉得还是像模像样的。我家的客厅很大，我请过客，一来就是十几口人，大家海吃海喝，哥们兄弟，情深了一回，意浓了一回。一次来的客人中，有我的上司，一位新来的上司，却掌管着很多人的命运，也包括我的。我们都酒肉过一回了，按理说交情不错，可没过多久，我就炒了他的鱿鱼，我对他很不屑，不知道为什么。不是因为他个子小，不是，是因为他也没有把我放在眼里。你想想，那时都是奔三的大老爷们，在省城混，谁没两下子。

道不同不相为谋。这话是男人说给男人的。

一般来说，离开禄家巷，我应该有淡淡的愁绪才对，毕竟，那是自己的家，是我的人生留在那座西部的城市的一段记忆。可是，我没有。但我对那里也没什么恶感。那就是我曾经生活的地方，发生了太多的事儿，我有时会想，有时又不愿想。

离开后，我还回过兰州，却再没去过禄家巷，也不是刻意绕着走。我知道，那房子住的是别人，与我无关。

但是我负气地想，他们住在里面一定是喜庆的，因为我住过。而我是一个积极的人，那房子里有我奋斗的气息、"码字"的气息，我的文字偶尔能散发出迷人的芳香，显然是好味道。比起烟熏火燎，比起赌博、吸毒，这个那个勾当，那房子所凝聚的气息，是朴实的、真挚的。

这是让每一个二手房的房主都感到幸运的事儿。房子，也是有感情的，都渗在墙里。

兰州面食

奇怪的是，很多南方人也吃面。单位的食堂偶尔蒸馒头，很多南方人也吃得带劲。可他们把吃面不叫吃饭，吃米才是吃饭，意思是吃面根本吃不饱，"小点"而已，只有大碗的米饭进了肚儿，才算吃饱。

和北方就完全不一样。北方人也吃米的，一日三餐，中午那顿儿，很多人吃米，当然，也有晚上吃的。大米饭就菜，有肉菜、素菜，新鲜的、腌制的，还有汤。小孩子吃得满嘴流油。而北方人吃了米饭，就等于吃饭了，完全可以不再吃什么面、馒头、面片子、拉条子，谁要是"米面通吃"，会让人感到奇怪。

北方人当然是以吃面为主。在我的老家兰州，谁人不识"牛大碗"？兰州的清晨满街都是牛肉面的香气。到底香到什么程度，真要身临其境去感受一下才行，光听，光说，光在兰州以外的所谓的牛肉拉面馆品尝，确是离题万里，完全两个概念。我要告诉所有的外地人，吃兰州牛肉面要想"大快朵颐"，在兰州那座城市之外，目前还是一种奢望。

去年冬天，我和一位同事到兰州出差。次日很早，6点多时，我就按捺不住，穿戴好，准备去吃牛肉面了。同事非常惊讶，这么早！我们去了金昌路的一家，我在兰州工作时没去过。很久没回兰州，一时不知哪一家牛肉面馆的味道更好，听出租车司机说这家不错，就去了这家。

面上了桌儿，同事刚用筷子挑起，扑鼻的香气猛地袭来，他情不自禁地发出惊叹，真香！我的虚荣心一下子得到满足。次日，去黄河对岸的一家牛肉面馆吃面，在那个"上档次"的牛肉面馆，我再一次陶醉在牛肉面的风情与美味中不可自拔。

从兰州出去到外地工作的人，对牛肉面都怀有深深的怀念。尤其到了南方的人，整日里见不到牛肉面，或见不到正宗的牛肉面，心里头就急得很，像丢了东西似的，乃至到处找地方吃面。实在无法，挂着"西北牛肉面""兰州牛肉拉面"幡子的，也只有硬着头皮进了。那些地方，不但有拉面，还有拌面、炒菜、水饺。西北的不假，非兰州"出品"。"经历"过越多越知道，"兰州拉面"早已是一个著名"商标"了，却人人得而用之。这对兰州城市品牌影响力的提升是有好处的，可越来越多的人却真的以为那就是兰州牛肉面的滋味呀，可惜得很。

到底滋味如何？反正我总一边吃，一边皱眉头，叹息（不敢大声，怕老板有看法），恨不得立即飞回兰州。专为一碗面飞来飞去，那是败家子儿才干的事儿，我干不起，也不背那个名声。

一天下班时，我所在学院的一位陕西籍老师路过，猛对我喊，想吃面的话，去我那里，我给你下面条！

——同病相怜，竟然到了以面条请客的程度。

他说的所谓面条，我猜想，没准就是清汤挂面，顶多面是从大老远的北方带来的。

这些年，机器面、手工面，我都托人从兰州或兰州城郊的我老家榆中带过，有时是朋友，有时是弟弟，有时是母亲，有时是舅舅。总之，谁从兰州来，又能见面的话，都给我带面，其他的则可有可无。

北方人招呼离家很久的北方人，自家主妇的手工面最好，就着木耳、茄子、西红柿，拌上辣椒、醋，吃起来真是酣畅。

其实，说北方人都爱吃面，也有失偏颇。——东北就产大米，东北人当然也爱吃大米。真正以面食为主的，大约就是西北人，陕西、甘肃、青海……那些生长着沉甸甸的麦穗，沉甸甸的希望的地方。

牛肉面记

　　不说你也知道，兰州虽然偏远一些，但有两样东西特别有名，一为《读者》，二为牛肉面，正所谓一本杂志、一碗面。莫高窟的壁画也很有名，但敦煌不在兰州。《读者》在大街小巷的报刊亭都有——大街小巷前没加定语：广州、深圳、北京、上海……要加就是中国。听说美国也有，我没去过，也就没见过。牛肉面在大街小巷也都有，但此处的大街小巷前一定要加定语：兰州。兰州之外，有的城市也有，我吃过：深圳那一家在华强北附近，挺正宗；听说今年又开了一家，在南山；北京有一家，在中国作协斜对面，有一次我去开会，几乎天天吃、顿顿吃；广州也有一家，出岗顶地铁口几百米即到。这几个大城市再有没有，其他的城市还有没有，我要么没找到，要么没去过，要么不知道，不能胡说，免得老乡看到这篇文章后记恨我这个小老乡。

　　兰州人对牛肉面的依赖，外地人确实无法理解，也无法感受。很多老兰州人是从几分钱一碗吃到如今六七块一碗的，时间跨度达几十年。我在十三四岁吃第一碗牛肉面的时候，一碗才两毛多钱。等我在兰州参加工作，并且开始"写"牛肉面时，一碗已经卖到一块多。那时我在一家青年报社当记者，团省委楼下有一家牛肉面馆，我天天去，顿顿吃，对牛肉面观察得很细，它蛛丝马迹的变化我都能感受到。很多人开始讲卫生，怕牛肉面馆的碗没洗干净，索性"牛大碗"上套袋子，塑料袋子隔住碗和面，碗和汤，看着是干净，但是塑料袋子被滚烫的汤一烫，是不是还"干净"，谁也不知道。我写了一篇微型调查《兰州：牛肉面上套袋子》，发给了《中国青年报》的一位记者，没几天，《中国青年报》就在《社会周刊》显著的位置刊发出来。后来，有人要给牛肉面换碗，换"健康碗"，不用牛肉面馆的人再洗碗，人家洗好，包装好，给他们送去。很多人不信，头摇得厉害，谁有那么大本事能把牛肉面的碗换下来！事到如今，不要说"牛大碗"被"换"了，很多餐厅都在使用带包装的消毒碗筷。

到过兰州的人，肯定吃过正宗牛肉面，知道牛肉面好吃，好在哪里。没到过兰州的人，也经常吃"兰州牛肉拉面"，能吃饱肚子，无所谓正宗与不正宗，因为没有参照物，比不上。中国人初次见面，寒暄，总爱问人家乡在哪里，我一说兰州，人家舌头马上拐到牛肉面上（从来不说《读者》，看来还是吃更重要），说，他吃过吃过。我问，你去过兰州吗？有的人竟还不知道兰州是陕西的还是甘肃的（这回你信了吧，兰州确实偏得可以）。他没吃过正宗牛肉面，要是以后吃了，就知道以前白吃了。

牛肉面馆正宗还是不正宗，兰州人好分辨。看门头（实际上门头都差不多，大家越来越像了），澳门也有一家，我以为正宗，进去看了一眼，肚子虽饿，还是出来了。看灶台，两口大锅（直径得一米多），一定要有，一口下面，一口装汤；有的面馆竟然用"钢精锅"装着一点寡淡的汤，也敢叫兰州牛肉拉面。看辣椒油，蒜苗，香菜，可不是一碟一碟的，那太秀气，是直径四十多厘米的大瓷碗，装得满满的，随用随添。看碗，一定是"青花瓷"的"牛大碗"，"海碗"，换了样式的，换了颜色的，换了深浅的，在兰州人眼里，还是不正宗。

兰州牛肉面有粗细宽窄之分，我吃过毛细，三细，细的，二细，还有韭叶子，宽的，大宽。那一回好不容易找到广州的那家牛肉面馆，我说二细，妻子笑嘻嘻地用兰州话来了一句：荞麦棱。面师傅一愣，真一愣，随即和颜悦色，真是他乡遇故知，正儿八经的兰州人寻来了，这碗面得做好，要不被老乡笑话。

几分钟，面上来，一清二白三红四绿五黄，分分不差。一清说的是汤要清；二白说的是萝卜片要白；三红说的是辣子要红，得满满的一层；四绿说的是香菜和蒜苗要绿，要翠；五黄说的是面条要黄，要亮。这是几个基本条件。兰州本地的牛肉面馆有的还放芝麻。牛肉面，不能没有肉。但实话实说，牛肉越来越贵，在兰州本地，一碗面六七块，牛肉片、牛肉块基本上没有，牛肉丁有一点。在广州、深圳、北京等地，一碗面十几块、小二十块，正儿八经的牛肉片或牛肉块有一点，但想吃得过瘾，得单独再买。一份牛肉可不便宜，有时候比面贵。

牛肉面光看不行，要吃到嘴里才知道好不好，正不正宗。一回，我和一位同事去兰州出差，早上起来第一件事就是去吃牛肉面，满大街的牛肉面馆，随便哪一家都比外地的正宗。我们在金昌路寻了一家，待面上来，他低头一闻，发出肺腑之言：真香；一吃，乐得合不拢嘴，辣椒油顺着嘴角往下流，又来一句：太香了。本地人听到这两句，足够。

十几年前离开兰州在广州定居后，我们一家人是经常到处寻着吃牛肉面的。正宗的不太好找。用百度搜，一搜一大堆，有时兴冲冲还刻意保持饥肠辘辘的状态去了某家，但基本上大失所望。遭遇多了，便不再上当，吧唧吧唧嘴，使劲将乡情咽在肚子里。

牛肉面是兰州人的早餐，有时候也是午餐。牛肉面对兰州人很重要。你走过再多城市，都看不到几十万上百万人早上同吃一碗面的情景。

真是壮阔。

两个北方

一般，人只有一个故乡，我有两个，都在北方，一个在西北，一个在东北。

5岁的时候，我从西北来到东北。那是我第一次走出故乡，第一次坐火车，第一次从一个村庄进入另一个村庄。

长途跋涉之后，我们终于在那个村庄的某一个院子里歇了脚。不知道院子是谁的，房子是谁的，只惊讶地发现，院墙不是土垒的，是一排排的树干直直地插入地里。没见过那样的树，白皮的。一个角落里码着高高的圆木。房子里靠窗的地方有一口井，伸出一个铁脑袋瓜，可以自己压水，冰凉的地下水"哗啦啦"地往外涌。我没见过世面，小眼睛睁得很大，滴溜溜乱转，穿过白桦树干的间隙，溜出去，溜上满树的山。

刚到夏天，我看惯了黄土的眼睛被绿蒙住了。绿堵得人喘不过气，绿得密，绿成暮色，黑色。绿蔓延到天上，到处能听到风，"呜""呜"，还有其他叫声，像狗，像狼。我进入丛林，一种叫榛子的硬壳的东西，比核桃小，砸开绿色的皮——裂开的皮冒着绿汁，能渗入皮肤——我很贪吃，砸得多，手被染成绿色，好几天不褪，甩起来像两把小蒲扇。榛子的果实嚼起来有点像杏仁，却没杏仁阴险，吃多少都行，可以放心地吃饱。我在丛林中奔跑，很快进入黄花遍地的田野，像一只小花狗，藏着、猫着，和村里的孩子玩游戏。鼻子里满是花香，脸上蓄着风。我顶着不浓不淡的阳光，跑过去，跑过来。母亲的呼唤顺着风飘来，她不需要很费力，站在院里喊，第一声进入我的耳膜，第二声进入我的意识，第三声进入我的思想，我知道该回了。像虫子一样爬到尽头，站起身，拍拍土，一溜小跑，跑进院儿，跳进屋。我身上没多少土，东北的土沉，上不了身。我和母亲，都不再是土人。

母亲不需要再上山，山上没她的作物。母亲养猪，养得膘肥体壮；种菜，种得满园飘香。她也在部队的苗圃种树，种一棵树能挣多少钱，小孩子不知道，但种树和拉车的区别，我晓得，母亲更晓得。母亲种树时肯定会想起故乡，土黄的山，土黄的路，整日土人或者泥人，一身汗腥。她一定在想这树要能种到那山上该多好。后来，有一年，我上学了，母亲给了我很多树种，同学们也收集了很多树种，大家把树种寄到我的故乡。我想象一棵棵树渐渐长高，长大，长密。如果我再回去，我就爬上树，站在树上，迎着风，望着山，使劲地喊叫。

只是，若干年后，当我和母亲回到故乡时，我惊异地发现，山还是那山，路还是那路，村还是那村，屋还是那屋，能看到树，少得可怜，还是少雨，少水，除了庄稼地，一眼的黄，阳光很凶，好像要从我们身上刮下什么。我望着山，母亲也望着山。我隐约看到母亲在山上劳作的影子——那些苦得掉渣的岁月，母亲拉着一车猪粪或者牛粪上山，我被绑在粪上，干粪纤维在风中飞舞，钻进我的鼻孔、耳朵眼，迷了我的眼。

故乡与故乡，真的不一样。

这时，我已成为一个城里人，有了城里的户口本。我非常想在阳台上种一棵树。我在故乡找过树，杨树，柳树，大的移不过来，小的，与母体连着根。我很胆怯，找树的时候偷偷摸摸，挖故乡的可怜的树，挖故乡的可怜的根，不道德，也不体面。我想把城里路两旁的松树挖一棵栽到阳台上——用一把铁锹，将松树的根与周围的泥土完美地分离。

还想种花，种草。

但我知道，树是执拗且倔强的，它的根那么不情愿上楼。钢筋混凝土让它恶心，暖气让它窒息。我们的指指点点，让它仿佛受到羞辱。它被迫与非泥土的物质结合，像城里人做的夹生饭，像过去的包办婚姻，萎靡，一蹶不振，奄奄一息。

几番蠢蠢欲动，终于也没能在阳台上种上一棵树。来历不明的树禁不住母亲盘问。焦灼与焦躁，让我等不住一颗树种萌芽。

　　我有时站在阳台上，想一想老家，黄的土，光秃秃的山，鼻翼中依稀还有干粪的气味；想一想另一个故乡，黑的土，蓊郁的山，鼻翼中满是清香。

　　我最后的释然并非来自大彻大悟——西北偏北，东北偏北，两个北方，都容了我。

　　我见了原始的山，喝了原始的水，闻了原始的香，听了原始的风。

　　生活的磨难，生于北方，又逝于北方。

　　念想，让它挂在心头的树上。

北方的炕

进入冬天，北方有热炕，这是北方人的福气。

但城里没有，有的是乡下。

乡下冷，冷得干烈。不高的院墙和不密闭的门，挡不住风。风从空旷的土地上一路横行，无拘无束，那是一种高傲的姿态。遇到村庄时，它的情绪被打乱了，乃至有些恼羞成怒，于是，狠命地撞击着门，撞击着墙。门和墙结实着呢，那就从门缝里乘虚而入，那就翻过墙头。墙头没草，有也是墙头草，见风使舵。庄户人就躲进了屋子。

于是，乡下来了客人，就得上炕。不是什么规矩，庄户人没那么多规矩。不是非上不可，但屋子里冷得坐不住，也站不住，脱了鞋，上了炕，用被子捂住腿和脚，就不冷了。脚离开鞋，就真实了，有气味，有的气味浓，捂在被子里呢，偶尔被角被掀开，味道就开始弥漫。庄户人都习惯了，不会皱眉头，不会厌恶。

炕贼热，有时烧屁股，时间久了，得挪挪或者抬抬，要不就成猴屁股了。一家人围着，来了客就和客人谝着，家长里短，拉弄是非，这些工作都在炕上完成。进入冬天，庄稼收了，地里闲了，庄户人除了说话就没事做了。说话就说有趣的事和闲话提神，逗乐，也打发光阴。

炕是冷不下来的，乡下有的是麦草。麦草被点着，搋进炕洞，把炕门堵上。麦草因为缺了氧气，窒息，开始挣扎，无精打采地活着。放心，"死"不了，炕门并非密不透风，稀薄的空气基本可以保证麦草苟延残喘，这是最佳状态，炕被熏热了，还省了麦草。若不是这样，麦草在炕洞里熊熊燃烧的话，那炕就变成炒锅了。

炕洞里没火，有烟。烟如人满腔的豪情，顺着烟囱往天上蹿，浓密，却不黑，不黑就没了污染。冬天的乡村虽然家家都烧麦草，但院子里从不落黑尘。麦草是纯朴的，如麦粒的纯朴，如庄稼人的纯朴。

烟一定要向上飘。如果烟顺着炕的缝隙蔓延，那就不是合格的炕。在烟雾里打坐，人就成神仙了。庄户人家的炕没有假冒伪劣之说。我至今没见识过庄户人是怎么墁炕的，里面的结构如何。再多的人上了炕，炕也不塌。热量虽不是十分均匀，却足以让人挨过寒冷的冬天。这么说，庄户人都是能工巧匠，没学过力学，没学过能量转换，也没学过防漏，却能把一个个炕降得服服帖帖，有本事。你听说过谁家的炕塌了，谁家的老人小孩被灰烬烧伤？

淡淡的烟味儿一定有，闻多了就习惯了，还觉得挺香。麦草烧出的烟味儿比其他烟味儿都香。那烟味儿随着热炕清晰地笼罩着人的全身。大人们说着话，小孩子们闹着。孩子们累时，顺势倒在母亲怀里。母亲的怀是热被窝，孩子们做着一个又一个梦，间或在被窝里放个小屁，母亲就笑了，嘴上说，这孩子，手却在圆圆的小屁股上揉两把。孩子们翻个身，又徜徉在梦乡里。

也有更顽皮的孩子，热炕把肠子暖活泛了，屁就多，一个猛地站起来，屁股对着另一个，汹涌地来一声，接着又钻进被子。另一个虽恼羞成怒，却不马上报复，而是蓄势待发，等酝酿得差不多时，刚才恶作剧的一个已失去警惕，也便逃脱不了被"轰炸"的下场。大人们实在看不过眼，说，多大了，羞不羞！

炕热时热，冷时也冷。晚上很明显，到后半夜乃至快天亮时，身下还有温度，但脚下就很冷。这和麦草的余烬有关，也和炕的散热有关。脚冷还有被子捂着，头却始终是暴露的。头的温度基本等同于房间里的温度。庄户人的门不讲究，有缝，甚至大得很；也不保温，是木板子"凑合"的。头就冰冰冷冷的，人的头最不娇贵，原本就风里雨里的，遭罪的命。

炕中间热，两头冷，这是一个弱点。庄户人家贤惠的女人起得早，甚至摸着黑就裹了头巾，拉开门，抱起一把麦草，往炕洞里搋。奄奄一息的灰烬陡然闻到新鲜的空气，精神一振，紧接着又有兄弟们助阵，于是死灰复燃。炕上的孩子们就不冷了，热烘烘的，任凭满院子雪花飞舞，也能感受最温暖的冬天。

　　早起的庄户女人还喂猪喂鸡，打扫庭院里的雪。扫帚划过雪地的声音与间或风的啸声混杂在一起，像一曲乡村音乐。

雪中少林

在蜿蜒的山中穿行，心一直是提着的，山上有雪，白茫茫一片，树上有雪，所有的叶子都像覆了一层厚厚的膜，路上的雪倒是消的，车轮碾压雪水发出欢快的"沙沙"声，抵消了在陡峭的山路上车不易行人不易走的险。我心提的不是山，不是雪，不是路，是少林，我感觉中的少林似乎不在山顶，不在山腰，而在山脚。及至从山间迂回而下，闻到少林的气息时忽而就恍然大悟了，去少林的路一定不是一条，我可能是陷入"迷途"而选择了以"跋山涉水"的方式走近少林。

我很欣喜。

此时的少林是被雪彻底征服的。雪似乎还贪恋着尘世的浮华，星星点点飞旋而至，却不迷人的眼，路上的雪厚得如同一条纯洁的天然的毯子，甚至没有印痕，轮子的印，脚的印，也没有喧嚣或鼎沸的人声，静寂而原始，一切都那么美好。

我很想喊一声，少林，我来了！——但我如此渺小而卑微，如同尘世的一粒尘埃，少林却是伟岸的、深邃的、悠远的。我更怕一声粗俗的喊叫扰了少林雪后的清晨，松枝的落雪，林中的鸟。

少林，不容得你有丝毫的嚣张与肆意。走近少林，每一个人都要放慢脚步，放下尘世的丝丝缕缕，放缓一颗破碎的、浮躁的、傲气的、势利的心才可以，否则，便是对少林的不敬，也是对自己的不敬。

少林寺坐北朝南，背面倚靠着有"九州之险，五岳之冠"的嵩山五乳峰，面对着嵩山次峰少室山，其北界与南界都是天然形成，北界在五乳峰山脚下，南界为少溪河。在冬日雪后的清晨，我如一只茫然失措的小鸟，无处寻觅"清溪锁少林"的风景，却无意撞见了少林的雪，我想，这是生活的一种莫大的恩赐。

入得少林，更是白茫茫一片彻底的洁净的世界，雪的气息、松枝的气息、竹叶的气息掺和交织，仿佛要涤荡每一位造访者的眼睛和肺腑。雪覆盖了所有的路、建筑、松林、竹林。鸟叫声却被"冻"得更为清脆悦耳，一只只精巧的影子时而从松林、竹林中旋出，抖落松枝或竹叶上轻盈的雪花，这个洁白的世界似乎在一瞬间被这些黑白相间的羽毛从容地涂抹了一笔，却一点不显得做作和突兀，反而像寂寞的心间流淌的一支小曲，顺滑自然。

我是格外喜欢雪的，像是雪中藏匿着童话与精灵；孩子们也都是格外喜欢雪的，纷纷扬扬的雪花让他们能跳跃、玩耍、嬉笑、追逐老半天。即便是在少林，孩子们也没放过松林和竹林里的雪，他们旁若无人地冲进其间，肆意摸爬滚打；他们摇晃着松和竹，那些坚强的倔强的松和竹被孩子们的热情和顽皮所感染，身上的雪花洋洋洒洒地飘舞，如梦如幻，孩子们更是喜悦和兴奋，如同一只只松鼠在林中、雪中乱窜。自然，碗口粗的松树是强悍的，孩子们没有少林武僧的身怀绝技，以弱小的力量究竟是奈何它不得。但竹子是纤弱的，孩子们摇几下逗逗乐子是可以的，再摇下去，怕它们也承受不住。好在孩子们的兴趣均是"浅尝辄止"，飞舞的雪落了他们一头，迷蒙了他们的眼，鼻尖上甚至都挂着晶莹的雪花，他们快乐地钻出竹林，小鸟似的继续在古老的少林中寻觅童趣。我经过那片松林、竹林时，周围一丝风都没有，世界宁静且旷远，但仍有雪花被我的脚步所惊吓，零零散散地飞下来在我眼前飘舞，我知道此时自己的性情是惬意的，自己的目光是和善的，自己的内心是宽容的，自己的"六根"是清净的，这一切皆来自笼罩于少林之上的高僧大德的深邃悠远的目光和壮志胸怀。少林寺自北魏太和十九年（公元495年）建寺以来，在一千五百余年的沧桑历史中，一批又一批的僧人来此艰苦修行，内外求证，皆为追求心灵的"圆满""解脱""圆融"，人生的自觉与觉人。少林寺的开创人跋陀收有两位高徒，一为慧光，律学巨匠；一为僧稠，被誉为"葱岭以东，禅学之最"。而少林寺以武勇闻名于世是在隋朝末年。隋初，由于隋文帝的赏赐，少林寺成为拥有众多农田和庞大寺产的大寺院。隋朝末年，朝廷失政，群雄蜂起，天下大乱，少林寺成为山贼攻击的目标。为保护寺产，少林僧人组织起武装力量与山贼作战，少林功夫作为少林寺的武装力量初步形成。唐武德二年（公元619年），隋将军王世充在洛阳称帝，号"郑国"，其侄王仁则占据少林寺属地柏穀坞，建辕州城。武德四年（公元621年），少林寺昙宗等十三位僧人擒拿王仁则，夺取辕州城，归顺了秦王李世民。李世民派特使来少林寺宣慰，参战僧人皆受到封赏，昙宗还被封为大将军僧，并赐给少林寺柏穀坞田地四十顷。此后，少林僧众习武蔚然成风，代代相传。在我童年和少年时，在吉林大雪纷飞的白桦林中，又何尝不是受到少林武术的影响而人模狗样地学过几天拳，踢过几回腿，但武功到底没练成，可在冰天雪地中"习武"的经历让我对少林顶礼膜拜。

雪中，我走向少林；少林，我来了。

若不是雪的掩映，即便是在冬日，少林的林木也是极为茂盛苍翠的，一点都不像纯粹的北方冬天的树木满眼萧条晦涩的情景。挂满雪的茂密的林木让少林显现冷峻、沧桑、力度，是一定在其他季节人感受不到的一种迥异的风度。及至迈入悬挂着康熙皇帝手书的"少林寺"匾额的山门，那种气息更是扑面而来，"少林有松柏，一千五百载；枝叶飘动处，自有禅方来"。透过千年古树披挂着的雪，我依然能清晰地看出它的枝繁叶茂；而仔细观察，每一株古树上都有历代武僧练习绝技二指禅时留下的小洞，我认真地数了数，有的树上有几个，有的多达数十个。

穿过天王殿、大雄宝殿、藏经阁、立雪亭，便是西方圣人殿，它原名千佛殿，是清代武僧的练功房，房内满墙壁画，满地陷坑，那些深坑是僧人用脚踏出来的，是他们经年累月练功的"纪念"。伫立门旁，雪中依稀，似曾记忆，武僧"闻鸡起舞"，修行苦练，脚踏佛门净土，心系沧海桑田，何等的壮志胸怀。

也许，我凡俗的气息惊扰了殿檐下的鸟，它们振翅飞翔，时而飞入殿内，时而飞至苍松之上，树上的雪矜持不住，洋洋洒洒地在空中飞舞，像在演绎少林的兴衰荣辱。

踏雪而行，我更为拘谨地放缓脚步。在少林寺外的西面不远处有一片塔林，是历代少林寺僧人的墓塔，几百座墓塔矗立在皑皑的白雪之中，不能不让人格外肃然与恭敬，我的心甚至是忐忑不安的，甚至不敢直视它们，那些高僧大德曾经所具有的光芒与力量让活在当下的我自惭形秽。他们的身影俨然仍静立于这冬日的寒冷与雪中，却那么恬静安然，是的，他们超然于世，超脱凡俗，无不像今日之雪一样纯粹，凛然，澄澈。

少林寺西北约3公里处的山腰间，更是被雪盖了个严严实实。那里有一处"达摩洞"，据说是菩提达摩头陀坐禅的地方。那是一个天然的山洞，宽3.3米，深约4米，高约3.5米，内窄外宽，呈不规则形状。菩提达摩，唐人尊其为"禅宗初祖"。达摩到少林寺后曾在此洞内面壁九年，由于年深日久，其身影投于洞内石上，留下一个面壁姿态的形象，人称"达摩面壁影石"。后寺僧唯恐影石有失，将影石凿下放入少林寺。达摩为何面壁？此种禅定修行可使人心如墙壁不偏不倚。

九年，九个冬，无数个风雪天。我不知道，当雪花涌入洞中时，雪封住洞口时，这位高僧何所思，何所想，何所念，何所欲，何所为——此等为我之凡夫俗子的心思，达摩心无杂念，一动不动，小鸟在他肩头上筑起了巢，蜘蛛在他的手掌上结了网，而他潜心苦修，终成正果。

——其时我正走出少林。我踩着少林的雪——落雪无声，禅意无边，雪来于自然，有形，逝于自然，遁于无形；禅来于自然，无形，隐于自然，却是有形。

离开少林时，路上的雪已经融化了。

函谷关下寻老子

天底下的读书人谁不知道老子呢。说天底下，范围就是世界，或许有人不服，但是《道德经》被翻译过的版本达 600 多种，在世界的发行量仅次于《圣经》，中国人看《道德经》自然是不需要翻译的，连三岁毛孩子都能摇头晃脑地诵读"道可道，非常道；名可名，非常名。无，名天地之始；有，名万物之母"。世界之大，老子在那个年代亦想象不出。但他在雄关要塞函谷关所作《道德经》已然立于他所想象不到的世界而不朽。

函谷关离灵宝市区 13 千米，从连霍高速公路函谷关出口下行两千米即到。冬日的中原远没有地道的北方那么冷，却也谈不上暖和，丝丝缕缕的寒风在函谷关外空旷的原野上肆无忌惮地游弋，连我这个土生土长的北方人也禁不住要哆嗦一阵子。雪的痕迹仍是在的，远处的山上有，近处的地上也有，脚下却是利落的。也不见阳光，也不算阴天，那种久违的天高云淡，淡到周围再无其他游人，绝无鼎沸与喧嚣，整个函谷关就像一位严肃的兵士严阵以待，让人觉出一缕威严之气。

函谷关本就是一道威严的关隘，其为我国历史上建置最早的雄关要塞，因关在谷中，深险如函，故有此名。建关 3000 年间，发生过大小战役 200 多次，有 16 次重大战役甚至影响了中国历史进程。

战国时，战国七雄除秦以外的其余六国曾联抗秦国，但秦国在函谷关成功抵御住六国联军的攻势。西汉贾谊名篇《过秦论》写道："秦孝公据崤函之固，拥雍州之地，君臣固守以窥周室，有席卷天下，包举宇内，囊括四海之意，并吞八荒之心"，此"函"即为函谷关。"尝以十倍之地，百万之众，叩关而攻秦。秦人开关延敌，九国之师，逡巡而不敢进"，此"关"亦指函谷关。

因函谷关"一夫当关，万夫莫开"，故秦朝末年各地起义抗秦后，新立之君楚怀王为尽快平息战乱，宣告"先入定关中者王之"，后刘邦先入关中，引起项羽不满，项羽设下鸿门宴，让刘邦心悸胆战。东汉末年群雄起兵讨伐董卓，董卓强迫汉献帝从洛阳迁都长安的理由就是函谷关固若金汤易于防守。此后两千年间，地势险要的函谷关成为兵家必争之地，唐代安史之乱，1944 年中国军队与日本侵略军的"函谷关大战"均发生在这里。

行走在这曾经刀枪剑戟、战马嘶鸣、血肉拼杀之地，我想，无人能坦然视之。即便是一草一木、一叶一茎，都藏而不露，高深莫测。是的，这里演绎了太多的历史风云，太多的帝王、政客、文豪，来过、驻过、穿过，如秦始皇、曹操、孝武帝、唐太宗、唐玄宗、李自成、康熙、吴起、司马迁、商鞅、孟尝君、范雎、司马光、无忌、林则徐、李白、岑参、杜甫、白居易、鲁迅……函谷关是古代西去长安、东达洛阳的通衢咽喉，是中原文化和秦晋文化的交汇之地，是千百年烽烟际会、兵家必争的战略要塞，数风流人物，岂能甘心错过？

但老子到来的方式却与前人与后人迥然不同。公元前 491 年农历七月十八日，函谷关上紫气东来，关令尹喜"知有异人过是"，即出关恭迎这位智者。只见年届八十的老子骑青牛由远及近，其状逍遥至极。老子出洛阳西行，本意为去秦国考察。经商鞅变法，秦国国力强大，政局安定，百姓安居乐业。而函谷关实为秦之东大门，到了此处的老子即已到秦国境内。函谷关虽为雄关要塞，但没有战争硝烟弥漫时，其山河形胜，草木苍郁，鸟语花香，溪水潺潺，确为修身养性绝佳之所。老子何尝不是像其他文人墨客一样厌倦战乱、喧嚣、纷攘，渴望有一处宁静之所品茗赏月，数往知来，研精覃思，著书立说。在尹喜的热情挽留之下，老子于七个多月间，"言道德之意五千余言"。

伫立于函谷关之上，我似乎看到那个清癯的须发皆白的老人，骑着一头青牛，悠闲地从关外那片空旷的大地上如一股清澈之水渐渐逼近；我似乎看到老人在函谷关的某个角落正奋笔疾书挥就华章；我似乎看到老人也登临函谷关，遥望大好河山心潮起伏。

老子乃大隐之人，先隐于朝，过函谷关后再隐于野，终再无行踪。但他在函谷关留下的《道德经》却是显赫的，张扬的，掷地有声的：

> 信不足焉，有不信焉。

> 上善若水。

> 知人者智，自知者明。

> 无为而无不为。

> 天网恢恢，疏而不失。

> 邻国相望，鸡犬之声相闻；民至老死，不相往来。

> 道生一，一生二，二生三，三生万物。

> 大直若屈，大巧若拙，大辩若讷。

> 天长、地久，天地所以能长且久者，以其不自生，故能长生。

> 飘风不终朝，骤雨不终日。

> ……

这是一位伟大思想家的箴言，于世，关乎江山社稷；于民，关乎安身立命。作为中国历史上首部完整的哲学著作，其思想内容微言大义，经纬万端。

函谷关，便是老子的筑经关，思想的"烽火台"。

关内通往古长安的小径仍有积雪。越往内走，山势与地势愈发险峻起来，宛如一个口袋，愈收愈紧。我欲寻觅老子西去的身影，但雪水阻碍了我的脚步——我心即刻释然，老子既已隐去，又岂能让我等凡夫俗子觅得踪迹？

我一直怔怔地望着那个方向。

回望函谷关上空的烟云，太多的甚嚣尘上、兵戎相见、气吞山河、义薄云天，太多的英雄气短、生死别离、利来利往、熙熙攘攘迭次闪现，它像天地之间那杆秤上的重砣，决定着历史行进的方向与速度，老子，却是那颗硕大无比的准星。

江湖两艺人

"江湖"者，出家门即是；江湖中各色人等，看似不起眼，仿佛秋末冬初城市街道上的落叶随风飘舞，但其中的确不乏身怀绝技者。

我喜欢有落叶的城市，城市梧桐的落叶随风萧萧而下，漫天飞舞，若你此时正站在空旷的街道上，会有一种无与伦比的诗意与感怀，你分明能听到落叶飞旋与坠落的声音，那是生命的另一种节奏——死亡与新生，都不令人感到悲凉，反而觉得春天的嫩芽正在萌发。

那时我们一家人正沿着城市的街道行走，一座有历史的城市，建筑古朴、高贵、大气。我是这座城市的陌生人，这座城市之于我也是陌生的，我偶然会觉得自己像一个侠客行走在江湖——男人的骨子里都有侠客的影子，无非，古代的侠客手中有剑，侠肝义胆，我只是一个"书生"，手无寸铁，时时还要提防靠近我的人，很可笑。

我看到一座挂有"榜眼及第"牌匾的安静的院子，门檐上高挂的红灯笼表明以前的主人姓高，曾获得全国文官选拔考试第二名。这座名为"高家大院"的宅子是典型的明清民居建筑，主人为清朝高岳崧。高岳崧祖籍江苏镇江，清同治十年（公元1871年）参加科举考试，被皇帝钦点榜眼。

如今，它只是一座落魄的古迹，曾经的风光早已烟消云散。正是冬日，游客稀少，显得寂寥。院子中，有一间小房子，叩开房门，在"高家大院民俗表演"的横幅下搭着一个简易的台子，两位艺人浮出江湖。

一位叫郭光明，一位叫谢春焕。

郭光明是陕西省秦腔音乐演奏大赛特别奖获得者，陕西省合阳县提线木偶传承人。谢春焕曾被中国文联和中国民间文艺家协会授予"中国民间文化杰出传承人"荣誉称号。虽人在江湖，却全无江湖人的装扮，但豪情逸致依旧，话头扯开，两位的江湖故事吸引了我这个游客。

两位曾经都是合阳一个线剧社的演员，十几岁开始跟着师傅学艺。秦腔皮影戏没有剧本，都是师徒口耳相传学到肚子里的，戏中有很多象声词、语气词，两位当初学艺时，他们的师傅都不识字，没有所谓的剧本，全靠"死记硬背"和勤学苦练。

郭光明主学胡琴，谢春焕主学唱戏。在小剧社光会这么一种可不行，要一专多能，郭光明会拉、会唱、会耍皮影、会提线木偶，谢春焕除了拉胡琴不在行，其他亦是样样精通，是货真价实的"签手"。他们都形容自己是"多面手"，这个多面手来之不易。

合阳提线木偶戏是陕西省合阳县境内特有的一种木偶戏，当地人称之为"线猴"，也叫线胡、线戏、小戏。谢春焕说，其历史十分久远，"起于汉而兴于唐，盛于明清"，曾经"藏"于宫廷，是皇帝妃子和达官显贵的"专利"，后来才逐渐走出宫廷到了民间。而合阳木偶戏早在明末就走出关中，进入江苏苏州、扬州等地。清乾隆之后，达到鼎盛时期。至光绪年间，合阳县有线戏班社70余个。2006年，该项目入选首批国家级非物质文化遗产名录。

两位艺人所在的剧社曾火过很多年，在乡间，在城市，一年演出几百场，场场观众爆满，掌声雷鸣。名气大了，外地也请他们去演。两位艺人曾到过广东，在东莞为一家大企业的员工演过专场，对广东印象深刻。

但是随着时代的发展、人们审美趣味的变化、娱乐多样化的选择，提线木偶戏没人看了，皮影戏没人看了，胡琴没人听了——说"没人"有些绝对，但与当年的风光相比，明显是穷途末路，令人唏嘘不已。

剧社解散后，两位艺人开始闯荡江湖，一辈子学的这个，只会这个。两人换了很多地方，最后在"高家大院"落了脚。闯市场只能靠本事，两人将多面手的能耐发挥得淋漓尽致，一场《三打白骨精》的小段子皮影戏，一个人连耍带唱，栩栩如生；《卖杂货》《借水》《金碗钗》等二三十个小段子驾轻就熟，信手拈来。

有的人爱听秦腔，谢春焕会的可多，折子戏、大戏《陈平保国》《罗汗衫》《忠孝贤》《铡美案》《下河东》《王宝钏》《柜中缘》《百宝箱》《杜十娘》《两狼山》《杨家将》都会唱，谢春焕唱，郭光明拉，几十年的老同事，配合默契。一年下来，仅在高家大院就能为7万人演出，如今是淡季，人少，旺季时，只要一登台就歇不下来，一场接一场地演，一出接一出地唱，真累。

讲到兴致处，两人现场来了一段《王宝钏》，果然是老艺人，郭光明的胡琴潜转、顿挫、抑扬、舒缓、蓬勃、激荡、凄然；谢春焕的唱腔愀怆、哀怨、高亢、激昂。秦腔的表演不同于其他艺术表现形式，朴实、粗犷、细腻、深刻，以情动人，富有夸张性。谢春焕的唱腔让我这个外行都听着心动。

我对两位艺人肃然起敬。

郭光明手里的这把胡琴是自己做的，羊皮的弦、竹子的弓、椰子的壳、核桃木的杆——杆是师傅传给他的，其他的用久了，磨损了，他自己换。他们所用的皮影的制作工艺较为复杂，有选皮、制皮、抛光、画图、雕刻、敷彩、熨平、缀结、完成等几十道工序，他们需要什么造型，回老家告诉乡亲，乡亲就给他们做什么造型，在陕西关中，会做皮影的乡亲很多。其他的道具，比如木偶穿的衣服、戴的饰品，都是谢春焕自己做。

身在江湖，"蜷"于一个窄小的舞台谋生度日，两人却无多少怨言，反而对提线木偶和皮影戏这两种宝贵的民间艺术热忱有加。如今的年轻人不爱学这个，民间艺术面临后继乏人的窘境和险境，这是两位艺人最不愿意看到的现实。他们希望以自己的坚守迎来民间艺术的春天、嫩芽萌发的时刻，那一天可能很遥远，可能永不复来，但他们在用自己的方式在等。

凌晨 4 点

即便是格外喧嚣的城市，到了夜晚时也会安静下来。时间不太一致，一些小城静得早，街上开始空荡，寂寥，见不着什么人，也没什么人在街上游走，整座城似乎提早进入了睡眠状态。然后一直到凌晨 4 点，便基本是寂静的，没有奇异的声响，怪叫，歇斯底里的摇滚。所以小城最适合修身养性的喜欢安静的人生活。

我却总被惊醒——其实用惊醒这个词不很合适，我的睡眠很轻，有一点响声便能把我吵醒，之后再很难入睡。我在一种叫声中渐渐醒来，仿佛春天里渐渐复苏的植物，竖起耳朵，仔细聆听，辨别声音的来路，不像发自我的家，我的父母，孩子。这是我父母的居所，他们一直住在小城，我偶尔回来，有一间临时属于我的房子。声音也不远，不是从窗外或街上传来，就在楼里，是人发出的怪异的叫，病态的叫，持续的、不间断的、急躁的叫，这个时间里听到这样的声音让人惊悚，直至我从母亲"歉意"的话语中得知这是楼下的"傻子"发出的声音。

我非常惊愕。我不记得"傻子"的模样，但我少年时应该见过他，那时我们虽没住在一个院子里，但他的父母和我的父母在一个单位工作，后来住进了一个院子，而且一直住在这个院子里。可我很早就离开家到外地求学，或许没有机会在凌晨时听到"傻子"的叫声，也可能"傻子"的叫声并无规律。几十年来"傻子"的病一直没治好，每天总要这么叫一阵子。尤其是夜深人静时他因病痛而不由自主的叫声扰了邻人，楼上楼下的人，整栋楼的人，乃至院子里的每一户人家。北方的夏季，家家户户都是开着窗睡觉的，有一点风吹草动便瞬间传遍了整个院子。

我母亲说，他是个可怜人。

院子里的人都体谅这个可怜人。小城里的人仿佛天生具有一副好心肠，乡里乡亲，同事朋友，抬头不见低头见，日久生情，情谊真切浓郁，很多的矛盾便不成为矛盾。这是小城的一大好。所以"傻子"和他的父母在这个院子里相安无事。

那时，我想，"傻子"的父亲和母亲也一定醒着，他们不像偶尔"旅居"的我，他们不是被惊醒的，他们在儿子的这种声音里活了几十年，心痛了几十年，也被折磨了几十年，更愧疚了几十年。

我见过他们，我管他们叫叔、姨，前面加上"姓"，小城人腼腆，封闭，只有乳臭未干的孩子见着大人才叫叔叔、阿姨、爷爷、奶奶。我这个年龄的人喊"爸""妈"，一个字，听着自然，不矫情。叔和姨都是很慈祥和蔼的人，一看就是好人，可是好人的命偏这么苦。

从凌晨 4 点一直到天蒙蒙亮，"傻子"一直不厌其烦地叫着，那声音从楼下传递而上，只隔着一层地板、一扇门、一面墙，清晰得如同夜半马桶的抽水声让人心烦意乱。

声音终于"消"下去了——其实哪里会消失呢？是被街上赶早送菜的"三马子"的发动机所发出的刺耳的尖叫混淆了，抵消了，是被城市重又苏醒的喧嚣掩盖了，是被各种各样的响声埋没了……

那一个月我的睡眠总是止于凌晨 4 点。这本来是一个多么好的时间，天在启明之前，小鸟快要啼鸣，遍布大街小巷的兰州牛肉面的清香将要四溢，一切的一切都在蛰居之中，又在充满希冀和期盼。但是这一切对于楼下的兄弟而言是麻木的，兄弟无从感知世界的美好，无从享受夜的宁静与安详，无从得知他干扰了楼上的兄弟，楼上的兄弟已从不堪其扰转变为聆听与思考。

后来，我的夜总会终止于凌晨 4 点，我也曾焦急，问过医生，医生说我睡够了——比起那个兄弟，我确实睡够了；比起在火车站候车室的流落他乡的兄弟们，我睡够了；比起流落街头的在桥洞子里过夜的兄弟们，我睡够了；甚至，比起因受疾病折磨而整夜无眠的我的父亲和母亲，我也睡够了。

在这个世界上，你要感觉够，就好。

娘的幸福

人人都想幸福。幸福是大众情人。

酒鬼的幸福是品千年好酒，食客的幸福是尝人间美味，书者的幸福是一气呵成，歌者的幸福是今夕何夕，耕者的幸福是种瓜得瓜，商者的幸福是财源滚滚。

幸福很简单，也很复杂。有简单的幸福，也有复杂的幸福；有轻而易举的幸福，也有百折不挠的幸福；有抓住的幸福，也有放弃的幸福。

而娘的幸福是最简单的幸福。

娘的幸福是看着孩子成长——孩子夭折让娘悲痛欲绝，孩子生病让娘担惊受怕，孩子犯错让娘牵肠挂肚。因为，世上最深的爱莫过于娘对孩子的爱，娘的幸福与孩子的幸福是绝对的合二为一，孩子幸福娘就幸福。

但娘的幸福并非一成不变。娘老时，最期盼的是天天能见到孩子，听孩子说话，看他们的一举一动，那是娘最幸福的时刻。她目光之中的母性之美会传递得淋漓尽致。自然，她还非常想像孩子幼时那样，摸摸他们的手，捏捏他们的脸，亲亲他们的嘴，抱抱他们的身体——那是她身上掉下来的肉，她原来有"物权"，后来具有"优先权"，再后来，渐渐远离，乃至"失去"。她其实心有不甘，心有不舍，却无可奈何。而今她只有想的份儿，听声音的份儿，看的份儿，注视的份儿，爱怜的份儿，埋怨的份儿。

如果得不到满足，娘会很不幸福。

看起来简单，很简单的一个道理，却不一定实现，过程往往很复杂。

俗话说儿大不由娘，娘的孩子不一定再听娘的话，不一定再有时间看娘，不一定再隔三差五给娘打电话，不一定吃好的时候想娘，穿好的时候想娘，玩高兴的时候想娘，不一定在娘想孩子时孩子也想娘，不一定再想听娘的唠叨，衬娘纳的鞋底子，吃娘做的饭，甚至，对娘不再有耐心，对娘的病熟视无睹，视娘为不存在。

如果你来自农村，风雨中，你的娘会继续在村口站成一棵树，眼巴巴地等你；如果你的家在城里，你的娘会守着电话，等你的声音意外地传来，会把最好吃的留给你一整年。

娘渐渐会变得脆弱不堪。

有一年我就让娘受惊了。我们去澳门游走，忽然有一刻，和娘的电话掉了线，娘再也打不通。我后来才知道，娘顿时号啕大哭，她以为我出了车祸，孩子完了。她哭了整整一天一夜，像所有的死了孩子的娘一样哭。娘哭起来悲天跄地，所有的娘哭起来都悲天跄地，那不吉利，可那是她最真实的情感或情绪表达，不掺水，不做作。直到我的声音再一次传至她的耳膜，我仍然能够听到她筋疲力尽的哭腔。

我不能为此而愠怒，也不能哭笑不得。娘的幸福系在孩子的身上，孩子有任何的风吹草动，她的幸福就会泯灭。

世上最朴实的幸福是娘的幸福。

人生的传奇

大千世界，人很渺小，大约都如我等宛如一粒尘埃与沙砾。大多数的人生都是普通寻常的，不庸庸碌碌已是大幸，谈不上传奇与伟大。只是，传奇与伟大却隐藏于普普通通的生活之中，像沙中之金、贝中之珠，你若没有一双会发现的慧眼，它只能与你擦肩而过，诡谲地笑笑，不言不语，径自走了。你的人生，便仍是平淡无奇，如一杯索然无味的白开水。

农民杨志发的人生本就是再普通不过的人生，日出而作，日落而息，面朝黄土背朝天，务着自家的"三分地"，吃一口饱饭，喝一口热水，住一个热炕头，仅此而已。从出生到童年，从童年到少年，从少年到青年，从青年到中年，从中年到老年，他的人生能像 DVD 中急速快进的电影一眼看个究竟，因为人生的几个阶段对于一个农民来说界限无疑是模糊的，甚至时光对于一个农民来说都是模糊的，看着日头掰着指头过日子，这是一个中国农民八九不离十的宿命。

可是，传奇到来了。在秦始皇兵马俑博物馆中，简介上的文字提及发现过程时有这么简单的一行字："1974 年 3 月，当地几位农民在打井时发现了秦始皇兵马俑。"

大约从 1995 年起，秦俑博物馆周围的群众开始流传起这么一副对联：

翻身不忘共产党，致富全靠秦始皇

横批：感谢老杨

老杨是谁？陕西临潼一个普普通通的农民，叫杨志发。

当然，发现者不是老杨一个人，还有另外三个老杨。1995 年，陕西省临潼县博物馆正式承认杨彦信、杨志发、杨全义和杨新满四人是"秦俑发现人"。1995 年 5 月，陕西省临潼县文化馆给杨志发、杨全义、杨新满三个人补发了"发现人"证书，因为证书颁发当时杨彦信已经离世了。当然，由于"发现者"的光芒，还有人说自己是发现者。发现，其实并不出奇，泱泱华夏，地底下藏着的宝贝太多了，挖着挖着，翻着翻着，刨着刨着，就发现了，而非刻意发现，像考古一样，有目的性，更不用说那些伺机盗掘者的利欲熏心。老杨们的发现属于不经意间，偶然的，碰巧的。但是在 1974 年 3 月 29 日，当陕西省临潼县晏寨公社下河大队西杨生产队组织村民打井时，当老杨们陆续挖出大量瓦人人头、身肢残体和碎片以及成束的铜箭头、铜镞、铜弩机等兵器，还有大量地砖时，"发现者"若没有负责地用车将这些破破烂烂的砖砖瓦瓦拉到临潼县文化馆，发现便没有太多的意义，老杨的人生也谈不上传奇。搁在当下，还可能出现奇异地哄抢，疯狂地挖掘与破坏，为"防御"而严阵以待的兵马俑无疑会遭到毁灭性地"侵略"。

那个年代，很纯朴。那个年代的人，很纯朴。老杨们，很纯朴。

顶着一头的光芒，除了已经离世者，不太识字不太会写字的其他老杨都甚至在书法家的指导下认真辛苦地练了自己的签名，然后被邀请来到秦兵马俑博物馆"坐堂"，分别在兵马俑一号坑、二号坑、三号坑签名售书。杨志发的位置在二号坑。

老杨在 35 岁那年发现那些砖砖瓦瓦前可能写过自己的名字，在 1995 年以前，可能还写过自己的名字，但是把自己的名字写给别人收藏，一连写 20 年，写得龙飞凤舞、潇洒飘逸，则离不开他发现的兵马俑。他所售之书当然不是他自己写的书，是一本关于兵马俑的画册，很精致，很震撼，很贵。

他签一个名能拿多少钱，他自己心里有数。但比起举着锄头"汗滴禾下土"，如今他穿着得体的衣装，戴着一顶鸭舌帽，握着一支水笔，显得儒雅，像一个知识分子。

发现兵马俑的杨志发成了一颗星，星迷是克林顿。1998 年，美国时任总统克林顿访华，他在参观了兵马俑后突然提出要见一见兵马俑的发现人。克林顿回国后又邀请杨志发去访问。

　　由于老杨们的意外发现，秦兵马俑坑已被誉为"世界第八大奇迹""二十世纪考古史上的伟大发现之一"。只见三个兵马俑坑成品字形排列，总面积两万多平方米，坑内放置与真人真马一般大小的陶俑、陶马7000余件。不能不感叹两千多年前那些匠人的鬼斧神工，谓以"大师"之称丝毫不为过，兵马俑的塑造是以现实生活为基础而创作，艺术手法细腻、明快，陶俑装束、神态各异，具有鲜明的个性和强烈的时代特征。俑坑内出土的青铜兵器有剑、铍、矛、戈、戟、殳、弩机以及大量的箭镞等。大部分兵器历经两千多年依然锋刃锐利，表明当时已经有了很高的冶金技术。1980年，在秦始皇陵西侧，还出土了两乘大型彩绘铜车马，每乘车前驾有四马，车上各有一御官俑。铜车马造型逼真，装饰华美，大量使用金银为饰品和构件，制作非常精巧，被誉为"青铜之冠"。

　　由发现而传奇，老杨的人生便显得格外不平凡。现在，他作为兵马俑博物馆的职业签名人，受到四面八方的人的尊敬。

　　他也是世界上为各国元首签名最多的农民。

　　老杨的人生，已是一杯清香四溢的茶。

城市的舞蹈

在乡村，没有人在山梁上舞蹈，也没有人在田垄上舞蹈，更没有人站在丰收的庄稼上舞蹈——在乡村舞蹈，要在特定的时间、特定的地点，由特定的人群来进行，否则，你在乡村的名声就彻底地毁了。

有一座乡村，那是我见过的唯一那么别致的乡村，夏季，或者秋季，左邻右舍的男女老少，会聚集在某一个院落里，随着音乐翩跹起舞，乃至歌唱，夜夜如此，直到寒冷的季节到来。

而在城市，就似乎自由了许多。

那是一个寻常的下午，天儿不晴不阴，没有风，不冷。在广州的一座公园里，我看到他们在舞蹈，在纵情地舞蹈。他们是男人和女人，他们的年纪大过我很多。他们也旋转，有人一口气转了二十来圈，舞步轻快又明亮。

我很羡慕，我几乎不会跳舞。

我母亲居住的小城，也有类似的舞蹈。小城不大，却有宽阔的广场，每到华灯初上时，人们就三三两两地来到广场上，伴随着熟悉的音乐"翩翩"起舞。小城不像大城市，那里的上了点岁数的男人和女人，无法在众目睽睽之下尽情地相拥而舞，也许心里真的想过，但没有人身体力行。他们的舞蹈，多少就有些"孤独"。

其实，真的，当你在一座城市更多的地方看到男女老少相拥而舞时，即便你正黯然神伤，即便你正经历风雨，你大抵也会停住脚步看上两眼的，你的心头也一定会有一丝暖意，你或许就想起了故乡，母亲，山庄。

　　我那时就坐在那座公园里，在纵情舞蹈的人群附近，打开一本杂志，读着其中的小品，都是关于人生、关于社会、关于人际的感悟与真谛。感觉真好。

　　我的心也随着舞蹈起来。

　　舞蹈是人性之本。人出生时，哪一个不是以手舞足蹈的方式来到人世间？只是，逐渐地，我们的手脚被什么东西束缚了，只会走路，敲打键盘，最多奔跑。不要说舞蹈，有时，连彻底地弯腰都觉得吃力；不要说旋转，还没转就晕了。

　　古代，男人之舞，舞出利剑出鞘；女人之舞，舞出换代江山。那是凌厉之舞。

　　现代的生活，需要的也许仅仅是舞蹈，生活之舞，风尚之舞。

　　有时，我就在想，古时候，舞蹈可能是人的必修课。男人舞剑，剑是利器，不会舞的话，是断然不敢登场的；女人翩跹，要是不能舞得风生水起，长袖就自己把自己捆了。

　　那时候，阳刚之人舞到极致，一定是无边落木萧萧下；阴柔之人舞到极致，一定是一段伤春都在眉间。

　　而城市公园里的舞蹈，是集体之舞，生动，和谐。

火车钥匙

真的，就算是现在，有些孩子还没见过火车——在他们眼里，火车是个庞然大物，怪东西。

我很小的时候便坐过火车，那时的火车是绿皮的，一节车厢一节车厢玉米秆子似的扎堆儿直直地挺立着，挺好看，但远比不上高铁漂亮。它们如隔了世纪的人，没有机会站在一起让你比较。它们的区别，一个是乡下人，一个是城里人；一个是城里人，一个是大城里的人。前者朴素，后者时尚。

坐火车，在以前是大事情，代表你从乡下到城里，从小城到大城——不是一般的城，是别人的城，遥远的城，你根本没去过的城。去那样的地方，仅有勇气是不够的，还要有依据和目的，如出差或者迁徙。也有很少的人胆怯地尝试着坐上火车去外面做生意。那时候没有旅游的概念，没有钱，很多人笃守"父母在不远游"的古训，终生守候在一个村庄，县城，鸟不拉屎的地方，了此一生。

如果那时有谁坐着火车去玩，回来兴奋地讲述在异域他乡的见闻，向村里人卖派，他肯定是个疯子；后来我学了玩物丧志这个成语，那时候坐着火车去玩，是疯子里面的疯子，精神病。

我开始在固定的时间坐固定的火车时，已经在外地读书了，读的竟然是铁路学校。每次上车的时候都是暑期或者春运，火车最忙，人满为患。人与人之间没有距离，人贴着人，特别"亲密"。我有了一点文化之后，知道人与人之间有一个安全距离，大约30厘米，或者40厘米，这是隔阂，也是礼仪，你嘴巴里的臭气，身体的异味，不至于熏着别人，别人也不至于熏着你。男女之间，消除这个安全距离之后，自然已经是一对了。那时候，我经常贴着粗壮的汉子，也有瘦了吧唧的"麻秆"，一贴就是一夜。饿了，困了，忍着。有时候不由自主地靠着别人的身体睡着了，被人厌烦地推醒。厕所里也是人，在昏暗的灯光下，站在便池上，面无表情，冒着油光，俨然一尊厕神。那是个好地方，累了可以靠着车体，实在困了，也可以蜷缩在便池上。不好之处是四处漏风，夏天还好，冬天冻得要死，一股股冷风从便池扶摇直上，而对厕所里散发的臭味已经不在乎。

　　我开始留意火车上的锁和开锁的钥匙。列车员都有一把外面是圆里面是三角头的钥匙，看起来没多精致，但很实用。列车员开厕所的门，开硬卧车厢的门，开软卧车厢的门，都用那把钥匙，是整个车厢通用的钥匙。我天真地想，自己要是有那样一把钥匙就可以逮机会猫到厕所里，再不出来，可以钻进卧铺车厢好好地坐着，相比硬座车厢，卧铺车厢简直是人间最美好的地方。不过当然是不能偷的。我是个学生，以后是铁路职工，不能干偷鸡摸狗的事情，给铁路抹黑。要，肯定是要不来的，要别人的钥匙，是要人的命；捡，哪里能捡到？列车员时时挂在腰里，攥在手里，那是他们吃饭的家伙。我很眼馋。我估计，一车站立的人都有这样的幻想，拿到一把钥匙，在列车上穿行无阻，寻找理想的栖息之所。那样的钥匙，也买不到，不管怎样的钥匙，都买不到。一把钥匙开一把锁，卖钥匙不是三百六十行之一，不是正经的职业。

　　我带着对火车钥匙美好的憧憬参加工作。在铁路大厂工作，学了技术，学了手艺。我费了不少力气偷偷用车床和锉刀做了一把钥匙，完全是凭借想象，估摸尺寸。我觉得我的钥匙与列车员的钥匙一模一样，至少达到形似。我小心翼翼地藏好，不敢给别人看。但在很长一段时间里，我一直没有机会试一试它到底能不能用。我在一座城市工作，朝八晚六，按部就班，已经没有坐火车的必要。但如果我想坐火车，机会是有的，我父母生活的小城与我工作的城市之间通火车，有特快、直快、慢车。慢车站站都停，我坐上慢车，经过一个多小时的旅程就可以抵达故乡。我特别想试试自己做的钥匙到底能不能打开厕所的门。车厢的门，我不敢开，那相当于银行保险柜的门。我读了书，孰轻孰重还是知道的。有一次，我上了车，车厢里人不多，车况也很差，人人都有座位，有人占着两个座位，鸡鸭鱼肉，胡萝卜，白菜，都上了座位，真宽绰。上厕所，人除了必须去，都讨厌那个地方。我悄悄来到厕所门口，趁没人注意，迅速摸出已经被手心里的汗泡热的钥匙去开门，把钥匙塞进那个小孔，一转，门竟然开了，我手一抖，刚把门推开半扇，里面一声女人的尖叫。

我"忘记"了里面有人——凡是锁着的门，都不能不请自入，那是一种侵犯。我知道闯了祸，迅速地拉上门，疾行几节车厢，找了个人多的地方坐下来，心怦怦地跳着，怕列车员追来，怕被乘警抓住。

虚惊一场。列车不是银行。对于车厢那样的公共场所，尤其是厕所，误闯是常有的事。有人进去连门都不锁，被人推开，再奋力顶回去，被第二个人推开，再奋力顶回去，像打拉锯战。

那把见不得人的钥匙被我用铁锤砸了个稀巴烂。在我整个铁路生涯中，即便我穿着铁路制服，坐火车，出差，我都循规蹈矩地当一名乘客。我也有车长朋友、列车员朋友、乘警朋友，但从未向他们炫耀过这件事，这就像你对警察炫耀你有一把枪。

一把钥匙开一把锁，永远不要拿着不属于你的钥匙去乱开门。

落　差

从高处到低处，没有什么落差；突然从高处到低处，就有了落差——落差使人不满，闹情绪，有怨言，因为落差落的是心，伤的是情。

古时京官外派，得先提一到两级。人家离开京城去了地方，本来是有落差的，级别一提落差补上了，心里舒坦了，工作就好开展了。遭贬斥的京官"外派"叫流放，流放不但不提拔，还保不住连降三级，人这么到了地方，落差就大了，有的人连自杀的心思都有。

过惯了富日子的人心里没什么落差，但一不留神沦为"老百姓"时，这不习惯那不适应，甚至极度失望和绝望；官在台上时心里没什么落差，一旦没了官职时心里就像小猫挠心，无所事事，烦躁不安，乃至迅速地苍老。

落差如"飞流直下三千尺"，摔碎的是自尊；如"大珠小珠落玉盘"，敲打的是面子；如"西出阳关无故人"，考验的是耐力；如"成也萧何败也萧何"，检阅的是毅力；如"抽刀断水水更流"，粘连的是信心。

谁心里没有过落差呢？失恋的人见到人家甜蜜有落差，落榜的人见到人家高中有落差，失足的人见到人家幸福有落差，颓废的人见到人家阳光有落差，没钱的人见到有钱的人有落差，官小的人见到官大的人有落差，长得丑的人见到美丽的人有落差——人心各有一杆秤，还有一把标尺，有事没事时就要拿出来称一称，量一量。

从低处到高处，缓缓的，翻山越岭似的，本来是没有落差的；突然从低处到高处，就有了落差——如同涨潮的海水、喷涌的岩浆、咆哮的山风，有时不能自已——如突然间有了钱，有了权，欲望便往往忘我地蓬勃，就有了短命的财主和速朽的官员。

可以肯定的是，距离产生美，而落差产生力量，力量可以力挽狂澜，也可以摧枯拉朽。

落差打破宁静和平衡，使生活由静态置换为动态。处于静态时，人有充足的时间思考；而处于动态时，人需要迅速地把握自我。能在大起大落中保持内心的平衡和宁静，以及淡泊而致远，执着而坚强，优美而善良，都是了不起的人。

命　运

命运是看不见的，也是未知的。纵然你有天大的本事，也无法洞悉未来，不是么？

在命运面前，每个人都是小丑，都很弱智，都那么渺小。明明觉得可以这样，命运却跟你捉起了迷藏；明明已经顺理成章了，命运却拐了个弯儿；明明阳光灿烂了，命运却把你送进黑暗；明明胜券在握了，命运却突然背道而驰。命运那么深不可测，那么高高在上，那么无动于衷，像一个巨人，像一座高山，像一片大海，她根本听不到你说什么。

其实，命运被误解了。

世间芸芸众生如蝼蚁般密集，谁的生、谁的死，谁的荣、谁的辱，谁的喜、谁的悲，谁的伤痛、别离、缠绵、爱恋，对命运来说，是小菜一碟，是一根毫毛，是一个唾沫星，她不会对任何人展示温柔的笑，尽管人们有时天真地把命运视为女人，或者还是美丽的、有魅力的、风姿绰约的女人。她不会误导任何人，相信或者不相信命运。

命运只会冷眼旁观，实在看不过眼时，就悄悄地找个安逸的地方，睡觉去了。命运从不会为谁去喝彩，她那么高大、伟岸、雄浑，她的谨小慎微的举动或者声响，也会使人万念俱灰、粉身碎骨。

命运如如来，知晓世间和未来。但命运从来都是守口如瓶，对尚未发生的一切都保持沉默，纵然关乎人之生死、人间惨剧，也不为所动，牙关紧锁，更遑论什么荣华富贵、得失存留、蝇头小利、钩心斗角。她知道，这个世界，要想保持中立，就永远默不作声；只要开口，就一定会陷入世俗的纷争。这样，任何对命运微笑、抱怨、献媚、阿谀的人，其实都是无济于事的。

命运深沉地爱着大地上的苍生，每一个人，健全的人，残疾的人，老人，小孩，弱势者；爱着每一棵树，苍翠的，或者干枯的；爱着每一个动物，包括凶险的和孱弱的；爱着每一种物质，比如空气、矿藏。她爱得无怨无悔，无利无私，她也时而哭，时而笑，时而怒，时而哀，为世间的不平、阴暗、友善、慈爱。但是绝对，她会躲得远远的。她的目光在苍穹，在深谷，在海底，在冥冥之中。

她总在心里哼着小曲，祝世间幸福快乐。

邮路·心路

很久没写过一封像样的信，很久也没收到过一封像样的信——像样的信是什么样子呢？都知道，一定是手写的，一定得长一点，翻过页最好，手写的、还这么长，一定有话要说，一定有真的情意，若是不，废话连篇还要有真情实感，恐怕是要熬得人掉几根头发的。

手写的信，造不了假，看着笔迹，想到了人，仿佛看见了人，那人就在眼前，清晰真切；万般情愫就顺着或白或黄或淡紫的纸面洋溢开来，满屋子的温暖，身体里也像有一根弦被轻轻地触动了，有点痒痒的，有点冲动，有点兴奋。

平常，信都是通过邮路送来的。就想，邮路是什么路呢？古时，有邮差的，拿工资的邮差吧，民间有无这样的职业，没考证过。邮差大约是骑马的，好像也只能骑马；有河的地方，渡了河，继续骑马；说的是北方，到了南方，四处水乡，还骑马奔驰的话，总是受到制约的，那么，邮路大约就很复杂。中国又这么大，一封信从南到北，由东到西，走个一年半载就很正常，有时等得花儿都谢了几回，青丝变白发，物是人非。

如今快了。你仿佛能清晰地看见那条邮路：邮件从那里出发，几个小时就到了机场，再经过几个小时的空中旅行，到了目的地，再经过分拣，大约次日一早，你的电话就响了，"您好，特快专递。"拿着身份证，下楼，签字，收了邮件，上楼，却一点都兴奋不起来，你早就知道邮件里装的是什么，电话里说了，短信里讲了，电子邮件里写了，QQ里聊了，乃至，传真里发了。收到的，无非是类似凭证的东西，一本书、一份合同、一个通知，那是印刷品，不是信。

信里有感情，挺神秘，挺惊喜，印刷品却是冰冷的汉字的堆砌，哪怕是一本书。

现在少有人写信了。懒得写了，没必要了，天涯咫尺，咫尺天涯，距离不是距离了，邮路自然也不是邮路了。

邮路其实是心路。邮路短了，心路也就短了；心路短了，就少了期待，少了盼望，少了焦灼，少了美丽。一切都是应付"差事"。

我这个家原来是不通邮的。我到邮局申请了一个信箱。我订阅的一些报刊，总要找个信筒子落脚才行。一般三两天去看一次，报纸杂志都会如约而至，也有信件，却是银行和联通公司的账单、航空公司的里程统计、作协的材料，乃至偶尔有分拣错的，诸如别人的包裹单什么的，也到了我的信箱，我交回邮局，而不是一扔了之。我从不期盼会有好友写封信我，再好的朋友也很难去提笔写信了，麻烦。写一封信是需要静下心的，不能浮躁，有话则长，无话则短，但那话，却是真的。如今人的真话，都淹没在电子信息里，飞快地阅读之后，被更多的电子信息冲击，淹没，替换，总之，杳无踪迹了。那是留不下的，若人把每日在电子介质里写下的对话、信息、废话统计下来，一定会达到几封信、十几封信的长度，只是，人都喜欢在键盘上敲打，在看不见的信息通道里行走。

风里雨里，风尘仆仆，一身沧桑，自行车的铃声清脆地响起，邮递员送信来了——一个箭步冲出去，那份场景宛如前世。真的，邮路，送的是信，也是心。那是令人神往的路。而现在，一切都那么平白，火车与飞机，速度快得根本让人来不及等待。

等待才有滋味。

大师、匠人、小丑

大师创造艺术，匠人复制艺术。所以，流芳千古的是大师。匠人，永远默默无闻。

倘若你去莫高窟看壁画，小心翼翼地进入洞窟，眼前一亮，四壁之上，都是与佛教有关的壁画和彩塑，那肃穆端庄的佛影，飘舞灵动的飞天——庄严神秘，令人屏声敛息。

这是让游者神驰的圣地。艺术之光让俗得不能再俗者也有脱胎换骨之感觉，即便短暂。

画面之上，是匠人的光芒。

1500年，有多少匠人在暗无天日的洞窟里舞动纤细的画笔，有多少匠人由于缺乏阳光的照耀而面目惨白，有多少匠人舍家弃子来到这里之后从此音讯全无，有多少匠人甚至累死病死在茫茫大漠之中。

而且，让我们唏嘘不已的是，创造了伟大艺术的匠人，连个名字都未能留下。

他们是否想过流芳千古？

或许有，或许没有。

但是谁也不能否认，即便是一种复制，它也是艺术，而且，它不是复制，而是创作。

于是，匠人也有天壤之别，匠人之中也有大师。无非，很多匠人并不谋求虚荣，不张扬。因此，大师少有，匠人多见。

我们都是生活的匠人。

为家人烹饪，为孩子劳作，为城市架桥，为铁道开山，为学子传道，为病者疗伤，为朋友写作——谁是大师，谁能成为大师？

没有鲜花与掌声，没有喝彩与荣耀，没有追随与吹捧，匠人所做的，就是不停地付出，不停地流汗，不停地行走，不停地挥舞手臂，不停地喘息，至于是否能成为大师，和他们无关。但他们是构成生活的主要元素，没有他们，大师就是孤独的行者，无人喝彩。

大师是鲜花，点缀生活；匠人是绿叶，荫翳大地。

具备大师的光芒，却保持匠人的本色，那是一座格外炫目的丰碑。

如莫高窟壁画的作者，如万里长城的劳工，如兵马俑的陶匠——他们为生计所累，为信念所迷，宛如生活中如蚁的人群，宛如我们。

大师留芳名，匠人留足迹。大师震撼人，匠人感动人。大师俯视民间，匠人仰望生活。

季羡林亦是大师。他是著名的古文字学家、历史学家、东方学家、思想家、翻译家、佛学家、作家；精通 12 国语言——大师是别人对其的赞誉，他自己不会说自己是大师，倘若他说过，他就不是大师。

通往大师的路何其遥远，何其艰难，何其困顿——季羡林上下求索七十载。如今的很多人，不要说精通那么多语言，连自己的母语都说不标准，都写不规整，300 字或者 600 字的短文——不是散文诗，仅仅是应用文体，都勉为其难，而他们并不是没有文化的人，他们或者是学士，或者是硕士，乃至还有很多博士。于是，季羡林让人怀念，而一些人，要在街头找工作，要在菜市场糊口。

这年头，很多人发疯地想成为大师。写过几篇短文的，开始到处炫耀，参加这个会那个会，以"家"自称，也渴望被别人称为"家"，似乎"家"字当头，真的就是"大师"了。

大师向来是沉稳的，想当大师的人，都不能追名逐利——名利人人都喜欢，更多人没名没利时追逐名利，有名有利时要更大的名利。其实，社会是个大染缸，名利是个搅屎棍。人在世上，倘若清心寡欲，那就活得像人，平平淡淡，温温馨馨，健健康康。倘若开始追名逐利，好处一堆，坏处也一堆；或许风光无限，或许臭名昭著；或许一日间丑小鸭变成白天鹅，或许一夜间白天鹅蜕成秃尾巴鹰。

这年头，小丑太多，冷不丁就冒一个；大师奇缺，德才兼备者更少。于是多一个小丑，人都麻木了，少一个大师，人会异常痛心。

车　夫

我原以为拉车的就叫车夫，那么母亲当过车夫。她年轻时拉着架子车上山，从山脚下将一车车肥拉到山上，那可不是南方的小土坡，是北方的土山。我幼年时不明白那山有多高，后来我站在山脚下望过那山，也赤手空拳爬过那山，我无法想象母亲是如何拉着载满重荷的车逶迤而上，那个过程一定是艰巨且漫长的，母亲不可能一鼓作气，她会在某一块略微平整的地方停下捋一把汗，那只是一个下意识的动作，其实她的汗水已浸入山路，那时，如果有一阵风，她就会省一点力气。不是逆风。可是哪有风呢？风是个势利眼，专挑有缝隙有孔有洞的地方钻，母亲的身影已经与山融为一体，密不透风。

那么父亲也是当过车夫的。年轻时他往城里送麦草，送菜。不是县城，是省城。从乡下到县城有十几里，从县城到省城有几十里，路是低洼不平的，且有浮土，时而上坡，时而下坡；架子车是糟糕透顶的运输工具，没有闸，没有任何机械动力辅助，行与退全靠人力，父亲两手紧紧地攥住车辕（把），一根环形的绳子从车前固定然后勒到肩膀上，遇到上坡，绳子几乎要勒进肉里，遇到下坡，车要掉个头，不是拉车，而是拽车，绳子依然要勒进肉里。

全是为生活所迫。

其实视他们为车夫并不合适，按照书面语言，专业车夫才叫车夫，是以拉运为职业的人，比如三轮车夫，便是长年累月蹬三轮的；摩的，便是长年累月蹬摩托的。这样的车夫以前多，如今在一些城市还是有的。蹬三轮的有的还靠人力，有的实现了机械化；蹬摩托的如果还用人力，一定是摩托抛了锚，那玩意儿一旦罢工，远不如自行车轻便好用。摩托车刚兴起没多久，我蹬过，刚考了驾照，蹬得不熟，没人的地方撒丫子跑，到了闹市区则怕得要死，不敢轰油门，索性挂了空挡下来推，大热的天，戴着头盔，在机动车道上推那么大个家伙，洋相出尽。

车夫就不全是拉车的，驱车的也可以这么叫。专业的车夫叫车夫，那是一种职业，职业没有高低贵贱。驱车的，听着怪好听，比人力车夫上了一个档次，可谓被机器革了命的产物，但车好的时候是人驱车，车坏的时候是车驱人，一旦演变为后者，你连死的心都有。

那么，我也做过车夫。

比母亲和父亲幸运的是我自当上车夫起便不是拉车的、拽车的，而是驱车的。我驱车而驰，一眨巴眼就把父亲当年累死累活走的路全跑完了，我不流汗，手上磨不出血泡，脚板不生老茧。我只需轻轻地踩管着油路的像我的脚板那样大的一块板，车便灵便地飞驰，在城与乡的平展或崎岖的路上长驱直入，我瞬间便拿获了父亲全部的征程和辛酸苦辣。那时我就在想，我比父亲的本事大，他拉车，我驱车；他日行几十里，我日行千里；他一身臭汗，腰酸背痛，我听着曲子，吹着口哨。

这样的车夫做一辈子也是无妨。

一辈子和一阵子，有时却会客串。

母亲的车由着自己的腿，父亲的车也由着自己的腿，它们没有思想，没有意识，行与退全看车夫的心情。而我的车，不是我的腿，它有时会不听使唤。

我的车在闹市区抛过锚，行进间突然偃旗息鼓，像是好好的父亲突然被病魔攻陷。幸好城市的路都堵，车速都快不起来，这是堵车唯一的好处。鼓捣不好，总不能老赖在路上，就推吧，这时我就想起母亲的车和父亲的车的好，那小小的瘦瘦的架子车，纵是满载负荷，纵是上山下坡，却不受谁逼迫，而我却被这庞然大物逼迫着在车水马龙的路上一点点地挪，我一手扶着方向盘，一手拽着车门，高声喊着，让让让让，让让让让，没闸啊！我的身后是刺耳的嘲讽的喇叭声，我的前方是如潮的车流，此时的城市一点都不可爱，路上那一个个幽暗的车窗里闪烁着阴险狡诈、幸灾乐祸、哀怜同情的目光，无一人停车相助。

我是不是可以把车扔在路上不管呢？当年的母亲没有，当年的父亲也没有，那么我也不能。拉架子车的他们是在与生活较量，推车而行的我也是在与生活较量。他们的生活是一种常态，我的生活是一次意外。

生活就是一辆车，快慢之间，停滞与抛锚之间，像是一出剧，车夫是主角，在演绎由起伏到高潮，由衰落到兴盛，由量变到质变的情节。

悲剧在所难免。车与车与人的碰撞，车从悬崖之上瞬间跌落，车以炮弹的力度弹出，裂了痕的生活瞬间像盘绕的老树根没有章法。

存于世，驾好自己的车，你才能看到风景。母亲的风景是山下的我，父亲的风景是背后的家，我的风景是前方的路。

城里的小区

早先在北方住的房子是没小区的，或者有小区的"范儿"，没小区的实质——有大门，没怎么锁过，也没保安，进出没人管，自由得很；没有专门的停车位，只要不堵人家的门，你随便停，其实那时也没几辆车；没有亭台楼榭、小桥流水、花花草草，脑子里连这个概念都没有；没大门的房子更与小区沾不上边，一律汉子一样在路边杵着，要么下了一楼便是车来车往，要么穿过一条逼仄的窄道再是车来车往。

我们都过过朴素的日子。

到广州后住上了有小区的房子，我们也有了一个很响亮的代称：业主，物业的主人。乍一听让人底气十足。小区里有了花花草草，有了四季常青的树木，有了地面停车场和地下停车场，有了健身器材和篮球场，有了鸟语花香，有了为业主服务的物业管理处。遗憾的是没有游泳池。游泳池似乎是小区档次的象征，高尚或者高档的小区是有游泳池的，甚至还有儿童戏水池。闲暇时我们也在小区里散步，在椅子上坐一坐，感觉一下当业主的滋味。尽管这样美好的时光并不常有，人在江湖都要为生活生计，急了了地出门，饥肠辘辘地回来，已是一动不想动，没有太好的心情再下楼。况且南方没日没夜地热，不动都一身汗，动一动汗流浃背水洗一般，实在遭罪。对于孩子来说住在小区似乎没有给她带来实质性的改变，她没有小朋友，没有同学，仍是"孤身"一人。这些年我们老搬家，从兰州到深圳，从深圳到广州，每换一个地方，都要扔一大堆东西，"抛弃"好不容易认识的"邻居"，还有"邻居"的小孩。

小区的张贴板上经常贴一些告示，提醒有的人不要高空坠物，不要站在高处拿着镜子乱照漂亮女生，不要让小孩子或者小猫小狗随意屙屎撒尿。被提醒的人未必都是业主，或许有业主把自己的房子租给别人，别人住在这里就是租客，租客未必会像业主一样爱护自己的小区。

爱与不爱，大多和"身份"没有关系，靠的是文明与涵养。

有的人进了城，思想没进城；有的人思想进了城，道德没进城；有的人在城里住了一辈子，还像个农民——如此比喻其实不妥，有些农民除了不太讲卫生（也没有讲卫生的条件），不一定会从高空往下扔香蕉皮，非要拿镜子乱照别人。很多事本来就是城里人做的，偷窥，偷拍，蹭网，蹭空调，蹭导游……爱占小便宜。我眼见有的业主在小区里开车，孩子从车窗里往外扔喝空的饮料盒，也有业主毫无羞愧地从车里往外扔烟盒子。

小区由无数个小家组成，家是和谐与幸福的代称，由无数个小家所传递的爱如果在小区游弋，小区便是温情的。可是，有时这只是一种美好的想象，家里有争吵，有打斗，有歇斯底里的哭，有红杏出墙的肮脏与龌龊，作为一种情绪它依然会在小区像鬼魂似的游荡，每个人被动地看，被动地听，被动地思索，被动地受折磨。而道德仍是维系小区的"准绳"，对于不爱小区的人，我们不能驱逐，不能斥责，不能将其"绳之以法"，我们只是自己那一套物业的主人，业主各行其是，小区便"涣散"了。

小区算不算城市的村落？它没有古老村落那样的炊烟，没有牧童和柳笛，没有玉米地散发的清香和土地的气息，但它一定有一种气味，夹杂文明、庸俗、涵养、霸道、土气等各种城市特质，每个人都会被浸染和影响。

小区不是家属院，没有几十年的情感托底，少有互相的关切与问候，商品属性的土地上竖立的一个个叠压的格子让人们登高望远、心旷神怡，却忽视了本不该忽视的左邻右舍，楼上楼下的牵连。在小区里，若有一天，当我们老去，我们一定是世界上最孤独者——是不是没有人知道或者关心离开这个世界的人姓甚名谁？

城里的小区，如何找回热情与质朴？

城里的人

　　城里的人不都是城里人。想当初我也是城里的人。由城里的人过渡到城里人，没有横渡黄河那么艰难，但也不是一眨巴眼那么容易。

　　我祖上不是城里人，是地道的农民，也进城，到了城里两眼一抹黑，见了城里人不敢说话，不会说话，特土。他们不是去城里瞎逛游，而是有时候去卖麦草，有时候去卖菜。从乡下到城里三四十公里的路，一路拉着架子车跑，身子骨累得快散架了才坐地休息，然后继续跑，不跑天就黑了。也不是好路，坑坑洼洼，上坡下坡，尘土飞扬。那么一个人到了城里，城里人避之不及，不给好脸，正眼都不看。

　　我父亲刚开始也不是城里人，常往城里跑，但没把自己跑成城里人。跑步是成不了城里人的。城外的人要成为城里人，得跳，像蚂蚱那样跳。我父亲跳成城里人之后我们也跟着成了城里人，这是我这样的有城外人光荣"血统"的孩子成为城里人的捷径，也是唯一的路线。

　　小城的城里人。

　　城里人有房子住。房子是成为城里人的首要标志。没有房子就算你成了城里人也底气不足，目光软弱。房子不必大（其实是大不起来），能容身就行。我们刚开始住的是平房，年久失修，破破烂烂，住了一段时间后外墙塌了。墙塌的时候我们都不在家，都上学去了（有学上是城里人的另一个好处），也就没砸着我们。这要感谢上帝，如果深更半夜的塌了墙，我们就不是感谢上帝，而是去见上帝。但老城里人原来住的基本上都是平房，有些也年久失修，漏风漏雨，甚至还摇摇欲坠，电线像蜘蛛网似的互相牵连，没有上下水，没有卫生间。起先城里人都这样住着，看不出差别。后来有的城里人买了房子搬到楼上，有的城里人平房被拆迁换到楼上，剩下的是没大本事大能耐或是老弱病残的弱势者，还得在老房子里猫着。哪一个城市都有这样的老房子，动不得，拆不得，走不得，卖不得，像是一辈子在为祖上守着什么。

但这样的房子也不是你想有就有。很多城里的人没有。很多城里的人租的是这样的房子，便宜。租房子的人很难成为城里人，因为那不是他的固定居住地。他的住址经常会变，他没有信箱，没有固定电话，用不上天然气，也用不上北方的暖气，南方的空调（也用不起）。

城里不能随便盖房子，不像乡下，你在自己的院子里怎么折腾都行。城里的人到了城里不敢乱折腾。城里人在城里也不敢乱折腾。

城里的事儿要按城里的规矩办。

城里的规矩多，所有城里的人都要讲规矩，不能乱来，不能想当然，不能为所欲为，更不能想吃就吃，想睡就睡，想喊就喊，想闹就闹。

我也是到了城里，成为城里人之后才学会讲规矩的，刚开始是认真地讲，后来半真半假地讲，后来假装地讲，后来不讲——城里除了规矩还有关系。关系乡下也有，七大姑八大姨都是你的关系，那能看见。城里的关系往往看不见，得约莫。很多人不会约莫，撞得鼻青脸肿。很多人揣摩透了，也就有了自己的关系。

关系是城里人的保险杠。城里的人和城没啥关系，进来，出去，过客；要想有啥关系，你得先成为城里人，你得在城里摸爬滚打十几年乃至几十年，老关系才牢靠。

新关系的建立却没那么复杂，钱可以通关系，有了钱就有了新关系。但和老关系不同的是，老关系靠情拉，友情、面情、真情；新关系靠钱拽——用的自然是钢丝，遇刀即断，嘎嘣脆，不小心还弹着人，毁容。所以，最讲脸面的城里人中也有一些没脸或不要脸的。

不少城里的人每天看，习以为常。

城市这个"Word"文件

很少有人没进过城。我 90 岁的小脚外婆都 N 次到过兰州。时间越往后移，城市与乡村的区别越大——城市，越变越变，乡村，越变越不变，这话有些绕口。城市就是一台电脑，乡村就是一个保险柜，这话通俗。

你再仔细看如今的一座座城市，真的越来越像一台电脑——分着区，一个个行政区、经济开发区、金融区，像电脑的 C、D、E、F、G……只要有地，城市还可以"无限"地分下去；没有地，可以填河、填湖、填海"造"地，一直到无限远。

很久以前的城市，哪个区大，哪个区小，有时由人，有时不由人；哪个区什么定位，是政治中心区、文化区、生活区、商业区、科技区、大学区、小商品流通区、娱乐区，还是工业区……有时由人，有时也不由人。

"祖上"遗传下来的，属于不由人一类。那些老城里的某个区，几百年甚至几千年前就是那样，青砖青瓦，古色古香；几百年几千年后还是那样，无非历经岁月的沧桑，有的变成残垣断壁而已。那样的区，一般情况下不要动，也动不得。谁要动，谁就是"败家子"，遭人唾唾沫。

生活中"自然"形成的，有时也属于不由人一类，比如摆摊的人多了，卖菜的人多了，就形成了集散、集市，人来人往喧嚣得很，方便了居民，解决了一些农民的饭碗问题，若一下子"歼灭"，很多人都会跳起来骂街。有一句话，顺其自然——顺便自然。

不少城里有一些老的工业区，尤其在西北、东北的重镇，十年八年可能没什么变化，年轻人找到那里的工作，得有思想准备。厂子多，都是机械厂、机器厂、拖拉机、炼钢厂、炼油厂，每家都有几千上万个工人。一到上下班时间，整条马路，乃至一条马路连着一条马路，都是灰蒙蒙的一片，所有的人都统一穿灰色工作服，也许有的厂子发的是红色、黄色、紫色的——我没赶上好时候，我那时在工厂上班，就是灰色的衣服。我也没问过厂长、书记，为什么不发鲜亮一点的工作服。长此以往，或许习以为常了。现在想来，大约是耐脏。

我待过的那样一个区，20年前和20年后，几乎没任何变化。现在的马路仍是灰的，周遭的建筑仍是灰的，天空仍是灰的，人的脸，也仍是灰的。再鲜亮的女孩，套上那样的"马甲"，也会立即灰下去。本来就不宽的马路正在施工，说是铺设污水管线，到处都是浮土。我脑子里突然冒出一个念头，这样的区，该格式化！格式化？——我自嘲，格式一个区，显然和格式一个文件迥异，格老区，格的是利益，利益的格局一旦打乱，"文件"会充满乱码，让人眼见心烦，无处下手。

"由人"的一类城市，有的人对待城市像对待工作电脑。比如马路，隔三差五地"修订"。有的刚修过，又连皮儿揭起；有的地砖还好好的，要换颜色；有的道牙子上的石头齐整整的，要换大理石的。对马路进行的"修订"，在中国的一些城市，似乎是无休止的，一年到头在"修订"，在经常重复"修订"，永远没有满意的时候。

对于电脑熟手，在 Word 文件里修订内容，是非常容易的一件事，既不妨碍其他区的使用，也没有太大的动静，顶多键盘发出几声脆音。但城市和城市街道的"修订"，或者尘土飞扬，或者马路阻塞；十几公里的路，有时要跑上一个小时。人们开着车，骂着娘，满腹怨气，但又无处发泄，天天如此。

爱电脑，就要维护好电脑。最怕有的人根本就不懂电脑，可他有雷厉风行的爱好和权力，动辄吩咐手下，拆掉（格式化）！那种情形，管你有没有历史，管你高兴不高兴，管你以前是什么风水宝地，乌拉，夷为平地。

——甚至，极个别时候，有的人对待城里的居民，也像对待 Word 文件，一挥手，"格了"！——甚至，极个别时候，有的人将城市里本来可以共享的 Word 文件加密，让你根本无从打开。

不怕城市越来越像电脑，怕的是电脑的主人不懂电脑，或脾气太坏。

——相比之下，乡村还是保险一些，我老家的那棵歪脖子树，40 年了，还活得好好的。

戏与人戏

城市就像一个乡村剧场。你去过乡村么？乡村的剧场一定是露天的，紧挨着村庄，其实就在村庄里，在麦场，在一棵歪脖子树旁，在土苍苍却结结实实的地上。四周有麦香，黄花菜的香，油菜花的香，也有苜蓿的香，向日葵的香；也有臭，猪圈的味儿，鸡屎的味儿，牛粪的味儿，随风飘来，又随风飘走。那种质朴的气息萦绕在村庄的每一个角落。这样的剧场不管演什么满场都是活泛的，有无拘无束的人和气息，非常熟悉的味儿。剧场里前面的小人儿坐着、蹲着看，后面的大人伸长了脖子看，也有的孩子爬上老高的树看，还有的孩子骑在大人的脖子上看。人群里时而嘻嘻哈哈，时而叽叽喳喳，笑声和语言纯真而灿烂。其实，乡村剧场演什么对于乡村来说并不重要，大片有人看，小片也有人看，草台班子的几个演员吼几嗓子，也有人鼓掌。村里人找的是那种摩肩接踵却十分安全的感觉，那种赶集似的喧嚣和随意，那种邻里间的细细碎碎的亲密，才是乡村最好的滋味。

这样的剧场，在城市无疑是稀有的，越来越稀有。城市真正的剧场不属于大众，罩在棚子里的剧场，人声鼎沸，无处扩散，那声音似乎要震破你的耳膜，那疯狂的呼喊和闪烁的灯光除了让你兴奋，也让你隐隐不安。也有的剧场很宁静，像山间的溪水静静地流淌，像黄昏的菜园无所诉求，只不过，那样的场景也不属于大众，他们是高尚人士的专利。露天的剧场，正在或者已经远离城市，像孤独和胆小的麻雀，正被城市的噪声和尾气驱逐得无处藏身。

但是我要做个比喻，与身处乡村截然不同的是，生活在城市里的每一个人，都是演员，城市就是一个偌大的剧场，每个人都要扮演一个角色，或者两个角色，乃至多个角色，是地地道道的演员。

本分的人，要上演奋斗剧、辛酸剧，乃至一把鼻涕一把泪，根本不用催泪弹。

居心叵测的人，演的是整人剧、坑人剧。

坏人，演的是打家劫舍剧。

穷奢极欲的人，演的是风流剧、"罗曼蒂克"剧。

眼珠子发红的人，演的是抢劫银行、运钞车的惊险与刺激剧。

有的官人，偶尔走秀、走台，说官话，打官腔，演得恰如其分，比老演员老到。

好人，老实人，善良的人，演的是锅碗瓢盆进行曲。

空虚的人，想一夜成名，就脱光衣服，就骂人，活生生的现场秀。

赖皮的人，欠了一大堆"群众演员"的工钱，脚底板抹油溜之大吉，玩的是悬念和失踪剧。

有人想消灭情妇，就玩高科技，爆破剧，就玩毒辣，肢解剧，过程堪比世上最最惊悚、灵异的恐怖大片。

有的人角色分明。在台上演戏，演得真儿的，乃至自己把自己感动得潸然泪下；到台下，成为观众，立即把台词儿忘得一干二净，实现了工作与生活的泾渭分明，演技精湛，资深演员周星驰怕也比不上。

你要想在乡村看到奇迹，是要苦盼一些年头的，乡村人一棒子打不出屁来。而城市这个偌大的剧场奇迹却频频发生：有的人靠坑爹的钱买 999 朵玫瑰跪在那里"现演"只为博美人一笑；有的人花 8 块钱买的彩票一下子中 500 万戴个面具去领奖；有的人居然在网上实名和情妇打情骂俏；有的缓刑犯居然混成了大学生的人生导师坑害了众多花季、迷茫的女孩儿。

在乡村剧场，人们看到的是戏。

在城市剧场，每个人都要入戏。

前者让乡亲们很快乐，很爆笑，很解乏，很过瘾。

后者让有的人很痛苦，很忧伤，很凄惨，很暴躁，很无奈，很仇怨。

即便你在戏里很幸福，但演出来的幸福算不算真的幸福？

除非不入戏，但整座城市成了剧场，你不入戏，去哪里？

城市的剧场，有的很大，很宽阔；有的很小，很局促。

城市的剧场，有的很温馨，很坦诚；有的很凶险，很狭隘。

进什么剧场，演什么角色，是一道看起来简单，其实复杂得很的选择题。

城市的讲究

城市像一个挺讲究的容器。

一般的容器，都是固体，没什么弹性。有弹性的容器，是口袋，是皮囊。但城市这个容器，有弹性。

不同的城市，讲究自然不同。我刚进入城市时，一下子就进入了省会。省会有很多好处：显而易见的好处是有机场，有纵横交错的铁道线，有一列又一列的始发列车；显而易见的好处还有办事方便，从"市上"到"省上"20分钟即到；显而易见的好处还有物质丰盈，什么时髦的、时鲜的、有趣的、逗乐的，先到省会来，省会人吃腻了玩腻了，才有可能到下面去。如此一想，便对北京人的优越感理解了，北京人从"区上"到"中央"，也就个把小时的事儿。城市就讲究出身：北京人到了地方，值钱；省里人到了乡下，值钱；漂洋过海回来的，比土生土长的值钱。

城市这个容器里装得最多的是人，各色的人。有外国人。马路上外国人多，说明城市开放。我原来生活的城市，一年到头见不到几个外国人，偶尔见着觉得特别新鲜，城市开放程度就低。有南方人。城市里南方人多，说明城市活跃。南方人喜经商，南方人所到之处，必有商机。有乡里人。乡里人多，说明城市的就业机会多，个体经济发达。城市就讲究发展。

城市这个容器还有属性，如重工业、高新技术产业、商业、旅游业等等。属性不同，容器也就有大有小。我原来生活的省会一半是工业，有炼钢厂、炼油厂、乙烯厂、机车厂、拖拉机厂，规模都非常大，工人数都上了万。这样容器里的空气就不好，色调也灰。高新技术产业可遇而不可求。科技下的蛋，当然择良木而栖。你那容器要是不够好，不够大，蛋是滚不进去的。商业城市人人在商言商，腰包里都有钱。旅游业城市最大的好处是牵上一匹马拉客也能解决吃饭问题。要是你和关汉卿一样"我也会围棋、会蹴鞠、会打围、会插科、会歌舞、会吹弹、会咽竹、会吟诗、会双陆"，那你的日子过得自是格外滋润！但旅游有先天的成分，要如王安石所说"受之天也"。但"彼其受之天也，如此其贤也，不受之人，且为众人"。城市就讲究开发。

城市既是容器，就有容量。人不能太多，为了防止太多，就要设置门槛——古代有城墙，到了晚上，城门"咣当"一关，一了百了。如今的城市基本上没城门了，关不住，只有管。门槛五花八门，有把户籍当门槛的，有把房子当门槛的，有把工作当门槛的，有把医疗当门槛的，有把孩子当门槛的。个个原则上不可逾越，非得越，那成本就相当高。城市就讲究门户。

吾一友已定居南方多年，什么都解决了，从属性上算是彻底的南方人了。孩子上初中，每年学费三万多，上的是重点中学，私立。我听后"呀然"一声，不自觉地拍了一下自己的腰包。城市最大的便利是能给人提供多种选择，吃香喝辣，素食主义，山珍海味，传统经典，应有尽有，你自己掌握。城市就讲究阶层。

城市这个容器管不好就乱。有限的是容量，无限的是欲望。满城人的欲望此消彼长，从不冬眠。家里的地方不够用了，就向阳台要；阳台不够了，就向公共地段要；住在楼顶的，向天上要；住一楼的，向四周要。城市就讲究城管。

有一天，我走在小区美丽的道路上，一辆绛红色的小轿车经我往小区外面开。车窗开着，一男人，一女人，一小女孩，幸福的一家人。车驶出几米远，从车窗里"滑"出一个彩色饮料盒（当然是空的），不偏不倚，"啪"地落在我面前。我对车的好感，对小女孩的好感，对一家人的好感都没有了。我以为，一个随意把空饮料盒扔出车窗的小女孩，一个容许小女孩随意把饮料盒扔出车窗的家庭，是城市里的一个群体，并不少见。这个群体要么充满了市侩气，要么有侥幸进入城市的窃喜。城市就讲究"自感"。

城市这个容器会不会破呢？戳破，砸破，撑破，挤破。大抵不会，因为城市四通八达，可疏可堵。但城市有标签。每一个人是标签的制作者和知识产权的拥有者。你是什么，就贴什么。你罪荡，就贴罪荡；你淫逸，就贴淫逸；你下流，就贴下流；你龌龊，就贴龌龊；你高尚，就贴高尚；你伟大，就贴伟大。因此，民风淳朴的城市，依然是"受之天也"，祖上传下来的，不认不行，不服也不行。也有祖上没什么东西传承下来，但后人惦念，想方设法让自己所居之容器"古色古香"起来，于是西门庆和潘金莲那些风流事，也成了大家抢的香饽饽。

——该讲究时，有些城市却不讲究了。

城与乡

再土苍苍的村庄，其实也是有树的。树在各家的院里。人家都有院了，院子里种的树，大都是果树，梨树、杏树、苹果树什么的，西北自然没有芒果树、香蕉树、椰子树，都是不娇生惯养的树，不用太管，该开花开花，该结果结果，年年都有，不落空，满足一院子孩子一年的期盼。其他的树，比如柳树、杨树、松树，有的村庄多，有的村庄少。大叶植物是绝迹的。

村里的树，没有移植而来的，都土生土长。从一棵树苗开始，乃至从一棵树籽开始，逐渐生成。有的命运多舛，夭折了，有的顽强地活着，终于长成了大树，也枝繁叶茂。于是你看有树的人家，一院子绿意盎然的人家，精神头都是不一样的，腰板直得很。

毋庸置疑的是，只有在十足的夏季，西北的村庄才有绿油油的景象。其他的季节，昏黄一片，一副病态。至少从表面上看去，是这样的感觉。只有年节的鞭炮噼里啪啦作响，有的人家发出宰猪的嚎叫时，村庄才又活过味儿来。

城市几乎一年到头都像打了兴奋剂。连一天的时间，都被分成了段儿。黄金时段，就值钱；午夜时段，就暧昧。还有其他的段儿。有的一段接一段，有的一个季节接一个季节，有的一个节日接一个节日，有的一个年头接一个年头。城里人对时间的爱与恨，往往交错纠结在一起，把时间剥皮，抽筋，压榨出苦水，再搅拌糖水，混合成快乐元素。

但人却不快乐。至少，有的人不快乐。应该说，城市是善于制造快乐的。快乐被硬生生地制造出来，让人享受。人们为了寻找快乐，可以把树搬回自家的阳台上，可以戴上面具吓人，可以言不由衷地说话，可以声嘶力竭地唱卡拉OK。这些工作，搁在乡村，大部分都滑稽可笑，有的会吓死人，有的会被称为神经病发作。

城市往往与乡村背道而驰。城市里流行的，乡村排斥，如女人的超短裙；城市稀缺的，是乡村富有的，比如绿色蔬菜；城市鄙夷的，是乡村喜欢的，比如二八飞鸽自行车，摩托车；城市歌颂的，是乡村贬斥的，比如行为艺术。当然，也许这很绝对，不科学，却生动地说明城市与乡村的确是存在隔膜的，膜一点都不薄，反而很厚。延伸到精神层面，城市自然市侩，乡村自然朴实。

在城市，你会感觉到渺小。很少的人会在城市感觉到伟大。城市的名流毕竟极少，更多的人觉得自己很普通，很下层。但在乡村，你从不会感觉到伟大，也不会觉得自己渺小——极个别的富有诗情和才情的乡村诗人、小说家、散文家，在面对土地的时候，内心涌动着不安和愧疚，感觉自己像蝼蚁，渺小，那是一种非同寻常的感觉，来自精神，与物质无关，完全不同于城里人所感受到的"弱势"。

城市的渺小，绝大多数都与物质有关。

你刚进入城市觉得渺小，那是你与城里人比较觉得没地位；过上十年，你还是觉得渺小，那是你与富人比较觉得寒碜；生活了一辈子，你仍然觉得渺小，那是你在城市没混出什么名堂，没发言权，没支配权，使劲地跺烂脚，也没人理你。

城乡的名堂

当然，假如你在城市混出了名堂，不再觉得渺小，乃至真的有了那么一点"伟大"的感觉，回到乡村时，乡村是完全接纳的，也是信服你的。

乡村决不会与城市的评判标准唱反调，决不会觉得比城市高明。这就是村庄的自知之明。守土有责，但不越位。

在城里混出名堂的人，可以完全坦然地接受来自乡村的祝福和崇敬乃至敬畏以及战战兢兢的目光，那时他会觉得城市真好。

可是，如果你在乡村成功了，你富甲一方，你咳唾成珠，你风流倜傥，一旦进入城市时，若收敛不住，被城里人惊讶地发现并不满时，一句"土包子"便将你打回老家。

来自村庄的唾沫星子和来自城市的唾沫星子，是两种物质，一种属于物理，一种属于化学。前者使你蒙羞，后者轻易地使你变性。

从乡村到城市的路窄得要命。有的人一辈子都没找到那条路。有的人上了路，半途而废；有的人进了城，无功而返；有的人勉强在城市立足，活得却不易。真正使自己在城里有一个不错的工作、不错的房子、不错的妻子、不错的孩子、不错的人际关系的人，实在是稀少。

从城市到乡村，却是没有路的。没有人走，哪里来的路？偶尔听说有人去了乡村，是一种奇迹。极少的人真的热爱起乡村来，土地、蔬菜、粮食、劳作——那是何等的人生壮举。一般人，想想也就罢了。更多的人，想都没想过。

乡村，除了蔬菜和粮食让人怀念，除了溪水和山涧让人短暂地逗留之外，对于城里人而言，似乎再无益处。

城市会因乡村而狂妄，乡村却因城市而自卑。极个别的乡村，富得流油，不恭维城市，乃至瞧不起城市，那是何等的壮烈。那样的乡村，就如一国之都，仅此而已。

灵魂深处，每个人都有自己的村庄，每个人也都有自己的城市。村庄是归宿，城市是理想。归宿与理想之间的路，多时尘土飞扬，人声鼎沸，战马嘶鸣，没人能不动声色地走过那一条路，荣辱不惊。

有的人是在童年时进入城市的，那时他很幼稚；有的人是在青年时进入城市的，那时他很自卑。中年时进入城市的人，是最有实力的，否则怎么敢在这时候放弃土地？

我目睹一茬接一茬的人进入城市。有的几年之后买了房子，有的几年之后离了妻子，有的几年之后升官，有的几年之后发财，也有的，遭受灭顶之灾，含恨九泉。

而在乡村，断断是没有如此变故的。乡村永远是平和的，也有劫数，但概率微乎其微。大家生于斯，长于斯，抬头不见低头见，亲得很。上推 300 年，都是一个先人。

城市各是各的。怀揣各样目的的人来得多了，便成了城市。没有人进入城市是为了别人，全是为了自己。

人的行走，脚步迈开时，路便注定了。

人人如此。

城市和乡村的亲情

乡村也有石头，但不是主流。乡村的主流只能是土地。

我小时的乡村甚至没像样的石头。石头也是势利的，不会轻易妥协，在一个穷地方落脚。

我的乡村基本上算是个穷地方，基本上没有石头，石头子儿倒是有一些，玉米粒似的零零碎碎地散落在土地上，也有的在泥土里偷懒，始终长不出来。

自然，有石头的村庄也未必好。石头多时仅仅是一种普通的物质。

我只是在陈述一种现实。

30年前的事情，我很轻易地记得，我的村庄全是土。周围是土山，人住的是土房子，在土地上挥汗如雨，收获最多的是土豆。

土了吧唧的，这是我成年之后学会的词语，用到我的村庄上最合适不过。

若是刮风，村庄里的全体成员，包括驴子、马、牛、羊、鸡，全都成了土蛋儿。灰头土脸的样子，确实有些可笑。不管是毛小子、丫头、村妇、老爷爷、老奶奶，造型都差不多。土与村庄，就是血缘关系。土像血液，成为村庄的静脉。一旦村庄丢了土，丢了地，我的那些叔叔婶婶，不土了，村庄也岌岌可危。

好在我的村庄还在。她很远，有些偏僻，没人去打主意。大家的地也在。什么时兴，我叔叔婶婶就种什么。有时掐准了，能捞本儿，还有结余；有时算计出了偏差，大堆大堆小山似的蔬菜或瓜果堆在城市的街头，乏人问津，整个一年，在土地之上的劳作，便赔得一塌糊涂。

村庄周围所谓的城市，其实是县城。县城的人有消费的欲望和能力，是不少庄户人的衣食父母。庄户人用钱的地方也不少。

那时，我早已离开村庄，经过一番游历之后成为城里人。我这个城里人不种菜，不种瓜，不养鱼，不养鸡，吃的喝的，大都来自村庄和土地。我最爱吃的是土豆，几十年如一日地吃，从不厌烦，煮着吃，炒着吃，凉拌着吃，炸着吃，那是土地对我的恩赐。

城市和村庄的关系，这么说就是远亲，割不断的血脉相连。若一个住在县城里头的人彻底地把自己当城里人，乃至与土地宣布决裂，不管是物质的还是精神的，行动的还是嘴头上的，都很愚蠢并且滑稽。

有的乡村与城市，其实就是远房兄弟。一家的兄弟，大了各有前途，有的进城，有的留守。进城的有的当官，有的做生意，有的进工厂，有的成为无业游民。留守的有的包了山头，有的开了小卖部，有的种粮食，有的种菜。也有的很友好，手心手背；也有的很生分，老死不相往来；还有的反目，想伺机侵占对方的什么。

有的人是发着毒誓离开村庄的，走了再也不想回去。有的半截时候又灰头土脸地回来了。村庄对于游子的态度始终是温和的。我以为，没有什么胸怀比土地更宽容。村庄和土地永远是游子的归宿。

城市就没那么豁达。你若发誓离开一座城市，又灰头土脸地回去时，脸一定要贴到钢筋与混凝土浇筑的墙壁上，感受一下城市的温度。那与贴到土地上贪婪地呼吸肯定不是一种感受，味道也完全不同。一种生，一种熟。一种冰，一种温。

城乡杂感

总体来说，城市小气。

土气，目光短浅，一般都说的是我叔叔婶婶大爷那样的人。是的，他们最高爬到村庄周围的土山上吼两嗓子，仰头看天，俯身看地，再无参照物。

市侩，流里流气，小家子气，说的是市民，不是全体市民。

城市会有风，这和乡村一样，但风与风又不同。城市的风是稀罕物。风其实也不爱到城里去，展不开手脚，处处碰壁。若突然一阵狂风，那些花花绿绿的广告牌、艳丽的花瓶就噼里啪啦往街上的人头上砸，就听见惊呼声、惨叫声，要发生在你家楼下，你或许就有麻烦了。

城里会有土。大风起兮，尘土中有白色的垃圾袋、塑料瓶、啤酒罐儿。城里人往往怪罪乡村的树太少，没守住自己的土，影响了城里人的衣食住行。

有的城市像堡垒，戒备森严，等级森严，城里人自己也很害怕。有的城市很开放、很浪漫、很温和、很方便，大家都觉得有情调。

我起初居于城市时，还是个愣头青。像现在所有的愣头青一样，有一种浅浅的自卑。刚进城，胆怯。城市是人家的城市，人家吃住了几十年，我刚来，占人家的地盘，自觉地感到愧疚。人家一眼就能辨认出我，眼神里充满敌意和鄙视。上了公交车，也尽可能躲在一边，公交车也是人家的公交车。骑车出门，靠边走，路也是人家的路。吃兰州牛肉面，悄悄地排队，面是人家的面。偶尔逛街，听着人家的音乐，觉得好听。穿的衣服，不敢太时髦，人家的时髦。就像动物王国里来了一只小羊羔，孤独，害怕。"人家"是无处不在的，所以要处处小心。一直到几年之后，我才有了一点自信。

这和进入村庄截然不同，你尽可以钻进玉米地撒尿，在水渠边洗把脸，如果想或忍不住渴，也可以砸开一个西瓜，一旦被发现，不跑，憨笑一下，给钱就是了，决不会被打死，或者被当作盲流关进地窖。

对一座城市越熟悉，你就越会发现来自村庄的人和物。街巷里，里弄里，家属院门口，单位门口，人出没的地方，三轮车，手推车，上面是蔬菜、瓜果，农家的出产。这时，村里人会近距离地观察城里人的脸，一张张被钢筋混凝土箍着的脸，一副副被席梦思床垫软化过的身子骨，一口口被肥皂剧赤化过的语音。

连那些钞票，都是欲擒故纵的架势。这是我的那些叔叔婶婶，大爷什么的，与城里人最亲密的接触。他们对城里人全部的理解往往在于买卖之间。

成为城里人的过程是漫长的。熬人。没有几年的修炼根本做不像城里人。即便修炼十几年、几十年，也未必脱胎换骨。城里人像模具倒出来似的，有这样那样的标准和质量。

成为城里人的标准有两个，一是有城里的户口本，一是有城里的房子。两者相辅相成，缺一不可。

这其实非常难，不容易。寄人篱下看不看白眼都是个问题，想独门独户？一点也不像乡村。你是村里的人，总有一块土地是你的，一个很好听的名字：宅基地。可以盖砖房，可以垒土坯房，也可以盖木房，还可以盖钢筋水泥房——在我待过的乡村，没有钢筋水泥，乡野之上，盖那么一座坚实的房子像足了碉堡，炮楼，那是鬼子怕中国的老百姓才干的事儿。土坯房子好或者坏，对于一个孩子来说是无所谓的。当一缕朝阳从纸糊的方格子窗，从门楣上方，从门缝明目张胆地潜入，我便能看见空气中的微尘，起伏、摇摆、肆意、顽皮、幼稚。试图抓住它们，要小心翼翼才行，耐不住性子，猴急，微尘便借助阳光的力量倏忽就不见了。土坯房子还吸潮，接地，水洒到地上，不会积蓄，而是很快渗入泥土，不戏谑，不开玩笑，拘谨得像一把紫砂壶。

住在那样的房子里，周围全是泥土的气息。到了冬天时候，鼻孔里全是麦草燃烧的气息。你的周身便全是来自乡村的气息。土坯房子，一般都小，大不起来，大的是门，是窗。夏天蛮舒服，风来得快，通透。但冬天时候，冷风夹杂着雪花便从缝隙里往房子里灌，似乎房子的周遭，到处都是窟窿眼儿，除了炕，都是冰冰冷冷的。人的什么部位贴到炕上，什么部位就烫，其他部位，仍是冰冰的。土房子，能住人。窑洞都能住人，但就没那么精细了。

村里人活得就粗。

要说活，还是城里人细法。

但城里人的细法有时却建立在村里人粗法的基础上。就像对待出自乡村的一个苹果，城里人洗了又洗，用各种各样的洗洁精；有的还削皮，讲究皮的削法；有的还"捣"成果酱，压榨成果汁。而村里人偷着乐，某月某日某时，他在苹果树下撒了一泡长长的尿。

人生杂感

父亲的声音

我最后一次见到父亲时他已经长眠，我和所有骤然失去父亲的孩子一样悲恸不已。后来，一位编辑安慰我：没有父亲庇护，从此你就是真正的男人了，风雨一肩挑。

是的，每一位父亲在时，他们的孩子都没有经历过风雨；经历过一点，和父亲相比，不算什么。

父亲经历过风雨。风雨中，裹挟着伤痛与磨难。

父亲生于农家，很小的时候没有书读，放羊。他爱学习，跟老中医学医，背了很多药方。参军后，先驻扎在河南洛阳。那地方夏天热极了，蚊子还多，营房里一人一顶蚊帐，密密麻麻连成一体。营房里没有电风扇，没有蒲扇，彻夜难眠。他们消暑的唯一方式是用毛巾蘸上清水使劲在身上擦，擦完赶紧钻到蚊帐里睡一会儿，时候不大，凉气蒸发得一干二净，再起身，再擦，身上有的地方被擦得伤痕累累。新兵训练结束后，父亲因为有"医学"的底子，被分配到团卫生队当了一名卫生员，命运因此发生转变，后来被推荐上军医大，再后来当军医，开始正儿八经"救死扶伤"。

父亲行医 40 年，救死扶伤无数。可他能拯救别人的生命，却拯救不了自己。到生命进入倒计时时，坚强的人下不了床，被病痛折磨得彻夜不眠，腿部肌肉逐渐萎缩，五脏六腑全面告急，乃至不能动、不能吃、不能喝。

他醒时，很悲观，认为自己活不久了。我们不断地鼓励他，我一有好消息就先告诉他，有时他从报纸上看到我获奖的消息，也会打电话给我。他只要清醒，每天都看报纸。有时候自己给自己鼓劲，我会好起来，我还要去南方看看。

那些年，父亲的生命是在一次次有惊无险中艰难地熬过的。

早在 2008 年冬天，父亲的病情第一次发作。我后来写过一篇散文《拯救父亲》，描述了那一次的经历。父亲先是被呼吸科收下，医生尽力之后病情依然没有好转，而父亲的肚子已经滚圆，如同临产的孕妇随时会爆裂，呼吸更加困难，面色青紫。当日晚 7 时许，父亲被诊断为胃穿孔引发的腹膜炎被推上手术台，之后，被推进重症监护室。

我从门缝里看见昏迷的父亲浑身上下插满探头，探头的另一端是精密的仪器，蓝色、红色或黄色的数字不断闪烁。后来脖子又被切开，插上了呼吸管……

那一次受过大罪之后，父亲开始不断受小罪。卧床不起，昏迷如"家常菜"，隔三差五地来，有时一个月要输液二十多天。我为了照顾父亲，对工作做了调整。节假日，我会奔波百余公里赶回家为他做饭。他的病对很多食物忌口，红烧肉、猪蹄子、大肠……这些东西与他无缘。他每日只能清茶淡饭，时间一久，特别馋。我们有选择性地给他买海鱼、活虾、螃蟹……不给他多吃，每次一点点。他嫌不过瘾，像个孩子似的要，甚至发脾气。

人离不开蛋白质，父亲病弱的身体需要蛋白质，但他的病，蛋白质吸收得一多就会昏迷，这是个无法平衡的矛盾。

每一个失去父亲的孩子，在很长一段时间里都无法从悲伤中挣脱。我总不由自主地要给父亲打电话；遇到事情时，想先跟他商量一下。生活中出现了风风雨雨，挫折，失败，焦虑，更想得到他的鼓励或帮助，当我拿起电话，又一下子愣住——那个电话再也打不通……这个世界已经少了一个慈祥有时又严厉的声音。

用一生去忧患

人活着，是要有一点精神的。忧患亦是精神之一种，是由内而外的愁绪。正如乡愁，但比乡愁深远和炽烈，她的源头也在土地上，但比乡愁更广阔与深邃。

忧患是愁眉雾锁，心急如焚，是一种大境界。所谓生于忧患死于安乐。生是民生，死是国死。

忧患的国家，忧患的民族，忧患的人——当忧患之风在一片土地上像冬末春初的风淡淡地吹拂，我想，这片土地上的庄稼一定是理智的，牛羊一定是理智的，河水一定是理智的，人群一定是理智的。理智无罪。

忧患是理智的佑护者。

忧患不是蜜汁，是药水，是若干道中药熬成的浓汤，其间无不是辛与苦。有的人一生都在这种忧患的药汁中浸泡，每一个毛孔都充满忧患。是的，用一生去忧患的人，必然过得沧桑，乃至饱受煎熬，像一碗百味杂陈的药汤。

比如屈原。

那一年我去了岳阳，却没去汨罗江。我始终觉得那是伤感之地，"路漫漫其修远兮，吾将上下而求索"。语句催人奋进，但又隐隐传递出屈原内心的苦楚与愤懑。

屈原生活在战国战火纷飞的年代，又正是中国即将实现大一统的前夕，"横则秦帝，纵则楚王"，两只老虎都想独霸"山头"。而屈原出身楚国的贵族之家，青年时才华横溢，深受楚怀王的信任，成为其重要的参谋。楚怀王的一切政策、文告都出自屈原之手。屈原深深地热爱生养他的楚国，为了楚国实现统一中国的大业，屈原对内积极辅佐楚怀王变法图强，对外坚决主张联齐抗秦，使楚国一度出现国富兵强、威震诸侯的局面。屈原"不为良医，则为良相"。

但是，很多时候，忧患者是不受欢迎的人。忧患者，看的是民众，想的是社稷，系的是内忧，牵的是外患，不会为一己私利而处心积虑。而安乐与享乐者，则全然不顾民之疾、国之殇，一心一意当一只腐朽的硕鼠。于是，屈原遭受了小人的诬陷，无休止地遭受小人的诬陷。楚怀王"怒而疏屈"。此后的屈原陷于失落之中，郁郁寡欢，终不得志。乃至后来楚国彻底投入秦的怀抱，屈原便成为阻碍历史进步的"罪人"，被逐出郢都。后来屈原又回到郢都时，秦王约楚怀王相会，屈原力劝不可，而楚怀王不听劝告，结果会盟之日即被秦扣留，三年后客死异国。多次被政敌诬陷被流放外地的屈原目睹自己的国家如秋风落叶般的颓败了，心中的苦悲像扑面而来的沙尘，令他窒息、悲怆。他伫立于汨罗江畔，悲愤不已，最后选择了抱石投江。

是的，忧患者的命运时刻悬于悬崖之上，令人仰视，但又岌岌可危。屈原的气节和风骨，为华夏民族伟大而悠久的历史作了最有尊严的注解。

与屈原相比，有的人却在一时地"忧患"。比如后来的秦朝政客李斯。在歌舞升平时，他劝谏秦始皇"儒生'不师今而学古'，指责当世，惑乱百姓，他们以'私学'诋毁'法教'，指责朝政法令'入则心非，出则巷议'，甚至造谣诽谤。这种现象如不禁止，必将削弱皇帝的权威，臣下结成反对的派别"。于是秦始皇先焚书，后坑儒。李斯内心"忧患"的烈火熊熊燃烧，最终却被秦二世皇帝胡亥与奸人赵高腰斩于咸阳街市。

李斯的"忧患"是狭隘的，是偏颇的，是失道寡助的。

"道"莫大焉——屈原的精神和华章千古不朽。

人生三调儿

人生有三种调子，低调儿，中调儿，高调儿。

有的人喜欢低调儿。低调儿不是走路擦墙边儿，见人耷拉着头，饭桌上只顾埋头吃，一副颓丧、衰败的样子。中国人讲话，枪打出头鸟，出头的椽子先烂，"木秀于林，风必摧之；堆出于岸，流必湍之，行高于人，众必非之"，人家不做那只鸟，不当那出头的椽子，不给你"摧""湍""非"的机会。低调的人总是看起来温和、谦逊，打听来打听去，人家也没和谁拉帮结派，见着官人也不溜须拍马。乃至有的人事儿做得比天大，书读得比地厚，但猛扎扎看上去，就是一个农民，或者就是一个没什么档次的青年。低调儿的人嘴巴严得像抹了密封胶，目光却穿越芸芸众生，望得高远。想想，如今，在纷纷攘攘的尘寰之中，高调儿做事者能保持低调儿做人的原则，委实不易。君不见有些人想名想疯了，想利想疯了，唯恐被世人遗忘、冷落，一日不"名"，就猴急得要上房揭瓦。

有的人喜欢高调儿。举凡目光所及，都能见到高调儿者在高谈阔论，"如滔滔江水延绵不绝"；在"制造绯闻"，今天这么了，明天那么了，如一块烫手的山芋被人们抛来掷去；在大放厥词，明明这么回事儿，偏要说那么回事儿，擅长用"学术理论"指导"实践活动"，刻意吸引眼球，以获得飙升的人气儿。

也有的人本来高调儿，报纸上有名儿，广播里有声儿，电视上有影儿，网络上有痕儿。却突然销声匿迹了，或者暂时"保持"低调儿，那是因为正春风得意时，挨了霜打；正运筹帷幄时，突遇飓风；正官运亨通时，撞上礁石。他们"低调儿"的策略目的是迅速从人们眼前消失，从舆论的旋涡里消失，从口舌唾沫星子中消失，避开风口浪尖，以待东山再起，高调儿复出。

也有一直低调者突然高调起来，一般情况是咸鱼翻了身、起死回了生、否去泰来了、苦尽甘来了，总之，时来运转了。"人生得意须尽欢"，有的人的调儿就高得"上管天，下管地，中间管空气"。

也有的人调子本来就不低，更加高起来了。忘乎所以地高调儿，乃至找不着北了。

在人生的舞台上，低调儿者与高调儿者都是演员，而中调儿者是观众。

中调儿者没什么大本事，没什么大学问，没做什么大官，没干什么惊天动地的大事儿。他们偶尔"低调儿"，但不需要刻意，伤心了就流泪，失败了就痛苦，干砸了就自责，挨剋了就垂头丧气。他们偶尔"高调儿"，高兴了就又蹦又跳，成功了就欢欣雀跃，获奖了就请哥们猛撮一顿。他们有时也佩服低调儿者，功成名就还朴实无华，有时也羡慕高调儿者，"谈笑间樯橹灰飞烟灭"，之后，觉得还是自己妥帖。

啥人都有。

人生三种调儿，低调儿是低调者的人生哲学，中调儿是中调者的处世哲学，高调儿是高调者的混世哲学。

选什么调子，唱什么歌，看你的修行。

你土不土

土色。人大概都见过土。西北是黄土，东北是黑土，也有的地方是红土，可能还有其他颜色的土。土色最接近人的面色——其实是人的面色最接近土色。一方水土一方人。西北人大抵就淳朴，东北人大抵就豪放。南方是水乡，人则细腻、清新。有些江南女子还特别脱俗。土色是宽泛的、博远的，见到土色时，眼前不会顿时就亮了，但也从不让人觉得憋屈、萎靡。因为土色流淌着生命的本色。而在城市，色彩是变幻的，土色越来越稀少，乃至珍贵。城市永远不会流行土色，因为土色是一种基调，一切的色彩生于土色。偶尔的，能见到土色的建筑群，眼前仍然不会顿时就亮了，但心里一下子温暖起来，想到了乡村、白杨、土房子、土山、溪流、炊烟、母亲、奶奶。大抵上，能够展开联想的色彩还有，比如蓝色、白色、绿色，其他的混合色。但土色不会使我们的思绪如闹市唠唠嘈嘈，如初学者的习作佶屈聱牙。土色是流畅的，可以让我们一路向西、向北、向东、向南，走向童年。而不管你已是耄耋之年，还是"大风起兮云飞扬，威加海内兮归故乡，安得猛士兮守四方"的壮志凌云之年。

若你的土色迷失了，要么你根本就不识得土色，要么你已经远离土色太久，太久。

气息。土一定是有气息的，使劲地嗅，像狗一样，贪婪地嗅，你就闻到了麦苗的清香，玉米的清香，瓜与果的清香。从土地上走出来的人，身上起初都带着这种气息，原始而自然，一点也不野蛮。有的人一生都持有这种气息，怡然自得。有的人飞速地除去了这种气息，而妖精般地吸纳了其他杂七杂八的气息。有的人尽力掩饰着这种气息，憋着，憋着，像个热气球。但气息，总是要弥散的，向房间的各个角落，向楼群的四面八方，向城市的犄角旮旯，向人——眼，鼻，心，神。

　　和谐相处的人，就有相同的气息，生于同一方土地，或生于不同的土地，但能够容纳与消解，息息相通，相安无事。当你惊讶地发现，来自一方水土的人挤占了你的视线时，你首先不要认定那是在拉帮结派，而是一种相同的气息使他们灵犀相通。你也要融入那种气息，否则你会因为满身的异味儿而遭到排斥。毫无疑问的是，当你身处某种气息久了，要么某种气息会像高温蒸汽把你蒸熟，要么会像空调的换气功能将你一股脑儿换掉，才不管你的气息来自哪一方土地。

　　土气。"土里土气"总是并用的，是城里人的专利话语。村妇不会对着一头猪说这句话，奶奶不会对我说这句话，母亲也不会对儿子说这句话。进城之后，这句话你时而是会听到的，男人说给你，女人说给你。男人中有老板、包工头、班头、大巴司机、售票员，一切出售城市福利乃至机会的人。而你是购买者，抑或是某种形式上的乞者、讨者、要者、求者。女人中有妻子、女儿，这是善意的。也有小姐，以及其他机会主义者——靠某种机会赚钱而养活自己的躯体和放纵自己的灵魂，比如情人、征婚的骗子、街女、发小卡片的人，乃至卖香烟的市侩女人。一般而言，你听到的不是"土气"，而是"土包子"，说"包子"时，他们的嘴巴像足了蒸熟之后鼓足了劲的包子，或者"土鳖""土老帽儿"，都前挂着一个土字，形容的意思，定语——都有。有的人真土，不会投币，不知道前门上后门下，不知道先说你好，后说再见，不知道称呼先生、小姐，不知道汇款要排队，不知道赤膊走在马路上难看，不知道随地吐痰是要被罚款的，不知道盯着女人的胸脯看是要挨揍的。有的表现得土：说话实在，有一说一；办事实在，该怎么办就怎么办；要钱实在，说好多少就是多少。他们说方言土语，望着你一脸真诚，也笑，傻傻地笑，憨厚地笑，鬼鬼地笑，呵呵呵呵，嘿嘿嘿嘿，招牌笑。不像有的城里人，皮笑，神经笑，骨子笑，思想笑。

　　被唤作土包子、土鳖、土老帽儿的他们有时土得奇异，与城市的街巷迥异，与城市的卖场迥异，与城市的先生与小姐迥异。

"土"这个土生土长的字眼儿，借乡下人一万个胆儿，也不敢用到城里人身上，你这个"土——丸子"！

大俗大雅，大土大洋。那是一种蜕变，破茧成蝶。没成，你是虫子。成了，你是蝶，是龙。还是土，但别具一格。

人生之悟

当官的会粉饰，乃至绞尽脑汁地粉饰；做人的也会粉饰——君不见，如今很多人都在往自己脸上贴金，自己说自己是专家，自己说自己很著名，自己说自己写得好，自己说自己比别人强——乃至说得多了，还真就"著名"起来。这年头，啥怪事都有。

简单是一泓清泉，从眼到心的净；复杂是汪洋大海，管窥蠡测只能以偏概全。

有人说，含蓄是一种美，是的，含蓄未必是一种复杂，含蓄更多的是一种委婉，或者技巧。

很多人都成了一杆秤，遇事时先过过秤，称量什么呢？钱。斤两足了，事好办；斤两欠缺，拖着不办；没斤两，滚一边去。

人的嘴巴半张是说话，张大点就可以骂人，大张的话就能宰人。人的嘴巴里能弹出利剑，能喷出烟雾弹，能旋转忽悠圈。

有的人的脚能踏两只船，一只向左，一只向右，在男女关系中游刃有余。

人的手往往就是工具，就是仪器，能掂量，能度量，能把玩，能捏弄，能提选，能扒拉，能示意。

由人脉而衍生的不是腰带，不是海带，不是塑料袋，是"裙带"，与裙子有关的关系一两句话都说不清楚。"裙带"出自哪里，我也说不清楚，总之暧昧、纠缠、错综，牵一发而动全身。

"尾巴"就往往是由别人剁掉的；"小辫子"就往往是由自己剁掉的。被别人剁了"尾巴"会垂头丧气，自己剁了自己的"小辫子"反而就扬眉吐气了。人生之不同，泾渭分明。

为了不至于悬空浮沉，领导同志要从细节做起，不要轻易喜欢什么，喜欢了也不要太痴迷，痴迷了也不要太久，否则被有些同志琢磨清楚了，就该给你下套了，好不容易当上领导，在兴趣爱好上被人牵着鼻子走，再吃亏、跌跟头实在不划算。

夜是铺开的隐私，夜遮了人的眼，没有光亮，人人自由而神秘，你不去洞悉别人的夜，你就是坦然和雅致的，你在自己的夜里自然也是自由的，如一条浪漫的海鱼，如一只和善的羊，你独立，你孤傲，你神圣。你属于自己，你自己属于那此起彼伏的来自自然的和谐之音。

人吃五谷杂粮，便要讲人情，人情如一张葱油饼，闻着香，吃着也香。

人，腰包不阔了，也不必跳楼，夹着尾巴做人就是，要紧的是把尾巴夹紧，不要偶尔地露出来惹人不快，更不要偶尔流露出曾经的"阔相"，那会使人相当不快。

有吃有喝有闲钱，再加上有一点文化，已经就是小康了；已经在阔的人的层次似乎又远远高于小康的标准。但自古至今没人比穷，那会令人心酸；有人比阔，比得像斗鸡似的昂扬，斗牛似的凶狠，斗蟋蟀似的刁钻。比阔似乎是人的天性，与生俱来，与人须臾不离，乃至活着比，死了也比。比阔就是显摆，就是嘚瑟（东北话），就是烧包，比到最后，慌不择路，就到了悬崖边了。

所以说，假如你是名校毕业生，不要太在意你的"牌子"；假如你的母校不知名，不要太自卑和颓废；假如你找到了一份好工作，不要太以为自己真的很优秀；假如你处处碰壁，不要太怨天尤人——因为，你投入学习的时间掐着指头都能算出来。

我也总觉得，现成的东西远没有创造的东西保鲜期长，可惜全民在习惯复制，缺乏创造力。

人生实则就是一个个剪影连缀起来的大戏。每个人都有一个影子，那影子或明或暗，或扬或抑；或者是你，或者不是你。剪影是生动的，是瞬间的永恒。因为是剪影，就少了许多虚伪，而多了冷峻或者直白，也就多了几分"像"或者"不像"。

中国人一辈子都活在证儿里，证儿光鲜，人也光鲜，证儿晦涩，人就抬不起头。

藏在肚子里的秘密才是真正的秘密，就算丑陋，也没别人什么事儿。

脸一般情形下是人心的晴雨表。脸有阴晴圆缺，心有七上八下，有些人的脸是万花筒，有些人的脸是核桃木，有些人的脸是"股价盘"，有些人的脸是棉花糖，再有僧面、佛面、铁面，千人千面，没有相同的。

战士有士兵证，律师有律师证，记者有记者证，法官有法官证，老师有教师证——假如战士不会打枪，律师不懂法律，记者不会采访，法官不会断案，老师不会教书，是证儿的错，还是人的错儿？

对于中国老百姓来说，去天安门，是一种永恒的情结，代代相传——北京是所有中国人的首都，天安门是所有中国人的广场。

人的一生，其实就是在同命抗争。有了命，才谈得上运气。不要命的人是可怕的，拿别人的命不当回事的人却都是要命的。所以，学会呵护自己的生命、尊重别人的生命比什么都重要。

有的男人是为老婆孩子的风光而风光，出于一种责任。没钱的时候肩上扛的是压力，有钱的时候心里盛的是幸福。

人把自己圈起来不行，那会孤陋寡闻、闭门造车、坐井观天；人没有圈子不行，会抑郁、愁肠；人得成为圈里人，圈里的是主流，圈外的是另类——另类多了，也会形成圈子，也就成了主流。

出头的椽子先烂，那是被雨淋的，烂了就烂了，换根椽子即可；出头的旗杆烂了，那可是被人整的，有时就一蹶不振，再无出头之日。

体现在身份上，身份这个东西一定是烙印，烙下就轻易抹不去了。农民、工人、教师、公务员、企业主，你当谁是一回事？原则上讲，我们不会告诉孩子好好读书，长大了去当农民和工人，"对比"和"排除"法使我们对身份的烙印刻骨铭心。

人生三只眼，左眼看人情世故，右眼看风云沧桑，还有一只眼，是心眼，看利来利往。

QQ 里聊，MSN 里说，电子邮件里写，有气无力的，有一句没一句的，要说不说的，一句半句的，三言两语的，星星点灯的，绝没有聊透彻的机会。大家都是一边紧张地工作，一边应付着社交，就是应付着朋友。哪怕这个朋友是真的想和你说说话，聊聊天，想问问你的孩子长多大了，上几年级了，你太太工作顺利吧，身体健康吧，你的工作如意吧——你也是一副应付的态度。这不由人。

人生这杯茶

真的，每个人都有得意的时候，我说的得意与"得意忘形"无关，只是人生的一种特定的状态。

我也得意过。上学的时候，我发表了不少作品——还称不上作品，算习作，但已经不容易，因为其他同学都没有。有的同学便有"意见"，公开说"你有什么了不起"。那时我的心智并不成熟，不明白还有这样的事。时隔多年之后，我理解了。我得意，便有人不得意。得意从来不是一个人的事，你的得意如果伤害或影响了别人，你就有可能再也得意不起来。

有人得意，就有人失意。你此时得意，可能彼时失意。得意与失意是好兄弟，合久必分，分久必合。人不可能一辈子得意，也不可能一辈子失意。

人生如茶，得意是茶香四溢的时候，失意是杯凉茶败的时候。得意可以瞬间转为失意，比如一杯刚沏的茶一不小心被突然打翻，热水烫得你满屋子乱跳；失意也可以很快转为得意，比如你滤去杂质，把败叶搁在阳光下晒干，轻轻地放入花盆——它们会在泥土中获得新生，春天来的时候，枝头就会热闹起来。

人生的温煦，总在得意与失意间巧妙地转换。

得意时，阳光、鸟语、花香都围着你。若你想阳光再艳丽一些，鸟语再清脆一些，花香再馥郁一些，都有可能。幸运与宠儿，有时候是连体的。"人生得意须尽欢""春风得意马蹄疾"，都是一种美好的状态。

失意时，似乎一切会离你远去。尤其是光环、光亮，仿佛世间的光、人眼里的光，都躲着你。你的眼里也没有光，像夜一样黑。人生如那杯残茶，随着茶味越来越寡淡，生活黯然失色。此时，你内心的温煦不再，你的周围不再温暖如春，你可能会不断地问自己：头顶的阳光还在吗？鸟语还在吗？花香还在吗？朋友还在吗？

一个朋友愤愤不平地对我抱怨："那时他敢这么跟我说话？""那时"，不用我说，正是他得意之时，有人求。旁人"敢"时，不用我说，你也知道，他肯定已经失意了。

其实，当你走开的时候，连椅子都会凉。你知道，茶不能泡在保温杯里，久了很难喝，没有层次，不清香，不醇厚，只有苦涩，像熬久了的一剂中药。

你也不是保温杯，人们都没有生活在保温杯里。人们需要避暑，也需要取暖，和你一样，都要品茶。

每个人的生活都是一杯茶，无非有的最后喝成酒，有的喝成咖啡，有的喝成白开水。

速　览

　　每个人都在看手机，手机似乎是每个人的情人，在速览的状态下被点击、翻阅、划过。在宽敞雅致的候机大厅几乎找不到看书的人。

　　纸质阅读似乎渐行渐远，而电子阅读正气势汹汹地围剿我们目光所及之地。可是，电子阅读，那是一种真正的阅读吗？且不说电子屏幕仅有方寸之地，且不说信息在不断更迭过程中何来阅读的心境，且不说人与手机本就不是人与书的关系，且不说手机与书根本就不搭界，人其实已经像极了一条狗，被手机这根绳索牵了鼻子走。

　　每次飞行时我都带了书或杂志。有时是厚厚的一本书，有时是两三本杂志，《读者》《杂文选刊》《青年文摘》，此时的阅读饶有情趣，因为周围的人与你素不相识，不会打扰你；你若不是想刻意结识某个美女来一段什么邂逅与艳遇，你断不会主动与其寒暄，好了，此时的你属于你自己，若嫌灯光暗，头顶就有专门属于你的光亮，若你觉得热、烦躁，头顶有专门属于你的习习凉风。坐飞机的人，大声喧哗者亦有，但毕竟少见，吸烟是绝不被允许的，因此你大可不受烟熏火燎之苦。此时的你其实什么都不能做，也不想做，阅读是最理想的状态。

　　我不知道我的阅读是否引人注意。但在我偶尔的观察中发现周围的人基本上没有阅读，一本书或一本杂志。机舱的随机刊物如同一个时尚的花瓶，瞅两眼便觉得空泛。有的人打开的仍是电子书，有的人从笔记本电脑中观看电影或电视剧。

也许，我翻书的动作是令人眼馋的，我如同虫子一样咬噬文字的情景让有的人幡然醒悟，邻座倒向我借书了，这自然是好事，我不会拒绝。那是一本《杂文选刊》，我不知道他能否读得进去，因为那不是一本娱乐的、轻松的杂志。

飞机在起飞或降落时令我无法看书。我幼时晕车很厉害，乃至成年后亦晕车、晕机，再后若头天晚上休息得好，身体状态不错，是可以抵抗颠簸之苦的，若不，就非常难受，是没有精力或体力看书的。

看书是需要体力的，是一个体力活。我相信你在大病初愈时，在头昏脑涨时对书的讨厌程度与对情人的讨厌程度成正比。阅读是思想的流动，而思想是要靠你的健康的体魄去流转的，没有肉体，思想自何而来？没有河床，河水流向何方？决堤后的河水泛滥与嚣张，宛如思想的颓废与放荡不羁。

阅读一本书是细致的，而阅读手机是速览状态。一个是纸，一个是电流。纸张触手可得，而电流隐于空气。阅读一本书，是在延续自己的生命，为生命补充色泽；而阅读手机，不过是打发时光，是耗费生命，为生命抵消色彩。

全民都在速览，都在快餐式阅读。快餐吃多了必营养不良，速览之后我们的大脑还有多少睿智？

寂　寞

寂寞并不简单，是一种复杂的情绪，不像天白夜黑、日升日落。

寂寞与物质多无关系，是滋生于心灵的微生物。寂寞一点都不像百花园的群芳争艳，她可能与浮华无关，可能与喧嚣亦无关。她就是一颗露珠，属于清晨；是一粒种子，随风飘散；是孤雁的低鸣，委婉且幽怨。

寂寞仿佛一种时光的停滞——某一月某一天某一时某一刻，你置身于闹市，满眼看去车水马龙，你却感到寂寞，我想，那是你比较幸福的时光，因为此时你不再浮躁、忙乱、六神无主。你已经将心灵从集市解救出来，将心灵用花香或酒香围裹起来，让心灵在某一首婉转的乐曲中短暂地松绑，充满宁静、期待、企盼的意念像一道未解之谜让你沉醉且优雅。

寂寞与欲望多无关系，将两者等同，无异于不分青红皂白的混合。寂寞可以独享，欲望却要猎取或宣泄。寂寞像花朵一样美，欲望复杂得如同一瓶老酒。

其实刚进入城市，你大约不会感到寂寞，你的眼、你的脚、你的手、你的心在与城市共舞。而你能寂寞时，你在城市已经生活了很久，你熟悉了它的巷、它的街、它的水、它的楼、它的高度与涵养，你在思考你的人生与城市的疏与密，你的过去现在将来与城市的瓜葛与纠缠，你的情感是否能像清澈的溪水在城市的管道中流淌。此时没有人能够分享和读懂你的寂寞，就像没有人能打开你的心灵之窗，你心头的鸟语花香只为你鸣叫与释放，非常美与独立。那是你一个人的尽享与拥有，而完全不妨碍任何人的行色匆匆或孑然而立。

寂寞很纯粹，却又能衍化，如雨后的虹，时而绚丽时而淡定时而游散时而拢聚。寂寞不是猫爪子挠心，一点都不是。是夜空里的星星点点，是月光的皎洁与清凉，是莺飞燕舞——猫爪子挠的不是寂寞，是迷离，是行走在情感迷途中的感怀，是一种慌不择路或者饥不择食，是一种渴望与慰藉，一种急切的等待。

寂寞是宁静的、唯美的，是一种优雅和伤感。她属于作者——文学的作者，音乐的作者，生活的作者。生活永远博大精深，而城市给了生活一个框架而不是囹圄或捆缚。寂寞是生活的断码，你所要做的是将码补全。

寂寞也不代表孤独。孤独其实并不美，甚至是一种人性的摧残，没有人寂寞一生，却有人孤独终老。寂寞属于红尘中的奇葩，红尘是其母体。

若到了乡村与小镇，那里其实也有寂寞的土壤，虽然听得到狗叫与鸡鸣，看得见尘土飞扬；夜里，甚至万籁俱寂，仿佛虫子都停止了蠕动；时光像天际的夕阳坠落得迟缓又优柔寡断。寂寞会像一把火点燃你周身的血液——但她来得快去得也快，像个念头一闪而过。你知道乡村和小镇很美好，那些植物与动物的干净与朴实，与城市的差异如同山泉与自来水，但你只是一个过客，如一只鸟从城市上空顽皮地飞过。

你已经适应了城市的好，你的情绪只有在城市钢筋混凝土的结构中才能云烟氤氲，于是，在乡村，你的寂寞尚未萌发或许已经夭折。

你常喝茶，寂寞便是咖啡，一点糖都不要加，品一下，苦到极致，却仍然爽口。

聒　噪

这是一种因人而起的声音，似乎蝉鸣也被形容以聒噪，就算是吧，却并不令人厌烦和急躁。夏日燥热时林间蝉鸣四起，其音甚至是声嘶力竭，但你仍会谈笑风生而不想着逃脱，你看，蝉鸣的聒噪便是与人声不同了的。还有牛蛙的叫，傍晚乃至夜幕时分，特别是一场透雨过后似乎漫山遍野都潜伏着数以万计的牛蛙，叫声此起彼伏，绵延不绝，音量还特别的大，没有牛般浑厚却比牛响亮，可是奇怪不，听着牛蛙的声音也能安然入眠，那种自然的节奏未扰乱人的生物钟，反而给城市喧嚣的夜增添了一些自然与原始。那是广州东边萝岗的夜，我并不长住却感触深刻。

人的聒噪却完全是两回事，与自然无关，彻底的凡俗之声。

有的人说话喋喋不休，只说不听。似乎不如此便吃了亏。一盆水兜头盖脸地泼下来，声势自然浩大却未必洗得净耳根子后面的污垢，来不及嘛。似乎都不需喘气，一喘气便丢了魂儿。也不在乎你在听还是没听，烦还是不烦。而你，又无法躲开。耳朵不断被摧残的结果是你很窝火，气不顺，烦躁得很。便是聒噪的效果。

有的人像蚊子似的。蚊子这个东西真是令人讨厌，明处不去，躲在暗里。你开灯阅读时它不骚扰你，态度恬然。一旦你放下书本，关了灯，欲进入梦乡时它却欣欣然活动起来。如敌机在你的领空盘旋，趁你不注意给你两梭子。黑魆魆的夜里，它在明处，你在暗处，你能奈何？你既驱不走它，又驱不走瞌睡虫，就是活受罪。蚊子一样的人却是不分时刻的，不管你心情好坏，径自闯入，嗡嗡嗡，又径自闯入，嗡嗡嗡，貌似对你极为尊敬，实则对你不恭，占用你的时间，左右你的思维，影响你的心情，却都是与你不太相干的事。

聒噪之人的语言表达能力都出奇的好，嘴头子功夫利落，思维敏捷却逆向。或许他只是没事找事，显摆与炫耀一下。或许他经常这样串门，当一个不速之客。

聒噪与唠叨性质似乎差不多，无非唠叨者多是家人，不想听可溜之大吉；而聒噪者多不是家人，不想听却还要耐着性子听，还不能愠怒、不悦，否则他出门散播，结果满楼都是关于你的聒噪之音了。

人声鼎沸的街头未必会让人聒噪，那是一种嘈杂，乱中有静。若你愿意彻底地清静，你去寻个清静之处凉快就是，没有人强求你，拽你。但聒噪是不容易躲开的，那是有目标有针对性的一种高密度的介入方式，不是攻心，却直捣黄龙。所谓黄龙，是你的耳、你的心、你的人。

我的确不能在聒噪声中若无其事安然入睡，在聒噪声中读书、品茶或与友人气定神闲地闲谈。因为聒噪不是浮云，是泥点子，污了我洁净的衣衫；不是风声，是风中的灰霾堵塞了我的呼吸与视觉。

聒噪之人是人性本质使然，是一种眼界与境界的局限。他甚至不知道这样让人很烦、很累，此时他倒是不会察言观色。他所制造的聒噪或许因为他想引起人的注意，像一只麻雀挑逗似的飞翔，却是危险之举，因为小孩子说不定会飞过来一粒石子。

男人能制造聒噪，女人也能制造聒噪。男人和女人都能把一句话反反复复地说，把小事反反复复地往大里说，把事情反反复复地说给不相干的人，屁大的事儿不厌其烦地请示汇报表功，把嘴最原始的功能发扬光大。我以为嘴恰是这么个东西——张嘴吃饭，闭嘴思考，其余少数时间"言之有理"，多数时间"废话连篇"——废话便是聒噪的主要成分。

悟　性

不可否认，悟性是因人而异的，是一种能力。有的人"一点就通"，即是悟性强。有的人"无师自通"，即是悟性极强。有的人"执迷不悟"，即是非常笨拙。脑袋是个复杂的东西，悟性也便复杂得很，有的人你干着急也没办法，有的人需要文火慢慢熬才能够悟化，有的人脑子转得比兔子还快。

一个人，也许在一个方面悟性不行，但在另一个方面悟性很好。比如说做官不行，读书是块好料。经商不行，却是个好教书匠。方方面面都能参悟透的人大约就是人精了，人数极少，起码你非，我非；不是不想，实是不能。

我在很多方面悟性不好，尤其在为人处世上做不到"举一反三"和"有的放矢"。说不出冠冕堂皇的话，做不出轰轰烈烈的事。偶尔撒个谎有时也竟脸红，无法自圆其说。有时在酒桌上聊过的事情我以为是真的，是要当真的，后来才知道那就是一个酒嗝。如此一说似乎就有些自我标榜的意味，其实人都能想明白，一个能说出冠冕堂皇的话做出轰轰烈烈事的人会为了一篇千字短文而苦思冥想么？

悟性并不羞于见人，关键是悟出的道理是否合理。我觉得该不求人就不求人，一切量力而行，这番悟性当是来自生活。但有人遇事先四处找人，绕了一大圈未必能解决问题。

乡下亲戚好心好意送我父母一袋子新鲜蔬菜，要他们到田间地头去取；年老体衰的老两口如何跑得了来回20里的路。乡下亲戚该要悟到此一时彼一时，好心好意未必是好事；年迈的父母该要悟到婉言谢绝或许皆大欢喜。

我竟然教训起爹娘和长辈来，悟性显然差极了。但我无非要说明所谓悟性是不分长幼尊卑的，小孩子见便宜不占就吃不上什么大亏；老人与时俱进也便不会死脑筋、老顽固。

悟性来自于教化，言传身教能增长悟性；来自于成功或失败，吃一堑长一智是悟性的一种体现；来自于磨难或挫折，学会反思、警醒、诫勉、奋进，悟性可大增。

确有顽固之人。那不是悟性差，是根本不想悟化。顽固也是参悟之后的结果，是想顽固而非不由自主。是自以为是、居功自傲、目中无人。仔细观察你会发现这样的人比比皆是。亲贤臣远小人该一点都不深奥，是个"肤浅"的道理，读过书的人都明白，可生活中往往小人得志。小人因何得志？自己的悟性好，懂得"攀爬"之道；赏识者也悟性好，懂得小人乖巧，专门利己。

悟性是一个由苏醒到觉醒的过程。大彻大悟并不是生活的主流。苏醒同涨潮，觉醒同惊涛拍岸，大彻大悟便是翻江倒海般气势极为宏伟或者悲壮。一般人，一生，仅一两次而已。多了，不见得是好事，有可能人将不人。

偏　执

　　偏执肯定不是一种优点。说实话，我不是一个偏执的人，我愿意与很多人交流，听他们说话。很多人也愿意与我交流，孩子、青年人、中年人，以及老年人。我知道学会倾听是一种美德，其实我也不白听，在倾听的过程中我会有许多的收获。事实上每个人都有优点，即便他在诉说苦楚与伤痛，很私人、很个性的话题，你也会收获启迪或教训。

　　但我会选择倾听的对象，不是每一个人都值得你去倾听，毕竟倾听需要时间和耐性，需要你保持友好的姿态，甚至，需要你做出一些牺牲。

　　他是个文学青年，其实是一个很热情与友好的人，很真诚。但不得不说他是一个非常偏执的人，表现是无论你说什么他都会反驳，包括文学创作、他的工作和生活、他周围的人际关系。

　　整晚他都在讲他在工作中遭遇的不公，情绪非常慷慨激昂，几乎激动得语无伦次。他倾诉的对象有三位，一位是他的领导的领导，职位是部门总经理；一位是这位领导的同僚，职位是另外一个部门的总经理；一位就是我，职位大概与前两位相当。而这位文学青年没有任何职位，只是一般工作人员。如果真要讲职场规则，他是没有资格或者条件与我们三人同时坐在一起的。即便是他想请客。只剩下一种可能，那就是私人间的友谊。的确，爱好文学是一种不错的品质，而20年前我们都是文学——青年，要么热忱地爱好文学，要么都是意气风发的青年。这就是一种机缘，因为那时结下的友谊能超越现在所谓的职级、所谓的地位、所谓的利益，而能使大家在某一个时刻，某一个小镇、某一间不大不小的餐饮店、一个非常僻静之所坐下来谈谈心、聊聊天。

这难道不是一个绝好的交流机会么，对于他。不是说谁就高人一等，但除他之外的每个人必然都有某种长处才能在 20 年后有所成功，有所成就。而 20 年前的他和 20 年后的他在很多方面基本上没有什么改变，岁月无情，沧桑清晰地烙在每个人的脸上，但是显然他除了沧桑再"一无所有"。如果换成我，当着当年的兄弟，我会很惭愧，我需要知道自己的弱点或缺点，需要知道 20 年为什么别人迎风而立自己还在原地踏步，需要知道如何学习可以提高。

但是他不。他只强调自己的感受，所在单位人际关系的复杂，遭受的不公，他完全从自己的角度看待生活和生活中的人。如此，整个晚餐基本上都是他在讲，在发泄不满，在抱怨，在自命不凡。你若插话，若反对他的意见，他更如被激怒的狮子。那就只好让他滔滔不绝地讲下去，他连这顿晚饭都没吃好。

其实他那算什么人际关系呢？说来说去，只有一个女同事与他不和（他认为）。他所有的愤懑都来自一间小小的办公室里的三两个人，那是他主要的人际关系，如此你就可以想象他为人处世的偏执与局促。他原来在生产一线工作，能够到办公室从事文秘工作，20 年前大家结下的文学情怀起了决定性因素，他应该感恩他面前的人才对，否则帮助他的人会怎么想？

偏执始于性格，成于学识浅薄。越偏执的人文化程度越低。但"文化"却是可以提高的，生活处处皆学问，但你首先要做一个有心人，若是无心就算你吃了一堑也长不上一智。

席间也谈文学。我对他文字的评价他很不以为然，说那只是你个人的观点，并不代表其他人。我哭笑不得。就算是我个人的观点难道就没有一点价值么，况且，20 年前我就给他编发过习作。

20 年是能够让一个人脱胎换骨的。但 20 年他的文字水平没有提高，思想境界没有提高，反而愈发落后和闭塞，这恐怕不是别人的错。人生如逆水行舟不进则退。就算你不退，但别人都进了一大截，你算什么呢？

没有人喜欢抱怨极大和情绪消极的人，也没有人极有耐心地听他诉说抱怨和被他的消极情绪所感染，因为良好的心态和为人处世的原则就如清晨的朝阳，清丽且明媚才预示着一天的美好。

聚会实际上已进行不下去。回来，我发了一条短信给他：端正处世观，多听听别人的意见，我们都不是 20 岁的愣头青了。回复：许哥批评的是，我铭记在心。君子坦荡荡，小人长戚戚，我会认真改正自己的缺点。

这么快就觉悟了？——酒桌上的话真不能当真。

固　执

　　显然，这不是一个褒义词。固执就像西北风一个劲往袖口子里钻，纵是你不情愿，抵触，抗拒，它还是由着性子胡来。

　　固执或是一种品性，与生俱来，像石头那么硬，冻土那么瓷实与冰冷。或是随机而生，此时固执，彼时并不固执。先头固执，后来不再固执。一种品性，如同黄河水、长江浪、南海涛，其实是难以改变或自我修复的，真的要改变便是一种彻底的颠覆。

　　年轻人中固执者多。年轻气盛，拼激情，拼力气，拼时间。愣头青，死心眼儿。

　　老年人中固执者多。阅人无数，有资历，有经验，走过的路多，跨过的桥多，吃过的亏多，受过的苦多，自我感觉颇好，固执得有板有眼。

　　中年人像一个皮球，挤一挤总有气，松一松总会弹，非不想固执，实不敢固执。他可以对孩子固执么，可以对老人固执么，可以对妻子固执么，可以对老板固执么——当然可以，也当然不可以。

　　生活的确能改变一个人，生活像一台打磨机，能磨掉你浑身的毛刺。吃一堑，长一智，我70岁的父亲也对自己的固执这样自我解嘲。他年轻时是否固执我其实并不清楚，那时我不知固执为何物。及入老境，病体要他"节食"——该吃的吃，不该吃的不吃。在这个原则问题上他很固执，挑自己喜欢吃的吃，起初偷偷地吃，后来明目张胆地吃，于是，生命垂危再次入院。当他千辛万苦地从死亡线上挣扎回来后，他满目俱是生的渴望和光芒，尽管很羸弱，令人无限怜惜。他知道他此次为固执所付出的代价——严重受损的肌体、上万块钱，我们的焦灼以及煎熬。我相信，父亲自此不会再固执，哪怕一次。因为他的生命伤不起。

固执的表现方式有的看来非常可笑。穿衬衣，不扎领带时，第一粒纽扣是不系的，一则好看，二则舒服。但有的人一定要死死地系住，生怕脖子像面圈儿似的散掉，你告诉他他也不听，他也不会从书本上学，学到了也仍然固执己见。吃饭时吧唧嘴，可能没意识到，可能知道但不知道很没修养，你告诉他，他却不改，吧唧吧唧，老牛反刍似的。吃剩饭。首先饭是顿顿吃的，一日三餐，做三次，不是一次三餐，一次做几顿。我记得年轻时，我家不怎么吃剩饭，但如今，不管是父亲掌勺，还是母亲主厨，饭菜一律多，吃不完剩下，下一顿接着吃。饭桌上、冰箱里、案板上，均有剩饭的身影。我其实提醒过他们，但没有用处，他们很固执。我的岳父更执拗，每次饭来，扒拉出一部分放到一小碗中，待下顿吃，不管春夏秋冬，蝇飞蚊舞，乃至常跑肚拉稀。

固执者也许不认为自己固执。如果无伤大雅，固执或许是中立的，比如你固执地喜欢玫瑰而不是海棠，固执地喜欢城市而不是农村，固执地喜欢音乐而不是杂耍。那倒是一种不错的品质。可惜，太多的固执是盲目的自信，是墨守成规，是因循守旧，是不思进取，是不见棺材不落泪。

人不是木头，也不要当面团，人该如水，如水滴石穿般执着，又如一江春水向东流。人要顺势而为。

境 遇

父亲的境遇并不好，这里说的不是他的经济情况。他与母亲均已退休，退休金合在一起有五六千元，在小城生活已是宽绰得很。如果不是身体有病，常年要住院、吃药（大部分亦能报销），他们该是过着无比逍遥惬意的日子。

一般情况下父亲均是能自由行走的，上楼、下楼，到院子里转转，到街道上走走，这些"功课"他每日必修。但有时则行走不便，"病入膏肓"时甚至连衣食均不能自理，侥幸躲过一劫，又一劫，再想行走时便没那么自如了，要一段时间的精心恢复和调养，体力才能续得上。

下楼或上楼便是个问题。父亲居住的是老式楼，没有电梯，楼梯间也窄，没有铺瓷砖，楼道里黑魆魆得令人无限压抑。其实这楼是在父亲"主政"这家单位时盖的，是盖给职工的福利楼。那时小城封闭、落后，几乎没有电梯的概念，况且楼高六层，可不要电梯。那时父亲正值壮年，没有想到老去之时上楼下楼的问题，如果那时想得长远一些，装上电梯也不是什么原则性问题。

父亲是个要强的人，能自己行走时是不要人扶的，但有时别说自己行走，人扶着也无法完成上楼或下楼的任务，在我们脚下三两步即可跨越的楼梯，在父亲脚下便如长征般艰难了。此时，父亲上楼或下楼就一个办法，抬或者背。抬显然过于肃穆，再说哪里有担架，有担架哪里有人抬？有人抬若没经验的话，在逼仄的楼道间难保不翻滚和颠覆，那真是要闯大祸了。背其实是唯一的选择。但背个父亲和背个幼童显然是两回事。幼时父亲背过我，幼时的女儿被我背过，偶然在街上看到热恋中的男人背着心爱的女人。那和背病中的父亲怎么会一样呢？

父亲是由表兄背上楼的，四楼，几十级台阶。父亲一百四五十斤重的身体，且意识模糊。在家族中，能背父亲上楼的大概就只有表兄那副身板。表兄满头大汗，累得够呛。而父亲也不舒服，因胸部受到挤压难受了好些个日子。

我没有能力给父亲的住宅装上电梯，我住的是带电梯的房子，上楼下楼，指头轻轻一按，电梯上来或下去，非常便捷。父亲应该住在这样的房子里，每一个老人都应该住在这样的房子里。我还可以将父亲挪于轮椅内，自电梯下，到草木蓊郁的园林，看花闻香，听鸟语，沐浴阳光。如果他尚能蹒步，可从轮椅上下来，我陪他一同欣赏风景，呼吸清新的空气，谈谈他的人生或我的人生。

只是，父亲没有福气享受带电梯的房子，曾经住过，母亲却嫌寂寞和孤独，终于将父亲一同从南方"操"回了。

每当我从电梯中上下，都会想起父亲以及以后可能会和父亲类似的母亲。我也会想起自己。有一天，当我走不动路时，我希望能有一辆轮椅，能在电梯中出入，能在女儿的陪伴下徜徉在温煦的阳光中，能感受到孩子的爱。

父亲的境遇让我无能为力，一点也不像我们小时他说什么就是什么，我们对他言听计从。而今的他不会对我们言听计从。他在做出某项决定前要把亲友们的意见问个遍。他怕别人说三道四。

他或许为了改变自己的境遇会做出某些尝试，但母亲不行，她更加顽固。比如换掉老房子，迁入一座有电梯的住所。比如拆掉太阳能热水器（天气时好时坏，热水不稳定）换成电热水器。比如在秋末冬初北方还未供暖的日子里，先开通电暖器让房子里温暖舒适。比如在阳光明媚的日子里，即便不用我们陪同也可以大大方方地打一辆出租车去山边走走。

很多时候，境遇的改变还在于自己。你想，你愿意，也许你就可以，你是自己的船的舵手。其他人，都是路人，最多提两句建议，其实无济于事。

文　雅

　　父亲以前从未用过文雅这个词儿，文雅这个词儿本身很文雅，父亲不会用，也没机会用。虽然他读过大学，知书达理。他后半生在小城，小城一切都小，包括人们嘴中的用词。小城人说的话用的词儿都极为通俗易懂，可以说是土里土气，也可以说是朴实得掉渣。

　　文雅这个词儿从父亲嘴里说出来时是在一个特定的场合，我本不想描写那个场合，那毕竟不文雅，连脑子迷迷瞪瞪的父亲都知道不文雅，就一定很不文雅。但那时的父亲是个病者、弱者，几乎衣食不能自理，因此他即便做出不文雅的举动也是不得已而为之，尚能被理解。

　　父亲肝昏迷，主要原因是肠道功能不正常，而肠道是人体最大的消化器官，也是人体最大的排毒器官。父亲体内的毒素排不出去，对身体伤害极大。可有什么办法呢？该用的药都用了，该使的办法都使了，可他就是不排便——很抱歉，还是绕不开。

　　父亲的肠道固执了多日后，终于算是缴械投降。但那时的父亲意识仍不完全清楚，浑身软塌塌得像散了架的棉花垛，身上还扎着液体。而医院的卫生间却都是蹲便（一点都不人性化）。显然，正常人日常所做的一件极为简单的事在父亲身上变得极为复杂和艰巨。

　　父亲一定要在病房里，在便携式坐便器上完成这个任务。显然，父亲对此是抗拒的，他残存的意识让他对此的反应格外强烈。下了床，他不坐。我们摁他，他也不坐。我们使劲摁他，他拗着不坐。最后索性坐下了，但还穿着裤子。

父亲如生气的青蛙，肚皮一鼓一鼓的，眼睛直勾勾地盯着地面，没有任何语言。他已肝昏迷四五天，脑水肿，身体状况糟透了。

母亲在小城生活了大半辈子，她不会像城里女人似的柔声细语，不会用到一些文雅的词语，她说的话很通俗但很到位，很生硬但很朴实。

我是会使用一些文雅的词语的，毕竟我一直在城里生活，先在兰州，后到深圳，再是广州。都是不小的和发达的城市。我在城里学会了文雅，也学会了虚伪；学会了本事，也学会了技巧。我轻声告诉父亲，你现在是一个病人，对于你这样的病人来说在病房里大小便其实很正常，你周围的这些病友他们也是在病房里大小便的，只有排便之后，你中毒的症状才会缓解，你才会好起来。

显然，父亲听进去了。尽管不是非常情愿，但再也没有抗拒。我们将病床四周的帘子拉成"围城"，父亲居于其中。我怕父亲尴尬，在我四十多年的成长过程中，我对父亲的隐私或生活细节从未侵入过，我们是两代人，是上世纪的两代人，远不如我和女儿在很多方面可以自如地沟通与交流。我闪出"围城"，留下母亲。这时我听到父亲说——真不文雅。

我不由笑了。第一次听父亲说这个词儿觉得新鲜，在这个场合听到父亲说这个词觉得幽默。一辈子不唱歌不跳舞不抽烟不跟孩子开玩笑极少喝酒的一个人，一下子用了这个词语，竟还是在意识"残缺"的情况下，有趣极了。

母亲怕我恶心，我不觉得恶心。每一个孩子小时，父亲都给他们擦过屁股，洗过尿布；洗脚，洗澡，去除身体或衣物上的污垢，他们恶心过吗？

或许，在生理上，恶心过。但在心理上，我们责无旁贷。

我们要适应孩子们的成长，给他们以引导；要适应老人们的老去，给他们以扶助。我们要以文雅的方式表现爱。

文雅是生命中的和风细雨，小城人和大城人，孩子和老人，男人和女人，都会毫无疑问地喜欢。

坎 儿

　　坎儿有时是一个障碍，挡你的路；有时是一个台子，可以让你纵身一跃。但无论何人，不会对坎儿产生什么幻想、憎恨、厌恶、好感。它太普通，卑微，若你狠狠地一脚，它立即就变形了；一阵风，它就魂飞魄散了。它没有生命和言语，你可以毫不在意它的存在，你可以肆无忌惮地冲它发泄不满，胡乱地踩踏一气。也可以蹲在坎儿上注视庄稼地里的玉米、高粱、土豆秧子，在夕阳凌乱的余晖里胡思乱想。

　　想到坎儿，是因为父亲。

　　父亲卧病在床时，神志有时是昏迷的；偶尔醒来，意识也很混乱。如同迷失方向的野驼在浩瀚的荒漠里跌跌撞撞。病魔就是他生命中的一道坎儿，这道坎儿已经挡住了他活下去的路。他已虚弱得无法像年轻时那样用力一脚，踩着坎儿飞奔而去，冲出村庄，冲出他母亲的呼唤，冲向远方。

　　当年的那道坎儿成就了父亲一生的伟岸。故乡那个村庄当年穷得只有土，土山、土包、土坷垃，缺衣少粮，一家人有时穿一条裤子。熬不过穷日子的父亲报名当了兵。穷就是一道坎儿，父亲成功地越了过去。当兵之后父亲有吃有穿，后来入了党，上了军校，提了干，拿了工资。与乡里的其他后生比较，父亲是幸运的，也是幸福的，他的人生之路开始逆转上扬。至今，半个世纪的时光如烟般飘逝，比起当年的那些伙伴，父亲在某些方面因为越过了那道坎儿仍是占绝对优势的，比如他一月工资三千多，在城里有宽敞的房，理论上能吃香喝辣。那些伙伴，有的一辈子务农，有的收入微薄，还住着乡下的简陋的房子，踩着土坷垃，守着土山，吃着土豆。

但人家身体比父亲好。父亲40岁那年动过一次手术，因腰椎间盘突出。这个病农民少得，工作的人得的多。父亲是个工作的人。这是当年越过那道坎儿后遇到的另一道坎儿。手术是成功的，却因输血被动感染，感染成了父亲后半生无法逾越的坎儿，潜伏的病魔终于在他年老时爆发无穷的邪恶的力量，并导致他几度生命垂危。

前来探视父亲的当年的那些兄弟，却多面色红润、身子板硬朗、脚底下麻利。也没什么要命的病。我就想，如果当年父亲没有越过那道坎儿，留在村里劳作，也许他一生就和他们一样，无病无灾，平平实实；绝不挨刀，绝不遭罪。

这个道理理论上是成立的，但人生无常，各有各的命，一道道坎儿有形或无形，横空而降或斜生生冲出，可能瞬间就改变了一个人，一个家，一幕剧的结局。

人生哪里会一马平川——望着是平川，兀地却塌陷了，却飞沙走石了，却四面遭伏了，却马失前蹄了，却暗箭呼啸而至了……走一步看一步。

连两步都看不到。不是我们目光短浅，是命运诡谲。坎儿是命运捏弄的玩偶。

老 去

谁愿意老去呢？都想去生、去活、去乐、去爱。尤其是女人，个个想方设法去年轻。

但你不想去老，你也会老去。像夕阳西下，春水东流，炊烟扶摇直上。那是一种看似舒缓的有情有调的过程，实则残酷无比。它不会让你悲痛欲绝、号啕大哭，但会让你揪心、慨叹、悲凉、迟暮，总之，很多词语都可以形容你见到第一根白发、第一道皱纹、第一次力不从心、第一回健忘的心情。

可青春不老只是传说，生命每一分每一秒都在流逝，你拉不住它，留不住它，囚禁不住它。它永远是动态的不知疲惫的兴奋的，你只能坐视它的流逝，却不能随意扼杀、中断——它如此脆弱和任性，即便它与你的愿望始终背道而驰，你也要小心呵护、陪伴，直至它自行老去。

老是一种岁月的积淀，如同河底的细沙，任凭水面惊涛拍岸，它都是沉稳的、从容的，滤去岁月的杂质后它始终洁净如初。但这是一种极为美好的人生状态，并非人人可据有。更多人的生命在老去之时频繁地报警，犹如木舟搁浅，甚如巨擘倾塌，那的确是一种不幸，令人无奈、焦躁、不安、伤痛、死去活来。

老去之时生命出现的差异看似是一种偶然，实则有必然的成分。若年轻时你下过大苦，年老时你必然疼痛——你肩膀负过重，肩膀就疼；腿负过重，腿就疼；老熬夜，则神经衰弱；老坐着，则腰疼；若你输过血，那血恰带着病毒在你老去之时病毒会肆意地发作，如同电脑中了木马一般让你身体全面瘫痪。

种瓜得瓜，种豆得豆，或许，生命在多时也暗合这个道理。

父亲曾输过血，恰输了有病毒的血。几十年后病毒发作令他九死一生。他老去的状态是异常悲壮的、异常痛苦的、异常无奈的。我们束手无策，因为病毒不像恶人明火执仗地抢劫，我们可以兵来将挡，以牙还牙，它很阴险狡诈奸佞，极难对付，像厕中顽石极臭极硬极滑。父亲老去的日子与青年的日子有着天壤之别，他年轻时未遭遇过什么磨难，老去时饱受摧残，如果生命可以重来，我倒是希望他折中一些，此一生无大起大落大喜大悲，平平淡淡，终老山林。

母亲亦是在老来时无法安然。还活着，能说话，能行走，能哭，能笑。但情绪始终很烦躁，像一个铝制的锅盖下面始终烧着一锅沸沸扬扬的水，那锅盖是烫手的，还可能被蒸汽掀掉。她的情绪产生于她的身体，她的身体在年轻时下过大苦，受过大累，在月子里被父亲打过耳光（据她说），她最大的功绩是几乎独立地把她的两个儿子拉扯至脱离襁褓。她如今睡眠质量很差，老像一只警觉的猫。她腿上的血管如青筋和壮硕的蚯蚓一般暴出——母亲是伟大的，曾经很伟大，现在也很伟大。她在用她全部的余力照顾病魔缠身的我的父亲，而尽量不影响我们正常的生活和工作。

我们是在生活，而她是在熬日子。

父亲也是在熬日子。

每一个人都无法自由地选择出生与诀别，这是生命的诡秘。

但如我老去，我当尽量学着豁达，游山玩水，享受天下美味；当尽量著书立说，作文无愧无心；当尽量尊重子女，由"主导"变为"辅导"；当尽量坦然面对老去的身体，让子女撑伞、搀扶、推着轮椅在阳光下沐浴。

——如果有可能，当尽量选择一个适宜的机会与这个世界诀别，而不把自己的身体弄得千疮百孔仍一命呜呼，我不给病魔邪恶狰狞笑的机会和意淫的快感。

磨　合

父亲和母亲磨合了一辈子。磨合是一种相互的渗透，如同墨洇于纸中，纸吸足了墨，纵然生吞活剥也无法使之分离。

磨合初始，如同刚出厂的汽车发动机的齿轮，车速不可过快，齿轮的啮合要慭慭地经历细微的毛刺的打磨、硬度的碰撞、“感情”的契合。从那时的相片上观察，父亲意气风发，英俊潇洒，虽出身农村，未读很多书，却一身书生气。母亲大方俊秀，青春健康，亦出身农村，读了极少的书，但并不俗气和小里小气。生活中的父亲则脾气些微暴躁，母亲则简单嘴快。而父亲当了兵提了干之后，脾气粗暴起来，我幼时是亲眼见过父亲对母亲施以“家暴”的，当然，一个巴掌拍不响，父亲无缘无故不会对母亲动粗，具体原因我不记得了，大人的事儿小孩子也无法理解，但唠唠叨叨的母亲一定是在什么地方让父亲勃然大怒。

但父亲和母亲一路磨合下来，竟也过了半个世纪。

其间，他们的婚姻未亮过黄灯、红灯。所谓小两口打架不记仇。因此白天时我和弟弟均心惊胆战，感觉极为不佳，第二天看到他们有说有笑时，我们的心才落了下来，吃饭，上学，读书，都不受影响。

老年的父亲和母亲均一身的病，都是能要命的病，全在于如何养病。比较而言，父亲更为羸弱不堪，实际上经过几次手术之后，他的身体健康每况愈下，脑昏迷时，嘴里总要一番“乱语”。母亲尚能自如地行走、饮食，虽然睡眠一直不好，但顽强的毅力支撑着她在父亲身边伺候。

磨合在此时有如严重老化的发动机，齿轮间有无比大的缝隙，齿轮老掉牙了，历经无数次啮合与撞击，齿轮的坚固程度大为降低，发动机已走向其辉煌生命的终结之旅。

母亲与父亲在艰难地磨合。母亲偶有怨言，因为父亲这个齿轮不争气，导致母亲这个齿轮旋转得极不正常。怎么会正常呢？老年人本该练练剑、打打拳、爬爬山、跳跳舞，行走山水间怡然自得。父亲是没这个福气，母亲也没这个福气了。父亲没这个福气是因为自己的身体，母亲没这个福气是因为父亲的身体。自然，父亲也不想得病，好端端的。我惜惜无语。我理解母亲所受的苦。

磨合是一道人生大题，一旦你选择了磨合的对象，磨合的方式，经历了磨合的过程，甚至半个世纪乃至更长时间的磨合之后，你所要做的便是收拾残局。

残局者，夕阳西下属于，秋风扫落叶属于，大风起兮云飞扬属于，破败凋零属于，苟延残喘属于，独立寒秋属于。残局大都是悲壮的，因为清晨与激情不再。残局之美，亦是悲壮之美，暮秋之美，寂寥之美，欷歔多于吟咏。

这是每个人在这世上的终极表演。

赖　活

　　联想到一句俗语：好死不如赖活着。活得好好的，谁想死呢？连这个"死"字，人都是忌讳的，况且真死，真要死，要你死，真要你死。

　　不过，人生宛如日出日落，花开花谢，自然里，生与死，其实寻常，看淡一些，就那么回事。

　　赖活则活得不好——好好活，幸福地活，快乐地活，活得精彩，活出品位与质量……活有多种，赖是活里的"下里巴人"。也想好好活，但身不由己，力不从心，体不争气。

　　赖活谈不上美，甚至很"丑"，很痛，很煎熬。

　　我父亲现在即属于赖活之人。他疾病缠身，时常昏迷。清醒时他也曾向我们要过安眠药，他是医生，知道怎样"体面"地与生命诀别。不是一粒两粒，他要一瓶。

　　我们心里流泪，亦知道赖活者不想活，亦想为赖活者减轻痛苦，可我们都没有递给他脱离赖活的药瓶的勇气。

　　赖活是深陷苦海，欲罢不能。我们站在遥远的岸，拼命地呼喊，却无法靠近然后扔给他一棵救命稻草——我们也无法立时隐遁，弃他于波涛汹涌的海中自生自灭。我们更不能划一叶小舟，靠近他，然后狠狠给他一橹。

　　赖活者都活过，甚至活得很精彩。父亲当过兵，上过军校，当过医生，一生救死扶伤，在那个小城，名气很大。"沦为"赖活者，非他所愿。与自暴自弃、奸懒馋滑者所致的赖活不同，父亲属于被迫，被动，无奈使然。

我们都想帮他，却无能为力。

我们都不能让他告别赖活，"走"向"新生"。我们都鼓励他好好活着，再活三五年，或者十年。我们的鼓励有时让他重燃好好活的希望，那几天，他的状态就真的很好，活得比以往好，言语也有了力量，也有了态度，也爱听家长里短，竟也有了脾气。

活对于人是无可比拟的药方和支撑，"好好活"是世上最鼓舞人心、最实在、最管用的安慰。

世上的饭，世上的人，世上的情，世上的恨，唯有活着，才有感知。这是所有活者心头的希冀。至于朝阳升起，霞光万道，小鸟啁啾，万物复苏，更是活者之目光所及、目光所企。

人之小善，莫过于让自己好好活；人之大善，莫过于让别人好好活。先要自己活好，才能助人活好。自己朝不保夕，何以嘘寒问暖？

只是，有时，我们既不能让赖活者好好活，也不能让其终结赖活状态，我们是不是在以"隔岸观火"的心态残忍地目睹赖活者在煎熬中挣扎？这很复杂，属于无解之题。

我们所能做的，就是给哪怕赖活者以鼓励——不是信念，而是让他知道有人疼他，爱他，听他，他可享天伦之乐、口腹之欲、精神之悦，一切在赖活之前所不能拥有的，没有拥有的，失去的，都会被尽可能地寻到，找来，给他。

这是活着的实质和本义。

真有那么一日，当赖活者要离开这个世界时，我想，他一定是笑着走的，没有怨言，也不生气，更无遗憾。

他知道这个世界，他来过，有那么一些爱，是他的爱；有那么一些笑，是他的笑；有那么一些人，是他的人；有那么一小片天，是他的天。

他的生活，好活与赖活，都非至善至美，却是一种善始，亦是另一种善终。

善始与善终，是美的，中间的过程，是一切美丑善恶吉凶是非的较量，人所概莫能外。

适 应

刚到南方时，我也不适应那的气候，感到极难受，浑身老是黏糊糊的。可是住久了便适应了，喜欢那的潮湿与温润。再回到北方，起初的两三天也不适应，干燥，干热，嗓子眼冒火，却不好意思说出口，怕被老家人听见不高兴，才出去几天就嫌弃故乡，忘本！

其实和嫌弃没关系，也不是忘本，全在于身体的适应与否。

适应算是一种"修炼"，有时是主动的，有时是被动的；主动的心情愉快，被动的心藏懊恼，可不管你愿意还是不愿意，你最终的选择仍是要面对生活，而不是生活面对你。

有一个女大学生休学了一段时间，说是复习英语准备出国，可是最终英语没有考过，国没有出成，不得已重新回到校园，但此时的她对校园生活开始变得极不适应——生活不自由，学习枯燥，整日从食堂到宿舍到教室的有规律的生活让她几乎抓狂。她对我说，她一天都不想再待在校园里。

这就是个适应问题，如果她调整好心态，重新去适应校园，我想是没有什么问题的，毕竟她还年轻，学业还没有完成，家里也不急着她去挣钱、养家、立业——再说大学都没读完，按照现在的用人标准，何谈养家、立业？可是，如果不是这样，如果她选择做一只小鸟，忙不迭地再飞出校园，等待她的将是什么呢？

适应有时候不需要很长时间，甚至是个短暂的过程。有一名大学生毕业后留了校，在职能部门搞摄像和视频制作，他一如既往地保留了当学生时的作风，慢悠悠地走路，慢悠悠地说话，慢悠悠地做工作，基本上不加班，吃饭比谁都积极，领导说了几次，不见明显的改变。一年后他有了新的机会，到了一个新单位工作，还是干老本行，他一下子仿佛换了个人似的，早出晚归，加班加点，为了完成工作可以不吃饭不睡觉，得了任务跑得比兔子还快。我问他工作情况时，他说，压力大。

在学校工作时难道没压力？当然有，哪里会养闲人？只是相比市场，学校的环境略微宽松一些而已。再说对于刚毕业的学生，提醒与帮扶是一定的，即便他犯了错，对他的处罚也很谨慎。而进入市场，一切以业绩为考核目标，完不成任务就会扣发工资，没了钱吃饭就成了问题。你看，从适应到不适应，一个"制度"便能解决，除非他视工作为"玩"，有此处不留爷自有留爷处的底气与洒脱。

人总要学着去适应，你初出茅庐还要人家适应你，天底下没这个规矩；要人家适应你时，你或者位高权重，或者业务精湛，或者唾沫星子掉到地上能砸出个坑。总之，你得有"说服"人家适应你的本钱。

人换了工作，换了环境，起初都不适应。我也曾换工作，不认识人，环境陌生，做事小心翼翼，非常失落，若工作再不顺，业务再不熟，甚至想脚底下抹油溜之大吉。可是，换到哪里都是新人，都要从头开始，都要学着适应，不如此刻脚踏实地，做出点实事，靠业绩说话与服众。职场上有时会讲关系，但更看重能力和人品，因为老板都是聪明的，他得靠有能力的人帮助才能笑傲江湖。等你适应了一个新单位，为单位做了贡献，得到领导和同事们的高度认同之后，你的一些工作甚至生活习惯，可能会逐渐被他们所接受或适应。所以，职场上的适应也是双方的事，但是有先有后，有主有次，不可颠倒或逆转，否则你会不停地碰壁。

适应便是人生的必修课，而非选修课。在你没有更多选择的情况下，修好这门课，人生便会顺风顺水。

大圈子

有的人特别喜欢圈子，似乎不进入某个圈子便浑身不自在，此种圈子一般指小圈子。小圈子里没别的风景，唯有"利益"二字，无非"眼前"与"长远"之区分；利益自然并非全是洪水猛兽，有正当利益，也有不当利益；正当利益值得赞许，不当利益备受鄙视。

凡有圈子便有"圈主"，圈主者，有的有地位，有的有势力，有的有名望，有的有钱。什么都没有的人当不上圈主。

若正规圈子，虽"小"，不见得坏，但圈子正规与不正规有时肉眼看不出来，要感受与体验之后才知道，个中滋味到底如何，圈子里的人心知肚明；初始正规后来不正规的圈子也有很多，半正规半不正规的圈子亦有不少。

不正规的圈子却是万万进不得，纵然你一心想"出淤泥而不染"，却是头顶泥巴，身裹泥巴，鼻孔眼角嘴巴耳朵眼全塞了泥巴，你吸的是泥巴，吐出来的也是泥巴，又如何超凡脱俗且一尘不染？

小圈子可进，当有所选择。进对了，助你一臂之力；进错了，你会要死要活欲罢不能。不进小圈子可否？当然可以，独来独往，不计名利，潇潇洒洒，活过一生，亦是一种快乐。

大圈子是什么呢？大者，方向也。大到一个地域，小到一个行业。若你想创业，在小乡镇并非不可，也可能搅动得碧波荡漾，却无法风起云涌；在大城市创业，起步虽然艰难，也可能兵败麦城，一旦成功却是势不可挡。故而进不进大圈子可视为选择一个什么样的起点。这与小圈子截然不同，如果说进小圈子是寻找一个机会，那么进大圈子则是选择更多机会。小圈子的风景半遮半掩，大圈子的风景尽收眼底。

行业是个大圈子。大圈子套着小圈子，有光晕效应；绝非小圈子里的一个点，聚集而已。故选择哪个行业除了目光敏锐，还是目光敏锐。男怕入错行，女怕嫁错郎。"行"为大圈子，郎为"小数点"。所求不同，落脚点便不同。

进大圈子，才有机会胸有成竹，所谓竹，乃一根冲天之竹，不是竹节子。这样才有机会胸有城府，胸中有城，城中万物尽在胸中，人与事了然于胸，方可有的放矢。

不看大圈子，只盯小圈子，人没有出息。

小圈子里的人往往因一点蝇头小利便钩心斗角，落井下石；小圈子如一张网，一旦破裂，结果可能是鱼死网破。

大圈子里的人往往会伫立于潮头之上冷眼观潮，不看世态炎凉，只看潮起潮落。故大圈子永远结不成一张网，它是一条湍急的河流，每个人需要适应的是水性，可以不会水，但不能不懂水，不能不明白"水能载舟，亦能覆舟"的道理。

生活是一个什么圈子呢？首先是个大圈子，亲情、爱情、友情必然同在，相距不远。你不会不喜欢亲情，不会拒绝爱情，不会讨厌友情，你像一条鱼在其中游弋，感觉很美。但当亲情遭遇误解，当爱情遭遇欺骗，当友情遭遇质疑，那些情愫时而夹杂、时而混淆、时而分离时，你的圈子便开始逐渐萎缩，生活会渐渐分裂；越来越像一道紧箍咒勒住你，让你的圈子由大变小，你最后很可能成为被网住的蛾子。

大圈子是疆场，小圈子是戏水池。两种生态环境，必然生长两种庄稼，一种物竞天择而成，一种人为转基因所致。

聪明人

　　我上学的时候，班上有聪明人。大家都在刻苦地学习，那些稀奇古怪的公式很枯燥、无聊，很多人都记不住。聪明人不怎么学，爱玩，下课玩，上课也玩，一脸的轻松自然。考试的结果是，大家的成绩普遍"良好"，聪明人则是"优秀"，分数要高出平均分一大截。不是一门课优秀，是各科都优秀。我曾怀疑他是不是半夜用功，众人皆睡他独醒——当然不是，人家每天睡得都比我们香。

　　如今，上了高中的女儿回来也说，班上也有这样的同学，看着不怎么学习，但学习成绩好，很奇怪。

　　一点都不奇怪，人的智商是有高下的。有人开玩笑，谁的脑袋大谁就聪明，脑袋大意味着脑容量大，"脑汁"多，道理对不对，没听科学家说过，当是玩笑。智商高的人，理解力肯定好，记忆力肯定强，爱思考，能"背书"。我上初中的时候，有的同学就在背《新华字典》，是真的背，密密麻麻的字、词，这不是什么秘密，这件事也不丢人。到最后，应该是背得差不多了。

　　我当然不是天才，也不是多聪明的人。为了背下白居易的《长恨歌》，我不知道读了多少遍，100遍？估计比这还多。聪明人可能二三十遍就背好了。天生不是聪明人，怎么办？不用气馁。俗话说：笨鸟先飞。我知道自己是一只笨鸟，勤能补拙，所以我学习、生活都很用心，是一只勤劳的燕子，因此现在我也能和聪明人一样丰衣足食。

　　生活中，到处都是勤劳的燕子。冷暖不论寒暑，季节无论春秋，地域不分南北，每天很早天不亮的时候，马路上就有人开始工作了。每天很晚，还有出租车在马路上逡巡，还有刚下夜班的人在赶路，为的是多挣一点钱养家糊口。

"勤"和"劳"总是连在一起，辛勤地劳作。劳作自然很辛苦，劳作之后，有的人会有甜丝丝的感觉，有的人依然很苦，这和智商没什么关系。天下没有既轻松又多钱的工作。工作之后，拼的不再是智商。一般情况下，工作后，不用再大面积地考试，也没有太多舌战群儒的机会。于是，博览群书、继续进修完全是自觉的事，工作拼的是耐力、执着、敬业、忠诚，和智商关系不太大。

有的人拼得很辛苦，有的人甚至拼死了——不是斗智斗死的，不是斗勇斗死的，是斗劳斗死的。身体就算是机器，也不能连轴转，该保养还得保养，该小修得小修，该中修得中修，这才是聪明人的做法。

小时候，聪明的确很重要，少花时间多背书。高考的时候，聪明的确很重要，答案如小溪似的从脑子里流出。一句话，读书的时候，聪明很重要。

工作后，能力很重要。能力的获得来源于持续的学习、不断的探索、辛勤的付出，来源于理解、融会、贯通。与人为善，有些人称之为情商。是不是可以这样理解，比智商的时候，相当于比计算机的配置，配置高，运行快；比情商的时候，计算机就无能为力了，因为它冷冰冰的，没有感情。

至于感情，不分聪明和"笨"，因为感情不是程序，也不是代码，感情是血、泪、汗的融合体。

年轻须磨

迟到这个事很敏感，在一个单位，大家总会"攀比"，你今天迟到挨了领导的批，你可能脱口而出，他天天迟到领导怎么不管？领导被呛得哑口无言，心里可能不太高兴，但你的话没错，凡事要公平对待才行，一个组织若是"考核"标准很多，因人而异，不用多久人心就涣散了，领导说话也就没了权威，凝聚力更谈不上。

人在职场，必然会经历磨的过程，磨也是一种方式，有的靠制度，有的靠纪律，有的靠监督，当然，也有的靠自觉。但制度是死的，人是活的，一点小事就揪住制度不放，虽会让人一时"臣服"，但很不舒服。我认为工作和生活一样，算不得细账，没法算，比如你说迟到就扣钱，那么加班就得给钱，迟到 10 分钟扣 10 块钱，加班 10 分钟给多少钱呢？如果雇主和雇员都斤斤计较，那工作就没法干。对于年轻人的有些表现，磨他是有技巧的，最好不硬碰硬，除非他犯了原则性错误。所谓原则性错误，无非就是毫无理由地拒绝工作，抵触工作，不服从管理，没有全局观念，纪律涣散，唯我独尊。若没有这么多毛病，都能把他磨好。

磨炼——先磨去脆弱、娇气、棱角、固执，再练得成熟、坚韧、顽强、圆润。有棱有角的人当然有个性，有个性不是什么坏事，但人在职场，大家的目标和价值观是一致的，为雇主创造效益，所有的棱角与个性都不能游离于这个目的之外，否则便是雇主不欢迎的人。

年轻人做事总是欠稳妥与欠考虑，把困难想得少，成功心切。记得我刚到深圳时，自以为工作干得不错，雇主是满意的，但试用期过后迟迟不给转正，我忍耐不住去问，雇主说下周吧，态度不冷不淡。我也很不满，甚至想走，但还是忍住了。后来雇主对我说，你的工作能力是没说的，但有些狂傲，我当时就想压压你的傲气——你看，在我一点意识都没有甚至觉得自己还算低调的情况下雇主都有这个印象，若真的狂妄自大，目中无人，指手画脚，那我应该早与那份工作说再见了。

年轻人刚参加工作，一定要低调做人，高调做事。所谓低调，即勤恳，诚实，守时，有礼有节；所谓高调，不懂就问，做就做好，不自以为是，不想当然。因为大多数的大学生离开课堂之后会发现他所学的只是知识而非技能，但雇主不需要知识，知识在书本里网络上都有，很容易查到，他需要你解决问题的技能，而技能这个东西，若是没有成百上千遍的磨，想驾轻就熟门儿都没有。

古语言，磨刀不误砍柴工，他磨的是刀，刀是工具；磨的也是性，不出手则已，一出手则披荆斩棘，所向披靡。

招摇是一种病

不好好走路，摇头摆尾，东张西望，若是个顽童，不算招摇，若是个少女，便是招摇。不该他出风头时如入无人之境，也是招摇。对着明星抢过话筒一个劲说，嘘声四起亦全然不顾，还是招摇。虽然场合与表现方式有所不同，但招摇者无不以"标榜"自己为快事，以示与众不同。

二十几岁时我也骑过摩托车，也曾在城市大街小巷穿行，那时私家车很少，摩托车也不多，还算有"派"。我不敢飙车，不敢像老鼠一样窜来窜去，不敢使劲打喇叭。它就是我的一辆交通工具，我就是它的驾者。戴着头盔，迎风而行，我眼角的余光发现有的人在注视我，亦不乏羡慕之神情，那时我有一点点优越感，但仅此而已。我一点都没有招摇，从未蹭着人或被别人蹭着。可是有的人却在车水马龙的大街上把油门轰得震天响，整条街都能听见；速度极快，风驰电掣一般；不戴头盔；后面载着漂亮女生，长发飘逸。招摇的快感一定是无比愉悦的，如梦如幻，如醉如痴，要不怎么连命都不想要？

不过是一辆摩托车。

招摇的还有私家车，其实并不是多好的车，也是很普通的驾车者，但一上路便狠命踩油门，车如离弦之箭，发动机沉闷的巨大的响声让我在高楼之上心头一紧，生怕急刹声或撞击声接踵而至。尤其在夜里，子夜 1 点或者凌晨 4 点，万籁俱寂之时，突然有车轮与地面的咬合声如厉鬼似的轰然炸响，我惊醒之后心悸不已，望着灯火辉煌的大街再无睡意。

他们不是飙车。仅仅一个人，一辆车，在城市的午夜肆无忌惮地招摇。招摇者在人前"表演"，能收获直接的"快感"；而午夜的招摇则是一种彻头彻尾的"意淫"，那种偷窃与攫取的快感一定让其不可自拔。

招摇者信奉高调做人原则，声音喊得大，动作做得大，表情极度夸张与丰富，动辄语惊四座。如果年轻者为之，可视为嘴上无毛的表现；上了年纪，经了风霜，吃了苦头，受了挫折，还招摇不歇，便是彻底的浅薄。人人都看得见的浅薄他却没意识或不当回事，便是厕中顽石又臭又硬。

招摇者不是出头的鸟，鸟在枝头跳跃，在高空飞翔全是它自己的事，它才不管有没有人看，才懒得理你。

鸟活的是自己，不看别人眼色。

招摇者却是活在别人眼里。招摇者不能自己给自己喝彩，自己给自己鼓掌，他所有的高调都为博得别人的好感，只是很多时候，好感变成了反感，反感变成了恶感。变成小丑时，他还沾沾自喜，那就可悲。

发表文章不是招摇，前提是文章非他人代笔。

当官不是招摇，前提是他不要嘲弄弱者和炫耀腕子上的表。

做学问不是招摇，前提是他真的满腹经纶学富五车。

做生意不是招摇，前提是他不能当奸商。

生得漂亮不是招摇，前提是她不搔首弄姿，以色诱人。

为人师表不是招摇，前提是他不能沦为禽兽。

招摇是一种"忘我"，自醉，沉湎，癫狂，属于精神之疾。

拥有的才是最宝贵的

　　每个人都梦想得到最宝贵的东西，并为了这个目的处心积虑，废寝忘食。其实，你拥有的才是最宝贵的。

　　比如健康。没有健康，一切都是空想，心有余而力不足一点都不幽默。而你现在正拥有健康，你的肌肤富有光泽和弹性，你的头发茂密而黑亮，你的四肢强健而有力，你的睡眠充足而饱满。

　　比如家庭。没有家的人是孤独的，无家可归是多么让人绝望。而你现在有一个温暖的家，你家有欢声笑语，有读书声，有锅碗瓢盆交响曲，万家灯火有你的一份。

　　比如友谊。一起同过窗，一起扛过枪，拥有这类靠得住的友谊。还有一点，一起成长。同事之间，也能保持不错的友谊。朋友之间，友谊往往地久天长。轰轰烈烈的是友谊，点点滴滴的也是友谊。

　　比如工作。工作也是事业，事业是工作的高大上称谓。失业不但令人敏感，而且让你脆弱。工作支撑你的幸福感、成就感，还有一家人的温暖。天下没有完全让你满意的工作。如果你对工作不满，对老板有怨气，你可以悄悄问一下自己，你是不是很完美，乃至完美无瑕。

　　世间万物，存在才是最宝贵的——清澈的溪水、翩跹的蝴蝶、湛蓝的天空，还有大海、沙滩、耕地、薄雾、树木、青草、昆虫、小鸟以及芬芳、宁静、回响、纯粹。过去的再美，只能用来回忆；未来的再美，只能凭空想象。现在的，你才握得住，抓得牢，看得紧，可以品咂、咀嚼、回味。

　　毫不怀疑，20 岁时，你拥有激情，那时候激情最宝贵；30 岁时，你富于创造，那时候创造最宝贵；40 岁时，你拥有稳健，那时候稳健最宝贵；50 岁时，你拥有成熟，那时候成熟最宝贵；60 岁时，你拥有豁达，那时候豁达最宝贵。如果不是这样，前后挪移，你自己比比看，你也可能风风雨雨，一路走来，但是，那一定不是你最美好的状态。

　　最宝贵的东西都在眼皮底下，这样表达，也许会被扣上"现实"的帽子。"现实"有时候是贬义的，与世俗、势利挂钩，"现实者"甚至被称为"小人"。但是，要知道，有时候"现实"最宝贵——老板请你，是要你工作的，工作得好，薪水就高，钱多花起来惬意；女人嫁你，是要穿衣吃饭的，没那个本事，娶妻干吗；你是孩子的监护人，就得 24 小时负责；你是学生的老师，就得传道授业解惑；你是作者，写作的时候就得想到读者，尤其是未成年的读者，他们从你的文字中会看到什么……

　　珍惜拥有的一切，珍惜现在进行时，要知道，虽然它们可能很骨感，很具象，但是很快它们会如雾如梦般弥散。它们给你一炷香的时间来思考，你却用一炷香的时间左顾右盼。

与车同行

以往，没车的时候，旅行变得很复杂，也让人很"邋遢"。比如我睡觉的时候喜欢枕内芯装着荞麦皮的枕头，荞麦这种农作物是我老家的特产，用荞麦皮装的枕头，松但不软。夜深人静的时候，当你的头轻轻挨上枕头，你能听见荞麦壳互相摩擦的声音，很细微，很天然，不像"现代化"的枕头一下子塌陷，把你的头深度包围，密不透风。植物在夜里是宁静而快乐的。即便你处于深睡状态，也能和来自大地的植物喁喁私语。但是，荞麦枕头很大，很沉，一般的旅行箱装一只枕头便已满仓。我不能仅拉着一只枕头去旅行。当我拉着两个旅行箱去排队，去挤车；在人声嘈杂的车站、码头，狼狈地掏出车票、身份证，有时甚至要把它们咬在嘴里；一手一只行李箱，随着汹涌的人潮，盲流似的奔向站台时，我整个人和旅行箱跟跟跄跄，磕磕绊绊，剐剐擦擦，美好的旅行变得坎坷而遭罪。

我细微地描述这一过程是为了证明开车旅行的妙不可言。后备厢，真是一个广阔的天地，它装了植物枕头、衣物、摄影包，还有笔记本电脑。还可以塞一根拐杖，甚至可以塞一个折叠式轮椅，还有专业救生衣、一些饮料和食物。轮椅，我现在还用不着，我相信，当我用着它的时候，我已经不能驾驭一辆高速奔驰的车了。但是，如果我载着年迈的母亲到了一个好地方，她走累了，双腿浮肿的时候，轮椅是不错的工具。还有书，一本显然不够。

我开车很小心，像一只警惕的山羊，时刻注意着靠近我的形形色色的"狼"。我的运气不错，我的车一直保持特立独行的姿态，与高速公路上的其他

"生物"远观而不亵玩。但"狼"就是"狼",有时候会斜插进入我的视野,有时候会突然"立定",有时候,会以排山倒海之势呼啸而来,尤其那些加长货车,那时,我的确有心惊胆战的感觉。所以,开车去旅行,你要学会刻意躲开车流密集的高速公路,"反"其道而行之。

我不会一直奔驰。我是去旅行,不是奔命。旅行,是走走停停的状态。当我驶入高速公路休息区的时候,看到其他旅行者拖家带口,小孩子从车厢里钻出来,抖落一脸的疲惫,瞬间变得喜悦与兴奋,年轻的面容姣好的女人,妆容还保持得有板有眼。只是,有的人,会把在刚完成的一段旅行过程中制造的垃圾,比如香蕉皮、饮料罐,随意扔在离他们的车一两米远的地上,而不远处就是垃圾箱。我有时会很刻意地注视他们,目光中有一丝不满,但不能挑衅。车很文明,它是一只温文尔雅的笼子,笼子里装的,可能是老虎、狼,也可能是其他凶猛的物种。

我很爱听车的发动机发出的声响,它很低调,又很矜持;它不与汽车音响发出的各种美妙的音乐在你的耳朵眼里争宠,不凑那个热闹。但是,你能听到,感受到,如果你学过机械原理,知道气缸、活塞,就完全能感受到它们缜密、严谨的工作流程。它们只按照自己的轨迹运行,不偏不倚,决不会顾左右而言他。如果你很艺术,你可以想象它们是草原上悠扬的牧歌,穿越草隙的风,深谷的回响。

是的,因为一辆车,旅行变得丰富而有趣。我可以体面地生活,不狼狈,且游刃有余。我可以保持一种生活习惯而不受约束。我可以在夜深人静的时候,继续与来自家乡的植物密语。我能够感受到,我深夜阅读的那些文字正通过我的大脑,如皑皑白雪落满枕巾,渗入土地。我的梦中有温煦的阳光,它们给予生活以生命。

以前,我有一个坏习惯,停车休息的时候我像个西部牛仔,或者痞子,踢踢四个车轮,它们会发出沉闷的砰砰的响声;后来,我觉得不合适,它们刚刚很认真地跑完一段重要的旅程,正热情地等待我的赞许,而我对它们竟是如此不尊重;我开始蹲下身,仔细地注视它们,看它们身体有没有受到损伤,从第一个轮子到最后一个轮子,挨个看一遍。它们不说话,但我知道,它们很快乐。

是驾驭，不是奴役——与车同行，你最应该尊重车，因为没有什么比承载着你的生命更重要。

尊重工作

讲个故事。

有个大学生会摄影，跟着我干了很长一段时间。有一天我布置给他一个任务，明天下午两点半去拍一个重要活动。头天告诉他时他满口答应，可活动开始后他并没有到达现场，大家很着急，我打电话联系上他以后，过了很久他才背着摄影包不慌不忙地来见我，你猜他说什么？——"我也有事啊，我不能别的都不干就干这件事啊。"振振有词，口气很硬。

我确实没有那么好的涵养，我赶走了他，虽然当时我带着他已经在全国大报发表了新闻摄影图片，是个不错的苗子。

我曾无数次对大学生说，你可以有事，但当你接受一个任务后你必须认真地对待并且很好地完成，假如你临时有变不能执行这个任务，你起码要提前告诉布置给你任务的人，以便对方做出调整或进行补救。

这是对工作最基本的尊重，也是对人最基本的尊重。

不过，这话有些大学生能听进去，有的则视为耳旁风。对于后者而言，我搞不明白他们哪里出了问题，要说不懂道理，个个读着大学；要说一贯对工作不负责任，有时却也敬业；要说缺乏职场的历练，现在不正在进行？归根到底，还是一种责任心的缺失，没有工作的"紧迫感"。

有个大学生业务能力不错，普通话非常标准，毕业后被留校工作。留校生收入虽说不高，但工作岗位还算体面，工作节奏不紧张，任务不重，又可享受寒暑假，有很多业余时间用来学习与度假，对于刚进入职场的他们而言算是个不错的"缓冲期"。第二天是新生报到的日子，对于每一所大学而言都非常重要，每个人都有很多工作要干，他要摄像。可是从前一天晚上开始他的电话就关机了，一直关到第二天中午。电话关机有很多原因，未必会影响工作，可是他人也不见，竟然玩了个彻底"失踪"。直至中午，他才不知从什么地方冒了出来，睡眼惺忪，虽表示了一点歉意，可我觉得对于已经耽搁的工作，对于这件工作对他的重要，对于这件工作对学校的重要，他的歉意是"廉价"的，不能被原谅。我可以接受他这个人，看起来憨厚、纯朴、标准的男子汉的体魄，念大学的几年里也曾为学校"鞍前马后"地做了一些事情，可我还是那句话，不是不允许同学们有事情，不是不让同学们请假，谁都有"意外"，可就是不能放任与漠视，以不痛不痒的心态对待工作。

我犹豫再三，为了公平，为了服众，为了给他一点人生的提醒，还是把他"赶"走了。解约之后，临走前，他给我深深地鞠了一躬，我当时眼泪差点流下来。

其实我也很不舍，毕竟他是我的学生。

当然，凡事有利有弊，他走出校园走上社会后可能会有更好的发展，可能会有更好的工作岗位，不用十年可能就成为一条好汉。但我还是要说，他在第一份工作面前的表现是不及格的，如若不改，"悲剧"还会重演。

对待工作不敬业的原因可能有很多，比如这些大学生从小没受过什么挫折，衣食无忧，家庭没有给他们灌输责任教育，社会上信用缺失等不良风气也使他们或多或少地受到"浸染"，他们往往以自我为中心，过于强调"我"的存在，而忽视"他"的感受。他们没有形成言必信、行必果的道德观念和"职业"操守。

好在人生都非一帆风顺，人必然要经历挫折与沟沟坎坎，就算这一次吃了亏，栽了跟头，下一次改过，一切还可以重新开始。只要善待每一份工作，珍视每一次机会，相信他们的未来都会更好。

8 小时是人生分水岭

有一句话让我感触很深，我曾工作过的一家国企的董事长说，"每天 8 小时工作制是国家规定的，你完全可以只干 8 小时，但如果你只干 8 小时，你就永远是一名一般员工。"

这和"惩罚"一点关系都没有，按时来，按时走，完全符合国家和企业的规定，没有违纪。老板说的其实是能力的提升。

人的智商都差不多，绝顶聪明者还是极少。人从课堂上所学的也都是一样的知识，因为书本是一样的，老师是一样的。人的时间也都是一样的，你一天有 24 个小时，他一天也有 24 个小时，没有谁会多一秒，如此，大家基本是在一个平台上开始工作的。可是工作一段时间之后差距就拉开了，为什么？排除先天聪明者，排除"出身"（比如毕业院校、学历）的不同，排除面对职业的心态等因素，能够脱颖而出者没有独门法器，唯有"加班加点"。

干得多，自然学得多；学得多，能力便提升得快，能力加上机遇，你不升职谁升职？

好像有过一则报道，说如今的 90 后最烦加班，宁可不挣加班费，宁可少挣钱，也要确保朝九晚五的美好生活。我想，即便他们的"诉求"能被老板认可，他们美好的生活也不会持续太久，会很快被淘汰，因为当他们享受生活的愉悦时，他们的同龄人，他们的"前辈"在不断地"发力"，补充知识，强化业务能力，"老将"出马一个顶仨，何时轮到嘴上无毛又不肯"加班加点"的 90 后？

另外，你可能暂时满足月薪 3000 元的收入，可是以后呢？美好的生活若是离开 Money 的支撑，在一个比一个势利的城市，你还能美好且一直保持美好吗？

一群不懂事的小孩子，习惯了向父母撒娇，向父母手里白要钱，还要创立自己的所谓生活哲学，有些可笑。

对待 8 小时之外的工作，不同的人有不同的态度，利己者认为是被老板剥削，老板剥夺了他的私人时间；勤恳务实者认为用自己的时间为老板创造了效益，老板有钱了当然不会亏待他的员工；事业心强者认为这是自己得以提升的好机会，多干多学，等待机会。

但凡成功者除了干好 8 小时，8 小时之外的工夫也不会少花，文坛巨匠鲁迅不是也把别人喝咖啡的时间用在写作上？如果他整日里逗鸟、遛狗、搓麻、下棋，享受美好的生活，那美好也一定长久不了，更休谈什么靠文章名传千古。

在文字上，我岂敢和鲁迅比，但 8 小时之外我所付出的努力倒也值得一说。刚参加工作时是在工厂的基层，白天干活，晚上爬格子，洗照片；当记者后，白天采访，晚上写稿；从事部门管理工作后，白天管人管事出点子改稿子，晚上笔耕不辍；乃至有了更"重要"的岗位，也有了一些社会兼职后，8 小时之内忙得团团转，8 小时之外可以写作的时间越来越少……但是每天写 300 字，一年也有 10 万字，10 万字，也够得上一本书的厚度。于是，参加工作 23 年，我出版了 10 本书，还有四五本已完成的书稿。书出得多，未必质量就好，我从没认为自己的书有多耐读，好看，但这是一个人耕耘之后的收获，就算是自娱自乐也得有乐的本儿才行。

8 小时或者就是人生的一道分水岭，之内，是一道风景；之外，也是一道风景，风景却有不同，要想看到更多的风景，得多用点时间。

石头也会暖热

命运是高傲的、诡谲的。

命运面前，人总是要低下头的——一部分人，认输了，惹不起，躲得起；也有惹不起又躲不起的。

有时，你追着命运奔跑，她像一个诱饵，一个魔具；你越追越快，她越跑越远，她带你进入了一条死胡同，然后纵身一跃，飘走了，而你，却撞得头破血流。

我想说的是，人首先得"听从"命运的摆布。命运是一个以天地为界的棋盘，空旷高远，大彻大悟，而人，不过是棋子，密密麻麻，星罗棋布，微乎其微。棋子怎么能走出棋盘？若硬要逃遁在棋盘之外，怕会迷失方向，陷入沼泽，或者，干脆，撞死、憋死、气死。听从命运的摆布，人至少会安于现状，知足常乐，优哉游哉。人生在世，注定有一种生活属于你，有一种职业属于你，有一种爱情属于你，有一种圈子属于你——那一年的冬天，接连的天寒地冻，让流浪者饥寒交迫，他们需要温暖，需要食物，需要安全。可是，一个老者，放弃接受救助，仍然困守在自己搭建的简易的房子里，他说那里自由。是的，这就是命运。他的命运就是城市的拾荒者，捡拾垃圾者，乃至乞讨者、流浪者。他习惯甚至喜欢这样的生活，他对命运俯首称臣，那么，命运不会再刁难他，因为他已经一无所有。

命运的刻薄在于，若你是健康的，她让你不健康；若你是富有的，她让你不富有；若你是幸福的，她让你不幸福。

命运的冷酷在于，若你是凶残的，她让你更加凶残；若你是不幸的，她让你更加不幸；若你是自强不息的，她设法让你万念俱灰。

命运的博奥在于，若你是善良的，她让你收获感动；若你是慷慨的，她让你赢得名声；若你是宽容的，她让你朋友遍天下。

命运就是让你从一个穷光蛋变成一个富翁，再从一个富翁变成一个穷光蛋的过程；命运就是让你赤条条来，饱受艰辛、摧残、病痛，然后忧伤地死去；命运就是善有善报，恶有恶报，不是不报，时候未到。

——没必要怀疑。坏事做得多了，总是隐患重重的；好事不遗余力地做，纵然是石头也会暖热的。

但是你得首先接受命运为你安排的一切，因为这一切，"命中注定"。若你硬要反抗，你可能会受伤更多。

当然，是"可能"。司马迁原本不必受宫刑之罪，但是他拒绝向命运低头，那么，他"伤痕累累"，也因为一部《史记》而名垂千古；凡英雄者，无一向命运低头，不当叛徒，不受利诱，不事权贵，宁死不屈，自然，他们的结局也只有一个，生命被过早地"拿"去了，丹心被永久地"留"下了。但他们的妻子、儿女、亲人，无不要受到连累，饱受痛苦？假若你接受命运的安排呢？不反抗，顺其自然，逆来顺受，就把自己当一枚棋子，看好自己的门，站好自己的岗，过好自己的日子——芸芸众生，太多人都是这么走来，又走去。

想起一个人，清朝的和珅。他原本是个穷小子，家道落魄；他不向命运低头，千方百计来到皇上身边，挖空心思巴结皇上，果真成了一人之下亿万人之上的人上人。但是最后，他还是得向命运低头，命运安排他早一点放下人世间的荣华富贵，到太平天国安享晚年，他没有选择，到了那时，人都没有选择，最多点点头，挤出点笑，"大方"地把身体交给命运。

命运毫无定数。就如塞翁失马，焉知非福；就如鱼和熊掌，不可兼得；就如福无双至，祸不单行；就如——一个老教授，包了二奶，那女孩儿却是他与前妻的女儿。——自作孽，不可活。

命运无情无义，无廉无耻，无悲无喜，无怒无哀。

命运是块石头，蕴含天地精华。每个人都想在石头上刻上"到此一游"，却不知，落笔有声，命运无形。

　　命运的芜杂与深不可测从来是不可参透的。若是人人都能参透自己的命运，那世间将永无宁日。

内心的告诫

在微信里，一位朋友说，当你的人生进入低谷时，你应该平静下来，等待机会。在等待的过程中，锻炼身体，干干家务，读读书，会会朋友。

这是一种温和的告诫。

我的心告诫我，人前要谦虚。你也许有骄傲的资本，但不能不在乎别人的感受。俗话说，同行是冤家。就算你们不是同行，但是，你的高调，你的与众不同，你的标新立异，你的口无遮拦，会遭人忌妒，会为你树敌，会被人记恨。明枪易躲，暗箭难防，无论何时，都不要成为靶心；要想不成为靶心，先不要成为中心，除非，方圆十里，你真的是中心。

我的心告诫我，人要有能耐。动嘴皮子不算能耐，因为每个人都有一张嘴，都会说话。世间万物，狗会叫，百灵鸟会唱歌，鹦鹉会学舌。能耐就是手艺，可以是手上的手艺，也可以是脑子里的手艺。你会的能耐，别人也会，你有可能被人替代；只有你会，才是真的能耐，但是要有用武之地，绝活，独门，看家本事，祖传，都是稀缺资源，但铀也很稀缺，人见人怕。

我的心告诫我，人要诚实。我宁可相信，记忆是"唯一"的，谎言在脑袋里只能萌芽，永远不可能改变基因，装饰你的梦。今天的谎言，到明天，不，后天，最多一个礼拜，十天，半月，真相就会破土而出。你连自己的嘴都管不住，又怎么去控制别人的嘴？不说谎，是优秀的品质，有时候你可以不说话，但说话的时候，一定要说真话。

我的心告诫我，不要阿谀奉承。努力做一棵树，直直地生长，才看得见人生的风景。人云亦云，也算一种阿谀奉承，除非你先说。有人喜欢被阿谀奉承，说不定你也喜欢。但阿谀奉承者中，有几个不是口蜜腹剑？有几个心里没有猫腻？当你习惯不再阿谀奉承的时候，你会一下子觉得轻松。不违心有什么不好？不违心，有时候才不唯利。

　　我的心告诫我，惦记父母，不是一句空话。曾经我没有能力，当我具备一定能力的时候，我对家人说，我吃什么，父母就应该吃什么，同理，我用什么，父母就应该用什么。年轻人的消费总比父辈超前，要好。没有任何一个理由能够说服所有人，我们可以忽视父母的存在而自私地享受生活。想一想幼时，乃至我们整个成长过程中，你吃的、穿的、用的，你就明白我说得很现实，也很真实。

　　我的心告诫我，不要停止学习。你可能受过很好的教育，那是你的荣幸；你也可能没有受过很好的教育，那不一定是你的过错。但是，我们都知道，时光不能倒流，火车不能倒着开，人不能倒着走。生活，会一直向前。明天的太阳才是新的，过去的都已进入储藏室，学习，才能让它保鲜。这个世界上没有一劳永逸，永远没有；坐吃山空，功劳簿上不养人，江山代有才人出。

　　不断地告诫自己，也许，这样很累，但是，"钱多，事少，离家近"的差事，就算这世上有，凭什么轮到你头上？

万象评弹

饭局上的意识形态

吃饭谁不会？围成一桌，有说有笑、和谐融洽。但人有差异，吃相也往往不同，是会影响饭局气氛的。

有的人爱吧唧嘴，没人时自己吧唧嘴不算优点也不算缺点，习惯而已。但一桌子人时，塞一块肉进嘴里，开始吧唧，吧唧得很响，时间很长，直到那块肉被完全咀嚼，滑进食道，其他人的耳朵刚闲下来，他又夹起了一块鱼——食物在嘴里活动，嘴巴偶尔发出点响声，不奇怪，但形成一种习惯，就有伤大雅了。吧唧嘴的人，自己可能是无察觉的。那么这个习惯始于何时？大约是童年，小时候吃饭时为了表达对食物的"肯定"，或者对母亲劳动的肯定，小嘴吧唧吧唧的，样子很可爱。母亲就会笑，这个孩子吃饭真香，于是"吧唧嘴"等于"吃饭香"，那就卖力地吧唧，使劲地吧唧。渐渐大了，母亲也习以为常了，自己也习以为常了，但"样子"一点都不可爱了，甚至很"丑"。外人才懒得说，那毕竟算是一件"丢人"的事，说出来，面子就没了，而人的面子有时比什么都重要。但特殊情况下，吧唧嘴也不是缺点，比如那人位高权重，财大气粗，跺一跺脚地球都要抖三抖，这样的人嘴大，有话语权，别说吧唧吧唧嘴，饭桌上公然放个屁也没人敢皱眉头。这样的人吧唧嘴，在有些人的耳朵里，那是快乐的音乐。

有的人爱"飞速地旋转"。如今围餐都有转盘，转盘自然是转的，但谁转，往哪个方向转，多少有点"说头"。不知道有没有特别的规矩，若没有，在我以为，谁都可以转转盘，但要像舞池里的慢三步那样，慢慢地转；往哪个方向转呢？其实顺时针即可。若饭局上有长幼尊卑，为表敬意，一道菜刚上来，侍者自会先转到长者或尊者面前，他享用之后，其他人就可以"慢三步"了。但有的人转起来，要么迷失了方向，时而逆时针，时而顺时针，乱撞墙的苍蝇似的。有的人使劲一划拉，一桌子菜整个转一圈，宛如伦巴跳到尽兴处。没有分寸地转，不看时机地转，导致别人的筷子就很尴尬地处于"半空"了，落也不是，收也不是，举棋不定，无处下箸。不管怎么说，"飞速地旋转"是不礼貌的，即便是有孩子在的饭局，若是孩子"飞速地旋转"，母亲是要禁止的，不要让孩子觉得"很好玩"——其实那是一种规则，"飞速"与"方向不分"都是对规则的破坏，规则是大家共同形成的，大家都得遵守。

有的人不爱用公筷。公筷是一种文明，有的公筷是被侍者直接置于菜盘边沿的，有的则被摆放在菜盘的旁边，像个优雅的侍者恭敬地站着，想取菜时拿起，用完再放回原处。当然，更大一些的饭局，每人的旁边都有一个侍者，不劳客人动手，自会"人人有份"，那自然都是用公筷来分的。但有的人还不习惯用公筷，刚开始吃时还用，吃得兴起时就忘记了，眉毛胡子一把抓，私筷公筷齐上阵，也不觉得尴尬。但也有一种人，明明见有公筷，却不用，根本没想着用，踌躇满志地举着自己的筷子，这里一下，那里一下，甚至用筷子把整条鱼都翻了一遍。旁人也不好说什么，既然有人不用公筷，那大家再坚持似乎就无意义了，于是也就纷纷自己动手吃完再说。

饭是顿顿要吃的，一次饭局看不透人，但吃得多了，人性即显山露水。

鸡头与凤尾

人家说，宁做鸡头不做凤尾。做鸡头的确不错，鸡头虽小，也能俯视"众生"，也能一呼百应，也能发号施令，也能耍大牌出风头。人一辈子，不求十全十美、轰轰烈烈，只要能做一回鸡头，体验一下唯我独尊的快感，也是"春风得意马蹄疾，一日看尽长安花"。

但鸡头毕竟是有限的，鸡头其实就是资源，什么资源取之不尽、用之不竭呢？于是没做鸡头的想做鸡头，做了鸡头的想做更大的鸡头。做了鸡头的人感觉都不错，很自豪，很满足。虽然小，但雄踞一方，也算是一路诸侯，有时也坐井观天，却觉得头顶的天空虽然局促，但也是幽蓝幽蓝的，也是清澈通亮的——其实这样的鸡头已经不算是小鸡头了。有的鸡头真的很小很小，说起来都羞愧，听起来都寒碜，比如小组长、小班长、小队长、小主任等等，只管着两三个人，只有巴掌大的点权力。但既然是鸡头，就有指挥别人的快乐，就有当"大哥"的威武，就有让别人看眼色的时候，有时走在路上，那阵势也是前呼后拥、吆五喝六的——近不惑之年，我算是感悟到了，这人"抬"人人才有地位，才有尊严，才有荣耀，才有架子，就算他名大得发紫，官高得吓人，财粗得能淹四方，若是把他搁在人迹罕至、荒无人烟、与世隔绝的地方，他充其量也就是个人吧，再什么都不是。于是乎，即便做一日鸡头，也是人生的高潮，做一回鸡头，也能精神焕发。

做了鸡头，你是主演；做了凤尾，你是配角。凤尾不好么？当然不错。俗话说树大招风，风来了，就算你处于末梢，也能感受到沁人心脾的凉意；站在巨人的肩膀上，你虽然不是巨人，却望得更加高远；抓住凤的尾巴毛，你不是凤，却依然会赢得关注的目光，至少，大树底下好乘凉，兵来将挡，水来土掩。身居凤尾，没有什么风险，没有什么忧愁，没有什么顾虑，不用吃了上顿想下顿，不用满肚子的忧患与不平直往嗓子眼儿冒。人生之另一种境界，就是寻一个悠闲的地儿，最好是一个大大的"庙"，香火鼎盛，人熙熙攘攘来来往往，吃不愁、穿不愁，不用居安思危，不用前怕狼后怕虎，最好还有人叩拜，有人拣好听的话给你说，那日子真的很滋润。

鸡头不是鸡肋，肉虽不多，都是精华；凤尾不是笤帚，毛不在多，耀眼就行。自然，鸡头做大发亦有可能升天成凤，凤尾做久了亦有可能脱落沦为鸡毛。人生嘛，就是角色间的不停转换，转换得绝伦，是高人；转换得自然，是常人；转换得肤浅，是俗人；转换得失败，是可怜虫。

江湖上谁是老大

如今不兴提江湖，提社会，其实出了家门就是江湖。

社会和谐，江湖险恶。和谐是因为少了刀和枪，险恶是因为人心叵测，一不留神就掉进了阴沟。

家里简单，虽无老大但有家长，也讲权威却不霸道，先民主还是先集中，纯粹看大家是否喜欢。

江湖庞杂，老大时隐时现。黑社会有老大，打砸抢无恶不作；社会也有老大，开个铺子有人让你交保护费，捡拾垃圾有人给你划了片，拓展市场有人横加干涉，旅行游走有人将你倒来倒去，一票难求有人捏着大把的票囤售。老大的那双隐形的手绝不是胖乎乎的猪爪子，让你垂涎三尺，反而处处为难如鲠在喉。

江湖是或隐或现的。江湖是地盘，有人要分；江湖是疆域，有人要抢；江湖是利益，有人要夺；江湖是个聚宝盆，谁坐在屁股底下谁都乐不可支。

老大往往是制定规则的人，在渐渐规矩的江湖中，规则真的格外重要。即便大家都发觉规则有问题，不合理，有缺陷，但大家都得遵守，谁若反对，谁就是众矢之的。

你也可以远离江湖，像古代的侠客那样不食人间烟火，像陶老先生那样找一块没人的地方种瓜，像诸葛孔明那样在大雪纷飞中酣睡——做做梦是可以的。在物质的社会，仅有精神是不够的，精神是主心骨，但它不是面包，不是火腿。诸葛亮要是吃了上顿没下顿，还有力气喊"大梦谁先觉"吗；陶老先生的那块田园要是按商品房的地价儿卖给他，他还能潇洒起来吗；侠客要是老风餐露宿患上疾病没钱医治还能劫富济贫吗？

我也想当老大。不想当老大的群众不是好群众。虽然有人说"文无第一"，但实际上是有老大的，由老大而生成了一个圈子，进入这个圈子就是哥们，没进这个圈子就是外人；虽然也说"武无第二"，但实际上你武艺超群却未必当得了第一，你长成了天仙但选美冠军却是那个东施。

不想雄霸江湖是假的，不想成为老大是虚的。但往往是，山外自有高山，人中自有龙凤，有的人学习就是比你好，有的人能力就是比你强，有的人钱就是比你多，有的人官就是比你大，有的人长得就是比你帅，有的人学识就是比你渊博——人比人能气死人，要想气不死，就得把肚量练大。

社会本没有颜色，老大多了，就有了颜色。

人本没有颜色，人心不古，就有了颜色，或者黑的，或者白的，或者黄的，或者红的。

当了老大，脾性就怪，有时不喜欢标新立异的人。

有一类人老大最喜欢，低头做人，埋头做事，心无旁骛，脑无杂念，该当木偶时是木偶，该当木瓜时是木瓜，该你冲锋陷阵时你真能豁出去。

金龟　银龟　王八

凡物沾上"金"字，就是好东西。金表、金屋、金甲、金首饰、金榜——没有金人（古代是有的，但和价值无关），有"金龟"。

龟不是人，是王八。有人又说龟是龟，龟性情温和，壳儿硬，壳面有裂状纹；王八是软壳，壳面较光滑，王八的学名叫鳖，有的地方又叫甲鱼。为此，我专门查了《现代汉语词典》，乌龟也叫金龟，俗称王八；鳖像龟，也叫甲鱼，俗称王八。大体就明白了，龟、鳖长得差不多，都可以叫王八。王八是个名词，中性词，没啥特指，但"王八蛋"就是骂人的话了，很恶毒，很中国，有文化的人恼羞成怒时骂，没文化的人气急败坏时也骂。

如今很多时说金龟专指人，说钓金龟就是钓人，一个"钓"字，像孩子们唱的歌：嗨呀嗨呀拔萝卜，嗨呀嗨呀拔不动！什么人是金龟呢？首先得是男人，女人不行，再年轻再美貌的女人也不行；得是有钱的男人，没钱英俊潇洒得一塌糊涂也不行，还得非常非常非常有钱；得是单身，若有家室纵然再有钱再英俊潇洒也够不上"金龟"二字；还要很有文化，最好很港澳，很西方，很世界。

有些智商的人都可以想象到，那么有钱的男人若不是突然继承遗产，或突然中了彩票，打死他都做不到在还年轻时还单身时就非常非常非常有钱，乃至要让人去钓。就算45岁以前都是人生的"青年阶段"，而一个非常成功的男人在45岁以前若还是单身的话，一定是有什么毛病，若是身体没毛病，心理没毛病，那也许就是夜夜新婚，早就过着神仙似的日子，哪里轮到你去钓？就算你费了九牛二虎之力钓到了，他也是大家的浪荡哥儿，不是你一个人的白马王子。

有的人居然真的钓到了，好大好帅好有影响好趁钱的一只金龟呀，生怕别人不知，还到处去说是如何钓到的，视为莫大的荣誉。但好景不长，"金龟"就和她说拜拜了。人家一个人自然又成金龟了，金龟又可以被人钓了，亦又能钓别人了。

银龟也受欢迎。什么是银龟呢？我大概划分一下，还得有钱，不能老，可以是结过婚的，但现在必须是单身，身边无孩儿。成功钓上银龟的人也有不少，银龟比金龟逊色得多，不是大家关注的焦点，各种酸甜苦辣只有"渔翁"自己知道。

"钓"是一种姿态，是刻意的，有时是孤注一掷的。民间说的，赌一把，成者王侯败者寇嘛。有赌成的，也有失败的，前者梦圆可喜可贺，后者顿时成了人家的笑柄和残枝败叶儿，愤愤怨气难消之余，红颜薄薄的嘴皮子也忍不住痛心疾首大声地骂："这个王八蛋！"

金龟和银龟本就是王八，它们沦为王八蛋的概率是女人一张嘴的事儿。有幸成为银龟与金龟者，都得有这个思想准备。

阔的几种情形

先前不阔，突然阔了。

一般来说，有钱才阔。先前没钱，阔不起来，突然有了钱，开始阔。怎么才算有钱，没有明确的标准，在北方，家里有一二十万现金可以随时取用的，我以为就是阔人了，而那点钱到了南方，还不够塞牙缝的。地域差产生阔差。普遍地说，人阔了之后都会有所表现，如今人的学历普遍都提高了，人阔得也渐有水平和层次了。但突然有钱的人，阔起来还像土财主、土包子一类，忒没文化，比如指甲缝里还脏着污垢，西装袖口的商标还吊着小半截儿，牙缝里还钻着昨夜的韭菜片子，头发上还插着脆弱的碎木头屑子，走起路来贼眉鼠眼，生怕遭人暗算——北方一夜暴富的人大体都是这个形象。南方人就没这么浅白，油头粉面的，穿金戴银的，西装革履的，但仍然抖抖的，眉尖使劲往上挑，显得猥琐，不齐整。由不阔到突然的阔，和由平地突然到了高处一个道理，和拔苗助长一个道理，很多人不适应，虽是彻底的阔了，但像拿了假文凭又没啥水平的人，底气实在不足。

先前阔，后来不阔了。

人老是过穷日子，觉得日子难过，但能挺住；过了一阵阔日子，再过穷日子，觉得度日如年，简直过不下去。是的，人不是皮球，可以滚来滚去，人的浑身都长满势利眼儿，嘴巴容易被娇惯，眼睛容易被引诱，手脚容易被牵引，肠子容易被迷醉，都大鱼大肉地阔过了，再退回去喝东南风，简直是捉弄人。而且一旦你不再阔，要小心你得罪的人"唾沫"你，你没得罪的人讥笑你，你亲爱的人拿另一只眼儿瞧你。这个时代，人连股票都是买涨不买跌，况且你个富人变成了穷人。但是，腰包不阔了，也不必跳楼，夹着尾巴做人就是，要紧的是把尾巴夹紧，不要偶尔地露出来惹人不快，更不要偶尔流露出曾经的"阔相"，那会使人相当不快。

没有阔过，十分想阔。

谁不想阔呢？我也想。但买个馒头都要排队，除非拾个大钱包，否则想一下子就阔委实没那么容易。有的人见别人阔，痒得不行，挖空心思地想阔。有的还是阔不起来，有的就果真阔了。阔是块痒痒肉，越挠越舒服，越舒服越挠。正所谓，有房不算阔，有 300 平方米豪宅算阔；有车不算阔，有百万以上名车算阔；有女人不算阔，有"一百单八"个女人算阔——养豪宅，用名车，哄女人，穿尽人间奢华，吃尽世上珍馐，除了自己不是极品，全身上下都是极品——真是阔得了不得，那真是"思想有多远就阔得有多远""穷奢极欲"，极尽能事。是的，物能造人，亦能灭人，十分想阔的欲望往往使人欲罢不能，忘乎所以，到头来呜呼哀哉。

本来就阔，还想更阔。

有吃有喝有闲钱，再加上有一点文化，已经就是小康了，已经在阔的人的层次似乎又远远高于小康的标准。但自古至今没人比穷，那会令人心酸，有人比阔，比得像斗鸡似的昂扬，斗牛似的凶狠，斗蟋蟀似的刁钻。比阔似乎是人的天性，与生俱来，与人须臾不离，乃至活着比，死了也比。比阔就是显摆，就是嘚瑟（东北话），就是烧包。比到最后，慌不择路，就到了悬崖边了。比阔普遍会使人愤怒、妒忌、不平。——人不仇穷人仇富，就算你想更阔，也得遵守"潜规则"，你一年六千多万的年薪，码起来能够上云彩——阔得上天了哪能不掉下来？

人阔是好事，人一阔脸就变也是常情，但不该你阔时你阔得一塌糊涂，你本不阔却偏要装得阔极了，你阔得没层次没道德还要趾高跋扈，那就是过头了，万事一过头就完蛋。

"求"字新解

求 罩

农村的女孩子小时候都罩过头巾，红头巾，黄头巾，绿头巾，露出一缕飘逸的头发，一双骨碌碌乱转的眼睛，在风里、雪里走着，说着，笑着，好看着呢。

女孩子大了要嫁人，头上要罩一个红盖头，里面藏着娇羞、忐忑、激动，一生的幸福要从揭开红盖头开始了。

罩，是盖，是捂，是藏，是躲，一股脑儿兜着。

求罩却不用红头巾，也不用红盖头，用什么呢。

一个年轻人初来乍到，发帖子说求罩。我想肯定不是一个女孩子，求的自然不是红头巾、红盖头，求的那个罩看不见摸不着却感受得到，是势力。

被势力罩，是笼罩。像笼子一样罩着。人在笼子里可以纳凉、睡觉、窃喜、偷窥、蠢蠢欲动。有没有幸福呢，很难说，若笼子不小心掉进河里，一把火烧了，被牛蹄子踏得稀巴烂，笼子里的人想哭都来不及。

笼子也有很多种，纸笼子，竹笼子，铁笼子，罩在什么笼子里，多时自己说了不算，但求字一出口，干的便是下眼事，吃的便是下眼饭，挣得便是下眼钱，也就成了个下眼人。

所以，此种罩，与罩红头巾、红盖头大相径庭，求还是不求，看仔细。

求 包

包儿谁没拎过？拎包，自己拎自己的包；拎包的，拎别人的包。但求包不是求个包，与包无关。

是个动作。

包字"名""动"两用，容易混淆。

求的是包住、包吃、包花。还要住得好，吃得好，花得好。把自己打成名词的包，然后求别人用动词的包。

不能让人家白包，她得包睡。用的是"她"，求的便十有八九是女孩子。

睡在汉语里有多种意义，睡觉是睡，人天天都睡，那是睡在自己的床上，自己睡自己。包睡不是自己睡自己，到底怎么睡，在哪儿睡，和谁睡，被谁睡，少儿不宜，不多讲，都懂。

求包既是一种主动，表达一种态度和主观意愿；也是一种被动，因为求者不知被求者人在何处，姓甚名谁，年岁几何，粗壮还是矮胖，文质彬彬还是面目狰狞，奸诈还是凶狠。就是求了，只要人家愿意，坐下来商量怎么包。

此种包，包的是懒惰、萎靡、颓废、贪婪。是不是屈辱、委屈，有没有泪水，不好讲。有人说，被包也是一种幸福呢。

幸福是内心的一种感觉，我不是谁肚子里的蛔虫，猜不透。

求 见

你和我见面，不用求；我和朋友见面，也不用求。打个电话，约个时间，见个面，说说话，聊聊天，喝喝茶，吃吃饭，然后各奔东西。而已。

求见的前提是，不是你想见就见，你愿意见就见。求见的角色定位是，小喽啰见山大王，小字辈见老字辈，卑微者见高贵者，小人见大人，无名无分者见声名显赫者，小官见大官。自然，古往今来，也有刘皇叔求见卧龙先生，姬昌求见姜尚老爷子，那毕竟稀罕，不代表"主流"。

求字当头，便是矮了一截。不能空手去见，不能趾高气扬去见。唯唯诺诺，战战兢兢，如履薄冰。

见了干什么呢？有的什么也干不了。有的可干可不干。有的能干但不给你干。有的马上就干。干不干，怎么干，那是求者与被求者的秘密，旁人如何参透？

但求见的目的无妨说说，求罩（上面所言之"罩"是大海捞针），如今是当面表态；求名，求财，求官，求包（上面所言之"包"亦是大海捞针），如今是求到门上，看得见，摸得着，成功概率大了许多。

少人求骂，求灾，求祸，求贬。

我亦求过人，远不如隔水蒸鸡的滋味美妙。

求　艺

有道是艺不压身，人得掌握一门手艺，最好是两门，三门更不用说。一门用不上就用另一门，另一门用不上再用第三门，或者混着用，饿不死，吃香喝辣。

艺非娘胎里带来，娘胎里带来的只有基因，如何用好这个基因要看后天如何去求。

艺不在书本里，书本里的叫知识，最典型的莫过于唐诗宋词三百首，人人用心，便可人人倒背如流，但背人家的，再声音朗朗，也是翻版。会不会作诗，能不能活学活用，则是技，是艺，要靠学，靠求，靠写。

如果求的是身怀绝技之人，人家又愿意教，那便是格外幸运之事，只要你肯学，就算不青出于蓝而胜于蓝，也得了真传，不至于竹篮打水一场空。

有的人貌似有艺。打扮得仙风道骨，挺唬人。头发留得老长。开口则上下五千年。实则草包一个。从他身上求不了艺，求形。形似。求了一遭，世上会再多一个草包。

有的人无艺有德。德高原为师，但德高八斗却无才无艺，人生难免过于清苦。德非艺，德为水，有容乃大，艺为石，点石成金。

有的人有艺无德。此种是最需防范之人。破坏力最强，杀伤力无影无形。学之艺，必熏之"德"，"功成名就"之时，亦是身败名裂之日。

求艺难，难在求对人。如有德高望重、才高八斗者愿收你为"徒"，恭喜你，用老法子——磕个头吧。

求　学

我求过学，那一年尚小（16 岁），到济南去，父亲千里迢迢护送我。从没去过济南，正是夏天，热。父亲陪我几日，待一切手续办完，他打道回府，留下我在异地他乡开始读书。

书读得好与坏暂且不说，求学之经历让我开了眼界，一些人，一些事，一些风土，青草般熊熊生长。

求与学之间，便要有一定的距离，在家门口读小学、中学，不算求学；读大学，也不算求学，出了家门进校门，受了委屈逃回家——粉刺未熟是挤不掉的，阅历与心智要在求的路上丰富与成熟。

求学与上学，一字之差，离题万里。

首次求学者均无社会经验，父母护送到异地读书，内心温暖得很。也有孤身闯"江湖"者，或具有独立之精神，或父母脱不开身，或无父无母无兄无弟，温暖定是谈不上了，若再遭遇白眼、冷漠乃至伤害，倔强与扭曲的性格与观念或已注定，对此生必无裨益。

求学路上，同行为上。

求　友

友的种类多矣，从性别分，男友，女友；从年岁长幼分，同龄友，忘年友；从疏密程度分，闺中密友，一般朋友；从情态上分，青梅竹马之友，君子之交之友；从兴趣上分，酒友、烟友、茶友、邮友、票友、车友。亦有两肋插刀之友，黑白通吃之友，神通广大之友，见缝插针之友，逃之夭夭之友。

一言难尽。

求与友之间隔着一座桥，乃心之桥。桥通则友至，桥晃则友险，桥断则友裂，桥垮则友崩。

求来益友，则益处多；求来损友，则损害多；求来恶友，则噩运多。乃人生之必然，"无出其右"。

求之时，便应择。改孔夫子一言：择其善者而友之，其不善者而弃之。

宁可无友，孤独一生。

友不宜多，三两个可，四五个可，八九个可，若百人团、千人伍俱为己友，便是要罢工、闹革命了——日子本来滋润，做那干啥？

求来之友，有真友，有假友。真假患难顿见分晓。

故穷时、不名时、落魄时为求友之最佳时机，可惜，那时，狗都懒得理你。

求　师

求师当为问道。师者，传道授业解惑之人。

求是一种态度，心诚则灵，因为大凡得道高人，均朴素清高仙风飘逸，看不起我等凡夫俗子，若你提酒拎烟送钱，俗了，拒你不是，不拒你也不是。

——那是古代。

今个儿求师，心亦要诚，表达方式亦要诚，好烟好酒无非就是一种介质，可；钱也是一种介质，可；有的女娃子（有的不是娃子），恐怕连自己也得被"介质"，才可换来硕士帽、博士帽。

此种师，或许有学却是无德。有学无德者如恶性肿瘤，乃肌体之大患，一旦发作，全线崩溃。

真正能为人师者，你当能看到其和缓的目光，听到其拔节的思想，感受到其丰富的学养，体察到其高尚的品格，且乐意将"一技之长"传授于你。

若非如此，其道再高，其技再能，与你何干？不必拜师，远观就是。

另一种师者，不求亦有，比如我等文学爱好者常"遇"却不常见甚至一直未见之师，一字，一词，一句，一段，一文，点睛之笔，信手拈来，细细揣摩，其味地道。

师者如一道大餐，色香味俱全；所用原材料，俱为上等。

求　粉

是个新词。

此处之粉，非脂粉，却又不无牵连。都知道，脂粉乃抹脸装饰之香物，如今工作压力大，都市女子若头晚睡得不好，心情不好，早上起来素面朝天脸色蜡黄，不好看，抹点脂粉，白里透红，立时自我感觉不一样。故，粉乃脸面，自古至今，对女子来说非常重要。都在化妆盒里装着，坤包里藏着，以随时补妆。

求粉的却不都是女子，男女混搭，或许以男的为主。求的自然不是真粉，而是假粉——粉丝是也。

也不是真粉丝。粉丝谁没吃过？比粉条细的就是粉丝，龙口粉丝很有名，超市都有。真粉丝不用求，想买多少有多少，不是什么稀罕物。

乃崇拜者，是人，网络世界中虚拟的人。

求的是被关注，被崇拜；大千世界，无奇不有。

明星自然不需求粉，微博一开，粉丝如蚂蚁似的来。

求粉之人，尚无知名度，不是名人，没什么影响，但想出名，想成为名人，心之迫切全靠一个"求"字化解。

有的能求来，但人家"宠幸"了你，你也得体恤人家，互粉。

有的求不来，人家比你的粉丝多，对你不屑一顾。

有的求来了又丢掉了，人家通过"深入"了解，觉得你不够层次。

说明了一点，求来的东西没有基础，未必牢靠。

求　官

官最好当，也最难当。民间俗语：千里路上做官，为的吃和穿。且不说做官到底为何，我不是官，不清楚。但一个求字，可洞悉做官之难。

求官者，或者想当官不上，或者嫌官阶小，或者想换个官当，心情迫切，真情自然流露。

被求者，自然官阶不小，可动求者乌纱帽。面对上门的求者或顾左右而言他，或答应得痛快却拖着不办，或大喝一声让求者滚出门去。人间悲喜剧，仿佛只在一时间。

求者与被求者，虽处劣势与强势之位，但依关系亲疏可转化为不同的形态，或者要官，或者买官，或者干脆屈膝缴械投降，当了人的"家奴"。

为吃和穿求官者，视当官为职业，一份工作；为民求官者，视当官为施展才华和抱负的平台；为钱财求官者，视当官为"事业"，攫取不尽的资源和宝藏。目的不同，求时的姿态也不同，或卑微，或正气，或阿谀奉承。

亦有不求者，让当就当，不让当则让；亦有拒官者，八头骡子拉他他也不当，一心做学问。

20 年后再看，人生起伏，潮起潮落，煞是精彩。

求 情

此处情者，非情爱也。乃情面、情理、情分。求给个情面、情理、情分。答应、谅解、宽恕，是一种极为被动之态。

为何要求？因为犯了错误，做了错事，闯了祸。也有未犯错误，未做错事，未闯祸端，也要求，求的是照顾，要你一颗悲天悯人之心。

被求者手握生杀大权，攥着你的"小九九"，或冷眼观潮，或正义凛然，或拍拍你的肩，下不为例。

求者，多时不能白求。两手空空的去求人，自己也觉得过意不去。大包小包，这卡那卡，礼重情谊才重；被求者不看脸面看礼面，两手一摆，跟我还这么客气，拿回去拿回去，我不缺这些。

求情获准，求者感激涕零；求情碰壁，求者心灰意冷。

求情与下话连用，最为悲情。

真拿回去的人也有，那是石头还没开花。

求 和

和为贵。贵到什么程度，要看和到什么程度。

和之前为不和。不和者，或面和心不合，或心存芥蒂、龃龉，或老死不相往来，或仇人见面不共戴天，或兵戈相见寸土不让。

由不和而和是个原则问题，不求办不到。若求者高姿态，被求者低姿态，那也和不成。和是双方的事。被求者亦想和才有和的基础。

求和之后是谈和，谈什么，怎么谈，谈得拢才可能和；谈崩了，不欢而散，继续在不和的道路上各走各。

和谈是另一个层面的事儿，谓为和平谈判；居家过日子不叫和平，叫和谐。

所有讲和之中，和谈最难谈，谈得拢，偃旗息鼓；谈崩了，战火纷飞，不但不和，注定生灵涂炭。

求和的首要原则是互相尊重。一方让步也有底线，逾越了底线便没有了和的基础。盛气凌人的和不叫和，叫给颜色，发威，叫嚣，仗势欺人。

小两口吵架，冷战数日，一方得求和。若坚决不，按现在年轻人的脾气，一个字：离。谁怕谁呀。

离了就和不成了。个别有和的，但那"合"的裂隙，迟早显现。

求　贤

贤者，德才兼备者也。

求的就是德才兼备者，若你不贤，断无人求。

贤看似有标准，实则宽泛得很，甚至说你贤你就贤，说你不贤你则不贤，贤与不贤，在于有的人嘴的一张一翕。

暂算你是贤者。贤者都有本事，一张嘴，一支笔，一个头脑，一副身板，总之，贤在明处，人人可见。没有人求，也过得很好。但亦有"天荒地老无人识"者，贤得沮丧、悲催、潦倒、朝不保夕。期盼得求，一日求者前来，心如鹿撞。

求贤的目的是用贤，求来不用束之高阁，贤者浑身不自在，度日如年。贤者不喜吃现成饭，不劳而获，被圈养。贤者需要跳跃，飞舞，一个宽广的平台。

不贤者，真无人求？世道人心，规则可用彩笔涂写，擦擦涂涂，顺眼就好。求来后贤有贤用，不贤有不贤用，用不着，可以储备。如经年之粮，陈则陈矣，阳光下晒晒自可除味。甚至冒充新粮，几可乱真。

你的城府有多深

　　岁数大的说岁数小的，"嘴上没毛，办事不牢"；"老江湖"说"小江湖"，"你一撅屁股，我就知道你拉什么屎"；饱经沧桑的说没见过世面的，"我吃过的盐比你吃过的米粒多，跨过的桥比你走过的路多"；等等。可见，岁数、资历、经验的重要性。今天不说这个，说城府。

　　一个人有无城府的前提该是有无"岁数、资历、经验"。若毛孩子也有城府，那可笑掉大牙了；若一天班都没上过，谈什么职场生存法则，那有些生硬；若没吃过亏、上过当，给人讲授人生哲学，太幼稚。有过爱恨情仇的经历，胸中才有城府；胸有城府，才会洞彻事理、练达老成、豁然贯通。

　　不过，城府深者偶尔也表现得幼稚，你看，曹操对刘备说："今天下英雄，唯使君与操耳。"自己是不是英雄要看别人如何评价，曹操自己说自己是英雄，似乎浅薄了点。而刘备就聪明得多，赵子龙以抛头颅、洒热血的精神把救回的阿斗交给他时，他却将其丢在一旁："为汝这孺子，几损我一员大将！"赵云忙从地上抱起阿斗，感动得热泪盈眶："云虽肝脑涂地，不能报也！"阿斗那么丁点的人儿，被刘备这当爹的那么一摔，搞不好会脑震荡，再险些会颈椎、腰椎什么的骨折，但他在把握分寸的同时，摔出了非常好的效果。这就是城府深的表现。事实上，刘备要是城府不深，一个什么本事都没有的人，能玩转那么多人，还让自己的事业如日中天到"三足鼎立"，可不容易。包括曹操说刘备也是英雄时，刘备心里一定十分舒坦，却表现得如履薄冰。聪明人。

　　当然，城府深者，一般都不爱说话。言多必失，说出去的话，泼出去的水，收不回来。就远远地站着，冷冷地看着，那德性，用时髦的话讲：酷。也有不酷的，光听你讲，不表态，你问，也是打哈哈。

不说话就是城府深？当然不全是。但话多的人，一般城府深不到哪里去。人的脑子里就那么点思想，心里就那么点小九九，嘴巴张得老大，全"吐"出去了，都淋漓尽致了，还谈什么城府？话多的人，最容易惹是生非，最容易受到伤害，要不怎么说沉默是金呢。

不过像曹操那样的英雄，人家在自己的地盘上煮酒论英雄，自然毫无顾忌。俨然坐拥天下，表表态、抒发一下豪情，说得过去。管他什么城府不城府，幼稚不幼稚，可笑不可笑。

人，尤其是男人，一点城府都没有，不行。早上在麦当劳，看见一老男人和一小女人面对面坐着，没十足的把握，感觉像是"相亲"。男的喋喋不休，女的左顾右盼。一想，那男的没戏了。身在职场，甭管男女，一点城府都没有，也不行。嘴碎、小鸡啄米似的，人云亦云、鹦鹉学舌，干不长久。可是，城府太深，给人的感觉也不好。没什么城府，还故作深沉，更滑稽。

孙悟空猴急，胸无城府，老被唐僧念紧箍咒，但风头出尽；猪八戒耍滑，有些城府，吃香喝辣，但社会形象不好；沙和尚似乎很有城府，一路吃苦，但没吃过大亏，属于老黄牛那种；唐僧见多识广，城府很深，但动辄被漂亮的女妖精劫持，经常危在旦夕。

——都不容易。

自　觉

自觉是高尚的。因为很多人都不自觉。这些人里，也包括我。

原来吸烟，在女人面前吸烟时很少问问女人同不同意，偶尔问过，次数太少；在孩子面前也吸烟，或者是自己的孩子，或者是旁人的孩子，也知道烟雾对孩子有害，却全然不顾，完全由着自己；在办公室里也吸烟，起初是在大办公室里办公，有女的，有不吸烟的男的，我喷云吐雾，赛过神仙；在公共场所吸烟，自然，有人管的地方，罚款的地方，原则上是遵守的，那是怕人呵斥、掏腰包，不是顾及别人，除此之外，悠然自得。

也插过队，也喜欢走后门，动不动弄点"特权"什么的。当记者那阵儿，骑着一辆喷有"新闻采访"字样的摩托车在马路上"横冲直撞"，以为风光，其实丢人；拿着记者证到景区去，居然大言不惭地说"新闻采访"；自家亲戚谁被人欺负了，骑着摩托车，揣着记者证，冠冕堂皇地去采访，实则是撑腰、壮胆，真以为自己是天将下凡，是"无冕之王"；掌握着报纸的一点版面，人家请吃请喝，不至于把黑的说成白的，也是适当偏了笔墨，拣了些好话说。

人其实常常不自觉。特别是有钱时、有权时、有地位时，有的人就觉得自己与众不同了，可以大声说话了，可以为所欲为了，可以站在地上跺跺脚了，乃至，可以霸道了，可以飞扬跋扈了，可以占山为王了，可以草菅人命了。外人对这种不自觉行为，起初可能觉得不习惯，有问题，但久而久之，或者被人喂了甜枣，或者遭人修理整顿，也就理解了，习惯了，并也跟着不自觉起来。为什么贪官那么多，为什么"窝里反"那么多，为什么一抓就是糖葫芦似的一长串，就是大家都不自觉。

老批评进城的农民不自觉，特别是强调他们不自觉的原因是没文化、没素质、没眼界、没世面。是的，完全正确，所以农民随地吐痰，乱扔垃圾；偶尔还顺手牵羊，偷鸡摸狗；乃至成为江洋大盗，那是个别的。但是他们也干了城里人非常不愿意干也干不了的事，运垃圾，掏大粪，捡破烂，当保姆，踩三轮——什么恶心就干什么，什么遭人白眼、令人掩鼻就干什么，什么苦就干什么。城里人已经完全离不开他们了。

老批评打工的青年不自觉，动不动就上"制高点"，跑到天台上、爬到电线杆子上要工资，不给就死给你看。是的，必须承认，他们的行为扰乱了社会正常的秩序，无端消耗了公共的资源，乃至，引起了社会一定的不安和恐慌，还不断让后来者效仿走上了同一条路。

只是，我们该自问——我们自觉地给了他们平等的待遇么，我们自觉地为他们发放工资么，我们自觉地给他们提供了家一般的感觉么，在他们困难时，无助时，危难时，我们自觉地帮助、救助过他们么？

在如今的社会，越来越多时，自觉已经渐行渐远。替换它的是纪律、制度、监督、制约、惩罚；越是这样，人越如野兽一般，在无人时、无监督时、无羁绊时，无法无天，暴露出野兽的本质，暴力、贪婪、弱肉强食、巧取豪夺、肆无忌惮。

只是，越这样，自觉就越是高尚的。你倘若看到一个小不点的孩子把别人丢弃的垃圾捡起来并塞到垃圾箱里，你大可美美地夸赞他，使他觉得这的确是一种美德。

自然，人还是希望都自觉地排队，自觉地遵守各类性质的秩序，自觉地为人民服务，自觉地抗拒腐蚀，自觉地认为人都是平等的。在这个基础上，穷人、弱者、残疾人、老人、孩子、女人更要自尊，更需要我们自觉地帮助，而不是在他们乞求时和企盼时给予施舍：拿去！

你肚子里有几条"蛔虫"

每个人心里都有秘密。地球上，完全大公无私的人是标本，或者木乃伊。人心都是肉长的，肉里有水，人心便像水蛋，弹性十足，左右摇移。

每个人肚子里也都有"蛔虫"，有的是一条，有的是几条。"蛔虫"不是什么好东西，肚子里的东西除了必要的零件，多余的都不是好东西。"蛔虫"可以是小秘密，可以是小打算，可以是小想法，可以是小主意。秘密可以是坏的，打算可以是阴的，想法可以是馊的，主意可以是毒的。但只要没体现在行动上，旁人无从知晓，也自是不能横加干涉和指责的。

但当年颜异跟旁人聊天时，旁人说朝廷刚刚颁布的某一项法令中有些地方不合适，颜异没有回应，只是稍微动了动嘴唇。张汤这个恶人便向皇上告状，说颜异身为九卿，发现法令有不妥当的地方，不在朝廷上讲，却在心里诽谤，应当判处死刑，自此，"腹诽"开始"流行"了。

"蛔虫"是"害虫"，可以存在，但不能张扬。藏在肚子里的秘密才是真正的秘密，就算丑陋，也没别人什么事儿。但一旦"蛔虫"开始肆虐，自是要想方设法消灭它，不让它继续滋生、造孽，否则"蛔虫"得势，人便要失事了。

另外的情形是，别人"钻"进你的肚子，成为你肚子里的"蛔虫"，那结果可就不妙。那样一条"虫"，要么吞噬你的营养，使你面黄肌瘦，弱不禁风，要么控制你的思想，你想什么它知道，你要什么它知道，即便你什么也不想，什么也不要，它却能随便给你安个什么名堂，置你于死地。

人并不可怕，可怕的是人样的蛔虫。

人活着，要达到无论何时何地都面不改色心不跳的境界，是没有可能的。但凡心里嘀咕点事儿，挂着点事，面目上总有些体现，哪怕是极其细微的变化。脸一般情形下是人心的晴雨表，脸有阴晴圆缺，心有七上八下，有些人的脸是万花筒，有些人的脸是核桃木，有些人的脸是"股价盘"，有些人的脸是棉花糖，再有僧面、佛面、铁面，千人千面，没有相同的。但面由心生，掩饰得一时，掩饰不了一世。——有时，一条虫子就能让你面目全非。

虫子的力量是不可小视的，它虽然不面目狰狞，不龙腾虎跃，但亦能让你满地打滚，大汗淋漓。

成为别人肚子里的"蛔虫"，自然也不是一件简单的事，那需要长期的磨砺和忍耐，是另一种斗智斗勇。假如你能让领导老是眉开眼笑，老是言听计从，你这条虫子就是一条龙。如果你突然揣摩错了，捅了领导的伤痛，领导一下子暴跳如雷，你就是一条人见人恶心的蛆。

——有些小虫子也是可爱的。世上若没有了虫子，我们会寂寞许多。虫子其实一直在叫，不如鸟鸣那么清脆，不如猛兽那么威武，但它们至少有自己的声音。而"蛔虫"大抵是见不得人的，是险恶的，尤其是受旁人控制的蛔虫钻进了你的肚子，你真的会惨不忍睹。做人当谨慎。

场面　情面　脸面

　　场面是一种情景和气势。有小场面、大场面。老在小场面转悠的人，到了大场面就显得局促不安、手足无措，甚至出洋相。见过大场面的人，到了一些小场面，则显得不屑一顾、鄙夷、瞧不起，仿佛嘴里嚼着一根铁钉，牙齿嘎嘣嘎嘣地响。乡下很多人没见过大场面，或者很少见大场面，或者根本没机会见大场面，所以城里人说起乡下人，也是"乡里来的！"满嘴的鄙夷顺着牙缝子如火焰一样喷射出来。可城里很多人也没见过大场面，很多人是普通市民，俗气的说法是小市民，小市民的生活整日里也就油盐酱醋烟酒糖茶，能见到什么大场面呢？可是，小市民和小农民在一起，小农民就相形见绌了。毕竟，城里有的乡村没有。城里人走的是街，看的是楼，乡下人串的是田，见的是牛。城里人脚大走四方，乡下人眼小闯江湖。什么是大场面？一顿饭吃1万比起60块一顿的小火锅，就是大场面。吃鱼，有的人只吃鱼唇；吃鸡，有的人只吃鸡舌；吃菜，有的人从漂亮女人光溜溜的胸脯上夹，坦然自若——这其实不算啥大场面，但"这些人"无疑是见过"大场面"的，否则哪来这般的"修行"？一间总统套房只睡一个人和三五个人一起睡的通铺比，就是大场面。上千人的音乐会除了音乐再万籁无声和嘈杂的街头刺刺啦啦的二胡比，是大场面。梭罗在瓦尔登湖边待了两年多，看到的、听到的、想到的和我站在窗口望到的湖比起来是大场面。大场面可以是物质的，也可以是艺术的；可以是人山人海的，也可以是人迹罕至的；可以是眼睛的衡量，也可以是心的度量。见过大场面的，眼界就是"高个子"、膀大腰圆。有时也大度，但也有锱铢必较、心胸狭隘、卑鄙奸佞者。老在小场面转悠的，眼界是"小个子"，甚至看起来像猥琐的刺猬，但有时，讲道义，人情，有一副劫贫济富的侠士情怀。

情面是一种物质和感情杂糅的东西。没有情，自然无面。没有物质垫底儿，只说情，面子上过意不去。中国是礼仪之邦，来而不往非礼也，指的就是情面上的事儿。情面有大，也有小。有硬，也有软。有深，也有浅。有厚，也有薄。所谓大者，家有喜事，众星捧月，无比娇贵；所谓小者，提着两盒不含三聚氰胺的牛奶礼节性探望；所谓硬者，赏你黄金万两；所谓软者，给你个能挤出水的名分；所谓深者，救你于水火之中；所谓浅者，举手之劳却懒得动作；所谓厚者，情深似海，什么钱不钱的，听着都烦；所谓薄者，见面蜻蜓点水，连嘻嘻哈哈的层次都够不上。人都好面子。情面是面子的皮儿。有的皮儿是皮尔卡丹，有的皮儿是绿皮饺子，有的皮儿是荞麦面团儿，有的皮儿是藏了瘦肉精的猪头皮盖儿。该讲情面时讲原则，该讲原则时讲情面，就一个道道儿，情够了，"面"儿薄了，你得用皮尔卡丹的面儿，不能用绿皮饺子的面儿。老把情面挂到嘴上的人，不一定真讲情面；看似像皇家卫士不讲情面的人，可能柔情如水。人的脸，就是一个面儿，揭开那面儿，什么成分都有。所以，情面这东西，绝不是一回生二回熟——没那么快，鸡娃子不怵人还得好几个月。日久见人心，得用日子熬，温火，山泉水。

脸面是一次性的。可以一次又一次，但不重复计算。比如孩子能背字典，当着大家的面儿，说哪一页背哪一页，眉头都不皱，鼓掌，喝彩，家长有脸面。一次过了，下一次，重新开始。大腕出场，蓬荜生辉，有脸，一次过了，下次是下次的事儿。皇上大张旗鼓地表扬你，有脸，一次过了，明儿犯了错，取你人头，一句话的事儿。脸面有有效期，短不过几分钟、一个时辰，长不过一天，隔上一夜脸面就不见了。连轴转的脸面不是脸面，搞不好是情面。脸面与情面的区别，前者短，后者长；前者到嘴，后者到心。人一辈子，丢人的事儿都有，长脸的事儿也不会没有。沿街乞讨者，若某位施主一次给他100元大钞，在周围穷兄弟眼里，那就很长脸。脸面是短暂的荣耀，因为没保质期，有点像雨后的彩虹，一阵子的斑斓。

场面是铺开的脸。情面是藏起来的脸。脸面是挂起来的脸。

是脸，不是屁股。

大医院

  大医院越来越像一个巨大的购物中心，一般人进去就被淹没了。但还是有很多人慕名而来，似乎那病非得大医院治不可。其实身体的病不大，心里的病大，"崇高媚大"心理主导了行为。当然，大医院设备先进、医务人员多、医疗水平高是毋庸置疑的事实，可正如你闯进一个巨大的购物中心，你要找到心仪的商品需要一些时间，你若其貌不扬又非财大气粗想得到较高的礼遇也不现实，你心里还要不断地嘀咕商品的价为何这么贵简直不可思议。

  中国人多，病人也多，大医院当然是皇帝的女儿不愁嫁，每日病人来来往往川流不息，各色人等鱼龙混杂，有些"局部"已成为一条龙服务或一个"微型产业链"，比如你要用白蛋白，医院药房没有，但医生告诉你哪里有；护士只管扎针给药，你要请护工护士手里有电话；大医院的专家来小医院给你做手术，你只需要准备好酬金，其他院方都可以包办。进大医院看病的人，你不知道谁和谁有千丝万缕的联系，哪个是省长的太太市长的女儿县长的老妈子，但医生和护士知道，他们中的一些人越来越知道谁得罪不起谁该小心伺候谁可以狠狠地宰一刀。

  肯定不是空穴来风没事瞎掰，我是有亲身经历的。我父亲曾进过一家省级医院的 ICU（重症加强护理病房或曰重症监护室），ICU 的主任由麻醉科主任兼任。ICU 是救人命的地方，这么重要的科室的"首席长官"居然是兼职，而且，居然由麻醉科的头儿兼任。这好比后勤保障部的部长兼任系主任，空中管制员兼任飞行员，厨师兼任数学老师。不是说麻醉科不重要，正如后勤保障部很重要、空中管制员和厨师也很重要一样，但术业有专攻，ICU 是救人于死亡线，让人尽快苏醒的活儿，麻醉科是让人减少痛苦麻痹知觉的手艺。完全是两个方向嘛。我父亲在 ICU 一躺就是几十天，七窍插满了管子，没窍的地方也插满了管子，各种仪器上的小红灯、小黄灯、小绿灯不停地闪烁让人紧迫。ICU 那样的地方我们当然不能进去。我们窥视父亲的唯一方式是从 ICU 的门缝，那居然是一道木门，因为看的人多了，缝儿已经很宽。那时正是冬季，一道木门显然阻隔不了寒气的侵袭；走廊里满是烟客，烟雾弥漫令人窒息，烟雾从门缝挤进ICU，让倚仗呼吸机呼吸的父亲饱受摧残。

麻醉科主任常叼着香烟匆匆而至，又匆匆而逝。常丢给我们一句话，在 ICU 有花 100 万也没救活的；老爷子不行了，你们准备后事吧。

算父亲命大，那次他历经磨难，转道（后来转了院）从鬼门关回来，真是大难不死，他常恸哭感伤不已。后来父亲（父亲是医生）查看了 ICU 给他用过的药单，赫然发现一种"麻醉"药品，正是那种药让父亲几十天昏迷不醒，看来让麻醉科主任兼任 ICU 主任大医院是经过深思熟虑的。

本来我们要找那家大医院算一算账，但父亲病后的护理更为重要。由此而知，在大医院面前我们都是极其渺小和卑微者，不受"迫害"或不无故挨刀已是大幸，何来被尊重与体谅一说。

大医院的人见多识广，像极了城市富族。他们爱财取之有道，所谓道，就是通向患者腰包的通道。在大医院住过院的人应该知道，每天没个千八百的过意不去，而到了县上到了乡上三四百元、两三百元而已。差价在哪里？一是价位高，如购物中心里的一千克苹果和菜市场的一千克苹果，东西一模一样但价格完全不一样。二是搭售，到菜市场买了东西就走，进了购物中心可能要喝饮料，要吃饭，看大片，还要打车回家。但在购物中心你的消费十有八九是自愿的，知情的，但大医院可完全不会明明白白告诉你。我父亲在大医院一天输 8 瓶液体，从早上 9 点多有时一直输到晚上 6 点多，人都快输成"水泡"了。一整天（周六周日一般见不着）最多见医生一面，时长为两三、五六分钟。到了小医院液体立时变为 4 瓶，时间立时减了大半，效果一点不差。我父亲在大医院一周，花费医疗费一万多，在小医院一周，花费医疗费 1700 多。

　　但大医院就如名校，病人和家属往往趋之若鹜。一个字，被宰也心甘情愿，觉得值。但治病救人不只是钱的问题，生命无价不是？我父亲的病友中有一个壮年小伙，因车祸入院，术后出院，但不久腿部出现血栓，又住了院。出现血栓的原因是上次手术中医生把一根导线遗留在了他的血管里。小伙子出院前拍的片子上是能看到那根导线的，很多医生都看到了，但大家都保持了沉默。小伙子非常被动，车祸的责任在对方，但对方说血栓不是由于车祸造成而对其治疗置之不理。主刀医生所在的科室主任与小伙子商量，扣除主刀医生两个月的奖金当作补偿，小伙子没答应。科室主任告诉小伙子，如果这事捅到医院，他可就撒手不管了，并语：你一个小民和大医院打官司，能赢吗？小伙子既气愤又胆怯。

　　名校未必人人皆为名师，名校学生不会人人成为栋梁。大医院里也有浑水摸鱼和滥竽充数之人。你没碰上算你幸运，碰上你算是倒了八辈子霉。这其中有的人学艺不精，有的人医德败坏，有的人既医术不精又品质不好。德高望重又医术精湛的老专家不乏其人，但你未必碰得上，稀缺的宝贵的资源怎会被你轻易地占用？

小医院

到处都是小医院，小医院就像小超市，拐过街角就是，方便极了。像小超市，油盐酱醋、针头线脑的样样不缺，价钱还非常实惠。小超市小老板常说的一句话，来的都是乡里乡亲街坊邻居，不敢马虎。

小医院的便利在于——孩子头痛脑热的，年轻人神经衰弱睡不着觉的，老人腰酸背痛腿抽筋的，去那里熟门熟路，熟头熟脸，不怎么排队，不怎么化验，不怎么买药，三下五除二，好了。

像小超市一样的小医院——到底什么算小医院？乡镇卫生院是小医院，一乡一镇一个，属于官办医疗机构；社区门诊是小医院，一般一个社区一个，大的社区也有两个的，也属于官办或与医院合办的医疗机构；个体诊所毫无疑问算小医院。当然，大与小没有鲜明的分水岭，对于大医院来说县医院是小医院，对于省上的医院来说市上的医院是小医院，对于首都的医院来说地方的医院是小医院。此外还有部队医院、企业医院、高校医院，医院像超市一样五花八门地开着。

小医院是否也藏龙卧虎？答案是肯定的。

这和小学校有好老师，小地方有好手艺人，小村里有能工巧匠一样。人家藏着卧着，人家愿意；有的不太情愿，但没机会到大城市大医院去。我父亲在部队当军医，转业回地方前如果跑一跑，活动活动，能进大城市的大医院；没跑没送没活动就回老家进了县医院。他在县医院救了近百条人命，给县委书记看过病，给平头百姓看过病，老家亲戚多熟人多找的人多，我父亲态度好，来者不拒，可谓造福桑梓。乡镇卫生院也有好大夫。我去过乡镇卫生院，条件确实简陋，几张床，几个大夫，几个护士，几排药橱子。有人说那里的大夫一年到头看不上几个病人，医术能高到哪里去？到底能看几个病人我没统计没有发言权，但学无止境，方法可谓多矣，从书本上提高，在实践中锻炼，通过进修参悟，要不鸡窝里怎么飞出金凤凰？小诊所也有好大夫。小诊所靠招牌，不敢糊弄人，坐堂的医生就是它的招牌。一般的医生当不成招牌，会砸了诊所的招牌。小诊所都会千方百计物色刚从医院退了休的专家坐堂，专家一身的名气、医术往那儿一坐，病人接踵而至。在我老家的小诊所享受专家诊治，挂号费不过1元，在广州的小诊所享受专家诊治，挂号费也不过三五元。那些老专家可不会糊弄你，所谓一生行医德高望重，把晚节看得比命都重。

大医院看大病，小医院看小病；买液晶电视你不能去杂货店，买卷卫生纸你不一定去沃尔玛。到大医院看感冒没准就看成了肺炎，到小医院开颅没准脑壳再也合不住。大医院看疑难杂症，小医院看常见病慢性病。有的病，不管是大医院还是小医院，都没有好办法，或者都是一种疗法。有的人，在小医院能活，到大医院等死。

对症找医院和买东西一样，是一门学问。掌握得好，省钱，省力，病好得快，一身的轻松；掌握得不好，费钱，费力，整天别着气，一病未平一病又起。

域名像个美人

老人家肯定不知道域名是什么，可说到家里的门牌就很清楚，域名好比门牌号码，是在网络上让人能很容易"找"到"你"的标志。

与门牌不同，有人敲门，开门就能见到人，而"敲"你的域名，人家"见"到了你，你却见不到人家——门牌在门外头，门是关着的。域名既是牌也是门，不管你愿不愿意，只要人家知道你的域名就能堂而皇之地进你的门，你不能选择见什么人，不见什么人，没有丝毫拒绝的权利。

门牌不一定都是真的，挂羊头卖狗肉的不少，有的人还善于移花接木，偷着做个漂亮的门牌挂到自己门上守株待兔，所以见到门牌不要贸然敲门，敲了门也不要贸然进门，进门之前一定要确保那个门牌是你要找的门牌。

域名还有假的？世间万物，真真假假，司空见惯，没什么稀奇。只是这东西来得迟，自西而东，当年唐僧大师兄取经时还没这东西，所以现在很多人懵懵懂懂，不认识，或认识得不彻底。域名由英文字母构成，本来是 abcd，此乃真域名，真门牌，若夹杂进一个 d，abcdd、abdcd、addcb……眼拙粗心者大概就辨不清真伪。况且如今四五个字母的新域名已很少见，一连串的字母中间夹杂一半个小蝌蚪浑水摸鱼，不认真端详哪里能认得清楚？便会上当受骗。假域名不骗色，太远，够不着；骗钱，有多少钱都能给你骗走。不是从你兜里直接掏钱，那不成小偷了？是从你的"银库"里往人家的"银库"里转钱。老人家可能不明白其中的原理，我卡上的钱怎么会到他卡上，我有密码！打个比方吧，你家里有一个保险柜，保险柜有密码，你开保险柜门时要拨弄密码，而你儿子就在旁边盯着，你儿子要是不笨他能记不住密码？把网贼比成别人的儿子，网贼不高兴，那就说——爷爷我在网上转账汇款，爷爷他在后台目不转睛地看，爷爷我的密码他一个字不落地全看见了，你说那密码还叫密码？后台是什么？我的天——后台就是家，就是库房，不过不是你的家，你的库房，是他的家，他的库房，他在他家他的库房看你按密码，你跑得了初一还是十五？

那么，你是怎么进他家他库房的呢？当然就是顺着那个假域名，它不是像线一样牵着你，而是让你"扑通"一声掉进去，却又一点不疼，一点没感觉——发现自己的钱不见时才会疼，剧痛难忍，可钱上没拴绳子，回不来。

自然，在一般情况下，你因为记不住真域名，所以也记不住假域名，你不会在电脑浏览器的地址栏输入那一长串英文字母，那你怎么就"敲"开了假域名呢？假的在真的上面链着呢。这不能不说到黑客，黑客不是小贼，是懂技术的大盗，但从不戴面罩，动刀动枪，走在哪条街上你都认不出他们，他们甚至看起来很阳光，很帅气，那是白天，一到晚上，他们便兴奋异常，像真大盗一样去各处踩点，不是用脚，是用脑子，他们甚至能轻而易举地进入他们想进的"房子"——网站的"主控室"，然后在墙上安一扇新的窗等你来推或拉，或把原有的窗子移个位置，而窗外便是他们的房子或者仓库，OK，就这么简单，归根到底一句话：移花接木，再简单一点：嫁接。

我们又有了疑问，我花了钱租了公寓交了管理费，没想到房子竟存在安全隐患，或本来没有隐患后来出现了隐患，甚至发现房子里还有地洞，窗口还有个深坑，导致你一失足成千古恨，是你的责任还是房主的责任？当然是房主的，买件衣服还"三包"呢。可未必，房主根本不理这个茬，房主认为全是你的责任，谁让你不走猫步小心翼翼呢？另外一句话也在嘴边预备着，我的房子根本就不愁租，你不租拉倒，事儿妈！当然，房主也会给你一点人道主义援助，要不显得太小家子气。你说，遇到如此财大气粗的主儿，你不忍气吞声又能干啥？唬住你的同时，他们开始迅速地维修房子，加固门窗，夯实地基，处理漏水漏电的地方。

不能说全是域名惹的祸，但祸因域名而起。

门牌能看见，域名也能看见。门里有什么进门才知道，所以首先要进对门，进门之后要擦亮你的小眼睛，防止什么地方暗箭伤人。

这大概很无奈，但对于刚到一地儿既胆怯又羞涩的人而言也是最好的办法。

当然，不能说因为有假就否定了真——互联网的确是个好东西，已经革了我们的命，那一个个闪耀的"门牌"像美人似的吸引着我们驻足、流连、汲取，有家一般的诱惑与温暖。

网　聊

人在人前都是正人君子，到了网上可能就露出了肮脏的小尾巴。

我不爱网聊，其实是没时间，也没那么多可聊的话题，也没那么多人有时间和我聊。大家都很忙，很忙的人的 Q 友也都不闲。

QQ 是个聊天工具，也是个工作工具。

有一天和一位老师聊，说到天气，我竟然开了一句玩笑，天热，裙子短……对方诧异，接连打出问号，你是许老师吗？

在她的印象里，我是个正经人，是个正人君子，甚至不苟言笑，怎么会开这样的玩笑？我也突然觉得很不好意思，玩笑确实开得很低俗，尤其是和一位女老师。我很后悔，好一阵子都很后悔，但说出去的话泼出去的水，是收不回来的，只有"重新做人"，重新树立良好的"形象"。

网聊也是聊，不该聊的话题千万不能聊。

人事问题不能聊。人事都很敏感，你这边聊，他那边说，一传十，十传百，很快便成了是非。

薪水问题不能聊。在有的单位薪水是保密的，你这边一聊，他那边截图给了别人，大家一对比，心理可能就不平衡，影响团结稳定大局。

不能聊的还有账号、密码、商业机密……就算对方非常值得你信赖，你完全可以敞开心扉无所不谈，但一个非常重要的细节是你不能确保和你聊天的那个人是你所认定的那个人，如果那个人恰好离开了电脑，恰好匆匆忙忙出去办事，恰好有好事者凑到电脑前……性质就发生了根本的变化。

由幽默变成沉默是一眨巴眼的事儿。

黑客是网聊杀手。黑客可以盗取你的 QQ 密码，然后登录你的账号，与你的密友聊天，你的密友当成是你，那真是无拘无束聊得酣畅淋漓，你们所有的一切都如重现天日般透明，最后，你是不是有恍如世界末日之感？

当然，网聊有时比生活有情趣，如果有人在网上"鄙视"你，你大概能接受，顶多也"鄙视"他一回；在网上"亲"你，你浑身酥软，也不妨"亲"她一回；在网上"送"你一枝玫瑰，你大大方方笑纳便是，再回赠她一枝……一旦还原于生活可就不是那么回事，不信你鄙视一下别人试试，亲一下不该亲的人试试，送玫瑰给不该送的人试试？网上可以没大小，话像一阵风；网下"清规戒律"多，开不得玩笑。混淆了网上网下，有时就很难活人。

虚拟与现实不是河与岸，不是天堂与地狱，是什么呢——大体，虚拟是精神的，现实是生活的，精神可以跑得远一点，生活还得实实在在。

网上可以张扬，生活需要低调。

网上可以群居，生活得一对一。

网上务虚，生活务实。

网上的叫水军，生活的叫说客。

网上可以拍砖，生活不能乱砸。

网上可以有几个"亲爱的"，爱情中只能有一个"亲爱的"。

网聊可以很美，也可以很丑。美丑之间，是一个人的素养。

程　序

程序可以称之为过程，走程序就是走过程。

过程有很多种走法——正常走，斜着走，横着走，竖着走，倒过来走。如何走，有时看程序的制定者，有时看程序的执行者。

电脑正常关机，是走正常程序；非法关机，是走非正常程序，正常与非正常之间有时对电脑无害，有时搞得它死机、蓝屏。

程序未必都是对的，有益的。计算机病毒也是一种程序，却窃你盗你害你让你"痛不欲生"。对的程序也会出现意外，比如出现漏洞，抵挡不住新病毒的攻击。

有的程序在这里是对的，在那里却是错的——比如行路。我们的汽车沿右行，人家的汽车靠左跑。比如孩子，我们只生一个孩子好，人家生一堆孩子也不嫌烦。

人生亦是一种过程。童言无忌，你不能过于较真；少年多梦，你不能无情击碎；青年意气风发，你不能动辄冷嘲热讽；中年人脸皮薄，你不能老兜头盖脸一顿训；老年人历经沧桑，吃过的盐比我们吃过的饭多，你不能全盘否定他。

爱情亦是一种过程。两小无猜青梅竹马格外难得，一见钟情如胶似漆未必不好，爱得死去活来是一种境界，大难临头各自飞是一种无奈，相濡以沫白头到老令人羡慕。

职业亦是一种过程。

职业不是饭碗，乞讨毕竟不算一种职业，却也有饭碗可"端"，是由幼稚到纯熟，由毛躁到冷静，由粗放到精细，由厌烦到热爱的过程。不走几段你说起话来轻飘飘的没力道。职业便又是一种修炼，修炼得不好，成了"杂家"；修炼到位，出神入化，专家无疑。

管理亦是一种过程。

有的人事无巨细，啥都要管，他很累，大家都很累；有的人选择性放权，他轻松，大家得到锻炼；有的人喜欢当甩手掌柜，甩得开，掌柜就当得好，甩成半截子自然会伤"元气"。

有的人管得霸气，有的人管得温文尔雅，有的人管得慈眉善目，有的人管得凶神恶煞。

被管的人——有的是庸才，有的是智者；有的是狗腿子，有的是将才；有的服管，有的不服管。

像程序一样互相制约。

写作亦是一种过程。

从心里写，含情脉脉；从嘴里写，歇斯底里；从眼里写，真实客观；从身体写，庸俗浅薄；从思想写，深刻久远。世间的文字，有的能流传一阵子，有的能流传一辈子，有的能流传一个世纪，有的能流传千万年——这个过程沙里淘金，海底捞针，最是公正。

喜悦与悲伤亦是一种过程。

喜上眉梢是喜，喜极而泣是喜，悲喜交加也是喜；悲中之喜让人庆幸，喜中之悲让人心酸；但人生总是悲喜参半，且没有无缘无故的喜，没有无缘无故的悲，这是命中注定的程序，人为无法改变，人所能做的是喜不得意忘形，悲不一蹶不振。

人生最重要的是走好每一个过程，少让程序出现错乱；出现错乱要及时修补漏洞，不要一错再错。

放任自流的结果便是收获一个崩溃得一塌糊涂的人生，再无重启的可能。

门倌儿的和蔼

　　我还是喜欢和蔼的门倌儿。如今都不叫门倌儿，叫门卫。门倌儿好听，亲切与贴近，没那么生冷，拒人于千里之外。门卫就很严肃，板着脸，面无表情，若再换上一套制服，腰上再别个吓人的物件，人还未走近已是快吓尿了裤子，问人家话，也是怯生生、胆战战，仿佛自己是个天然的贼。

　　那个和蔼的门倌儿就在我家对面一个单位的院子里，其实不算我的家，是我的老家。我们住的家属院拆迁，没了停车的地方，我把车开到那个单位的院子里，起初我是胆怯的，怕人家不让进，进去后门倌儿走了过来（当时他并未站在门口，正在里面打扫院子）——一个到了城里人退休年纪的农村大伯，他面目带笑，个头还高，穿着白衬衣。我下车告诉他对面家属楼拆迁，车想在这里停一些日子。他很耐心地听我说完，没有反对，没有大声地轰我走。

　　后面的故事不需要再叙述了，到此时为止，他已经够得上一个和蔼的门倌儿的标准。我知道这是因为小城小，都是乡里乡亲的，抬头不见低头见，说不定还能套上亲戚，他若见人就横眉冷对下次再见也许就很尴尬。

　　但也不全是这个原因。一次去银行办手续时，银行需要我的私章。寻到一家刻章社，那个中年妇女见我说普通话，穿得像外地人，便狮子大张口，要的那价儿能给本地人刻两个章，却面不改色心不跳。我起先不知价格有诈，回到银行，人家问我刻章花了多少钱时我才知道。一般的银行也不会问，只有老家的银行、乡里乡亲的人才问。这样一比，乡里乡亲的人也是有层次的。

　　我就想，和蔼一定是骨子里的基因，有的人天生没有。有的人可能老这么想，我比他有钱，有地位，吃穿不愁，我凭什么对他和蔼？和蔼能当饭吃？

天生与和蔼无缘的人当然不会和蔼。有的人也许有过，却不知何时给忘记了，变得不会和蔼。不会和蔼的人肯定不会说家常话，老板着脸，直着腰，蹬着地，望着天，坐着车，老琢磨别人，老在"利"字头上动心思怎么会和蔼呢？和蔼靠的是心，不是嘴，也不是手。

门倌儿是最不容易和蔼的人。你想啊，很简单的道理——他看着门，门里是他所依靠的大树，树上有资源，你想进门得通过他，他让你进你才能进，他不让你进你一点办法都没有。要说权力，他没有多少，但能不能进门他说了算，他的权力在门口是绝对的。就算不绝对，门里有人出来接你，但你不能保证回回都有人出来接你，再说，还会不会有人再送你出门呢？要说如今谁会把客人送到单位大门口再跟他挥手说再见，估计就一种——女朋友！哎哟，自动门坏了，等着修呢。你看，你就是再急，能翻门而走吗？人可以翻，车能翻吗？

和蔼的门倌儿便异常难得，门倌儿要是和蔼，天都晴了。

在大城市生活了这么久，很少见过和蔼的门倌儿。不抽你（当然这一种极少），不烦躁，答你话，多说两句，就算好门倌儿；笑一下，指一下方向，点点头，算更好的门倌儿；给你带路，搀扶你进去（基本上没有）；和蔼可亲，像见着亲人似的，绝无仅有。

我敢说，在城里，你要是没打招呼直接把车开到有门卫的院子（打个比方，一般也开不进去）里，门卫保准会冲回来——冲过来的人怎么会和蔼呢？都来不及换表情。

心善的人面善，面善的人和蔼。凶神恶煞之人要真是和蔼起来，能吓死你。

靠　门

倚门而靠不是个复杂的动作，却传递出丰富的信息，若在烟花柳巷，女子的表现便极为暧昧与耐人寻味；在城里的寻常人家，一般看不到这个动作，农家倒是有，几个村妇倚门而靠，嗑着瓜子，说着闲话，等着孩子放学归来。

门一般不是用来靠的，一则不牢靠，突然开了会闪着人；二则不礼貌，进则进，不进则退，靠门干啥？

车门更加不能靠，万一门开了，靠门的人岂不成了满地乱滚找不着牙的大冬瓜？

发达的城市有地铁，地铁上的门也不让靠，上面有字，禁止倚靠。在地铁里穿行的人大都有文化，认得字，可偏有人要靠，而且靠得实实在在。

靠门的都是青年人，戴着耳机，捧着手机，很时尚。可我很担心，万一自动门被倚得"自动"开了，一具躯体在如此快的速度之下飞出去该是多么惊心动魄。

那回，我示意一个正靠得"有滋有味"的青年不要靠，他看见了我的动作，明白了我的意思，可他很倔强，脖子梗了梗，继续靠。若是我的孩子，我会挥出手臂，将手掌竖起来，刀似的砍他的脖子一下，不一定用力，不一定真砍，但动作是一定要的，传递我的不满和担忧。前者是要他尊重秩序，后者是让他远离险境。

门的状态有多种，不要试图从虚掩的门缝中窃听里面的私语，万一有人突然拉开门让你现了形，你的品德与形象瞬间被损毁；不要试图去撬门，门不开自有不开的理由，你需要找到那把钥匙，方可大大方方地进入；如果房间里有人，记得敲门，如果不请自入，撞见不该撞见的，撞见不想撞见的都不是好事；一定不要砸门，门不是战鼓，你不是兵士，你没有在战场上拼杀；不要抬脚踹门，你不是警察，没有在执行公务，鞋印子留在门上你还是要把它擦掉。

真正的门是需要尊重与敬畏的，它的职责是守卫与保护，而不是为你设置门槛。有什么理由对一个忠实且任劳任怨者大动干戈，大动肝火，拳打脚踢呢？那不仁义。

门汇聚了等待与期盼，还记得吗，幼时我们曾扶着门望着院子，望那棵树，望飞过的鸟，望翩跹的蝴蝶；我们坐在门槛上歇息与守望父亲的归来，我们眼里流露出对美好生活的向往和未知世界的探寻。倚门而望的还有冬夜里的母亲与妻子，她们站在门里或者门外，任凭凛冽的风侵袭瘦弱的身躯，自心而生的担忧与盼望飞出门去，飞得好高好远；只有顶着风雪与寒霜的人一头扎进门来，她们悬着的心才会落实。

门便是既简单又复杂的。一生中，我们离不开门。我们敲一扇门，内心会忐忑不安；我们进一扇门，有一些希望又有一些担忧；我们离开一扇门，也许喜悦也许失落；我们被困门里，恐惧如暗夜里的风吼；我们夺门而出，有大难不死的庆幸；我们摔门而走，果敢决绝以断后路。

破别人的门而入，被人破门而入都不会有好的结局。

门与面，可以连着用。门是面，面是门。

不要欺负门。

操　心

　　人都很有趣。有个小朋友特别爱操心，你告诉他什么事，他记得特别牢，比如做完饭关煤气阀门，你这边锅铲子一停，菜刚出锅，他就跑去关阀门了，一次两次你觉得他是在做样子，小孩子么，可能觉得这活儿新鲜，又不累，可次次挂在心上，次次像是执行任务那么迅速果敢，那就是真操心。但他的学习又让人头疼，一个生字，别的孩子写几十遍就会了，他要写几百遍还未必记得牢；背单词的效果则更惨不忍睹，人家一天背 10 个，会读会写，他一天下来吭吭哧哧连 10 个都读不会。或许这就是人的本性，各有所长。爱操心的孩子长大了要是当个物业经理、纪检干部什么的，估计没说的，保质保量完成任务，但问题是如果不爱学习，考不上学，又哪里来的经理、干部让他当呢。

　　举个例子而已。

　　操心是个不错的品质。在家里操心，家里就平安，不会忘了锁门招来窃贼；在单位操心，单位就不会老是有跑冒滴漏现象，节约。领导把活儿交给能操心的人，放心。

　　以前操心，真的是操心，全凭认真与仔细，腿勤眼尖手快；如今的操心，多时得凭能耐，没能耐还操心，是瞎操心，不帮忙光添乱。

　　我妈操了一辈子的心，没什么文化，但是负责，想方设法要让丈夫吃好，有力气工作；想方设法让孩子们吃好，长身体。在物质匮乏、收入微薄的年代，我妈试图改善我们的生活质量，买了奶粉让大家喝，但是她不喝。她的丈夫和两个孩子喝了一段时间后，她觉得供不起了，就只让孩子们的爸爸这个家里的顶梁柱喝，孩子们来日方长，以后再补。我隐约记得那奶粉就是"三鹿"，那个年代哪里有更多的牌子让人选择？后来"三鹿"出事了，我们没喝还对了。

有的人生就是操心的命，我觉得自己就是，在家里操心那是男人的责任，没跑儿；在单位我也操心，有的人洗了手不关水龙头，我跑过去给关了；下班后走廊里的灯还开着，我顺手关了；开了空调门却大敞着，我跑去关门；办公室书报放得杂乱，我抽空整理整齐；地上有废纸团、香蕉皮，我捡起来丢进垃圾桶……我做的这些细节领导是看不见的，看见了也不给我涨工资，但是一定要做，这是你对单位操心，也是爱岗的体现，只有爱岗才能敬业。当了领导后，我操心同事的进步，督促大家去进修、学习、考证；操心年轻人的爱情，有了合适的对象帮忙牵线搭桥；操心毕业生的工作，有了合适的岗位认真推荐……说了这么多，我其实没有标榜自己的意思，操了几十年的心，如果要标榜，不是几行字这么简单。

操心也是一种素养。

事不关己高高挂起的人自然不会瞎操心，他们只操心与自己的利益有关的，是逐利者，一旦有了风吹草动就会脚底板抹油溜之大吉。而我曾经在一个单位工作时，在长达半年发不出工资的日子里我和一些同事仍坚守岗位，该干什么就干什么，正常上班下班加班，乃至干通宵。如今这些人大部分都是各个单位的骨干，职位不算高，但副处级以上有好几个，亦有下海者，也干得不错。个别不思进取，不太操心者，如今还在一线，员级，极个别的已经"早退""赋闲"在家。

操心虽好，但瞎操心不对。你不是食堂管理员却操心今天的猪肉进价，不是后勤部长却操心哪间房子该装空调，不是老总却操心经营方向……是越权。建议当然可以有，但仅仅是建议，不能较真，就像客人进了你家门却一个劲儿指手画脚，这不行，那不对，你还有心情和他把酒言欢？

最稳妥的方式是，干自己该干的事，干好；操自己该操的心，负责——什么是该干的事，什么是该操的心，要看个人的悟性。有一点，别人的钱财，别人的女人，别人的老公，别人的隐私……你若操心与上心，就有"好戏"，却不好看。

公家的

你发现没，凡公家的东西都坏得快。

有一台公家的摄像机由大学生用，崭新的SONY，没多久，各个部位都出了问题，好在还能凑合着拍。但学生又说采访话筒坏了，几千块钱的东西怎么说坏就坏呢，我拧开一看，原来是一根线断了，学生拧来拧去拧断的；无线麦也没了反应，打开后盖一看，是电池漏液导致接触不良。由于是公家的东西，学生只管用，可劲地用，不爱护，不维修，出现问题一摊手便想换新的。如果是自己的东西，肯定不是这么回事。

公家的东西"好"用，是因为自己没掏钱，用好用坏都不心疼。所以公家的车、公家的电脑、公家的打印机、公家的空调……凡公家的，档次往往比个人的好，牌子往往比个人的亮，但寿命往往却比个人的短。

开车的人都知道，车不能随便借人开，借别人的车他不心疼，急刹车、狠踩油门、胡挂挡……这些动作从表面一时半会看不出问题，但因为是"内伤"，一定会对车造成不利影响。如果你有车，有人借车，一定不借，你开车送他一程都行，或者你出钱让他打车。

摄影发烧友都知道，照相机不能随便借人用，高档照相机属于"精密仪器"，怕震、怕水、怕热、怕灰、怕沙子……尤其是镜头，怕划、怕摸。借的人未必不爱惜，但是未必懂，你说得多了他可能有意见，多大的事儿，小气，影响友谊。照相机的伤还是"内伤"，从外表看不出来，时间一长，你会发现拍出的照片有了异常，比如焦距对不准、成像不清晰、镜头拉伸不自如。你再去找借的人说事，不会有好结果。

笔记本电脑也不能借人。电脑如今越来越"私人化"，是你的"闺蜜"，你的隐私、你的账户、你的QQ、你的微信、你的微博……都与电脑连着，电脑是你的门，你人走了却把门大敞着会有好结果？还有的人说不定用你的电脑上黄色网站，看黄色图片，结果中了木马病毒，导致你全盘失守，你杀半天毒，毒可能没了，但系统可能也要重装……

自然，手机也不能借人。

房子能不能借人呢？原则上也是不行的，我的房子被别人住过，不到半年，地板砖裂开了，水龙头漏水了……当然，借房者肯定不是故意弄坏的，可能是不小心，可能是意外，但是如果我住着，坏了我一定要修好，别人住着，未必就愿意付这个代价。归根到底一句话，不是他的东西，他不心疼，往往会以最低的成本使用。

书能不能借人呢？除非你不想看或不想要了，借出去的书十有八九是还不回来的，一来时间一长你就忘记了，二来书到了人家手里，弄脏了弄破了弄丢了，人家以为并不值几个钱，最多胡乱还你一本就是，你若较真，友谊完蛋，不就是一本破书！

公家的东西容易坏就是这么个道理，用的人多，转来转去，有时坏到谁手里都不知道。

所以，当你想向你最要好的朋友借车、照相机、电脑、手机……时，你要认真思量一番，轻易不要张口，免得碰了壁，闹得不愉快。

如果实在想不通，就想一想你的女朋友或男朋友能不能借人，如果能，那就放心大胆地去借，肯定是用不坏的，但到底是喝了杯咖啡，谈了一会儿心，还是请教了一个问题……不要太纠结。此比喻俗气了一些，但很有警示作用。

朋友的圈

　　哥有哥的圈子，妹有妹的圈子，我有我的圈子。我的圈子不大，不小，不宽，不窄，不高，不矮，容我，正好。

　　我以前的圈子肉眼看不见，都在心里。我现在的圈子都在微信里——"朋友圈"。

　　以前的圈子是个圆，但圆有很多种，扁圆，椭圆，外圆内方，方圆。圈子的边缘有铁的，铜的，木的，泥的，水的，玻璃的，金刚石的……你的圈子我进不去，我的圈子你进不来。换一句话表达，你的圈子我不想进去，我的圈子你不愿意进来。就算你想进去，我想进来，融入一个圈子，与圈子里的人成为朋友，也需要时间。时间与友谊，是成正比的。

　　现在的"朋友圈"很简单，也很容易进去。没有防线，不必半推半就，扭扭捏捏，一脚踩进去，管它水深水浅。这个圈子真好，戴不戴面具或者头套都没关系，它算一个小江湖，却没有老大，没有人独霸话语权，没有人发号施令，不必阿谀奉承。它最大的好处是，你可以畅所欲言，可以尽情显摆。你怒放的生命的每一刻，只要你不介意展示，大家也不介意看。

　　圈子里很温暖。一个老人，贴出一篇小学生作文，请编辑家留神一棵文学苗子已经破土而出——那搞不好是他的小孙子，哈哈，真逗。一个母亲，由于开会而不能探监，写的是探监，不是"探监"，其实，"监"里"关"的是她正上高中的女儿，一周没见女儿，妈妈急。

　　圈子里很宽容。就算我说自己是著名作家，也没人喝倒彩，朋友心里都有一杆秤，笑而不语。就算你没有到此一游，也没人揭穿你，就当你身临其境，优哉游哉；就算你"卖"广告，也没人封杀你，你为稻粱谋，天经地义；就算你说了错话，也没人追究你，你没有恶意，快言快语；就算你言而无信，也没人怀恨在心，人在江湖，谁没有个难处。

你可以在"朋友圈"自言自语。相信我，除了"朋友圈"，你不要在任何地方自言自语。

你可以在"朋友圈"自吹自擂。相信我，除了"朋友圈"，你要小心不期而来的灾祸，暗箭，流弹，流言蜚语。

你可以在"朋友圈"秀恩爱。相信我，除了"朋友圈"，小心人吐了恶心着你。

你可以在"朋友圈"找工作。相信我，聘用你的人，不需要再看你的简历。

你可以给朋友发红包，8分，8毛，8元……随你，一派喜气。搁到生活中，你肯定羞涩得要死、胆怯得要命。

你可以大言不惭：谁来给我过生日！

你可以大大咧咧：我请吃饭！

你可以"统一答复"：书已赠完。

"朋友圈"是可以脱光的圈子——我指的是心灵。肉体的展示，在"朋友圈"里吃不开。这个圈子没有欲望，只有愿望。

事实上，承认也好，不承认也罢，心正离我们远去。我们像风中的芦苇，警惕地张望，打理自己的生活。因为现实更现实，生活更生活。我们想活得有尊严、有面子，真的很难。

我们在"朋友圈"里倾诉，喊叫，喜形于色，痛不欲生，单相思，暗恋，含沙射影。

我们在"朋友圈"里跺跺脚，地球不抖，朋友们都抖，精神振奋。

我们在"朋友圈"里认识新朋友，"清算"老朋友。

我们不断地"刷""朋友"，朋友不断地"刷""我们"。

时髦的话——哥"刷"的不是朋友，是生活。

空中的吃喝

到了天上的时候，吃喝应该不太重要，国内的旅程，长不过三个多小时，短程一个多小时。这么点时间，如果你本来就不饿，那么，也饿不到哪里去。如果你掐好时间要在飞机上吃饭，你可能要饥肠辘辘一段时间，也可能很久——尤其是坐早班机，从起床到登机，去白云机场，中间需要折腾三个小时。

酒足饭饱之后，能到飞机上酣然大睡的人——想一想可以，要想实现，很难。真正实现了，幸福不幸福可不一定，要赶上倔强的气流，使劲颠你几下，你一肚子的酒食可能会玩了命似的想出来透透风。

旅行，本来是美好的事情，但是坐飞机往往会打破你原来的生活习惯，你得迁就飞机，而不是飞机迁就你。飞机场离市区都很远，有时候还堵车。候机大厅虽然不像火车站那般人头攒动，但是甩了两只袖子就走的人到底还是稀奇。你随身携带一两件轻巧或者你装作轻巧的样子，排着悠长的队，进入机舱，找到自己的位置，塞好行李，坐下时，飞机什么时候飞，还不一定。有时候机舱门已经关了很久，但飞机仍然纹丝不动。

一般来说，这时候你已经很疲惫，除非你很年轻，精力旺盛得无处发泄。坐飞机有时候也是体力活。

不管怎么样，大多数的飞机是供应餐点的。快到供餐的时候，机舱里开始飘荡食物的味道，说真的，那不是多么美妙的味道；若在地上，你可能懒得闻，也懒得看，但是，在漂亮的空中乘务员开始供餐的时间里，每个人面前的折叠式托盘都规规矩矩地平躺着，每个人都坐得很端正。大家都在等待食物，很少有人主动大大方方地拒绝。

在逼仄且密闭的空间里吃饭，需要收敛，也体现修养。左邻右舍都是陌生人，吃饭的动作各有千秋。有人大声地咳嗽，有小孩子喊叫与啼哭，有人刚刚伤了心，啜啜泣泣。总之，你不要把在飞机上吃饭当作一种享受，那是一次不算艰巨的任务，完成就好。

我们都是经济舱的常客。经济舱就是火车的硬座车厢，再说得好听一点，是硬卧车厢。到现在为止，我还没发现谁在飞机上泡方便面，有免费的早餐、午餐、晚餐，没人去泡方便面，主要是觉得不划算。但是有人吃煮鸡蛋，一上飞机就剥开了皮，饿坏了，迫不及待。那股恶心的味道是蔓延式的，以弥散的态势从某个座位上空酝酿，升起，扩散，散落……你不想闻也得闻，或许你还会狠狠地抽几下鼻子，以确认那到底是什么味儿。此时，就算窗外正有一股西伯利亚的冷空气使劲地冲你抛媚眼，也没你什么事儿。

经济舱供的餐，有时候你可以选择，空姐问：您要米饭还是面条？如果是北方人，就选面条，南方人，就选米饭——一盒面条，从做出来，辗转，迂回，颠簸，二次加热，到你面前的时候，还是面条吗？神散而形不散就相当不错了。米饭，也不要讲什么口感，有眼感就 OK。量很少，大汉不够吃，问，能再给一份吗？一般不给，除非你帅。要么真有人不吃，赏赐给你。

头等舱吃的不一样。我仅坐过一次头等舱，不是主动坐的，也不是升舱，是被调剂的。我和一个小伙子坐在一起，我用眼角的余光打量他，不像跨国公司的高管，估计也是被调剂的。我俩坐在一起，品尝了本不属于我们这个阶层的食物，还喝了一杯红酒。说实话，内心很窃喜，动作很胆怯。如果是经常坐头等舱的人，则可以大大方方地请空姐再来一杯，可是我的目光始终盯着窗外的云朵；他看不到云，就看杂志。整个旅程，我们没有任何语言的交流。

美酒、咖啡、美人，在我们眼里都是过眼云烟。

多大的气魄。

假日是一朵带刺的玫瑰

多数人都盼着放假，少数人不是不盼，是不敢盼。拿计件工资的，小时工资的，两班倒三班倒的，卖房子的，搞旅游的……假日是一朵带刺的玫瑰。

真正能嗅得着假日芳香的人，保准在假日来临的前几天、几周，已经在构想美好的蓝图——到哪里去，干什么去。

有的人爱舍近求远，去远方。有的人就近取材，看家门口的风景。有的人去图书馆和书店，充电。有的人逛街，磨破脚后跟也在所不惜。有的人一部一部看大片。有的人卧在床头看书。

有的人从故乡来，有的人回故乡去。

出门容易，抬脚的工夫。上路却难。开车出去的，为了省几个"高速钱"，在某个"口子"鱼贯而入——成千上万的鱼挤在一条狭长的池子里，喘不上气；在阳光下暴晒，难受；吃不上，喝不上，受罪。坐飞机出去的，为了省钱，往往选择"夜班车"，从黑暗里起航，在黑暗里抵达，两头不见天日；年轻人可以挺，幼稚的小孩，耄耋的老者，瞪着布满血丝的眼，疲沓沓地跟着大包小包的行李淹没在汹涌的人海，很"不幸"。假日的芳香，裹着疲惫、聒噪，夹杂在汽车尾气里，迷失于某一个异乡的黑夜。

假日就是旅行，旅行就要远走高飞——到最喜欢的地方去，到美好的神州大地最欢迎我的地方去，到山清水秀的世外桃源去，到最繁华热闹的地方去，到没吃过喝过玩过的地方去……倾巢出动的壮阔堪比一次急行军，车的马达是战鼓，歇斯底里的鸣笛是冲锋号，目的地是敌人的老巢，所到之处，吃喝拉撒，摧枯拉朽——你怎么这样形容呢？人家是去旅游，又不是去干仗。开个玩笑，别拿比喻当菜。再比喻一下，一只蚂蚁爬到你的胳膊上，痒痒的，好玩，你可以调戏它，让它尽兴地玩；一万只蚂蚁爬到你胳膊上，好玩，好玩死了。

对于设想要在海滩上消磨假日的人，除非你的身材够美、够硬，否则就要吸气，再吸气，让你的圆锥或葫芦不要在肆无忌惮的目光下投影。对于设想扶老携幼去走街串巷的人，除非你能眼观六路、耳听八方，否则被汹涌的人流冲散，旅游会成为一场梦魇。对于设想以物美价廉的方式品尝美味的人，除非你带好录音录像设备，能够在酒足饭饱之后清晰且精确地认定那一堆大虾在变成尸骨之前，是论盘而不是论只。对于设想在豪华酒店共度良宵的人，一定要早早地拔掉电话线，否则不请自来的迷人的女音或从门缝窸窸窣窣塞进来的卡片会破坏一切馥郁的芳香与美好的意境。

不出去行不？

看看书。在树影婆娑的阳台看书，两三天的时间，看契诃夫的幽默，看莫泊桑的现实，看汪曾祺的乡土，看郑板桥的悲悯。看看小人书，回忆自己的童年。

与孩子聊天。聊聊她的老师同学，她的朋友网友，她的理想愿望，她的困惑烦恼，她的偏见执拗，她的喜怒哀乐，她的穿衣打扮。

与妻子聊天。聊聊她的委屈苦楚，她的辛酸苦辣，她的工作事业，她的人际交往，她的兄弟姐妹，她的父母爷娘。

与父母聊天。聊聊他们的童年，他们的成长，他们的成功，他们的骄傲，他们的兄弟战友，他们的苦辣酸甜。

大家一起看电影，看能看的电影；一起做饭，做喜欢的菜肴；一起散步，在空旷的地方，一手拉着孩子的手，一手拉着母亲的手，在微风中行走……

全副武装的假日，不是假日。

平常生活"小确幸"中的二元结构

——读许锋的散文

宋先红

　　许锋的散文没有铺张扬厉、剑拔弩张，有的是和风细雨、娓娓道来，它们也许没有一针见血的深刻，却多了人生的温馨和情趣。看山游水的欣喜，种花观星的感悟，冬日暖阳和夏天细雨的思念，和女儿相处的幸福和对父母的牵挂，对历史人事的思考和对当下生活的关怀……无不透露出作者对生活超越庸常的近距离感受，几多幸福、感念和体悟，这就是村上春树所说的"小确幸"吧？

　　没有什么文体比散文更适合表达生活中的"小确幸"了，因为"它是一种选材范围广泛、注重抒写真实感受、结构自由、篇幅简短、手法多样、语言精练的文学体裁"（余三定．文学概论［M］．南京：南京大学出版社，2013：200-201.）。许锋的散文选材范围也是多种多样的，有如《千灯湖》《里水》《黄杨河的晨》《狮山听湖》那样的写景散文，有《乡村外婆》《开发区鞋匠》那样的写人散文，有《南方花市》《兰州面食》那样的风俗散文，有《瘦西湖的雨》《岳阳楼上剪出的情绪》《雪中少林》那样的游记，还有很多关于生活的杂感，如《小城与大城》《戏与人戏》《鸡头与凤尾》《寂寞》《命运》等，以及生活中的趣事，如《蝴蝶飞来》《秋天的幸福》等。然而，当我们在这些景与人、风俗与游记、杂感和趣事中细细体会许锋的种种另类"富足"时——看见对美的欣喜，对故乡人事的思念，对人生的种种思考，我们不难发现许锋散文中一种或显或隐的二元结构。正是这种结构，成就了许锋散文的"形散神不散"，也由此显示了他散文的张力和深度。

一、南方和北方

许锋是北方人，事业成就在南方，所以他在南方的写作中既立足在当下的南方，却无时不在记挂着北方。

他在南方写着北方。故乡是人类精神永恒的栖息地，是人在旅途永不厌倦的思念对象。许锋虽然生活和写作在南方，但他的思绪想必一次次飞越过鳞次栉比的楼房和平静如镜的湖泊，回到北方去打量曾经生活的故乡。因为那里有给北方人带来福气的炕，有对兰州城外的游子是"奢望"的兰州拉面，有曾经战马嘶鸣的秦王川，还有他曾经居住过的、踏入文坛的起点——禄家巷，更有"像干打垒一般牢固"的、有着顽强生命力的外婆和"萦绕着我的路""让人仰望与呼吸"的"母亲的炊烟"。在兰州兴隆山，他发现了城市寻不到的红叶；在长城，他见到了农民杨永福砸锅卖铁垒起来的"美好的山谷"。所有的这些，都成为许锋散文《一棵树》的情绪和意象，关于童年，关于母亲，关于热望和乡愁。这棵树，永远在他心底。

北方的山水风土是他笔下南方山水的底纹和背景。他的南方之夏是摇曳生姿的，却"一点也不像北方。北方的四季是分明的，该冷时就冷了，该热时就热了。"（《摇曳的南方之夏》）而且这样的夏天里因为有"来探亲的父亲"让北方更加鲜明地衬托出南方夏天的特点；他的千灯湖"聪颖、率真、现代"，但他在雾霭蒙蒙的湖畔行走时，还是很自然地想起了北方天气的大起大落；里水也比"西北我老家的镇"大，坐在长条椅上静静感受里水"惝恍迷离的光影"时，还"瞬间就想起了母亲"；即使在狮山听湖，格外喜欢小家碧玉的湖时，也忍不住拿"伟岸"的黄河来比一比，形容南方湖多，居然是"和北方的山丘一样多"！湖上的雾是浓厚和沉闷的，却"如同北方闹腾人的沙尘暴"。甚至设想把在雾中穿梭的情景移植到北方——"该是令人惊讶得合不上嘴的"。他赞叹广佛地铁，也会想起"我的故乡至今没有地铁"，还会向家乡的亲人炫耀广佛地铁，和他们一起感受乘坐地铁的"激动和不安"，"因为故乡没有地铁，地铁对故乡的人而言还是一件新奇的东西，就像外地人到了兰州，在金昌路或北滨河路的某家牛肉面馆里看到真正的牛肉面"。他对春节期间的南方花市感到新鲜，因为"北方的冬季简直就是花花草草的苦难之旅",所以在进入花市"提前拾得了一个春天"时,也想起了家乡"一片白茫茫的世界"。禾雀花本来长在广州东北部萝岗区的天鹿湖森林公园里,但是作者对它的认知还是冬天大雪纷飞时的麻雀,还是北方谷物丰收季节里的欢欣雀跃。还有在狮山公寓用老兰州人说的"起地鲜"包好吃的饺子里,那份极为幸福的感受里,怕也是满满的北方味道吧。

许锋笔下南方和北方紧紧地交织在一起。他无疑是幸运的,空间的距离让他重新打量起养育他的北方,读懂它的风味和脾性,新客家人的心理让他对南方充满新鲜感和好奇心,细细品味它的滋味和风情。所以,在《南方和北方的冬天》里,他一边走在大街上看南方冬天"另外的景致",一边在内心里怀念北方冬天"窗外呼啸的北风、偶尔门开时捎进来的雪花、令人垂涎的肉香";他在《冬天》里一边幸福地享受着南方的"树香、草香、花香、雨香",一边老想着北方"锋芒毕露又绵里藏针"的"北方的冬天";连北方的阳光也跟南方的有别,北方戈壁上的阳光是"一块块,一团团,一坨坨,被胡杨、沙枣树、红柳挂着、阻隔着,被凹凸的沙丘、大地的裂隙吸纳着,藏匿着,无与伦比地表达着执掌戈壁的广袤与旷达",北方乡村的阳光里,"一棵树,一道炊烟,一排矮屋,一道山梁,一两个顽童,在落日的余晖里楚楚动人",而南方"城市的阳光的舞步多时是细碎的""阳光的身价都被悬得高高的"。

二、城市与乡村

对很多现在生活在城市的中国人来说,在城镇化步伐越来越快的过程中,我们童年记忆的乡村与我们渐行渐远,在过去它是贫穷落后的代名词,现在则成了衰败和被忽略的象征。但是,在我们被现代化带来的紧张、疲惫和疏离所包围时,乡村也成了我们在高楼缝隙中踽踽独行时的慰藉,是生活在同质化城市的我们的心灵后花园。谁能说这不是我们这一代人的幸福呢?所以,城市与乡村不可避免地成了许锋抒写日常情绪的寄居地。

许锋也意识到了,中国人"很多人一生都在做一件事,离开村庄",因为村庄"那么土,那么缺乏一点精神和独特的个性"。但是,"每一个中国人都是属于村庄的",而且村庄的美总是以各种形式存在于他的记忆中、笔触尖。乡村有山,有老房子和老院子,有西红柿和黄瓜妞,乡村里可以"摘辣椒""刨土豆""钻玉米林",这些虽然都是城里人的"我"的"梦幻",但是,"童年的很多事可以忘记,但与庄稼的每一次的亲密接触,都已经深入我的骨髓"。乡村没有被数字绑定,乡村的成长可以是舒缓的,是许锋心里"一首悠扬的小夜曲"。乡村土语是有感染力的,它可以让行走在普通话和外国语的城里人变得"表情丰富,眼睛都眯成一条缝,头前后摇着,旁若无人,那么开心"。所以,生活在城里的许锋说"我爱乡村"。

这种爱决定了许锋在将乡村与城市进行对比时的感情基调。《城乡的名堂》如在眼前地描绘了树木苍苍、一院子绿意盎然、平日安静,只有年节活过味来的村庄,而"城市几乎一年到头都打了兴奋剂",善于制造快乐,人却不快乐。因为热爱物质和数字化的城市让人感到很渺小。《城乡杂感》里温和地记起了叔叔婶婶大爷,他们虽然"土气,目光短浅",但是好过流里流气、小家子气的市侩。他写出了城市的隔膜,写出了城市的孤独和胆怯。亲情在城市和乡村也是不一样的。许锋在《城市和乡村的亲情》里用多种感官写出了城市的冰冷和生疏,来衬托乡村的温暖和亲密。他是从钢筋与混凝土浇筑的墙壁上、从声嘶力竭的卡拉OK声里、从物质的价格里、从等级森严里感受到城市的冰冷和生疏的,而被风刮成土蛋的驴子、马、牛、羊、鸡,挥汗如雨后收获的土豆和麦草燃烧的气息则都散发着乡村的温暖和亲密。而乡村的玩何尝不是城市孩子的一种奢望呢?乡村的玩法多,玩得土,玩得野,也玩得安全,玩得尽兴,玩得自然;城市的玩,玩得高级,玩得壮观,但是玩得危险,玩乐之中有一种城市带来的孤独。

乡村的记忆是如此深刻和挥之不去,以致许锋试图在城里还原那种清新和自然。于是,城里的阳台就成了他连接现实和梦想的桥梁。他在《城市的高处》《阳台的品位》等文章中从阳台上打量城市,怀念乡村;在《城里的星星》里,他又渴望看到曾经在乡村看到的星星;阳台上的花花草草里面肯定也有他对乡村的寄托和热望,不然在《蝴蝶飞来》一文中,他的情绪怎么会为那株杨桃树的枯荣而起起落落?蝴蝶落在杨桃树的花瓣上,也落在他城市的田园梦里。

三、庸常与超越

无论是乡村还是城市都裹挟在现代化的进程之中，中国人一面进行着与生俱来的对人性真善美和假丑恶的辨识与选择，另一面又在更多现代化物质和欲望的展示中接受着人性的考验。我们是接受生活的庸常还是奋力超越庸常、仰望天空？许锋在他的散文中进行着越来越多的思考，努力地分析、辨别和抉择。可以说他的写作过程就是他超越庸常的过程，因为在现代社会中愿意停下追逐的脚步注视自身的人一定是不愿随波逐流的人。

《戏与入戏》就宣告了许锋的基本人生态度。他把城市当成一个剧场，剧场里上演着不同类型的剧种，每个人都在某个剧种里扮演着某种角色。这个剧场里众声喧哗，上演着人生百态。每个人都在这个剧场里进行着角色的选择，入戏不入戏的选择。《鸡头与凤尾》里，有人选择鸡头，当主演，"很自豪，很满足"；《大师、匠人、小丑》里，有人是大师，有人是匠人，他们都为社会和人类做出自己相应的贡献，但是也有疯狂追逐大师头衔的小丑。《金龟 银龟 王八》与其说它讲的是人的身份，不如说它还是关于人的选择："金龟和银龟本就是王八"，他们的区别就在于他们的财产和女人对他们的态度。即使是富人，他们也有不同的"几种情形"。许锋在《阔的几种情形》里，从想阔、摆阔、变阔、不再阔的几种情形里，写出了人生百态，这也是人生的看待钱财的不同选择路径。即使是在饭局上，许锋犀利的双眼，也可以从吃饭的吧唧声里、从转盘的方式里、从对公筷的态度里，看出人性的山水来。

《偏执》《境遇》《文雅》《坎儿》《老去》《磨合》写了父亲衰老和患病的过程，也见证了许锋的孝顺之心。但是我们在这些篇章之中看到的不仅仅是孝心，而是从他对父亲老去境况的细心观察中，看到了他对人性的省察和悲悯以及对人生过程的思考。生、老、病、死、怨、爱、求构成了人生常在的风景，许锋通过父亲的人生境况透视了人生的风风雨雨，最后他选择"顺势而为"，选择"豁达"，选择"坦然面对"。

终于许锋在《早起》《凌晨4点》《自己的夜晚》《在书院听书》《秋天的幸福》里超越了庸常，抓住了自己生活中的"小确幸"。他的幸福与钱、权无关，与世俗的喧闹无关，与他人的喜好无关，是一种绝对属于自己的安宁的小幸福。在别人或因上网熬夜，或因打牌喝酒晚睡而不能早起时，许锋很幸福地拥有一个个安静的早晨。《早起》里的他勤劳而从容地学习、写作；《凌晨4点》的他觉得"在这个世界上，你要感觉够，就好"；《自己的夜晚》是让人欣喜的，也让他"幸福很久了"，他的夜晚有夏日的烂漫和温情，有坦然和雅致，有白天没有的鸟声、蛙声和蝉声。所有的这些都跟寂寞有关，所有不随波逐流、超越庸常的人都是寂寞的。那许锋又该拥有什么样的寂寞呢？他的《寂寞》一文告诉我们："寂寞与物质多无关系，是滋生于心灵的微生物。""寂寞是宁静的，唯美的，是一种优雅和感伤。""寂寞属于红尘中的奇葩。"只有在寂寞中，人才能与真实和自然面对，才能发现这个世界真正的美，遗憾的是并不是每个人都能耐得住寂寞、享受寂寞。

其实，寂寞并不高高在上，也不神秘莫测。许锋的这些散文告诉我们：寂寞可以在乡村的回忆里，可以在城市的行走中，可以在与亲人的欢聚时，也可以在清晨的一睁眼。只要你静下来，给它一点微笑，它就让你亲近生活中的种种"小确幸"。这些幸福真的很小，但是在和平年代里我们不能驰骋疆场，不能"万里觅封侯"，也很难做到以道德立身，许锋的这些真诚的文字，也许可以给人以小小的慰藉和启迪，岂不是他人生之大幸？很幸运有了散文这种文体，让我们读到了来自心灵深处的真实抒写。

（作者系湖北红安人，肇庆学院副教授，文学博士）